COLLECTION FOLIO

Jeanne Cressanges

Le luthier de Mirecourt

Denoël

Jeanne Cressanges est romancière, essayiste et scénariste-dialoguiste. *Le luthier de Mirecourt* est son dix-septième livre.

La vie doit se manger pour vivre.

Maurice Chapelan

Quand, de jour et de nuit, de courtes vagues de sommeil l'arrachaient à sa couche, Denis Vintaume se retrouvait aux temps lointains de sa jeunesse, avide du monde et des femmes. Rejeté sur le drap, cœur toquant et en sueur, il tentait en vain de bouger ses jambes et ses bras.

Le mal l'avait pris, voilà six mois, à son atelier. Une soudaine faiblesse l'avait fauché, le violon qu'il venait de vernir entre les mains. Ses fils Ferdinand, Joseph et Guillaume le relevèrent, l'allongèrent sur le banc devant la porte de la maison : une goulée d'air, un gobelet de vin, il n'y paraîtrait plus. Il avait trop travaillé pour finir cet instrument. « Le dernier », disait-il pour conjurer le sort comme chaque fois qu'il taillait un nouveau patron depuis qu'il avait atteint soixante-dix ans. Ses apprentis, Jacques dit le Vava et Paul dit le Tordu, en plaisantaient : « Le maître, avec sa pointe aux âmes[1], rajustera mille et une fois la

1. Instrument du luthier qui permet de remettre en place l'âme du violon et autres instruments à cordes. L'âme est le

sienne avant de la rendre au diable. » Il mit longtemps avant de revenir à soi. Sa femme Mathilde, tout le voisinage, faiseurs de violons, marchands, apothicaires, juges et gueux s'étaient rassemblés autour de lui, provoquant embarras dans la Grand-Rue dont le charivari habituel ne cessait de croître.

Quand il voulut se relever, ses jambes se dérobèrent à nouveau. Furibond de donner un spectacle si peu glorieux à la foule, il cria qu'on le ramenât à sa chambre. Le médecin, accouru avec ses clystères et ses saignées, la Rosette, avec ses potions et ses prières, ne purent le remettre sur pied. Les premiers jours, Denis garda espérance. Louise, sa servante, lui faisait boire du bouillon de poule et du sang chaud qu'elle allait quérir à la boucherie, giclant du col des bœufs égorgés. Il tenta de se faire descendre à son établi. On le cala dans un fauteuil, entre des coussins, comme un pantin de son : il s'affaissa sur son travail. Ce n'était plus seulement ses jambes qui refusaient leur office, mais tout le corps qui se désarticulait. Seule la tête restait bonne, où, peu à peu, la terreur de se voir pourrir vif empoisonna ses pensées.

Véronique, sa deuxième femme, morte dix ans plus tôt, lui avait donné une fille, Agnès. Elle ressemblait à sa mère. À quarante-cinq ans, il avait épousé une jeunesse. Petite de taille, mince de hanches, les seins joliment écartés, la jambe

petit cylindre de bois serré sous le chevalet entre la table et le fond du violon.

longue, elle avait le charme équivoque d'un jouvenceau. Mais le visage était bien celui d'une fille, auréolé de nattes blondes, avec des yeux de ciels d'été et une bouche charnue. Élevée chez les sœurs de la Congrégation Notre-Dame, dont le couvent s'élevait face à leur maison, elle était instruite et fort pieuse. Depuis la mort de sa mère, Agnès aidait Louise au ménage. À ses moments perdus, près d'une fenêtre de l'atelier, elle faisait glisser la noisette[1] sur le fond ou la table d'un violon dessiné par ses frères. Elle essayait les instruments avant qu'ils soient livrés, car mieux que son père, mieux que ses demi-frères, elle avait l'oreille sensible. Elle lisait beaucoup, parlait peu. Les garçons, que sa réserve naturelle intimidait, se moquaient d'elle en l'appelant la silencieuse savante ou sœur parfaite. Elle intimidait son père lui-même pour qui elle demeurait, malgré la clarté de sa personne, l'ombre de la maison et, à son insu, un objet de convoitise.

Seule sa troisième femme, Mathilde, la veuve d'un juge de la ville, une gaillarde forte de poitrine, de hanches et de gueule, ne se laissait pas impressionner par la jeune fille. Elles vivaient sous le même toit, se partageant les tâches : Mathilde au magasin et tenant les comptes, Agnès s'occupant du courrier. Elles s'efforçaient de ne pas empiéter sur le domaine l'une de l'autre, non par sympathie mais prudence, de crainte d'engager le fer. La ruse de Mathilde, l'intelligence

1. Petit rabot.

d'Agnès, les poussaient à masquer leur froideur par la politesse excessive qu'elles mettaient dans leurs rares échanges. Depuis que Denis en était réduit à sa couche, Agnès venait chaque soir l'informer de la marche des affaires, prendre ses ordres et ses conseils, lui faire la gazette de la ville de Mirecourt, des faubourgs de Poussay, de Mattaincourt, de Saint-Vincent, de France et d'ailleurs quand un marchand arrivait de Paris ou de Lyon. Ce qui n'était guère du goût de Mathilde, qu'il avait priée de ne pas pénétrer dans sa chambre, sous prétexte de la gêne qu'il éprouvait à lui montrer ses faiblesses. Il demandait à Agnès, comme un viatique, de lui relire la dernière lettre que lui avait envoyée son cher Voltaire, datée du 2 avril 1778. Comme la première fois que le philosophe le vit, il l'y appelait « mon coquin ».

Avec ses fils, Denis Vintaume cachait sa honte d'être devenu ce gisant qu'il fallait nourrir, nettoyer de sa pisse et de sa merde. Ce dont Louise s'acquittait avec Eugénie, une de ses sœurs qu'elle avait fait venir de leur village, quand elle comprit que son maître ne se relèverait pas. Il feignait de croire à sa guérison et, plus le temps passait, plus il se montrait tatillon sur la sonorité d'un violon ou sur leur vaillance au travail. Il les menaçait : « Quand je serai debout... » Avec Agnès, le premier mois, il se composa la même attitude puis, au fil des jours, se défit de sa morgue. Il lui arrivait même de se plaindre en évoquant sa fin. « Ayez confiance, mon père, disait-elle de sa voix douce. Votre constitution est solide. Et je prie pour vous. » Les prières, il n'y avait jamais eu recours, laissant ces faiblesses aux femmes.

On était en octobre 1788. Dans sa chambre qui donnait sur la cour, l'unique fenêtre était aveuglée par la haute tour d'une maison voisine. La lumière n'y entrait qu'en plein midi. Son humeur s'assombrissait de même. Après avoir médité sur son état plusieurs jours durant, il en vint à dire à Agnès : « J'ai trop péché, ma fille, et j'en ai eu trop peu de repentance pour faire l'hypocrite à l'église. Je ne me vois guère, aujourd'hui, dévider au curé la liste de mes fautes qui, sans alléger mon âme, souillerait la sienne. Mais ma vie a été riche de rencontres. Je souffre de la savoir promise au tombeau. Peux-tu tout entendre sans que ta pudeur s'en effarouche ? » Tête penchée sur ses mains jointes, elle dit oui. « Toi, tu te confesseras avec une réelle contrition de m'avoir entendu et mon passage en sera plus facile. Prends ton écritoire. Tu noteras tout. » Ce qu'elle fit.

Cela dura des jours et des nuits. Denis Vintaume ne renvoyait Agnès que lorsqu'il voyait la plume lui échapper des doigts ou quand, à sa pâleur, au frémissement de ses lèvres, à la façon dont, soudain, elle levait vers lui un regard dont le bleu s'altérait, il devinait en elle un trop grand trouble ou une trop forte réprobation. Sourcilleux quant à la vertu de sa fille, lui qui n'aurait pas admis de ses fils ou de ses apprentis le moindre manquement devant elle, il s'étonnait de jouir, jusque dans sa chair morte, du viol qu'il faisait ainsi subir, par les mots, à sa pudeur. Son dernier plaisir.

PREMIER SOIR

Agnès entra chez son père avec son écritoire. Il lui tendit un coffret en bois.

— J'ai demandé à Louise de le prendre dans l'armoire de la chambre voisine où sont mes secrets. Après ma mort il te faudra tout brûler. Le coffret contient des lettres. Elles sont classées. Garde-le près de toi. Tu auras à m'en lire. Es-tu prête ?

L'Être suprême incompréhensible qui semble nous pourvoir en destin me fit naître le 13 janvier 1716 dans cette maison que mon père avait acquise un an plus tôt à bas prix. Elle appartenait à l'avocat Muller qui la lui avait vendue pour régler ses dettes de jeu. Mon père, dès son installation, transforma le rez-de-chaussée en atelier. Au premier étage on accédait déjà à la cuisine, de belles dimensions sous ses poutres noires, par un palier à double entrée, l'une secrète, dont les murs s'ornent de boiseries blondes. L'hiver était rude, cette année-là. L'eau du Madon était gelée à cinq pieds. Après avoir subi, en moins d'un siècle, la peste, la fièvre pourprée, le typhus, les guerres, l'occupation des Français, les folies galantes ou de toute-puissance des Grands, notre pauvre peuple, à peine remis, grelottait de froid et de misère. Dans la cheminée on brûla, au dire de mon père, une forêt de mauvais sapins en mon honneur. L'accouchement avait été long et difficile. Ma mère et moi avions failli passer ensemble de vie à trépas en une journée. Pour un mâle de sa descendance, ce raccourci de notre humaine existence lui paraissait vraiment trop bref. Sa femme, certes, il y était attaché, mais c'était la deuxième et il savait pouvoir sans peine s'en trouver une autre pour lui mettre au monde des apprentis. De condition aisée, il avait belle allure et la réputation d'avoir la queue verte. Mais j'ai assez à dire à mon sujet sans t'importuner, ma fille, avec les frasques de mon père... La matrone, ne m'entendant pas crier à la sortie de l'entrecuisse de ma mère, me roula dans un tricot et courut me porter dans la chapelle des Cordeliers, sur l'autel de la *Patrona civitas*, notre bonne Vierge, dont on affirme qu'elle ressuscite les enfants le temps de les baptiser. L'eau froide me fit hurler et elle me ramena, toujours braillant, à la maison entourée d'une bande de commères qui psalmodiaient : « Miracle ! Miracle ! » On fit entrer la troupe dans notre cuisine où mon père leur servit à boire jusqu'à ce que leurs oraisons et leurs louanges se muassent en chansons égrillardes. Huit jours plus tard, on renouvela la cérémonie avec parrains et marraines. Quand on me plongea nu dans la cuve des fonts baptismaux de l'église Notre-Dame-en-Sa-Nativité, je redonnai de la voix, d'où le surnom de Gueulard qui me serait resté si, plus tard, une putain ne l'eût transformé en Beloiseau.

Les trois fenêtres de la cuisine s'ouvraient, comme aujourd'hui, sur la terrasse entourée du balustre de fer forgé. Dès le premier jour, mes yeux plongèrent dans ce merveilleux paysage de toits en terrasses qui descendent vers le Madon où, au loin, le ciel épouse les coteaux plantés de vignes. Mes narines furent sans doute agacées, jusqu'à ce qu'elles s'y habituent, par l'odeur de pourriture des tanneries. La chambre de mes parents, celles où s'entassaient mes huit frères et sœurs, occupaient le second étage. Ma mère, rendue fragile par ses couches et les exigences de son époux, ne m'aimait pas. Elle mourut quand j'atteignais mes quatre ans. Mon père, un an plus tard, épousa la veuve d'un marchand de ses amis, femme de tête, habile au négoce, ce qui lui permit de partir plusieurs mois pour choisir dans les Carpates des érables et des sycomores dont je garde encore quelques troncs débités en plaquettes dans le grenier pour des violons de princes... Un vieux rêve qui me file entre les doigts car les princes, quand ils n'ont pas l'oreille au sol pour entendre gronder les canons ennemis ou les peuples affamés, s'occupent de serrurerie ! Et moi, je m'en vais... Mes premières années, on me mit chez une nourrice, dans l'autre corps de bâtiment réservé aux domestiques, qui donne sur la rue, au-dessus de l'atelier. Je fus élevé dans le charivari des chariots, les cris des marchands, ceux des sans feu ni lieu qu'on marquait à l'épaule du sceau de notre ville. Aussi dans la peur du retour de la peste. Combien de fois ai-je vu, des fenêtres de notre maison, monter les flammes des bûchers qu'on dressait à chaque entrée de la ville ! Notre marâtre, si elle avait l'œil sur mes frères et sœurs en âge de travailler autant que sur les affaires de son mari, m'avait oublié. Je dormais dans le lit des servantes et traînais tout le jour dans leurs cotillons. Quand elles m'en chassaient, c'était la rue jusqu'à ce que mon père s'avisât de mon existence et me mît à l'école.

J'ai été un enfant libre, heureux de l'être, tôt amoureux de la chair des femmes. Aussi du chant des cordes qui montait de notre atelier et de ceux d'alentour quand, avec le soir, le silence tombait sur la ville.

Mon père, Jean-Christophe Vintaume, né en 1686, d'un père menuisier et d'une mère dentellière, avait été mis en apprentissage à l'âge de douze ans, chez Jean-Dominique Waltrin, maître fort savant, élève de Dieudonné Montfort. Quel habile homme que ce Dieudonné ! D'où venait-il ? Il faisait mystère de ses origines et de son lieu d'apprentissage. Des rumeurs couraient à son sujet qui, s'enflant de bouche en bouche, en firent notre héros et assurèrent sa renommée. Certains le disaient bâtard, tenant son nom d'une mère ardéchoise venue se placer nourrice à Paris, où il apprit à jouer de la viole et à la façonner avec un artisan d'origine mauresque. D'autres que, né près de la Méditerranée, son père l'aurait embarqué, enfant, sur un vaisseau aux cales pleines d'or. Attaqué par des flibustiers, le voilà pris en butin, comme le métal. Vendu à un faiseur de luths de Mésopotamie, il s'en sauva grâce à un Vénitien, emportant les secrets de son maître. Pour d'autres, il était bohémien et son nom serait d'emprunt. En Hongrie, il rencontra Monteverdi parti guerroyer avec son prince contre les Turcs de Mahomet III. Il le suivit dans les Flandres d'où il nous arriva, dans une main le violon, dans l'autre les rubans d'une dentellière... En vieillissant, je me suis avisé que ces contes n'étaient pas si fous. Dédaignant nos pauvres violoneux qui, bien avant Dieudonné Montfort, raclaient les mauvais instruments sortis de leurs mains, les gens de Mirecourt ont paré le destin de cet homme des merveilleuses aventures du violon qui, en effet, nous vient de la lointaine Mésopotamie par les routes du Sud et de l'Est. Mon père ajoutait à ces fables que Dieudonné Montfort était d'abord le fils du diable. Qu'il fût l'allié du diable je le crois. Celui-ci lui souffla plus d'un tour. « Pourquoi ne faire commerce que du violon quand la famine règne ? Vends du grain, du vin, de la viande : tu te paieras en prenant hypothèque sur des terres, des maisons. On te cédera des meubles, des bijoux, des travaux de dentelles. Tu prêteras de l'argent avec intérêt. Tu commerceras avec les puissants. Voyage, installe tes comptoirs à Paris, à Lyon, à Besançon, aux Pays-Bas, en Espagne. Tu y vendras tes violons, ceux des autres, mais aussi, comme ailleurs, du blé, de la viande, du vin, des bijoux, de la dentelle. » Et c'est ainsi, ma fille, qu'il mourut respecté de tous, couvert d'honneurs, mayeur de la ville. Si je parle ainsi de lui, c'est que j'ai admiré cet homme qui a fait de Mirecourt l'égale de Crémone. Il nous a manqué un Nicolas Amati. Peut-être est-il à venir...

Mon père avait du talent, pas de génie. Mieux qu'un autre, pourtant, il connaissait le bois. Son erreur fut de tout miser sur la qualité de celui qu'il achetait pour ses violons. Je te l'ai dit, il alla en quérir jusqu'aux Carpates ! Enfant, je le suivais avec ses chiens dans les forêts de nos montagnes où il allait choisir les érables et les sapins et, dans nos campagnes, des tilleuls et des poiriers. Il exigeait des arbres hauts et bien droits, sans nœuds, qu'il faisait abattre une nuit froide d'hiver par un ciel sans lune. Il les rapportait ébranchés, débités en tronçons. Puis il les fendait à la hache selon le droit fil des fibres. Les planchettes séchaient sept ans dans un hangar qu'il avait bâti près de ses vignes. Avant de mourir, il fit venir l'ébène d'Afrique, le bois de rose d'Amérique ; pour le décor de la table et du fond, et pour nos archets, la nacre du Pacifique, les perles, le corail et l'or... Je le revois à son établi, caressant d'un pouce déformé la chair du bois et ses veines. Un voluptueux qui, pour le violon et les femmes, faisait passer le corps bien avant l'âme. Et la robe avant le corps. Le vernis, il en a cherché la composition toute sa vie pour rendre ses violons plus brillants sans s'apercevoir qu'il en étouffait parfois le son. Mon père avait l'œil plus sensible que l'oreille. J'ai hérité de ce travers, m'enivrant du toucher, de l'odeur, plus que de la voix... Mais tu es femme, ma fille, et tu ne peux comprendre.

— Je comprends, dit-elle sans relever la tête.

Il s'étonna.

— Je comprends, poursuivit-elle. Quand, pour aider mes frères, je polis un fond ou une table, je sens sous mes mains frémir tout l'arbre, des racines aux plus hautes branches. C'est aussi délicieux que de poncer un enfant qui s'est roulé dans la poussière. Je sais qu'on peut être grisé par le safran dont vous enduisez vos bois et les essences de vos vernis. Faudrait-il se ganter les mains, fermer les yeux, se boucher le nez, n'être plus qu'oreille pour faire un violon ? Je ne le crois pas, mon père. Un violon qui chante bien ne peut être qu'un bel objet, et parfumé.

Étonné, à la fois ravi et inquiet d'apprendre qu'elle pouvait avoir les sens émus, Denis Vintaume se mit à rire.

— Parlerais-tu ainsi d'un amant ?

— Comment le saurais-je puisque je n'en ai pas et ne tiens pas à en avoir.

— Disons, alors, d'un mari.

— C'est vous qui en déciderez.

— Aurais-tu quelqu'un en tête ?

— Personne. Je n'aime que Dieu, Jésus, Marie, nos saints, vous et notre famille.

D'aise et d'ennui, il soupira. Sa fille, grâce aux religieuses, pouvait, sur les sujets de la vie quotidienne, sinon tenir conversation mondaine, du moins quelques propos bien sentis. Mais sa foi et sa piété l'empêcheraient d'être une de ces raisonneuses, comme il en avait connu à la cour de Stanislas, à Paris et autres lieux, qui par trop de science perdent toute morale de leurs devoirs et obligations. Maîtresses souvent agréables, certes, mais qu'il ne faut point avoir comme femme ou comme fille.

— Où en étions-nous ? demanda Denis Vintaume qui s'était perdu dans le souvenir soyeux d'anciennes conquêtes.

— À Dieudonné Montfort et à votre père. Vous ne m'avez rien dit de Jean-Dominique Waltrin, son maître, sauf qu'il était savant.

— Savant, oui. Dans sa famille on était tout à la fois : régent d'école, menuisier chargé de veiller sur les orgues de l'église, joueur et faiseur de violons. Jean-Dominique Waltrin faisait partie des notables. Mon père disait lui devoir beaucoup car ce maître sévère, hormis les charges que lui conférait son état, se consacrait uniquement à son atelier et à ses élèves. Homme de culture, bon artisan, il avait l'enseignement dans le corps. Mon père resta dix ans à son service, puis s'installa faubourg Saint-Vincent après un premier mariage avec la fille d'un forgeron habile à façonner nos outils, à ferrer les chevaux et les bœufs et qui possédait une petite vigne. Enfin, il acheta cette maison quand il voulut imiter Dieudonné Montfort dont, hormis ses débiteurs, tous faisaient grand cas. Voulant égaler ou même surpasser le fils du diable, mon père fit des violons de qualité honnête, installa un comptoir mais ne demeurera pourtant, dans le souvenir de quelques dames et de ses fils, que pour avoir bien traité les premières et mal les seconds. Je n'ai pas fait mieux que lui...

Il avait appris rudement le métier à mes frères et j'eus ma ration de coups de pied au cul. Un temps, il parla de m'envoyer étudier le droit à Pont-à-Mousson. À douze ans, je n'étais point sot, savais lire, compter, un peu de latin et de grec, le catéchisme et la géométrie. Louis, l'aîné de mes demi-frères, se maria et quitta l'atelier. Nicolas, le deuxième, tomba malade. Pierre était sur le départ pour tenir notre comptoir de Gand. Il ne restait qu'Henri et Jean à l'atelier, les moins adroits. Voilà qui me permit de faire le bon enfant en me proposant pour apprendre le métier de mon père. Au vrai, je me souciais peu de m'éloigner de Mirecourt où j'avais mes habitudes avec des galopins de mon âge. Nos spécialités, le dimanche et les jours de nos saints : cueillette de baies (sous ce prétexte, nous volions des fruits dans les vergers des faubourgs, cherchions des nids de pies, dans les bois, en espérant y découvrir des pièces d'or !). Nous pêchions dans le Madon, braconnions ou allions nous asseoir aux portes des tavernes de Mattaincourt pour y jouer aux cartes et aux dés avec des voyageurs qui nous racontaient leurs aventures. Vérités ou mensonges, nous gobions tout, prêts à les resservir, le lendemain, autour des Halles.

Fabrice Davincourt, qui avait deux ans de plus que moi, était mon compagnon favori. Moi, trapu, l'œil et le poil noirs, je l'enviais d'être long, mince et si blond ! Orphelin de parents chamagnons[1], il avait été élevé par notre voisine, sa sœur aînée Marie-Jeanne, à laquelle il arrivait que mon père rendît quelques politesses — il n'était pas le seul ! Elle était aussi réputée pour la vigueur de son conin que pour la finesse de sa dentelle, ce qui lui permettait d'arrondir sa bourse en soulageant celles de ses visiteurs. Quand elle était à ses ébats, Fabrice venait à l'atelier. On l'envoyait faire des courses et il restait manger chez les domestiques. Il était bien plus proche de moi que mes demi-frères et sœurs peu ou prou engagés dans la vie adulte. Aussi parce que son caractère joueur s'accordait au mien. Quand il en avait fini avec les petites tâches qu'on lui confiait, que mon père ne me retenait pas trop à balayer l'atelier ou à aiguiser ses outils, nous traînions avec d'autres dans les rues ou la campagne jusqu'à nuit noire à polissonner, dire des bêtises et, en grandissant, faire seul à seul des projets qui devaient nous apporter la fortune, la renommée, les aventures, les femmes... Il me disait : « Fabrique de beaux violons, mon Gueulard, je reprendrai le métier de mes parents pour les vendre à l'Empereur, à notre duc, au roi de France et à tous les riches... » « Mes parents, disait encore Fabrice, comme leurs aïeux, allèrent à pied par les routes, une boîte sur le ventre, un panier dans le dos. C'était suffisant pour leurs merceries, leurs images, psautiers et

1. Colporteur né à Chamagne, village lorrain, important centre de colportage.

catéchismes. Ils y ont attrapé la mort. Moi, je veux agrandir ce commerce et voyager loin. Il me faudra acheter une mule et une charrette. » Oui, mais avec quel argent ? Aucune des idées qui nous vinrent au cours des mois qui suivirent n'était honnête. Nous choisîmes donc celle dont l'exécution nous parut la plus simple : voler sa sœur.

Il nous fallait, tout d'abord, connaître la cachette de son magot. En vain, profitant qu'elle était au lavoir, nous fîmes la visite de son coffre, de sa couche, de sa huche, de ses pots et de ses chaudrons. Rien. C'est moi qui eus l'idée que l'un de nous deux devrait se tenir sous le lit de Marie-Jeanne pour voir où elle dissimulait les pistoles que ses galants ne manquaient pas de lui laisser, leur culotte remise. À ma surprise, Fabrice fit le délicat : comment pourrait-il surprendre sa sœur dans son état de putain ? Quelle honte s'il était découvert ! On l'accuserait d'être vicieux et, déjà, sur le chemin de la débauche. Moi, certes, je passerais pour un effronté, mais je n'étais pas de la famille et Marie-Jeanne se garderait bien d'aller se plaindre à mon père...

C'est ainsi qu'un matin d'automne — je n'avais pas douze ans — je m'inventai un mal de ventre pour ne pas aller à l'école. Je pénétrai chez Marie-Jeanne à l'heure dont Fabrice et moi étions convenus : celle du dîner, juste à l'instant où, sous prétexte d'en goûter une lampée, il venait de renverser le chaudron de soupe dans la cheminée. Comment aurait-elle pris garde à moi, occupée qu'elle était à réparer les dégâts tout en pestant contre son frère ! Je me glissai non sans peine sous son lit dont le bâti, à demi effondré, ne soutenait guère la paillasse qui touchait presque le sol. Je dus attendre sans bouger, le nez dans la poussière, qu'elle balaie la cendre mouillée, rallume le feu, rajoute de l'eau dans ce qui restait de soupe, la remette à cuire, sorte les écuelles, prenne son repas face à Fabrice, qui jouait les contrits, qu'elle continuait à houspiller jusqu'à ce qu'elle le jette dehors : « Va porter ta science ailleurs, ma patience est à bout. »

Si elle n'avait pas fait si grand bruit, je me serais endormi malgré ma position incommode. Mais, dès que Fabrice fut parti, j'eus de la distraction. D'où j'étais, je ne voyais ce qui se passait qu'au ras des sabots de Marie-Jeanne, mais je devinai vite qu'elle mettait prestement de l'ordre dans la pièce, une bûche au feu, remplissait une bassine d'eau posée au sol. Quand elle se retira près du lit, je serrai les fesses car j'imaginais, si elle me découvrait, le fouettement que j'allais prendre ! Malgré ma peur, je remarquai ses pieds mignons sous la crasse et qu'elle faisait tomber ses jupons, sa jupe, son caraco... Mon tourment changea de nature. Je souffrais de ne pouvoir la regarder nue, faisant sa toilette, surtout que son odeur de chèvre me chauffait le sang. Mon excitation toucha à son comble quand, avec l'homme qui venait d'entrer, elle bascula au-dessus de moi toute gémissante.

Bien qu'habitué, dès mon plus jeune âge, aux garçonnades avec mes frères et mes camarades de jeux, à surprendre les domestiques se cheviller dans les galetas de notre maison, les manants s'ébaudir dans les bois et les vignes, je n'avais jamais ressenti à ce spectacle plus d'émoi qu'à celui que nous donnaient quotidiennement les animaux. J'en riais. Est-ce parce que j'étais seul ou que la vue m'en était dérobée, mon imagination se mit à battre la campagne. Il me semblait que c'était de mon corps que jaillissaient ces douces plaintes, ces sanglots de rires, ces pointillés de petits cris, cette mélodieuse mélopée, ces soupirs. Les vibrations d'un violon emplissaient la pièce et moi-même... Un violon de chair !

Pour la première fois je me jurai de devenir luthier, non pour faire comme mon père, être reconnu et puissant, mais pour réaliser un instrument qui, semblable au corps des femmes, chante jouissance et y amène. Mais, pour la première fois aussi, ma fille, je perdis ma liqueur, ce qui, quand je retrouvai mes esprits, me mit dans un grand embarras. Comment, sorti de ma cachette, effacer les traces de mon émoi ? J'eus bientôt d'autres alarmes. Sous les assauts de l'amant plus d'une fois répétés, je sentais le bâti s'effondrer et me voyais aplati en galette sous la paillasse. Enfin, après un temps qui me parut un siècle, la joute prit fin. Marie-Jeanne la première sauta du lit. Je vis ses petits pieds courir à la cheminée, s'écarter l'un de l'autre dans le mouvement qu'elle fit pour s'accroupir. Il me sembla qu'elle jetait au feu une touffe d'herbes avant de tremper dans la bassine son beau cul qu'elle arrosa longuement. L'homme, à son tour, s'était levé. Il remit sa culotte et ses bottes en plaisantant : « À trop le laver, tu vas le mollir ! » Puis il dit qu'il avait soif, parla de son âne qui était mort, la veille, sur le chemin de Vaudémont, d'argent perdu... Marie-Jeanne ouvrit la trappe qui menait à la cave, y descendit tenant d'une main sa pierre d'aimant[1], de l'autre un pichet. Quand elle fut de nouveau près de lui, je vis leurs jambes se mêler, j'entendis des baisers : « Mon cœur, ma tourterelle, disait le galant, que tu es gentille ! Je te revaudrai ça. » Après avoir bu, il la quitta, lui promettant de revenir bientôt. Marie-Jeanne vint rajuster la couverture du lit, remit ses sabots, saisit une corbeille pleine de linge et sortit. Je filai jusqu'au Madon où Fabrice m'attendait dans une mauvaise cabane qu'il s'était construite dans les roseaux. Je lui racontai la scène et mon dépit. « La garce ! s'écria-t-il. Elle prend des sous aux vieux pour les donner à ce gredin. Elle le connaît depuis peu. Il fait le coquetier[2] — métier qui convient à ce coq ! — et passe ici tous les mois. Il nous faut enlever le magot de Marie-Jeanne avant lui. — Où se trouve-t-il ? Je n'ai rien vu. — À la cave, idiot, dans le ventre de la futaille. On va l'ausculter. — Si elle nous surprend... — Au lavoir, avec les commères, elle en a jusqu'à la nuit. »

Pourtant, il me laissa de guet près de la fenêtre de la cuisine. « Si elle ou un fâcheux pointe le nez,

1. Pierre aimantée avec laquelle les dentellières maintiennent leurs aiguilles.

2. Marchand qui parcourait les campagnes pour y acheter volailles et œufs et les revendre en ville.

tu siffles *Quand s'en vient le temps nouveau*[1]. » Il se saisit de la pierre d'aimant, l'attacha solidement à un bâton avant de descendre à la cave. « C'est bien ce que je pensais, dit-il quand il remonta : le pécule qu'elle se fait avec les bourses de ses amants, elle le cache dans le tonneau, il m'a fallu le pêcher à l'aimant et le tirer, pièce à pièce, par la bonde. J'en ai laissé un peu pour qu'elle ne se doute de rien. Je vais le mettre en lieu sûr et, pendant deux ans au moins, partirai comme les autres colporteurs, ma malle devant, mon panier dans le dos. Qui pourra mettre en doute, plus tard, que j'ai acquis ma mule et mon chariot par mon honnête commerce ? » Je me récriai : Quoi, je renonce à mes études à Pont-à-Mousson pour rester avec lui et il songe à partir ! Il me donna une leçon d'amitié virile, m'expliquant que l'âge m'était venu de faire foin des enfantillages et des agaceries qui caractérisent le commerce des femmes. Nos sentiments ne pourraient souffrir ni de l'absence ni de l'éloignement et nous porteraient toujours à être au service l'un de l'autre. Nous nous quittâmes en ces heureuses dispositions.

— Je ne comprends pas, dit Agnès. Comment peut-on être au service de qui l'on aime en en étant séparé ? Où est votre ami Fabrice aujourd'hui ? Que ne se tient-il auprès de vous ?

Denis Vintaume fut désagréablement surpris. Sous ses airs dociles, sa fille montrait le bout de l'oreille de la raisonneuse.

1. Chanson de Colin Muset, jongleur du XIIIe siècle, dont le livret était, avec les almanachs, transporté par les colporteurs.

— Serais-tu déjà lasse du rôle que tu as accepté de tenir ?

— Certes pas. Je cherche à comprendre ce que l'amitié virile vous apporte que nous ne puissions vous donner.

— Épargne-moi tes réflexions, Agnès. Elles sont stupides ! Mon ami Fabrice est mort depuis si longtemps ! Tu es bien femme à ne voir d'intérêt que dans les soins que vous dispensez au quotidien. Il en existe de plus élevés... Où en étions-nous ?

— Fabrice et vous, vous vous sépariez. Lui, pour mettre l'argent volé à sa sœur en lieu sûr ; vous, pour retourner chez votre père, j'imagine...

— En effet. J'ai oublié pourtant de préciser qu'avant de quitter les lieux, je rinçai mes chausses raidies de foutre en demandant à Fabrice la nature de l'objet que Marie-Jeanne se mettait entre les jambes, qu'elle brûlait après l'amour. Il s'amusa de mon ignorance : « Un talisman, mon Gueulard, qui fait que celui qui y fut pris s'y fera reprendre... Mais non ! Comme toutes celles qui se procurent ainsi quelque argent, elle ne conduit l'homme au déduit qu'après s'être protégée par un tampon d'herbes qui évite, dit-on, à nos épanchements de les rendre grosses. C'est Rosette qui les leur procure. Le curé doit bien se douter de ces pratiques, si même il n'en profite pas, mais il fait la bête pour ne pas avoir à promettre les feux de l'enfer à de riches et nobles paroissiennes qui agissent de même. »

Le lendemain matin, mon père étant à l'atelier, j'allai le trouver pour lui confirmer que mon désir de devenir faiseur de violons était réfléchi : je ne pouvais me contenter d'être employé au ménage, à affûter les outils et aux courses. Je lui demandai de me prendre chez lui en apprentissage. Comme tout débutant, il me mit à cintrer les éclisses[1]. Comme tout débutant, je me brûlai les doigts au fer chaud et j'en brisai quelques-unes, ce qui me valut des coups de gueule et de trique. Ce n'est pas à toi, ma fille, que je vais dire quel long et difficile chemin j'ai dû suivre pour que les soixante et onze pièces qui composent un violon fassent partie de mes muscles, de mes nerfs, de mes os. Tu vois chaque jour tes frères et mes apprentis se livrer, avec plus ou moins de réussite, à cette lente transmutation où, à force d'affiner nos calculs et nos bois, nous devenons cet instrument qui devient nous... Toi-même, si je t'en crois, n'y es pas insensible... Oui, je suis passé par tous les degrés de l'initiation et j'ai été le plus maltraité des aspirants à la maîtrise. Mes demi-frères et mes frères ne m'aimaient pas. Ils avaient mal supporté que mon père veuille m'envoyer faire des études à Pont-à-Mousson. Jaloux, ils me reprochaient de ne pas avoir saisi cette occasion de sortir d'une condition d'artisan dont ils ne voyaient pas le devenir : « Les violons de Mirecourt, disaient-ils, ne pourront jamais rivaliser avec ceux de Crémone et, mis à part quelques clients dont le coup d'archet peut faire perdre haleine, nous ne travaillerons que

1. Bandes de bois très minces, qu'on courbe selon la forme du violon ; elles relient le fond et la table sur les côtés pour former avec eux la caisse de résonance.

pour des violoneux. » Mon père m'en voulait : j'avais déçu ses espoirs. Il estimait avoir assez d'ouvriers. Peut-être voulait-il aussi cacher — à lui en premier — la préférence qu'il avait pour moi. Les apprentis me menaient la vie dure. Me sachant assez orgueilleux pour ne pas m'en plaindre, ils me faisaient endosser leurs sottises. Je ne sais comment j'ai tenu.

À chacun de ses retours, Fabrice, à qui je me confiais, me redonnait courage. Lui connaissait le froid, la boue, la faim, la fatigue, les villages où il trouvait portes doses, la jalousie des chamagnons quand il avait réussi, par sa belle mine, ses fables, ses chansons, à vendre tous ses almanachs, cartes à jouer, livres de messe et les boules d'acier[1] que lui fabriquait l'apothicaire de Mirecourt. Plus d'une fois, il avait été battu et volé. « Avant la mule et la charrette, me disait-il, je vais m'acheter un fusil. » Il n'en restait pas moins confiant en notre avenir. Je ne pouvais qu'afficher la même assurance au risque de passer pour couard. M'animait aussi l'esprit de contradiction : on ne voulait pas de moi à l'atelier, j'y dépasserais mes frères en savoir-faire. Les premiers temps, ma révolte et les rêves de grandeur de Fabrice me donnèrent du courage. Puis ce fut le violon lui-même qui m'en-

1. Médicament contenant du fer, du tartare, du potassium, diverses plantes. On mélangeait le tout et on le présentait sous forme de boules qu'on séchait au soleil. Pour l'utiliser, on dissolvait cette pâte dans de l'eau-de-vie avant de l'absorber. Elle était réputée guérir les maux les plus divers. On s'en servait également de compresse pour désinfecter les plaies des humains et des animaux.

chaîna à mon établi. Tous ceux qui le façonnent avec amour te le diront : ce mâle est une maîtresse exclusive dont la docilité n'est que feinte. Ah, ce corps de femme qu'on arrache à l'arbre pour qu'elle module les plaintes, les ferveurs, les bonheurs de son jouir ! Pour moi, il y avait dans sa forme non seulement les douces courbes d'une amante mais celles aussi du berceau et du cercueil. Que cet instrument figure la vie de la naissance à la mort, voilà un mystère dont je ne me suis jamais lassé. Mes enfants, pardonne-moi, ma fille, je les ai moins aimés que mes violons. Peut-être parce que je n'ai pu vous raboter, vous courber, vous ciseler comme je l'aurais voulu... Pourtant je ne peux me plaindre de toi, Agnès, qui a si belle âme en si beau corps.

Elle dressa la tête.

— Ne me rendez pas vaniteuse ! Mais, une question... Marie-Jeanne ne se douta-t-elle pas que Fabrice l'avait volée ?

— Sans doute car, d'après ce que mon compagnon me confia, elle changea son magot de cachette. Impossible de la découvrir ! Marie-Jeanne tint la porte de sa maison fermée. Elle gardait la clef dans une poche de son cotillon de dessous. Son frère, comme les autres, devait toquer avant d'entrer. Le coquetier, qu'elle ne pouvait plus grassement satisfaire en écus, changea de dupe et alla porter ses faveurs chez une veuve appétissante et généreuse, puis chez une autre. La pauvre Marie-Jeanne en fut marrie toute une année. Je lui aurais bien proposé mes consolations mais, en ce temps-là, j'étais timide avec les dames. Il faut dire aussi que j'avais peu de loisirs. Sorti de l'atelier et mon souper pris, il me fallait, selon le vœu de mon père, faire le valet chez maître Bornille. Il enseignait le solfège, le luth, la viole, le violon à toute la bonne société de Mirecourt. Il composait des motets dans le goût d'Henry Desmaret[1] qu'il faisait jouer par ses élèves aux messes chantées. C'était un petit homme replet, d'humeur joyeuse, ce qui contrastait avec le caractère querelleur de sa femme. Hélas, c'était à elle surtout que j'avais affaire. Pour une heure d'étude avec mon professeur, j'en devais quatre au service de son épouse. Je montais l'eau, le bois, je nettoyais l'appartement, la cave, le grenier, je vidais les pots de chambre, faisais les courses. Et jamais elle ne se montrait satisfaite. Je n'avais plus le temps de braconner ni de jouer aux dés avec mes compagnons. Dès qu'à la maison, je m'écroulais sur ma paillasse.

La voix d'Agnès s'éleva, légèrement tremblée.

— Je ne savais pas, mon père, que vous aviez eu une jeunesse aussi rude.

— Que croyais-tu ? Que le métier m'était entré dans le corps sans que j'aie les mains en cloques et en sang ? Que je soupais avec les anges et dormais avec les muses ?

— Je n'imaginais rien de tel. Je n'imaginais rien d'ailleurs. Je ne connaissais pas votre vie. Je ne vous connaissais pas.

1. Maître de chapelle des ducs de Lorraine, 1668-1741.

Il y eut un silence. Puis Denis murmura :

— Il est vrai que les enfants ne connaissent pas leurs parents ni les parents leurs enfants. Peut-être faisons-nous, toi et moi, une expérience qui s'éloigne des voies ordinaires... Le regrettes-tu ?

— Je ne crois pas.

— C'est bien. Va te coucher, ma fille, nous continuerons demain. Tu appelleras Louise et Eugénie pour les soins du soir.

Quand elle se pencha vers lui pour l'embrasser, il ferma les yeux afin de mieux s'imprégner de son odeur de rose, qui lui rappelait violemment le souvenir d'une fille dont il avait oublié le nom mais pas l'exquise saveur de la peau dans la moiteur d'un lit de fortune où il l'avait prise, un soir d'hiver dans les lointaines Flandres.

DEUXIÈME SOIR

Avant même qu'Agnès eût saisi sa plume, Denis se mit à parler comme s'il continuait à haute voix un soliloque sans fin.

— Quand en ta compagnie, Agnès, je me remémore mon enfance, n'est-ce pas un étranger que j'évoque, entrevu en d'autres lieux, dans des temps très anciens et depuis disparu ?... Quoi de commun entre ce garçonnet vif de corps et de cœur, désireux de tout connaître mais en demeurant niais, et cette carcasse indifférente au monde que tu vois là, gisant ? De celui que Voltaire amena à la compassion mais qui se montra si souvent cruel pour ceux qui l'aimaient, du coureur de chemins et de filles, de l'honnête marchand, du mauvais père, du mauvais mari, du rêveur, de l'aventurier, quel, si Dieu existe, passera en son jugement ? « Je ne vous connaissais pas », m'as-tu dit hier. Sur le coup, cette phrase m'a touché. En y réfléchissant cette nuit j'ai pensé que toi et moi étions victimes de ces illusions du cœur qui nous font croire qu'il suffit de se pencher sur notre prochain pour y lire à livre ouvert. Tu ne me connaîtras pas davantage demain, après-demain, quand tu me fermeras les yeux, car jc ne me retrouve pas dans les vêtements divers que j'ai endossés. Ils tombent aujourd'hui de moi comme des guenilles, sans que je puisse découvrir qui est ce pauvre être qu'ils ont couvert... Si, malgré tout, je veux me raccrocher à une illusion de plus, il me semble que l'amour du violon, la recherche pour chacun d'un timbre différent qui vous pénètre de bas en haut par douce violence, a mis une unité dans la dispersion de ma vie. Ne va pas croire, ma pieuse fille, que j'allais ainsi à la recherche de mon âme. Bien plutôt d'une sensualité où l'esprit aurait eu sa part belle... Je t'ai entendue jouer après dîner. Sur quel violon ?

— Celui que Guillaume vient de finir.

— Pourquoi ne me l'a-t-il pas montré ?

— Il était inquiet.

— Justement !

— Vous serez content, je crois.

— Je te vois l'œil allumé. Quelles manigances...

— Aucune, je vous assure. À peine une très légère retouche. Je ne vous en dirai pas plus. Il veut vous faire la surprise.

— Vous profitez tous de mon état ! Vous me voulez mort. Vous serez bientôt satisfaits.

Agnès posa sur l'écritoire la plume qu'elle avait gardée aux doigts, s'approcha du lit près duquel elle s'agenouilla afin que son visage soit à la hauteur de celui de son père, y posa la main pour une caresse, ce qu'elle n'avait jamais osé.

— C'est bon, grommela-t-il, confus de l'émoi qui lui faisait monter les larmes, tu es une ensorceleuse, comme toutes les femmes. Dis-moi plutôt ce que tu penses de Guillaume.

— Il est en grand progrès.

— Mon fils a trente-cinq ans et il fait des progrès ! Continue-t-il de boire ?

Agnès se releva, alla remettre une bûche, frotta ses mains contre sa robe grise pour en faire tomber les poussières d'écorce, reprit sa place en se mordillant les lèvres. À voix basse :

— Il boit un peu. Mais vous avez entendu comme son violon sonne bien !

— Ferdinand et Joseph ?

— Vous les voyez presque tous les soirs !

— Ils se tiennent près de la porte avec des airs hypocrites et soumis. Comment puis-je savoir s'ils sont heureux ou malheureux avec leur femme, leurs enfants, leurs maîtresses. S'ils sont contents de leur état. Quelle place ils convoitent dans l'atelier moi parti. Ce qu'ils pensent de notre Chantaire au tiers état.

— Si j'en crois votre confession, Ferdinand tient de vous. Les dames ne lui sont pas farouches et sa femme pleure souvent seule dans son lit. C'est, au demeurant, le plus attentif des frères et il aime son travail. Joseph paraît moins doué mais il est consciencieux et sage. Sa femme pleure, elle, de l'avoir fidèlement entre les draps… à y dormir !

Denis eut un sourire.

— Il lui a bien fait cinq enfants !

— Plus, car six autres sont morts. Mais, d'après ce qu'elle en dit, il ne se serait livré à cette rude tâche que par le trou de la chemise et les yeux fermés.

La surprise de Denis fut si grande qu'elle lui fit dresser la main droite qui retomba aussitôt.

— Eh là, ma fille, je ne te croyais pas tant au fait des choses de l'amour !

— Vous me félicitez souvent pour la finesse de mon oreille. Les violons ne sont pas seuls à me faire des confidences. Les femmes aussi, qui ont la langue pointue surtout quand il s'agit de la façon dont les hommes se servent de leur chantepleure... Mais je ne suis pas de taille à rivaliser avec vous en propos piquants. Ne me demanderez-vous pas des nouvelles de ma sœur ?

— J'ai passé la main à son mari. Je l'ai choisi parmi nos meilleurs hommes de loi. Le nombre de leurs enfants me laisse à penser que leur ménage est bon... Combien ai-je de petits-enfants ?

— Quinze et déjà quatre arrière-petits-enfants, dont l'un, Henri, aimerait faire des violons. Il serait heureux si vous le preniez à l'atelier.

— D'où vient-il celui-là ?

— De Claude, votre fille mariée à Papigny, votre notaire. Elle a deux fils et quatre filles dont l'une...

— Tu m'embrouilles...

— Henri a votre taille, vos yeux noirs, vos façons. Je suis sûre qu'il vous plairait. Ne voulez-vous pas le recevoir ?

— Nous verrons. Plus tard. Tant d'enfants morts, d'autres qui me sont indifférents. Pourquoi voudrais-tu que celui-ci... Il me ressemble, dis-tu. La belle affaire ! Crois-tu que je puisse m'en réjouir ou m'en glorifier ? Je suis las de vivre et de la vie des autres.

— Et de moi ?

— Pas encore, Agnès, pas encore. Reprenons notre ouvrage. Avant, redresse-moi sur l'oreiller, le souffle me manque.

Elle lui obéit. Lui montrant l'entre-deux en dentelle du drap dont elle recouvrait ses épaules :

— C'est, je crois, mon premier souvenir : ma mère se tient auprès de la cheminée penchée sur le carreau[1] où le dessin de ce motif est épinglé. Alors que ses fuseaux s'entrechoquent dans un bruit de noix qu'on remue, vous essayez le violon que vous venez de dépendre, embaumé de son vernis neuf. Pourquoi les gens de Mirecourt ont-ils, depuis des lustres, été habiles au travail de la dentelle et du violon ? Nos ducs, amateurs de musique et de beaux atours, nous ont-ils conduits à fabriquer les uns et les autres ? Au croisement de ces deux grandes routes qui mènent de Venise aux Flandres, de Bohême en Espagne, figurons-nous un creuset d'où sont sorties les robes et les voix des fées ? Au couvent, nous en débattions souvent avec les sœurs. Nous finissions par dire que Dieu nous avait donné cordes et fils pour mettre au monde un peu de grâce.

Denis ne répondit pas. Il revoyait le visage de Véronique, la mère d'Agnès, ce visage troublant de pureté, ce visage d'hostie — inaccessible et pourtant offert — qui lui en rappelait d'autres. Celui de sainte Ursule dans l'église de l'hôpital Saint-Jean

1. Carreau : coussin carré sur lequel les dentellières travaillent.

de Bruges où Fabrice était mort. Il s'était réfugié près de la châsse de cette sainte, peinte par Memling, pour la supplier, dans un accès de déraison, de ressusciter son ami. Miracle qu'elle avait accompli, disait-on, pour le peintre... Mais, alors qu'il divaguait, les religieuses roulaient le cadavre de Fabrice dans la paille avant de le porter au cimetière avec les pauvres, Denis n'ayant aucun argent pour le cercueil. Le chagrin de cette mort lui avait marqué le cœur d'un sceau où resplendissait le visage de la petite Vierge... Et celui de cette autre, dentellière de Bruges, son premier véritable amour...

Voyant qu'Agnès avait repris sa place près de son écritoire, il sortit de ses songes. « J'ai toujours eu le coup d'archet trop rude », murmura-t-il avant de reprendre son récit.

— J'avais seize ans quand Fabrice s'installa dans une masure à Poussay où il logeait, le temps de courts séjours, entre la mule et la charrette qu'il venait d'acquérir, les marchandises qu'il rapportait de ses voyages pour les revendre dans la région, celles qu'il entassait pour un futur convoi. À Troyes et à Lyon il se fournissait en livres, tout particulièrement en la fameuse bibliothèque Bleue qui partout faisait fureur, en almanachs, livrets et chansons, livres pieux et licencieux à quoi, prenant de l'audace, il ajouta quelques pamphlets. Mais aussi des bas, des bonnets, des mitaines, des ballots de soie et de mousseline. Du Jura, il rapportait des coffrets, des pipes et des boutons, des bijoux en argent. Des Ardennes, du molleton, de la serge. À Mirecourt, il se chargeait de toile, de dentelles, de ces fameuses boules d'acier, de violons de peu de prix pour les racleurs de cordes qui conduisent bals, processions, mariages et fêtes. À Épinal, d'images pieuses et de cartes à jouer. À Charmes, du véritable Guillaume[1]. Pour défendre ses marchandises, un chien fort méchant, nommé Loyal, et un fusil. À chaque voyage il étendait sa clientèle. Surtout, il pénétrait dans la haute société grâce aux draps de Mirecourt dont les tons, par un procédé secret, allaient du rose au prune, aux broderies et aux dentelles, apanage de notre ville. Ajoutons qu'avec sa belle taille, ses traits fins, ses cheveux blonds noués par un ruban, sa culotte de peau, ses jarretières, son ceinturon et son chapeau de feutre rabattu sur ses yeux myosotis, il pouvait séduire la servante, la bourgeoise, la noble dame, le valet et son maître. Il n'y manqua pas. Dans le récit de ses aventures se mêlaient paysages d'enfer et de pastorale, neige et orages, culs crottés, corps de satin, baisers, coups de poing, coups de feu. Ce garçon que j'aimais était devenu mon héros. Pendant ses longues absences, j'en rêvais à mon établi en maniant la gouge, le canif, le rabot, en vernissant mes violons... Oui l'attrait qu'exerçaient sur les riches certains objets de son négoce — et surtout celui de sa personne — lui ouvrit bien des portes. C'est ainsi qu'en avril 1734 il se trouve à Montjeu, près d'Autun, pour livrer un trousseau à Sophie de

1. Almanach, très en vogue à l'époque.

Guise qui épousait le duc de Richelieu, y rencontre Mme du Châtelet à qui il promet un déshabillé en dentelle qu'il doit lui porter, avant la fin de l'an, en son domaine de Cirey...

Dans la nuit qui tombe sur moi en plein jour, je songe souvent à cette étrange contradiction : dans l'univers l'homme n'est qu'un grain de sable semblable à un autre grain de sable. Or, pour chaque homme, semble-t-il, des fils se nouent ou se cassent, lui dessinant un destin particulier. Qu'en pense la silencieuse savante ?

— Plutôt que grain de sable, je dirais goutte d'eau. Dans l'eau que vous buvez, dans l'étang, la rivière, la goutte disparaît. Quand elle coule sur la vitre elle reflète une part de ciel qu'elle entraîne au plus profond de la terre. L'homme n'est-il pas ainsi, masse confuse ou objet unique selon la perspective dans laquelle nous l'appréhendons ? C'est Pascal qui a dit : « Qu'est-ce que l'homme dans la nature ? Un néant à l'égard de l'infini, un tout à l'égard du néant, un milieu entre rien et tout. » Pour ma part, je ne garderai pas le dernier terme de cette proposition car, aux yeux du Créateur, chaque homme ne peut être que l'unique goutte d'eau. S'il n'en était pas ainsi, pourquoi, mon père, vous raconteriez-vous ?

— Par une de ces folies qui font la goutte d'eau se prendre pour l'océan... Que te disais-je ? Ah, oui, tandis que Fabrice courait routes et aventures, moi, à mon piquet, j'avais fabriqué mon premier violon. Depuis deux ans la Charte des luthiers avait été signée par la princesse Élisabeth-Charlotte. Il y était dit qu'aucun ouvrier ne serait reçu en l'exercice de la profession sans dix-huit mois d'apprentissage. Moi, j'y étais depuis six ans ! Quand j'en fis la réflexion à mon père, il se moqua : « Tu vaudras un de Paris[1]. »

C'était un soir de septembre. Mon père avait fait faire silence dans l'atelier. Je saisis l'instrument par le manche et le lui présentai, le fond reposant sur mes mains, comme je l'aurais fait d'un nourrisson. Il me félicita pour l'élégance de sa volute et la belle couleur safranée de mon vernis. Le vernis ! J'y avais consacré tous mes soins, tournant pendant deux jours et une nuit mon essence de térébenthine à laquelle, quand elle fut ainsi épaissie, j'avais ajouté le mélange que tu connais d'huile, de résines, d'extraits de mousses et de plantes. Quand j'en eus joué, le tenant cette fois-ci contre mon épaule comme une belle, il dit : « Allons, il n'est pas à mettre au bois de cheminée ! » Il monta plusieurs bouteilles de vin et nous le baptisâmes de mon sobriquet : « Gueulard ». Je me révoltai quand mon père m'obligea à inscrire « Paris » sur l'étiquette qu'il me faudrait coller sur le fond : « C'est à Mirecourt qu'il a été fait ! — Oui, dit mon père, mais tout ce qui vient de Paris est plus beau aux yeux et oreilles des ânes. Puissions-nous mettre Crémone. Alors, Gueulard, tu pourrais prétendre à la gloire d'Amati ! » Je vomis sur Paris jusqu'au jour... Mais nous en parlerons en son temps.

1. La Charte des luthiers, à Paris, exigeait six ans d'apprentissage.

Pour me calmer, il me remit quelque argent. Comme je me haussais du col, mes frères se gaussèrent de moi : « Si tu joues de ton instrument par la ville, tu vas faire hurler les chiens, attirer les chats et déguerpir les filles ! » Il est vrai que, malgré les qualités de mon violon et les leçons de maître Bornille, je n'aurais pu, aussi bien que toi, enchanter un auditoire... Je partis ivre de vin, de colère et de joie.

Les premiers jours de juillet, les ponts de Mirecourt avaient été emportés par le Madon. Il n'avait cessé de pleuvoir. Nous ne parvenions pas à faire sécher nos violons. Les foins étaient restés pourris sur les prés ; dans nos vignes, le raisin avait coulé. Partout, en ville, rôdait une odeur de charogne. Sous la halle, la foule brocardait une femme adultère qu'on avait mise en selle sur le cheval de bois. Elle avait de longs cheveux noirs, une poitrine qu'on devinait superbe par les déchirures de son corsage. Et elle pleurait... Non, ma fille, je n'ai pas — ce que j'aurais voulu — fait mon chemin parmi les rieurs et pris la femme dans mes bras. Lâchement, je me suis détourné et suis allé perdre mon pucelage avec la première catin venue. J'étais près de mes dix-huit ans.

Si je n'avais pas, plus tôt, goûté au plaisir en compagnie des nombreuses prostituées de la ville, c'est que — je te l'ai déjà dit — à cette époque j'étais timide. Ma petite taille, mes joues rondes ne me donnaient pas cet air vainqueur que j'admirais, et enviais, chez d'autres garçons. J'ignorais que les femmes peuvent être sensibles à d'autres avantages... Ajoute que j'avais peu de loisirs, pas d'argent et qu'après avoir cru l'être de Marie-Jeanne — ce qui n'était qu'un emportement des sens — j'étais tombé amoureux d'une femme de vertu sévère. De plus, l'épouse de mon frère Henri qui, à trente ans passés, devenu veuf, avait comme il se doit épousé une jeunesse... Et fort belle. Ta tante Sophie. Elle était dentellière. Sous son bonnet, je devinais la masse de ses cheveux roux, sous ses vêtements la finesse de son corps. Son regard de tourterelle se détournait dès que le mien, posé sur son visage, l'enrobait. Au sein du gynécée que formait dans notre maison la réunion des femmes et filles de mes frères, sa réserve la rendait étrangère. Alors que les autres passaient leur temps à clabauder, rire, se disputer en brodant ou faisant de la dentelle, elle semblait tout absorbée par la danse de ses fuseaux, parfois un sourire aux lèvres... J'y pense en te parlant : elle avait ce maintien qui chez ta mère, chez toi, me touche comme si, pour reprendre ton image de la goutte d'eau, vous ne pouviez vous fondre dans la masse car la part de ciel que vous reflétez est immense. Sans doute n'ai-je pu trouver le sentiment du divin que dans quelques rares créatures... J'étais férocement jaloux de mon frère. Quand, les soirs d'été après souper, il la prenait par la taille pour une promenade, il me semblait que mon sang se coagulait dans mes veines et que j'allais mourir. Pour la voir mieux à mon aise, j'étais devenu fervent à la messe du matin où elle se rendait seule. Il arriva qu'un jour elle y avait oublié son missel... Non, je ne vais pas te raconter cette histoire ridicule !

Le rire d'Agnès s'éleva.

— Je la connais.

— Comment ça ?

— Tante Sophie me l'a confiée, l'an dernier, avant de mourir. Elle avait compris votre manège et, contrairement à ce que vous avez pu croire, n'y était pas insensible. « Certes, j'étais sérieuse, m'a-t-elle dit, mais ton père était si jeune, si charmant. C'est avec intention que j'avais laissé mon livre de prières à l'église. Il me l'a rapporté le soir même, aussi rouge que les pétales de rose qu'il avait glissés entre chaque page. Je secouai le livre au-dessus de sa tête devant toute la famille réunie autour de la soupière où mon beau-père s'apprêtait à couper le pain en m'écriant : « Admirez, Gueulard, vierge et martyre ! » Pourquoi m'être moquée ainsi de lui sinon pour me défendre d'un sentiment amoureux qui aurait fini par me vaincre ? J'ai été responsable du drame qui l'a fait quitter Mirecourt plusieurs années. À son retour, j'étais devenue à ses yeux transparente. Veuve, j'ai tenu son magasin, je me suis ridée, voûtée ; je peux mourir demain sans qu'il s'en aperçoive. Pour lui, je suis morte ce soir-là. » Quel est ce drame dont elle parlait ?

— Je te le dirai quand il prendra place dans mon récit. Bientôt... Sophie se trompait. J'ai vu ses chagrins et son vieillissement, mais, chaque fois que j'ai voulu faire un pas vers elle, je me suis trouvé reporté à ce temps lointain où, à plusieurs reprises, elle s'était moquée de moi. Et en public encore !

— Quel orgueil, mon père ! N'avez-vous jamais su pardonner ?

— Si, Agnès, mais un amour humilié est une blessure qui cicatrise mal. Surtout quand on est jeune et pas sûr de soi comme je l'étais... Donc ce soir-là, qui suivait de peu cette première humiliation, fier d'avoir terminé mon violon, la nuit s'ouvrant libre devant moi et des sous en poche, j'aurais pu me choisir une de ces belles catins qui offraient leurs services aux marchands étrangers. Par quelle bizarrerie me suis-je arrêté devant cette femme déjà âgée, édentée, les chairs flétries ? En prenant du plaisir avec ce déchet, espérais-je, dans ma naïveté, me purger de l'amour que j'avais pour ma ravissante belle-sœur ? Ou, pis, espérais-je enlever pour jamais à une femme le privilège de me faire souffrir puisque même la plus indigne pouvait me satisfaire ? Elle m'emmena dans une écurie en dehors de la ville. Elle jeta sur la paille une couverture élimée où d'autres avant moi avaient laissé leurs traces et m'invita à me dévêtir. Comme j'hésitais, montrant une mine penaude, voire effrayée, elle me demanda si j'étais puceau. Je fis oui de la tête. Passa sur son visage une satisfaction d'ogresse alors qu'elle défaisait les lacets de ma ceinture et faisait tomber ma culotte, puis elle me culbuta sur ce lit d'infortune, ses bras secs mais vigoureux autour de ma poitrine. Sans se dévêtir, elle me gratifia de quelques rudes caresses qui eurent pour effet, à mon grand étonnement, tant me dégoûtaient les lieux et les façons vulgaires dont elle s'y prenait, de me faire roidir, puis elle m'enfourcha en me griffant les épaules et les seins. Lentement elle fit monter et descendre le chaud de son ventre autour de mon vit jusqu'à ce que je lâche ma jouissance... Avant de se relever, elle rit et me baisa au front : « Voilà une bonne chose de faite, bel oiseau. Maintenant, tu n'auras plus peur des femmes. » Je lui demandai si elle nommait ainsi tous les hommes qui venaient la voir. « Non, dit-elle. Tu es le premier. » Je lui demandai pourquoi. Elle repartit à rire et, du bout du pied, me toucha le sexe : « D'autres te le diront. » Les jours suivants, je ne pus passer devant les filles sans qu'elles me hèlent : « Bel oiseau, viens-tu t'amuser avec moi ? » Ce furent bientôt les faiseurs d'instruments qui me donnèrent ce sobriquet puis toute la ville. Ne sachant si je devais m'en désoler ou m'en réjouir, je décidai d'en tirer gloire et j'exigeai que, désormais, mes violons portassent ma nouvelle signature, *Beloiseau*, que j'emprisonnai dans l'estampe d'une colombe.

Denis resta un instant silencieux, puis :

— Ne me demanderas-tu pas pourquoi ce surnom ?

— J'imagine que vous chantiez joliment.

— Tu as réponse à tout, ma fille.

— Me teniez-vous pour une prude un peu sotte ?

— Je l'espérais. C'est une tranquillité pour un père.

— Si j'étais en quête de mari je feindrais de l'être mais ce n'est pas le cas. Avec vous, mon père, pourquoi jouerais-je les stupides ? Cela ne m'empêche pas d'être sage.

— Comment en être sûr ! Je n'ai nulle confiance dans la moralité des sœurs de la congrégation Notre-Dame où tu as été élevée. J'ai ouï dire qu'elles en remontreraient aux chanoinesses de Remiremont[1].

— Pourquoi m'avoir mise chez elles ? Et pourquoi vous plaisez-vous à me faire un récit si complaisant de vos... émois ?

Le mot amusa Denis mais il n'en laissa rien paraître. Il bougonna :

— Puisqu'il en est ainsi, tu ne connaîtras pas la suite de ma confession. Je passerai sans que ma vie soit dite et sans que j'en aie repentance.

Agnès, déjà, avait repris son air modeste.

— Continuez, je vous en prie. Vous pouvez avoir toute confiance en moi. Vous voici donc Beloiseau, luthier de Mirecourt...

Il soupira, s'agita sur sa couche.

— C'est à la Sainte-Cécile de cette année-là qu'un accident changea le cours de mon existence. Quelques jours auparavant, Fabrice était rentré de voyage. Pas seul. Pas avec une femme mais avec un jeune garçon qu'il avait pris près de Lyon. Lors de nos retrouvailles, alors que son compagnon de route baguenaudait en ville, voici ce qu'il me confia : « Il se nomme Antonio Alfonti. Quand je

1. Chanoinesses réputées pour leurs galanteries.

l'ai fait monter dans ma charrette, il était trempé par la pluie qui ne cessait de tomber depuis le matin. Il me fit comprendre, dans un mélange de lombard et de français, qu'il se rendait à Nancy chez votre confrère luthier Pierre Demange. À peine enroulé dans un manteau que je lui prêtai, il s'endormit sur mes ballots. Le soir, après boire, il se montra bavard. Je compris qu'il venait de Crémone et avait été l'élève d'un nommé Stradivari, ce dont il se gonflait comme un dindon. Je connais Pierre Demange. Un filou plusieurs fois accusé d'avoir mis sa marque sur des violons achetés à bas prix à des rivaux malchanceux. N'avait-il pas prévu, comme un pactole, d'acheter les secrets de ce Stradivari à Antonio, surtout celui de son vernis qui, m'a-t-il appris, fait merveille ? D'abord, je l'alléchai en lui décrivant les fastes de nos journées de Sainte-Cécile, les plaisirs qu'il pourrait y prendre, afin de le convaincre de demeurer quelques jours chez moi. Je lui promis de le conduire à Nancy dès que nous serions dessoûlés. Après quoi, je le mis en garde : qu'il ne parle à personne de son maître car les luthiers de Mirecourt étaient fort capables de l'enfermer dans une cave et de le torturer jusqu'à ce qu'il leur livrât ses secrets. Enfin, je lui donnai ton nom : il pouvait te faire confiance; à ma demande tu veillerais sur sa précieuse personne. Lui faire comprendre toutes ces choses, mon Gueulard, ne fut pas aisé. Nous y passâmes une partie de la nuit. Enfin, je te le confie. À toi de le faire parler par douceur ou violence. » Après lui avoir dit mon nouveau sobriquet, ce qui le mit en joie, je lui fis remarquer avec, je te l'accorde, quelque hypocrisie, que si Pierre Demange était un filou, je mériterais d'être jugé de même si je parvenais, ce qui me paraissait difficile, à obtenir du Lombard la composition de son vernis. « Beloiseau, dit-il, puisque Beloiseau il y a, ne connais-tu pas les hommes ? La même action est bien ou mal jugée selon que c'est un étranger ou un ami qui la commet, surtout si cet ami te fait partager les profits qu'il en tire... Je connais ton cœur. C'est à moi que tu confieras la vente de tes violons quand ils égaleront ceux d'Italie. » C'est ainsi que je me trouvai flanqué d'Antonio, incapable que j'étais d'entendre son jargon. Mais, ce que je compris vite, c'est qu'il furetait dans notre atelier, épiait nos façons de faire comme si, loin d'avoir à nous enseigner, il avait beaucoup à apprendre. Cela encore n'aurait été rien. Dédaignant ma sœur la plus jeune à qui j'avais demandé de faire l'aimable avec lui, c'est à ma belle-sœur Sophie qu'il porta ses feux. J'enrageais ! D'autant plus que, par amusement ou pour m'éloigner davantage, elle feignait de le trouver charmant.

La Sainte-Cécile arriva donc. Tu en connais le déroulement. La fièvre règne chez tous les faiseurs d'instruments qui, à cette époque, étaient moins nombreux qu'aujourd'hui mais dépassaient les trois cents. Les chorales répètent. On dresse les tréteaux pour y jouer la vie de notre patronne venue d'Athènes à Mirecourt faire réparer le violon qu'elle avait brisé. On prépare les habits de fête. Les fours banaux brûlent nuit et jour où les petits ménages apportent leur pain, leurs brioches, leurs raves et leurs cochonnailles à cuire. Chez les charcutiers on voit des jambons enrubannés et toutes sortes de pâtés ; chez les rôtisseurs des poulardes et des chapons que des gamins crasseux, embauchés pour quelques sous, arrosent en tournant la broche, et les pâtisseries croulent sous les gâteaux, les bonbons et toutes sortes de douceurs. Des alentours et de loin arrivent curieux, cracheurs de feu, montreurs d'ours et de singes, danseurs de cordes, colporteurs, marchands de bêtes, notaires, apothicaires, médecins ambulants, sans compter une bande de coupe-bourses et autres brigands. Les auberges sont pleines, chaque famille accueille parents et amis. La ville ressemble à un vêtement qui craque à toutes les coutures sous la poussée d'un corps gigantesque qui ne cesse de croître. Antonio, chaque fois que je l'accompagnais — je ne le quittai pas d'un pouce —, parcourait la grand-rue, la rue basse, celle des Religieuses, du Saint-Sacrement, pénétrait dans les cours intérieures et, devant les terrasses et les escaliers en fer forgé de nos maisons, s'écriait : « *Come da moi*[1]. » Je finis par comprendre que, selon lui, Mirecourt était construite à la façon des villes de Toscane et de Lombardie. Et il est vrai que notre cité, cité de marchands, n'a cessé d'être détournée de son aspect primitif par ceux qui, enrichis au soleil d'au-delà les Alpes, ont bâti dans la pluie et les fri-

1. Comme chez moi !

mas des demeures à l'image de leur nostalgie. Les deux premiers jours passèrent : messes, processions, spectacles en tout genre, beuveries. Dans les cabarets, je restais sobre mais versais du vin à Antonio dans l'espoir de le faire parler de son apprentissage. Il riait, s'endormait sur la table en hoquetant son baragouin. Arriva le troisième jour...

Antonio m'exaspérait. Non seulement je ne parvenais pas à lui tirer le moindre renseignement sur son métier mais, à la maison, dans la rue, l'église, les processions, la fête, il s'arrangeait pour se trouver proche de Sophie, lui décochant des sourires et des regards niais, lui rendant ces petits services qui demandent peu d'efforts mais semblent ravir les femmes : leur apporter leur cape et l'arranger sur leurs épaules, un verre d'eau, pousser leur chaise près du feu, mettre un coussin sous leurs pieds... Chacun s'en divertissait. Moi, je l'aurais tué. C'est ce que je fis.

— Vous l'avez...

— Oui, ma fille. J'irai vite dans le récit de l'accident car il m'en coûte encore... Le troisième jour, donc, la ville était plongée dans l'ivresse. Malgré la pluie, le froid, des gens dormaient dans les rues, sous les portes cochères, dans les fumées des rôtissoires que des cuisiniers morts de fatigue faisaient encore tourner, dans les vomissures, les excréments, les cris des bêtes qui n'avaient pas été nourries. Pourtant, le soir, il y eut un sursaut de vie. Chacun fit toilette et on alla danser une dernière fois. Les nuits précédentes, Antonio ne s'était risqué ni au menuet, ni à la sauteuse, ni au passe-pied, se contentant de nous regarder nous trémousser au son des violons. Avec des airs de déesse, Sophie m'évitait. À la taverne du *Chêne d'or* où nous nous étions rendus en famille, je fus bien attrapé de voir le Lombard la saisir par la taille pour l'entraîner dans une valse. Mon frère Henri, malade de boire, était resté à la chambre. Mes autres frères s'étaient perdus dans la foule, œil mi-clos et jambes molles. Moi seul, et pour cause, demeurais vigilant. Mon imagination s'emportant, je voyais déjà ta tante finir la nuit dans les bras de mon heureux rival. Je me mis en faction non loin de la porte et m'efforçai de ne pas perdre le couple de vue. La danse finie, je surpris Sophie parler à Antonio, puis sortir. Quelques instants plus tard, il franchissait le seuil. Je le suivis et, passé la porte de Mattaincourt et les couvents, près du puits, je le rattrapai. Sans un mot, d'une forte bourrade, je l'envoyai à terre. Sa tête avait donné sur la margelle. Il ne se releva pas.

Je n'avais pas revu Fabrice depuis deux jours. Pendant que nous nous donnions aux plaisirs de la fête, il préparait sa prochaine expédition. Je filai chez lui, le trouvai au milieu de ses ballots et de ses comptes. Ce que nous nous sommes dit, je ne m'en souviens plus. Tout se perd aujourd'hui dans un brouillard. Je nous vois, une torche à la main. Nous revenons sur le lieu de mon méfait. Antonio saigne comme un porc par la bouche et les oreilles. Il nous faut détaler car une bande d'ivrognes vient vers nous dont les cris et les chants font ouvrir les portes des cabarets et les fenêtres de ceux qui se sont mis tôt au lit. Chez lui, Fabrice décida de tout.

— Il décida de quoi ?

— Je suis fatigué. Nous continuerons demain ou un autre jour.

Comme Agnès venait vers sa couche.

— N'approche pas, ma fille. Je pue. Va chercher Louise. Je te souhaite une bonne nuit.

Elle mit une bûche dans la cheminée, y jeta quelques gouttes d'un extrait de santal, resta un instant devant le feu, immobile. La respiration de son père s'était mise à siffler comme le vent d'hiver dans les branches des sycomores.

TROISIÈME SOIR

Après avoir écouté le violon de Guillaume, Denis demanda à son fils de le porter sur son lit, de le tourner et le retourner en tous sens alors qu'Agnès l'éclairait. Il monologua.

— Le dos est en deux pièces d'érable à ondes horizontales fines et serrées. Les voûtes sont bien prononcées au centre. Éclisses en érable. Table en épicéa à pores fins. Ouïes droites et minces. Tête large... Qu'as-tu changé au patron ?

— La position de l'âme. J'ai tout essayé. J'en suis arrivé à penser que plus les fibres du bois vibrent du côté de la chanterelle et des grosses cordes, sans qu'on augmente l'épaisseur de la table, plus l'instrument prend une voix mélodieuse. J'ai donc tiré l'âme plus près du chevalet, vers le cordier.

— C'est bien, mon fils, c'est bien. Et pour le vernis ?

— Je n'ai pas changé votre composition, mais j'ai mis une couche en moins.

— Mes yeux ne sont plus bons, mais je trouvais ton violon un peu terne... Tu as sans doute, là-dessus aussi, ton idée. Reprends ton instrument et assieds-toi. À qui le destines-tu ?

— Je ne sais pas encore... Agnès a dû vous le dire, nos clients deviennent de plus en plus rares et les routes de moins en moins sûres.

Un instant, Denis imagina ce violon entre les mains de Mlle Crux, formée à l'école de Mannheim, qui n'avait que seize ans, dont chacun admirait le jeu dans les concerts de Frantzel, Krammer et Vinter ; puis, bien plus tard, dans les bras d'une autre femme. Qui serait-elle ? Quel serait le monde ? L'instrument résisterait-il au temps ? Jusqu'où passerait-il ainsi de main en main ? La réflexion de Guillaume le fit revenir brutalement au réel.

— Vous avez toujours souhaité la justice, mon père. Mais que ferons-nous si révolte et misère durent et s'amplifient, si les Grands sont menacés ? Ce n'est pas le peuple qui achètera nos violons !

Denis connaissait les contradictions de son commerce et de sa pensée. Il s'en était tiré jusque-là par des pirouettes du raisonnement. Aujourd'hui qu'il ne pouvait plus se les permettre, la mort venait à point qui le tenait quitte de répondre.

— Que se passe-t-il en ville et à Versailles ? demanda-t-il.

— Nous manquons de pain depuis l'été, depuis que le résal de blé est à plus de trente livres. Maintenant, c'est la viande qui se fait rare. Les bouchers affirment que la dernière taxe fixée par les officiers municipaux ne leur convient pas. Ils ne font aucun préparatif pour garnir leur étal. Après avoir ouï le procureur du roi en ses conclusions, le Comité a ordonné que tous les bouchers de notre ville soient tenus de tuer dans le jour des bœufs, veaux, moutons et porcs nécessaires à la consommation pour être vendus au prix de la dernière taxe sous peine de cinq cents livres d'amende... On ne parle que de la guerre que se mènent sur toute chose le Comité et les officiers municipaux. C'est Jean-Baptiste Salle contre Charpit de Courville.

— Et à Versailles, que fait Chantaire ?

— Il pense poser la question à l'Assemblée : qui dirige la ville ? On dit que cette situation est commune et qu'il faudra bien qu'un jour soit mis fin aux prérogatives des anciennes municipalités. Souhaitons que ce ne soit pas dans le sang !

— Mais non ! Les hommes sont plus raisonnables qu'on ne le pense... Et l'atelier ?

Guillaume parla boutique : leur meilleur apprenti s'était tailladé deux doigts avec un canif, un autre montrait si peu d'adresse et de zèle qu'il faudrait le renvoyer. Deux ouvriers en moins ne pouvaient les gêner. Il revint sur la rareté des commandes. C'est alors qu'Agnès prit la parole : un jeune homme de Janzat, une petite ville située au centre de la France, demandait si l'on pouvait l'accepter comme apprenti. Son ambition n'était pas de fabriquer des violons, mais des vielles à roue.

— Pourquoi s'adresse-t-il à nous ?

— Il a entendu un de vos violons chez le comte de Montserrat, en Auvergne, et veut apprendre à fabriquer cet instrument chez vous avant d'aller chez Jean Louvet[1], à Paris.

— Curieuse idée... Louvet est bien vieux. Et nous, nous ne sommes pas des spécialistes de cet instrument. Que t'en semble, Guillaume ?

— Je ne tiens pas à nourrir une autre bouche, mes frères de même.

— Il a de l'argent, précisa Agnès, il nous paiera...

À l'adresse de son père :

— C'est un garçon cultivé. Il écrit très bien.

— C'est bon. Dis-lui que nous l'attendons. Joue-moi encore un peu cette sonate de Locatelli : tu n'as pas sa virtuosité mais Dieu que sa musique m'émeut !

Denis, après l'avoir écouté, yeux clos, dit encore : « C'est bien, mon fils » puis le congédia. Comme il gardait le silence, Agnès murmura :

— Peut-être ne voulez-vous pas, ce soir, en revenir à votre confession ?

— Mais si, ma fille. Je pensais seulement que, par légèreté, par paresse, je n'ai su que fabriquer selon les règles qu'on m'avait apprises, comme si les formes et les dimensions de l'instrument étaient acquises de toute éternité, que j'aurais dû, comme Guillaume, les mettre en cause... Trop tard !

Tout le jour j'ai repensé à mon départ de Mirecourt. Non, mon ami ne me laissa pas le temps de réfléchir. « On file ! Si le sergent te met la main au

1. Luthier spécialisé dans la fabrication de vielles à roue.

collet, on te verra pendu sous la halle. Pour sortir de la ville tu te cacheras sous une couverture. Je connais les gens de la douane : je leur graisserai la patte. Plus tard, tu t'habilleras en fille. Je dirai que tu es ma sœur. » C'est ainsi que je me retrouvai sur les routes, entre une balle de drap et le chien Loyal qui grognait dès que je bougeais d'un pouce, se couchait benoîtement sur la couverture qui me dissimulait dès que Fabrice claquait des doigts pour nous signaler les bottes d'un gendarme. Je ne pouvais dormir, rongé par l'inquiétude. Fuir me désignait comme coupable. N'aurais-je pas dû demander conseil et assistance à mon père plutôt que de m'en remettre à ce fou de Fabrice ? Quand pourrais-je revenir chez moi ? L'angoisse de mes jours à venir ne me laissait aucune disposition au remords. Nous roulâmes ainsi longtemps sur de mauvaises routes dont je ne voyais rien. À un arrêt, Fabrice me glissa un morceau de pain, de jambon et une chopine sous ma couverture : « Nous ne sommes pas encore assez loin pour que tu sortes de ton trou. Le temps n'est pas trop mauvais, il y a de la lune. Nous marcherons une partie de la nuit et la journée de demain en faisant des poses pour la mule. Après, je te dirai comment t'habiller et nous descendrons dans une auberge dont je connais le patron, un ivrogne qui ne fera pas attention à toi. Il aime les garçons. — Où allons-nous ? dis-je. — Au domaine de Cirey, chez Mme du Châtelet, lui porter son déshabillé. C'est une femme de grand savoir. Nous pourrons tout lui expliquer et elle nous conseillera. » La nourriture, le vin, les propos de mon ami me réconfortèrent un peu et je fus pris par le sommeil. Jusqu'à ce que je revêtisse les habits de femme qu'il m'avait préparés, je ne fis que boire, manger et m'assoupir entre deux cahots. « Une vraie beauté », me lança-t-il quand j'eus noué les rubans de mon tablier, « mais tu commences à avoir le menton bleu ! » Il accrocha un miroir à la toile de la charrette, versa l'eau d'une gourde dans un gobelet d'étain, me donna son savon et son rasoir. M'éclairant, il me traitait de maladroit : mes doigts tremblaient sur le manche, je me raclais la peau en tous sens et, plusieurs fois, me fis pisser le sang. Il dut me tamponner le visage à l'esprit de vin, puis m'enfariner d'une poudre parfumée tout en me faisant la leçon : « N'oublie pas que tu t'appelles Noémie Davincourt, de baisser les yeux, de ne pas parler — je te dirai muette — et de rougir aux propos galants. »

L'auberge se trouvait à l'entrée d'un village. D'autres marchands forains et quelques voyageurs faisaient tapage autour de la cheminée où rôtissait un petit cochon. Plusieurs se levèrent pour accueillir à grands cris de joie Fabrice qui était entré le premier. Ayant été présenté je n'eus pas assez de mains pour défendre mes fesses et mon manque de seins, éloigner leurs caresses et pincements. « Pardieu, laissez-la ! cria Fabrice. Ma sœur est muette, vierge et idiote. » Il y en eut pour dire qu'ils connaissaient le moyen de me rendre la voix et la raison mais ils me laissèrent en paix. Après de grands embrassements, la servante Marguerite nous installa à table avec les colporteurs. L'aubergiste traîna jusqu'à nous sa bedaine et, après avoir bafouillé un discours décousu sur la dureté des temps, retourna se coucher. Je fus au supplice pendant tout le souper. La servante, qui était jeune et fort plaisante, me faisait mille agaceries : « Qu'elle est mignonne, disait-elle. Quels beaux yeux ! Dommage qu'une si jolie bouche ne puisse parler... » Et de me baiser les joues et de me caresser le cou tandis que, malgré les coups de pied que je lui donnais, mon voisin de droite fouillait mes jupons pour me saisir la cuisse. Je tirai en vain Fabrice — qui se trouvait à ma gauche — par la manche. Tout occupé à parler avec ses compagnons et à débiter des fadaises à la servante, il ne s'occupait de moi que pour empêcher qu'on me servît du vin, qui, assura-t-il, ne ferait qu'aggraver mon état d'innocente. Je me rattrapai en dévorant une bonne part de goret, de chou, de tarte, ce qui fit dire à mon voisin qu'il m'épouserait bien si j'étais aussi vorace au lit qu'à table ! Enfin, alors que les marchands bourraient leur pipe et sortaient leur jeu de cartes, Marguerite déclara qu'il était temps de me mettre au lit. Le sien ! Un bougeoir à la main, elle me tirait comme une poupée de chiffon vers l'étage quand Fabrice la rejoignit, lui chuchota quelques mots à l'oreille qui la firent rire. C'est ainsi qu'elle, toujours me tirant, lui, son bras passé autour de sa taille, nous arrivâmes dans une sorte de grenier où je vis une paillasse, une mauvaise table, un pot et une cuvette. Ils me firent asseoir, éteignirent la chandelle et me donnèrent à entendre une sérénade qui me mit dans l'état que je te laisse à deviner... Pardon ! Sur lequel je te demande, ma fille, de fermer les yeux... Après quoi, Fabrice redescendit pour panser sa mule, son chien et jouer aux cartes, elle pour desservir la table, non sans m'avoir souhaité — les drôles ! — une bonne nuit. Je ne pus trouver le repos et, quand elle se coula près de moi, il me fallut de la vaillance pour ne pas lui faire connaître mon sexe.

Nous partîmes tard de l'auberge, Fabrice ayant joué une partie de la nuit. « Tu en fais une mine ! » s'écria-t-il quand il me vit des cernes jusqu'au milieu des joues. « Mets-toi du rouge ! J'espère que tu n'as pas trop câliné Marguerite. Ce n'est point que j'en sois jaloux, mais la prudence... — La prudence eût voulu que je couchasse avec toi, ou mieux, avec la mule ! Jamais je n'aurais dû te suivre... » Nous nous disputâmes jusqu'à en perdre la salive.

Deux heures après, alors que nous traversions une forêt dont les arbres se dépouillaient sous un vent d'ouest porteur de pluie, un homme en guenilles, le visage envahi par une barbe noire, suivi de quatre autres d'aussi mauvaise allure jaillirent d'un fourré pour arrêter notre attelage. Fabrice n'eut pas le temps de saisir son fusil que deux d'entre eux nous avaient jetés au sol où ils nous maintinrent. Les trois autres se réjouirent du butin qu'ils tiraient de la charrette pour l'enfouir dans de vastes sacs de toile qu'ils portaient sur leur dos, comme des colporteurs.

Je m'étais d'abord débattu contre la brute qui s'était assise sur mon ventre afin que les autres pussent remplir sa besace, mais Fabrice m'avait fait signe de rester tranquille. Lui-même, en aussi fâcheuse position que moi, semblait regarder le passage des nuages entre les branches. Ce qui me rendait furieux c'est que Loyal, ce chien féroce qui, au premier instant de l'attaque, avait sauté de la charrette tous crocs dehors, couché maintenant près de son maître, se léchait les pattes ! Quand les brigands furent prêts à repartir, Fabrice pria d'une voix geignarde : « Surtout, messieurs, ne touchez pas à ma petite sœur. Elle est vierge et si craintive ! » Celui qui paraissait être le chef s'esclaffa : « Bonne idée que tu nous donnes ! Les gars, posez vos sacs, nous allons nous amuser... » Ils se précipitèrent sur moi qui me débattais et hurlais, m'arrachèrent mes jupons, se disputant la place de premier à me déflorer ! À demi assommé, j'entendis Fabrice siffler et, presque dans le même temps, les hurlements du chef que Loyal avait pris à la gorge, puis d'un autre... Profitant du désarroi de nos détrousseurs, je parvins à me lever et à courir vers la charrette, suivi de Fabrice et de Loyal. Et fouette cocher ! Au bout d'une heure de galop, sortis de la forêt, nous nous arrêtâmes au bord d'une petite rivière. J'embrassai notre brave chien. Fabrice se désolait : « J'ai tout perdu, même le déshabillé de Mme du Châtelet ! Quelle guigne ! » Il ne nous restait pour tout bien qu'un sac de boules d'acier dont Fabrice, tu l'apprendras plus tard, sut se servir pour endormir une dame. Je me mis à rire : « Vois dans quel accoutrement je vais me présenter à elle ! » Je n'avais plus sur moi que quelques lambeaux de toile. C'est dans ce piteux équipage, morts de faim et gelés, que nous arrivâmes au château.

Par un jour maussade, nous avions parcouru une région assez accidentée. Après avoir gémi sur la perte de ses marchandises, Fabrice m'avait décrit la personne que nous allions rencontrer, sa situation, ses amis. J'en fis peu de cas, pensant qu'il était dupe de son imagination ou que, si cette dame était aussi savante et riche qu'il le disait, elle nous ferait prendre par son valet d'écurie pour nous chasser.

Au-dessus du village de Cirey que longe une rivière, sur un coteau abrupt, des bâtiments se dressaient qui me parurent imposants bien qu'en partie ruinés. Fabrice me laissa avec la mule et Loyal au pied d'un escalier qui conduisait à la porte centrale d'une aile neuve qu'on semblait vouloir raccorder par une galerie à une partie plus ancienne. Sur le terrain qui entourait l'édifice, j'apercevais quelques paysans en train de planter des arbres. Meurtri, gagné jusqu'à l'os par le froid, je crus que j'allais mourir. Soudain, je vis dans la nuit venir un homme tenant une lanterne qui l'éclairait. Il avait une quarantaine d'années, la taille moyenne, le visage fin. Quand il se pencha vers moi, je fus pénétré par la vivacité de son regard. « Mon coquin, comme vous voilà fait ! » s'écria-t-il. Il m'aida à descendre de la charrette, me conduisit à travers des vestibules près de la cheminée d'une grande pièce fort éclairée, où je m'écroulai.

Quand je repris conscience, je me trouvais enfoui dans un océan de duvet et j'entendais la voix des anges. Le ciel ? Mais non, j'étais bien sur terre car une dame de belle stature, les yeux verts, le front haut encadré de frisons bruns, vêtue d'une robe rouge garnie de pierreries, d'or, de pompons et de perles, me donnait à boire. Près d'elle je reconnus l'homme qui m'avait appelé « Mon coquin » et Fabrice... Pris d'une crise de larmes et de rires, je m'étranglai et, à ma grande honte, recrachai le liquide sur les bras nus de ma bienfaitrice. « Laissez, ma chère Émilie. Puisque cet enfant a bien voulu ouvrir un œil, je vais l'amener faire toilette. Je suis certain qu'après il fera honneur au souper. »

Quand la dame et Fabrice se furent retirés, il me conseilla de sortir prudemment du lit pour voir si je pouvais tenir sur mes jambes. Je tenais ! Il me conduisit dans une petite antichambre revêtue de carreaux de faïence et de tablettes de laque portant des livres. Quand à son invite j'y eus fait tomber mes haillons, je me découvris le corps couvert de bleus. « Mon pauvre coquin, dit-il, pendant que vous serez au bain, j'irai demander à Mme du Châtelet un de ses onguents avec quoi, une fois sec, vous vous masserez. » Puis il me fit entrer dans un cabinet de toilette vert céladon sculpté et doré où des fauteuils, dorés eux aussi, entouraient une vaste cuve remplie d'une eau très chaude qui sentait le jasmin... Avec l'onguent, il m'apporta une culotte de velours couleur d'olive, une veste avec de vastes poches, des bas façon peau de serpent et des souliers étroits ornés d'énormes boucles d'argent. Il s'amusa de me voir faire la grimace au premier pas : « Eh oui, dit-il. C'est la mode de nos jeunes gens qui pour marcher doivent s'appuyer sur une canne. Demain, nous essaierons de vous en procurer de plus commodes. »

C'est donc en boitant que je le suivis jusqu'à une sorte de salon, tendu de soie jaune, où sur une table, près de la cheminée, luisaient cristaux et argenterie. Émilie et Fabrice m'accueillirent avec des transports de joie, après quoi, mon esprit sortant enfin de sa confusion, je compris qui étaient nos sauveurs. « J'ai conté ton histoire et la mienne à nos généreux hôtes, dit Fabrice. Non seulement ils nous pardonnent de ne pas avoir apporté un déshabillé à Mme du Châtelet, mais ils offrent de nous garder quelques jours afin que nous puissions reprendre des forces. M. de Voltaire va écrire à ton père pour plaider ta cause. Néanmoins, il pense comme moi que tu n'as pas intérêt à rentrer à Mirecourt. Peut-être pourrais-je te laisser chez ton frère à Gand. Après quoi, j'irai chercher un autre déshabillé pour Madame. » Comme je balbutiais des remerciements, Voltaire nous poussa à table. Pour nous mettre en appétit — je n'en manquais pas ! — il nous fit servir un verre de vin de Venise. Puis nous attaquâmes un faisan, faisandé à point, qu'il dit avoir tué quelques jours auparavant dans la forêt de l'Étoile.

Si je te raconte cette arrivée, ma fille, avec tant de détails, c'est qu'à travers les ans ils sont restés vifs en ma mémoire. Durant le souper, la marquise et le philosophe échangèrent propos aimables et d'autres qui l'étaient moins quand elle lui affirma qu'elle ne passerait point l'hiver dans ce château rempli de courants d'air et d'ouvriers. Que, d'ailleurs, pour ses travaux, elle devait rejoindre Paris. Après l'avoir querellée, Voltaire lui récita des vers. Je crois avoir retenu ceux-ci qui me paraissaient, à l'époque, du dernier galant :

On dit qu'autrefois Apollon
Chassé de la voûte immortelle
Devint berger et puis maçon
Et laissa là son violon
Pour la houlette et la truelle.
Je suis cent fois plus malheureux :
Votre présence m'est ravie ;
Je ne vois donc plus vos beaux yeux ;
Je vous perds, charmante Émilie ;
C'est moi qui suis chassé des cieux.

Je me hasardai à demander à cette dame quelle était la nature de ses travaux. Voltaire répondit pour elle. « Madame est une savante en géométrie et en astronomie. Moi, j'organise les lieux de son travail. J'écris des vers à sa gloire mais aussi des pièces, des opéras et des ouvrages qui ne sont pas au goût du roi et des dévots. » Là-dessus, il nous lut une lettre qu'il avait envoyée à la duchesse d'Aiguillon, qu'il nous dit appeler en privé « Sœur du pot des philosophes », à laquelle je ne compris goutte. Il la remerciait de son entremise auprès de la princesse de Conti afin qu'il ne soit pas condamné par le Parlement. Pourtant je ne m'ennuyais pas : j'avais la cervelle enflammée par tout ce que je voyais et j'entendais. J'étais le spectateur ébloui d'un monde dont je n'avais eu à Mirecourt que de lointains échos. Certes, je savais que Voltaire était l'auteur de *Zaïre,* pièce qui l'avait rendu si célèbre que je l'avais imaginé en esprit glorieux siégeant à la droite du roi de France. Or, j'avais devant moi un homme aimable, épris d'une maîtresse coquette, aussi peu sûr de son destin que je pouvais l'être du mien. Ma stupeur fut à son comble quand, après dîner, il se plaignit d'avoir la colique ! Heureusement, il nous restait des boules d'acier...

Était-ce le faisan ou les émotions de la veille, elle me prit à mon tour en pleine nuit. Fabrice et moi couchions dans une des chambres d'invités qui n'avaient pas été refaites. Des morceaux de tapisserie pendaient des murs lézardés qui laissaient passer la bise, le sol était crasseux ; pour tout mobilier : quelques vieux fauteuils et des lits vermoulus. Dès qu'étendu, Fabrice s'endormit. Moi, après un temps très court où je l'imitai, je me réveillai le ventre en révolte. Imagine-moi, ma fille, plié en deux par les tranchées, le cul serré sous ma chemise et les pieds dans mes souliers trop étroits, qui cherchais dans la pénombre la sortie du château... Ah, le ridicule spectacle ! Me heurtant aux meubles et aux murs, je finis par la trouver et ne pus aller plus loin que le bas de l'escalier pour me libérer. Au retour, j'allais mieux, mais j'étais transi et, alors qu'à l'aller j'avais pu me guider sur la faible clarté qu'une nuit de lune mettait aux fenêtres, au retour je me perdais dans le noir le plus profond. À tâtons, je finis par poser la main sur une poignée de porte que j'ouvris. Je ne reconnus pas la pièce où j'étais entré, mais à la lueur d'un feu finissant je vis un lit, je m'y hissai sous un édredon de plumes et m'endormis d'un coup n'en demandant pas plus... Pour être réveillé quelques instants plus tard, du moins me sembla-t-il, par une voix et des mains caressantes : « Que faites-vous là, mon cher enfant ? » Avais-je rejoint le sein de ma mère morte dont je n'avais gardé qu'un souvenir incertain ? Yeux fermés, j'en touche un fort doux. « Voltaire ne s'est pas trompé en vous nommant coquin ! » Non seulement on ne me retire pas le tendre objet, mais on le porte à ma bouche qui se met à le téter goulûment. Puis ce fut l'autre. Puis c'est la robe qu'on fait tomber car je me plains que les pompons me chatouillent, puis un jupon, puis, puis... Je me retrouve le nez dans une toison parfumée à qui je rends un vif hommage. « Mon enfant, me dit Mme du Châtelet quand je me remis à son côté, vous expédiez l'amour un peu rapidement ! — C'est que je vous désirais fort ! — Sans doute. Mais quand on veut, quand on souhaite que la dame partage votre plaisir, on marque le pas. — Et comment ? — Il y a mille façons. Le duc de Richelieu pensait à Dieu. — N'avez-vous pas dit à souper qu'il était libertin ? — Rien ne les vaut pour l'évoquer. — Et M. de Voltaire ? — Il a petit appétit. — Et les autres hommes que vous avez connus ? — Vous voilà bien impertinent ! — Non, Madame, mais je cherche à vous plaire et à m'instruire. » Elle m'instruisit. Sans doute fut-elle contente de son élève car elle me garda dans son lit jusqu'à onze heures passées, ce qui, paraît-il, n'était pas dans ses habitudes... Je connus tous ses caprices. Certains fort charmants, d'autres qui me laissèrent pantois. Par exemple...

Agnès avait laissé tomber sa plume.

— Pardonne-moi, dit Denis, je m'échauffe à ces souvenirs et blesse ta pudeur.

— N'aviez-vous aucune honte à tromper votre hôte ?

— Sur le coup, si je puis m'exprimer ainsi, je n'y pensai guère, tout au plaisir d'être aussi bien déniaisé. La deuxième nuit, pourtant, avec quelque hypocrisie, je fis part à la marquise de mes scrupules. Elle en montra de l'agacement. « Quand un amant met en balance les devoirs qu'il a envers un ami et ceux qu'il doit à sa maîtresse, c'est que ses sentiments pour elle commencent à faiblir. » Je m'employai donc à la rassurer. Après, elle m'expliqua le plus tendrement du monde que l'amour qu'ils éprouvaient se plaçait, avant tout, sur le plan de l'idéal. « Il ne souffrirait pas de vous savoir dans mes bras ? — Si, mon enfant, mais nous avons vous et moi assez d'affection à son endroit pour ne pas le lui dire ! » C'est donc sans remords que je passai mes journées en compagnie du philosophe et la plupart de mes nuits auprès d'elle.

— Avec Voltaire, que faisiez-vous ?

— Reprends ta plume, ma fille. Rien de ce que je vais te conter maintenant ne peut t'offenser, bien que l'homme n'ait pas été insensible aux garçons... Mais je n'étais pas Frédéric II !

Donc je l'accompagnais auprès des ouvriers qui travaillaient au château et dans le parc. Il connaissait leur nom, leur famille, les interrogeait sur leurs soucis, leurs chagrins, leurs joies.

Aussi sur la connaissance qu'ils avaient de leurs métiers. Il en faisait de même pour moi quand nous allions en promenade ou chasser dans la forêt de l'Étoile. Il n'était guère féru de musique mais montrait une grande curiosité pour la fabrication des violons. Il s'extasiait que de simples menuisiers eussent pu imaginer cette boîte chantante et, sans cesse, la perfectionner. Cela confortait ses idées sur la capacité des hommes à améliorer les outils de leur travail, de leur connaissance, de leur plaisir et, ce faisant, à s'améliorer eux-mêmes. Ce qui l'intéressait également c'était nos conditions de vie et celles des paysans. Il tira mon esprit des limbes en me parlant de ses travaux. Il avait terminé les *Lettres philosophiques*. Sa passion : l'Angleterre où il avait vécu deux ans. « La nation anglaise, disait-il, est la seule de la terre qui soit parvenue à régler le pouvoir des rois en leur résistant, et qui ait établi ce gouvernement sage où le prince, tout-puissant pour faire le bien, a les mains liées pour faire le mal, où les seigneurs sont grands sans insolence et sans vassaux, et où le peuple partage le gouvernement sans confusion. Le négociant qui enrichit son île y est plus important qu'un marquis alors que, chez nous, il rougit de sa profession face à de petits nobles qui n'ont pour connaissance que l'heure du lever et du coucher du roi ! » Il s'échauffait la bile de voir que certains de ses amis écrivains et artistes en étaient réduits à la misère ; aussi contre les écrits de Pascal dont il assurait qu'il pensait mal et écrivait souvent en galimatias... Enfin, il me disait son horreur des crimes, des folies, de l'injustice des hommes et son espoir dans le progrès lent mais continu de la raison humaine... Oui, ma fille, je fus heureux pendant ces huit jours qui me parurent alors un instant et restent dans mon souvenir comme une éternité car j'avais trouvé là un père-maître et une mère-maîtresse. Je ne puis y penser sans émotion.

Il se tut. Agnès respecta son silence, puis :

— Mon père, je vous laisse. J'imagine qu'il serait trop cruel de vous demander ce soir le récit de votre séparation.

— Ni ce soir ni demain. Sache seulement que nos généreux amis nous avaient pourvus en argent et en vivres et que seul notre chien Loyal était content de reprendre la route.

— Me direz-vous pourtant ce que Fabrice faisait tandis que vous écoutiez les leçons de Voltaire ?

— Il dormait, mangeait, courtisait les servantes, venait parfois chasser avec nous mais ne prêtait guère attention à la philosophie. Ajoutons que Mme du Châtelet ne dédaignait pas de jouer aux cartes avec lui. Elle y était enragée ! Il la battait car il trichait.

— Et elle ne s'apercevait de rien ?

— Sans doute fermait-elle les yeux... C'était une femme très bonne et Fabrice était beau.

— Vous ne me direz pas que lui aussi...

— Non... Peut-être... Ah, je rage de ne pouvoir te faire entrer dans ce rêve qu'il nous était donné de vivre ! Il nous aurait paru sacrilège de le briser par la moindre mauvaise humeur. Nous étions, comme les dieux de l'Olympe, pris dans un filet de grâces. Cela nous enivrait d'autant plus que nous savions, bien que nous évitions d'y penser, que nos peines futures n'en seraient que plus rudes.

Agnès, songeuse, rangea son écritoire, mit une bûche au feu, appela Louise, salua son père. Avant de franchir le seuil elle se retourna : « Avez-vous pu changer de chaussures pendant votre séjour ? » Il rit : « Dès le lendemain on me fit faire des bottes. Tout usées qu'elles fussent, je les ai gardées ainsi que le costume de velours. Dans l'armoire de la chambre voisine. J'y tiens quelques-uns de mes secrets. Je vais t'en donner la clef... Tu trouveras, accroché à la doublure de la veste, un pompon. Un de ceux de la robe rouge. »

Plus que les turpitudes de son père, cet aveu d'un cœur sensible la troubla.

QUATRIÈME SOIR

Agnès prit sa place, la mine soucieuse. Denis, qui avait appris au cours de leurs entretiens à lire son visage, lui en fit la remarque.

— Votre femme, dit-elle, refuse de recevoir le jeune luthier de Janzat.

— Et pourquoi ?

— Nos affaires n'iraient pas bien.

— Fais-la venir.

Pour la première fois depuis qu'elles vivaient ensemble, Mathilde s'était emportée contre sa belle-fille. La venue de l'étranger n'était qu'un prétexte. Elle ne supportait plus que son mari parlât si longuement avec sa fille chaque soir. Et de quoi ? Cette dissimulatrice se serait-elle mis en tête de se faire faire un legs de valeur ? Complotaient-ils contre elle ou ses directives ? Il fallait que chacun sache qui, Denis n'étant plus qu'une larve, commandait la maison, la famille, l'atelier et le commerce.

Elle arriva, plus imposante que jamais, dans une robe à paniers aux larges rayures jaunes et vertes, son haut bonnet rehaussé de coques de dentelle, des dossiers sous le bras.

— Asseyez-vous, ma femme, dit Denis. Agnès me rapporte que nous courons à la ruine...

— Je veille sur vos biens, vous le savez, mais je suis la seule. L'époque ne nous est pas favorable ; vos enfants ne s'en soucient guère.

— Guillaume, comme vous, pourtant, hier encore...

— Ah, Guillaume ! Il boira votre fonds.

— Il boit, j'en conviens, mais c'est un excellent luthier.

— Bel avantage ! Mieux vaudrait aujourd'hui qu'il élevât des cochons et taillât les vignes.

— Vous voudriez que mes fils ne soient que paysans... Ils le sont aussi sur nos terres.

— Ils font faire le travail par d'autres. Cela nous coûte.

— À Agnès, que lui reprochez-vous ?

— D'être une entêtée. Elle me querelle pour obtenir de moi que j'accueille une bouche de plus.

— Cet apprenti offre de payer sa pension, m'a-t-elle dit.

— Il est toujours aisé de promettre... Nous devons, vous et moi, parler sérieusement. J'ai monté mes livres de comptes.

Elle les déposa sur une table qu'elle s'apprêtait à porter près du lit avec l'aide d'Agnès. Denis les arrêta.

— Pas ce soir. Je les regarderai, avec vous, demain matin, quand j'aurai repris souffle. Pour l'instant, laissez-moi, je vous prie.

Mathilde ne put contenir sa rancœur.

— Agnès, elle, ne vous fatigue pas !

— Parfois, ma mie, parfois. J'ai d'autres comptes à régler qui me paraissent plus importants.

— Je voudrais bien savoir lesquels !

— Vous le saurez, ma mie. En son temps.

Elle rata sa sortie. N'ayant pas ouvert assez grande la porte, elle faillit rester coincée dans l'embrasure par ses paniers et dut pour la franchir tordre d'une main rageuse un des cerceaux qui tenaient l'étoffe de sa robe soulevée.

— Une dépense de plus ! dit Denis. Puis, quand il n'entendit plus le bruit de ses talons : On raconte qu'à Pont-à-Mousson, pendant la disette de 1725, le peuple prit en guignon le vertugadin des femmes, croyant que c'était cette mode qui attirait les malédictions du ciel sur les biens de la terre. Elles durent se défendre de leurs agresseurs au poignard et portèrent leurs plaintes aux magistrats. Ce qui jeta, un temps, la population dans un grand désordre. Crois-tu qu'il puisse en être de même aujourd'hui ?

— Les superstitions me semblent moins vives... Et qui oserait s'attaquer aux paniers de votre femme ?

— Comment t'entends-tu avec elle ? Je n'ai jamais eu vent de ces disputes qui empoisonnent d'ordinaire les relations d'une belle-mère et les enfants d'autres lits.

— Jusque-là tout était pour le mieux. Je m'emploierai à prolonger cette bonne entente. Mais vous devriez la voir plus souvent.

— Elle m'ennuie avec ses comptes !

— Ne l'avez-vous pas épousée pour qu'elle gère bien votre maison ?

— Sans doute car je n'ai jamais eu la tête au gain. Aussi, il me faut te l'avouer, parce que devenu vieil enfant ses gros seins me donnaient de l'appétit. Je voulais mettre de la chair et du lait entre la mort et moi. Imbécile, qui aurait bien dû prévoir qu'ils n'étaient lourds que de graisse !

— Vous êtes injuste. Elle a de la tendresse pour vous. Je l'ai vue refleurir entre vos bras.

— Veuve d'un juge qui ne la foutait qu'à la Sainte-Cécile, elle me montra, les premiers temps, quelques ardeurs qui se calmèrent vite. Chez les femmes, quand le cœur n'irrigue pas le conin, la chanson ne dure pas.

— Les hommes ne sont-ils pas faits de même ?

— Nous tirons trop de vanité de notre trique-madame pour le reconnaître. Et puis, moins que vous, nous savons démêler ce qui nous parle au cœur ou à la chair.

— Je crois qu'à sa façon votre femme vous aime.

— Disons alors que c'est sa façon qui ne convient pas.

— Vous êtes trop exigeant, mon père. Ma mère, pour laquelle vous aviez des sentiments, vous la trompiez.

— Tais-toi !

— Voulez-vous reprendre votre récit ? Nous en étions à votre départ de Cirey et à votre voyage vers Gand.

— Pas ce soir. Je vais dormir. Il faut que

demain matin j'aie l'esprit clair. Mais viens un peu près de moi.

Agnès s'agenouilla à la tête du lit. De sa main encore valide, il saisit les siennes et les posa sur sa poitrine.

Après un long silence, il ferma les yeux. Une larme roula sur sa joue qu'elle vint boire.

— Qu'avez-vous, père ? Vous souffrez ?

— Non. Je m'apaise dans ton doux rayonnement. Si je n'avais pas cette confession à faire, je souhaiterais qu'en cet instant la mort me prenne.

— Je reviendrai demain pour vous entendre. Nous aurons encore beaucoup de soirs avant le dernier.

Quand elle se fut relevée : « Femme, soupira-t-il, ô femme ! » Elle sortit lentement à reculons et appela Louise et Eugénie.

Trois jours s'écoulèrent avant qu'il fît revenir Agnès.

À son chevet, dès le matin, Mathilde lui épuisait l'esprit par l'énoncé de ses calculs et de ses craintes. Il dut reconnaître que celles-ci n'étaient pas vaines et se ranger à ses décisions de restreindre le nombre de leurs commis, l'achat de bois précieux, mais obtint d'elle, après bien des palabres, que contre forte rétribution il prendrait le garçon de Janzat en apprentissage. Il n'avait jamais su refuser un sang neuf.

C'est non sans aigreur, et comme si la décision venait d'elle, qu'elle signifia son accord à Agnès.

— Je suis bonne de céder à votre caprice. Le visage de ce garçon vous est-il apparu en rêve ?

Songez-vous à le prendre pour galant ? Ceux de Mirecourt ne vous suffisent-ils pas ?

Agnès rougit.

— Vous savez bien que je ne suis pas dans ces pensées.

— Dans lesquelles êtes-vous donc ?

— À bien vous servir, vous, mes frères et mon père.

— En quoi le servez-vous quand, le soir, il vous tient dans sa chambre ?

— Il me parle de sa vie.

— Joli sujet pour une demoiselle !

— J'apprends beaucoup de ses rencontres.

— Avant de poursuivre vous devriez en parler à votre confesseur.

— C'est fait, madame, et j'ai sa permission.

Mathilde leva ses mains jointes vers le plafond du magasin — son domaine — où elle avait convoqué sa belle-fille. Comme prenant à témoin les violons qui y pendaient :

— Où vont la Lorraine et notre religion !

À la vue de maître Grandjean, riche avocat de la ville et un de leurs meilleurs clients, qui poussait la porte, elle reprit un air affable.

— Vous pourrez, demain, reprendre vos visites à votre père.

Les heures parurent longues à Agnès qui la séparaient de ce rendez-vous. Si longues qu'elle s'inquiéta de ce besoin qu'elle éprouvait d'être scandalisée par son père.

CINQUIÈME SOIR

Denis paraissait mieux. Lavé, rasé de frais et de près par Louise, le buste un peu dressé sur ses oreillers, il tendit la main vers Agnès quand elle entra, auréolée par la lumière de la lampe dans ses cheveux. « Viens m'embrasser, ma fille. Nos affaires sont en ordre, du moins pour quelque temps, et nous aurons de nombreuses heures de tranquillité si la mort ne m'emporte pas avec mes secrets... Mais le doute que je t'ai déjà dit me tourmente. Même si je parviens à te les confier tous, me connaîtras-tu ? Me connaîtrai-je moi-même au jour du Jugement, s'il en est un ? Une vie n'est pas faite uniquement de nos actes, de nos rêves. Quelque chose de plus y point que je ne saurais définir.

— Serait-ce la grâce ?

— Le doigt de Dieu ou du diable, je ne puis trancher. Quelque chose dont nous ne serions pas responsables qui devrait, du saint au criminel, nous accorder comme frères.

— Vous voilà dans un esprit bien chrétien !

— Une sorte de lucidité plutôt qui, parfois,

me traverse. En me racontant j'érige mon tombeau, or je sais bien que j'appartiens, comme tous les hommes, à la fosse commune... Mais reprenons.

Nous arrivâmes à Gand après dix jours de voyage assez confortable car la générosité de nos amis nous avait permis de prendre notre temps et de descendre dans de bonnes auberges. Notre charrette vide n'attirait pas les brigands et Fabrice tenait notre bourse dans la doublure de sa veste, son fusil entre les jambes. Ce n'est pas seulement contre les hommes que nous étions en garde mais contre les loups qui, d'après ce que nous entendions dire, infestaient les forêts. Les labours étendaient, dans la brume ou la pluie, leurs lignes brunes. Sur les prés, des cadavres d'animaux : une épidémie venue du Nord ravageait les campagnes. Nous traversions des paysages dénudés par les vents, sous des ciels où les nuages filtraient, en plein midi, une lumière d'aurore. Pendant la journée, nous parlions Fabrice et moi de ce que nous avions entendu raconter au souper par d'autres voyageurs : les mauvaises nuits dans des auberges infestées de punaises, les mauvais chemins qui cassent les roues des voitures, les maladies, les sorts, les procès. Mais aussi qu'un forgeron anglais avait fabriqué une chaudière dont la vapeur entrait dans un cylindre dont elle poussait le piston et qu'un autre avait inventé la navette volante qui permettait au tisserand de travailler mieux et plus vite. Mon cher Voltaire avait raison : il n'y avait de bon que l'Angleterre !

Fabrice se moquait de mes enthousiasmes et, plus nous avancions, de mes surprises. Je découvrais les tours et les beffrois qui dominaient les toits des hautes maisons des villes, les carillons qui s'en échappaient, la splendeur des cathédrales, les ruines que partout on relevait. Il m'expliqua que ces pays servaient de champs de batailles aux armées françaises, espagnoles, des Pays-Bas et d'Angleterre. Allions-nous nous faire écharper par les uns ou les autres ? « N'aie crainte, me répondit-il. La sœur du roi d'Espagne, Marie-Élisabeth, qui gouverne à Bruxelles en place de Charles VI, est une vieille fille de quarante-cinq ans qui ne se soucie que de suivre les offices religieux et les processions et d'être en paix avec tous les souverains d'Europe. »

Je lui rendis grâce et m'amusais au spectacle que me donnaient les gens que je découvrais si différents de nous par leur costume et leur parler. Jamais je n'avais vu des vêtements faits d'aussi beaux draps, autant de fourrures, de galons, de passementeries, de bijoux. « Ne t'excite pas, dit Fabrice. Ce ne sont là que les restes d'anciennes splendeurs et, comme partout, le peuple est dans la misère. » Il me fit la relation des malheurs qui s'étaient abattus sur ce pays, des guerres de religion aux fermetures des bouches de l'Escaut, en passant par les exactions des troupes, la peste, le choléra et les famines. J'en vins à penser que notre Lorraine n'était pas la seule à ne se relever que pour tomber sous les coups des hommes et du ciel. Déjà, je regrettais de ne pouvoir en débattre avec

Voltaire. Comme je m'étonnais de son savoir, Fabrice plaisanta : « Moi, je n'apprends pas chez les philosophes, mais dans le déduit. »

Mon demi-frère Pierre habitait une belle maison au bord de l'Escaut. Construite en pierres, elle élevait trois étages percés de fenêtres en ogive aux vitraux roses et verts. Elle était surmontée d'une haute cheminée à laquelle, semblait-il, on aurait pu accéder par des pignons à redans. Devant, le quai était encombré de chariots pleins de sacs, de balles et de hottes. Nous attachâmes la mule à un anneau. Fabrice pria Loyal de la garder des voleurs. Pour atteindre le magasin et l'atelier, nous nous frayâmes un passage parmi des portefaix hâves vêtus de cottes et de culottes de grosse bourre en loques.

Hissé sur une table, un homme tout en barbe et en panse, qui criait des ordres, nous prit à partie. Dans ce furieux, dont les invectives me paraissaient d'autant plus violentes que je ne les comprenais pas, j'eus du mal à reconnaître mon demi-frère que je n'avais pas vu depuis six ans. M'approchant au plus près de sa tribune, je finis par lui faire entendre mon nom. Il se tut, figé dans sa graisse. Seul le regard effaré, qui filtrait de ses paupières à demi closes par des bourrelets de chair, le montrait encore vif. « D'où sors-tu ? » finit-il par dire. Avec une souplesse dont je ne l'aurais pas cru capable, il sauta à bas de la table. En quelques mots, je lui expliquai mon affaire et lui présentai Fabrice. « J'en termine avec eux », dit-il en montrant les gueux qui avaient posé leur sac à terre. « Revenez dans une heure, nous parlerons. »

Sortant de l'atelier, j'entrai dans le magasin. À ce que j'y voyais exposé, le commerce n'était plus de lutherie mais d'eaux-de-vie, vins, tabacs, thés, porcelaines, dentelles. Ma belle-sœur Hortense sortit de l'arrière-boutique, ronde et rose, ses cheveux gris sous la coiffe haute, des chaînes et des médailles lui couvrant la poitrine. Je dus, comme avec mon demi-frère, nous présenter et lui faire un récit fort adouci de mes mésaventures. Elle me désigna des boîtes empilées derrière le comptoir : « Les violons de votre atelier dont nous avons grand mal à nous défaire. Que ferions-nous d'un luthier ? » D'un geste large, elle balaya les marchandises. « Nous parvenons encore, en prenant des risques, avec mille tracas, à acheter ce que nous trouvons ici ou qui vient de France, d'Angleterre, des Provinces-Unies, de la Compagnie des Indes, mais les clients se font rares et le négoce s'épuise. — Mon père ne serait pas d'accord ! — C'est lui qui nous a mis dans les difficultés en nous envoyant dans ce pays que le sable et les guerres ont mené à la ruine. Nous lui envoyons chaque mois des lettres de change dont il ne se plaint pas, que je sache ! » Fabrice avait déplié un immense couvre-lit de dentelle où, dans un entourage fleuri, des oiseaux semblaient se balancer sur le plumet de hautes palmes. Il demanda à ma tante d'où venait ce chef-d'œuvre. « De Bruges, répondit-elle. Sœur Félicité de la Croix crée les modèles, distribue le travail à ses ouvrières, rassemble les morceaux. Une grande artiste. Êtes-vous intéressé ? — J'irai voir cette sœur Félicité. J'aurai une commande pour elle. — Vous pouvez passer par nous. » Il ne répondit pas mais demanda le prix du café, du thé et des épices. Hortense, flairant l'acheteur, se fit aimable, lui donna les renseignements, précisant que, si sa commande était importante, elle ferait des sacrifices, et nous invita pour le souper. « Nous pourrions, en famille, traiter nos affaires. »

Nous allions sortir quand Pierre vint nous rejoindre. Il discuta d'abord longuement avec sa femme des marchandises rentrées et de celles en partance, s'affligea de pertes et de retards, des mauvaises ventes, des mauvais payeurs, des charges que prélevaient les douanes. Quand il se tourna vers moi : « Tu vois quel est notre sort ! Je ne puis t'offrir qu'une paillasse et un couvert si tu t'engages comme portefaix. Et encore, c'est parce que tu es mon frère et que je ne peux te laisser à la rue. Tu devrais retourner à Mirecourt. » Je lui demandai où se trouvait, à Gand, le quartier des luthiers. Il me l'indiqua en me précisant que c'était tous des crève-faim.

Nous prîmes rendez-vous pour le soir et je me retrouvai, avec Fabrice, sur le quai désert dans des averses neigeuses. À l'abri dans l'encoignure d'une porte, Fabrice compta notre fortune. Mis à part les écus qu'il voulait consacrer à son voyage en Angleterre et à des achats non prévus dont il avait eu l'idée chez mon frère, il nous restait peu. « Le ventre vide, la cervelle divague, dit-il. Allons manger et nous réchauffer. Après, nous verrons ton avenir d'un œil neuf. » À ma demande, malgré les assauts du temps mauvais qui nous perçait jusqu'à l'os, nous marchâmes vers l'église Saint-Michel et nous engouffrâmes dans une auberge de la place. Une belle fille, au corps aussi épanoui que son rire, nous installa devant une cheminée où nous fîmes sécher nos capes, nos vestes et nos bottes. Elle nous servit un mélange de choux et de raves cuits dans la graisse.

Quand nous eûmes dévoré notre pitance, je fis mine de jouer du violon, de la viole, de la vielle. Elle me montra, à une table, un vieil homme maigre, le visage parcheminé, un tablier de cuir cachant mal son pantalon usagé, une bosse perçant le dos de sa veste. Quand je me présentai, il releva un long nez dessus son pot de bière et se renfrogna. Par gestes, aidé du baragouin de Fabrice et de mon latin, je finis par lui faire comprendre d'où je venais et mon désir de travailler comme luthier. « Mirecourt, répéta-t-il, Mirecourt ! » Il nous fit signe de prendre place face à lui, commanda de la bière et me serra les mains avec effusion. Je m'enorgueillis, avec toute l'illusion de ma jeunesse, que le nom de notre cité soit aussi connu que celui de Brescia ou de Crémone. Ce qui me fit trinquer plusieurs fois avec Jakob De Haan. Tant et si bien que, malgré les coups de pied que Fabrice me donnait sous la table, j'acceptai de travailler chez lui pour un salaire de misère, sans être nourri ni logé. Nos vêtements secs, Fabrice souhaita accompagner Jakob à son atelier. Plus

ture et des objets qu'ils contenaient où je distinguais des porcelaines de Chine. Le deuxième et le troisième étage étaient occupés par cinq chambres dont les cheminées s'ornaient de marbres et de glaces. Grâce aux tons divers des tentures, des rideaux, des revêtements des lits, des sofas et des chaises, chacune avait sa singularité mais elles étaient toutes si ravissantes que je n'aurais su laquelle choisir si on m'en avait prié. Ce ne fut pas le cas. On nous conduisit aux écuries pour y mener notre mule et déposer nos besaces. Nous aurions de la paille pour dormir... Comme je m'en indignais, alors que Fabrice et moi nous y attardions pour panser notre bête et notre chien, il me dit : « Réjouis-toi, Beloiseau. Mieux vaut n'avoir pas la charge d'une trop lourde reconnaissance. Surtout à l'égard de parents. On y perd sa liberté. »

Durant le souper, qui fut fastueux, je commençai à découvrir ce qui, au long de ma vie, m'est souvent apparu comme une tare propre à certains esprits bornés au négoce. Alors que la table croulait sous l'argent, le vermeil, le cristal et les mets de choix, Pierre, Hortense, deux de leurs fils qui leur donnaient la main, se lamentaient sur les duretés de la vie. Comme s'ils avaient pris langue pour écarter ma demande. Je la fis pourtant, avec d'autant plus d'assurance que leurs plaintes commençaient à me chauffer les oreilles. Ils échangèrent des regards, poussèrent des soupirs, demandèrent à réfléchir. C'est alors que Fabrice leur déclara : « J'emmène Denis avec moi à Bruges. Je reviendrai dans trois jours, quatre au plus. Si vous

vous engagez avec lui, moi je m'engage avec vous. Je suis un colporteur habile et je sais comment passer des marchandises en évitant les douanes de Péronne[1]. » C'est ainsi que le destin nous prit, lui et moi, dans ses pièges.

Denis se tut.

— Êtes-vous fatigué, mon père ?

— Non, ma fille. Pas vraiment. Je m'interroge. Pourquoi faut-il qu'un acte qu'on a commis dans un moment d'égarement, non seulement fasse basculer notre vie mais entraîne aussi nos proches sur des voies qu'ils n'auraient pas dû emprunter ?

— Pourquoi pas ?

— Parce que ce fut pour leur malheur.

— Vous n'êtes pas Dieu, mon père, pour juger du bonheur ou du malheur des hommes.

— Tu m'agaces, ma fille, avec tes paroles qui sentent le prêche. Continuons...

— Un mot, avant de reprendre, si vous le permettez. Je veux vous libérer d'un poids. Vous aviez dix-huit ans et ne connaissiez rien de la vie. Fabrice était votre compagnon. Il est normal qu'il ait voulu vous aider car, à votre émotion, je comprends que c'est à lui que vous pensez. Que lui est-il donc arrivé que vous vous reprochez encore aujourd'hui ?

— Plus tard... Avant il y eut Bruges et cette histoire merveilleuse et cruelle, où j'ai tenu un bien vilain rôle, qu'il me faut te conter.

1. Ville qui depuis 1651 taxait tous les produits venant du Nord.

Nous avions laissé notre chien, la mule et la charrette en garde chez mes parents et avions loué deux chevaux pour faire le voyage au plus vite. La neige, qui avait cessé de tomber, avait jeté jusqu'au lointain ses draps de silence. Nous étions gais. Nous chantions malgré le froid qui nous glaçait la salive. À Gand, j'avais été étonné, écrasé même, par la somptuosité des bâtiments et l'animation des rues. Passé les remparts de Bruges où nous arrivâmes peu avant la nuit, puis les petits jardins qui auréolent son centre, c'est un tout autre sentiment qui m'envahit : celui de découvrir une cité hors du monde et du temps, construite pour moi seul à la mesure de mes rêves. Sa beauté me surprenait qui m'était pourtant familière. Imagine une grande place entourée de belles demeures en pierre ou en brique dont les pignons à créneaux se découpent sur un ciel rose, de petites rues bordées de maisons modestes mais qui, avec ces mêmes pignons élancés, leur air propret, leurs niches porteuses de saints, ressemblent à de minuscules chapelles. Comme les veines dans nos mains ou les nervures d'une feuille, un réseau serré de canaux irriguent cette ville qui ne semble sortie de l'onde que pour s'y mirer. Le lent cheminement des cygnes parmi les barques, l'envol blanc des mouettes, ajoutent à ce sentiment de candeur et de fragilité qu'elle donne ; elle, pourtant si bien assise dans ses remparts, orgueilleuse de ses flèches et de ses tours.

Ce soir-là, quand nous passâmes près du moulin pour nous rendre au béguinage où nous devions trouver sœur Félicité de la Croix, des colonnettes de glace commençaient à en gripper les roues. Les eaux qui l'entouraient se jonchaient de fleurs de givre.

Nous faillîmes nous-mêmes nous transformer en glaçons.

Il nous fallut attendre à la porte du béguinage, malgré le nom de mon demi-frère que je donnai comme garant, parlementer avec la sœur tourière, rester piqués dans cet étrange cercle formé par de petites maisons chaulées où règne une quiétude de tombeau. Vêtue d'une robe noire, la tête, les épaules, la poitrine couvertes d'un voile de batiste d'où l'on ne percevait que le regard dans l'ovale du visage, telle nous apparut sœur Félicité quand elle vint nous chercher avec sa lanterne. Fantôme ? Plutôt diablesse de corps et d'esprit, bavarde et rieuse. Dès que nous fûmes assis dans son bureau, redoutable en affaires ! Mme du Châtelet voulait un déshabillé en dentelle de Bruges ? Elle l'aurait, mais à quel prix : six cent mille écus car il fallait compter y mettre plusieurs ouvrières pendant des mois... Pour amadouer Fabrice, elle lui dessina un modèle ravissant dont le corsage à l'encolure carrée moulait le buste et la taille ; la jupe à gros plis cochés s'ornait d'une petite traîne. Puis elle en vint aux échantillons des motifs floraux ou géométriques. Grâce à mes connaissances en latin je traduisais au mieux les propos de l'un et de l'autre, mais j'avoue que l'abondance des termes techniques qu'employait sœur Félicité — sans doute pour nous surprendre — me laissait muet. Devant tant de beautés, Fabrice parut fléchir : « J'aimerais bien voir vos ouvrières avant de me décider. — En quoi leur visage peut-il vous influencer ? — Mme du Châtelet est une personne sensible et elle sera d'autant plus touchée par ce vêtement que je pourrai lui parler de celles qui l'ont fait. » La sœur fronça le sourcil. La proposition ne lui convenait pas. Fabrice se mit à rire : « Ma sœur, me demanderiez-vous une fortune pour ce que vous faites exécuter par des esclaves enchaînées ? » Elle eut un haut-le-corps : « Vous êtes un insolent ! C'est bon. Demain, à dix heures, je vous conduirai chez ma meilleure ouvrière puisque c'est votre fantaisie, mais n'allez pas faire un arrangement avec elle derrière mon dos. Je le saurais. D'ailleurs si elle est bonne dentellière, elle est incapable de créer. Quelle avance pouvez-vous me donner ? » Une querelle de chiffres s'ensuivit qui dura plus d'une heure. Enfin, Fabrice finit par s'engager à verser cinquante mille écus avant de quitter la ville. Radoucie, sœur Félicité nous indiqua où nous pouvions dormir : chez les frères de l'hôpital Saint-Jean.

Dès que sortis du béguinage, je demandai à Fabrice pourquoi il s'entêtait dans l'achat de ce vêtement à Bruges. « Ne pourrais-tu, de retour à Mirecourt, le faire confectionner par ta sœur ? — Elle a passé six mois, pour celui qu'on nous a volé, avec une douzaine de ses amies qui ne sont pas aussi adroites qu'elle. Le résultat était loin de valoir ce que j'ai vu ici. Et puis j'ai mon idée. » En vain, je le pressai de questions. Il refusa d'y répondre et, contrairement à son habitude, demeura silencieux durant le repas composé de harengs salés, de pain et de fromage qu'on nous servit au réfectoire, puis quand nous allâmes nous coucher dans le dortoir de trente lits que les moines avaient aménagé pour les commerçants de passage et les miséreux.

Le lendemain, Fabrice me réveilla alors que le jour pointait à peine aux hautes fenêtres du couvent. Il était déjà prêt et d'humeur joyeuse. « Dépêche-toi, me dit-il. Nous avons une affaire à régler avant dix heures. Je me suis renseigné. Je sais où niche la dentellière de sœur Félicité. » Il me fit courir, à peine débarbouillé, le long des rues et des canaux jusqu'à une église massive qu'il contourna pour entrer dans une impasse bordée de maisons accolées les unes aux autres, si petites qu'on les eût crues construites par et pour des enfants. Leur pignon n'était percé que d'une porte et de deux fenêtres, l'une au rez-de-chaussée, l'autre à la hauteur de combles étroits que surmontait une large cheminée d'où s'élevait, dans un ciel d'argent, un mince ruban de fumée.

Il frappa à la première porte. Une fillette vint ouvrir qui, timide, recula dans la pièce où se trouvaient cinq jeunes personnes assises près de la fenêtre, le carreau sur les genoux. Le cliquetis des fuseaux s'arrêta net. Fabrice prononça un nom : Clara Acker. L'une d'elles se leva, mince dans sa robe grise. Sortis de son bonnet, des frisons d'un blond relevé de roux encadraient un visage aux courbes si pures et si douces qu'on avait envie de le saisir entre ses mains comme on l'aurait fait d'une fleur. La peau transparente laissait voir la nacre de la chair, le bleu des veines. Et bleu son regard, d'un bleu comme je n'ai jamais vu depuis, intense et pailleté d'or. Fabrice lui-même en parut troublé. Mais il se reprit vite. « Demande-lui si elle comprend le latin », me dit-il. Il dut me donner un coup de coude dans les côtes car je restais sans voix. Je balbutiai qu'elle était très belle, ce qui la fit se rasseoir les yeux baissés sur son ouvrage. « Oui, elle comprend », dis-je.

Il lui fit alors la proposition de travailler pour lui sans passer par leur maîtresse. Elle refusa d'abord avec véhémence. Il tira de sa poche le dessin d'un déshabillé en tout point semblable à celui qu'avait dessiné la sœur, lui proposa deux cent mille écus pour sa réalisation, lui assura que désormais, grâce à lui, elle travaillerait pour les plus grandes dames de France. « Je ne peux pas, je ne peux pas », répétait-elle. Il lui expliqua que leur patronne engraissait sa cassette en ne la payant pas le juste prix de son travail. Continueraient-elles, elle et ses sœurs, à vivre en esclaves ? « Je sais, dit-elle, nous ne gagnons chacune que quatre à six sols par jour, ce qui nous permet tout juste de manger, de nous chauffer, de nous vêtir. Mais nous sommes logées... Où trouver le fil pour ce travail que vous nous demandez ? Et le temps ? Car nous ne pouvons abandonner celui dont elle nous charge. Nous serions chassées d'ici. Et si elle apprenait... Nous passerions en jugement. On nous enfermerait ! » Sans doute n'aurait-elle pas cédé mais ses sœurs prirent la parole. Nous ne comprenions rien à leurs propos. Au son de leurs voix, à l'animation des gestes et des visages, nous devinâmes qu'elles la poussaient à accepter la proposition de mon ami. « Je vous fournirai le fil et vous paierai au fur et à mesure de votre travail, précisa Fabrice. Dès ce soir je vous verserai une avance. » Il vint ainsi à bout de leurs dernières résistances. « Nous travaillerons pour vous, dit Clara, sans abandonner sœur Félicité. Nous ferons double journée. Mais il faut nous promettre totale discrétion. »

Nous promîmes et rendez-vous fut pris pour après souper.

Avant de partir, Fabrice décida avec Clara de quels motifs de dentelle serait fait le vêtement. Ils en choisirent deux. L'un qui, sur entoilage, présentait des motifs floraux pour le dos et le devant, l'autre à feuillages nervurés pour les manches, le bord de l'encolure et la petite traîne. Le tout étant bordé de picots.

Il ne nous restait plus qu'à courir jusqu'au béguinage pour annoncer à leur patronne que Fabrice renonçait à sa commande. L'entretien fut houleux. Après nous avoir fait sentir la méfiance qu'elle éprouvait à notre endroit, elle réclama les cinquante mille écus en dédommagement. Fabrice refusa de payer, affirmant qu'il n'y aurait été tenu que s'il avait passé commande. Elle finit par nous renvoyer, non sans nous menacer de prévenir mon frère de notre conduite malhonnête et de lui réclamer son dû.

« Avec quel argent vas-tu acheter le fil et payer une première avance à nos dentellières ? » dis-je à Fabrice quand nous fûmes dehors. « Je vendrai un des chevaux. Nous retournerons à Gand sur le même. — Que diras-tu au loueur ? — Apprends, Beloiseau, qu'il faut résoudre problème après problème. Nous aurons la route pour réfléchir à celui que tu viens de soulever. » L'impudence de mon ami me révoltait. « C'est bon, dis-je. Vaque à tes affaires. Nous nous retrouverons ce soir. Moi, c'est tout de suite qu'il me faut examiner notre situation. » Il s'esclaffa : « Va, va, monsieur le moraliste, monsieur le philosophe ! Si tes réflexions se changent en écus, garde-m'en un sac ! N'oublie pas d'être au réfectoire des moines à six heures pour souper ! »

Je marchai d'abord sans rien voir autour de moi et sans savoir où j'allais tant j'étais furieux contre Fabrice et préoccupé par les mille tracas qu'il fomentait, semblait-il, à plaisir. Et pourquoi ? Par appât du gain ! Me vint la tentation de sauter sur mon cheval, de retourner à Gand, le laissant à ses manigances. Je m'étais éloigné du centre et me crus perdu aux confins de la ville. Soudain, je reconnus l'église coiffée d'un soleil et d'un croissant de lune dont les tourelles dominaient les maisons des dentellières. Dans la rue déserte, battue par les vents sous un soleil blême, je vis celle qui, le matin même, m'avait mis le cœur à vif. Sous sa cape de bure elle serrait contre sa poitrine un pot plein de lait. « Vous ici, dit-elle... Quelle imprudence ! — Il faut que je vous parle. — C'est trop dangereux. Si l'on nous voit... — Je vous en prie... » Elle marqua une hésitation puis : « Venez. » Elle tira un trousseau de clefs qu'elle tenait dans la poche de son tablier et m'entraîna vers l'église, m'y fit entrer, m'y enferma après m'avoir dit : « Je reviens. »

J'étais comme dans un cachot humide et glacial et, d'abord, dans un noir absolu. Peu à peu, à la faible lueur qui tombait d'un vitrail, je distinguai d'énormes piliers et, presque à ras du sol, un tombeau couvert de deux gisants où j'allai m'asseoir. Son absence me parut une éternité. Enfin j'entendis les clefs dans la serrure. « Pardonnez-moi, dit-elle, j'ai dû préparer la soupe de mes sœurs et trouver une raison pour m'échapper. Les Ardonès, qui possèdent cette église, m'ont confié le soin de l'entretenir mais je n'ai pas l'habitude d'y faire le ménage à cette heure-ci. — Clara, dis-je, c'est à vous de me pardonner. J'ai agi, comme trop souvent, à l'étourdie, en laissant Fabrice vous proposer ce travail. Mon ami n'est pas malhonnête. L'appât du gain peut pourtant l'entraîner dans des menées pleines de périls où je ne voudrais pas que vous le suiviez. — Vous parlez raison, mais notre misère... » Elle cacha son visage dans ses mains que j'écartai doucement pour le prendre dans les miennes. « Vous êtes si belle... », dis-je, et je lui expliquai qui j'étais, d'où je venais, le chagrin que j'avais de ne pouvoir verser tout l'or du monde sur ses genoux, de l'emmener avec moi à Mirecourt. Je la vis sourire : « Vous êtes un enfant », dit-elle, et elle se leva. Je la retins par le pan de sa cape : « Je voudrais vous revoir ! — Nous nous verrons ce soir. — Non, autrement... — Ne partez-vous pas, demain, pour Gand ? — Oui, mais je reviendrai. — Gardez-vous-en si vous ne voulez pas nous perdre. » J'étais en désespoir. « Allons, dit-elle, il faut nous quitter. » Elle se dirigea vers la porte. Avant qu'elle ait pu l'ouvrir, je la plaquai contre et l'embrassai. Frissonnant de bonheur, je la sentis mollir entre mes bras. Elle se reprit vite, me repoussa, me fit sortir puis, après avoir donné un tour de clef, s'enfuit. Mon corps n'était plus que cœur battant et j'avais les jambes molles.

C'est dans cet état d'exaltation et de souffrance que je traînai en ville. Mille pensées se heurtaient dans ma tête : il me fallait l'enlever, l'emmener à Gand où elle travaillerait chez Pierre... Non, aller à Mirecourt où je l'épouserais... Non, à Cirey, près de Voltaire... Chacune de ces résolutions me paraissait d'abord admirable — car elle mettait fin aux tourments que j'éprouvais de cette séparation — puis absurde car très vite se présentaient à moi les obstacles : ma jeunesse, mon dénuement, le crime que j'avais commis, sans compter le refus qu'elle ne manquerait pas de m'opposer. Quand cette rumination m'en laissait le loisir, je cédais aux charmes de la ville blanche et rose qui se double dans les eaux grises de ses canaux. J'avais traversé de petites places paisibles, longé des ruelles où seuls des chiens, des chats, des poules et quelques porcelets mettaient un peu de vie.

Je fus surpris par l'animation qui régnait sur la place du marché que domine le beffroi. Sous la halle, dont les voûtes enjambent le canal, des pièces de drap étaient exposées que des portefaix transportaient sur des charrettes ou des barques. Je fendis une foule agglutinée autour d'amuseurs publics, d'étals de viande, d'épices et de cuir. Je m'achetai un hareng et du pain que je me proposais de manger dans un endroit plus tranquille. Je passai devant les maisons des corporations aux façades orgueilleuses, celle des tisserands couronnée d'une corbeille, une autre d'une rose des vents. Place du Burg, l'hôtel de ville de pierre blanche avec ses hautes fenêtres, ses colonnettes et ses blasons, ses niches où se dressent les comtes et comtesses des Flandres, ses clochetons pointus, me jeta, malgré ma tristesse, dans le ravissement. Aux portes de la basilique du Saint-Sang — où l'on dit qu'est conservée une relique du sang du Christ qui se liquéfie tous les vendredis — se massaient une centaine de pèlerins. Comme sur la place du marché on y voyait bourgeois et marchands en fourrures, paysans et ouvriers en blouses, enfants déguenillés, mendiants, aveugles et estropiés.

Je ne pus trouver la tranquillité qui convenait à mon état que quai de la Reie, assis sur la poutre d'une maison éventrée. À l'abri du vent, le visage dans la pâle lumière du soleil, j'écoutai le bruit de cristal brisé que faisait la fine pellicule de glace sous la rame des bateliers et, je ne puis te dire pourquoi, en éprouvai un sentiment de paix. Ce n'est que plus tard, parmi les buveurs de bière d'une taverne, que je me sentis à nouveau dépossédé. Bien que je fusse fâché contre Fabrice, j'avais hâte de le rejoindre tout en craignant qu'il m'annonçât une nouvelle coquinerie.

« Alors, me dit-il quand nous nous retrouvâmes au réfectoire, tu t'es bien amusé ? » Je haussai les épaules sans répondre. Lui présentait une mine guillerette. « Ne fais pas cette tête ! Tout va au mieux, mon Beloiseau. J'ai vendu le cheval un bon prix, et trouvé un fil de qualité. Nous pourrons faire plaisir à nos demoiselles. J'espère bien qu'elles nous récompenseront d'un baiser et plus encore si elles le veulent ! » Je lui lançai un regard furieux. « Qu'ai-je dit encore qui te chagrine ? Ne les trouves-tu pas mignonnes à croquer ? — Tu les entraînes dans une aventure qui peut mal tourner ! — Quand on est couard, on reste le nez sur son établi, on ne tue pas un Lombard, on ne me suit pas sur les routes ! » Et de nous disputer, selon notre habitude, jusqu'à notre arrivée, par nuit noire, chez les dentellières où nous entrâmes en catimini.

Clara nous fit monter aux combles, par une échelle. Sur le sol, six matelas étaient alignés qu'elle et ses sœurs avaient décousus sur un côté et vidés en partie de leur paille pour pouvoir y cacher le fil que Fabrice leur avait apporté puis, au fur et à mesure de leur travail, les carrés de dentelle en attendant de les assembler. Mon ami les félicita pour leur ingéniosité, leur remit l'argent promis, le patron et les mesures du vêtement qu'elles auraient à exécuter, enfin réclama quelques caresses. Elles l'embrassèrent en riant. « Vous en devez autant à mon ami, dit-il. Voyez sa mine jalouse ! » Clara vint vers moi la dernière. Je la serrai dans mes bras, me jurant qu'elle serait ma femme. Quand nous nous quittâmes il me sembla voir un nuage passer dans l'eau de ses yeux. J'y puisai une force qui me fit supporter les railleries de Fabrice, car cet animal avait deviné mon émoi.

Notre retour à Gand se fit par pluie, neige et grand vent. Nous arrivâmes transis. Il m'avait été impossible de faire dire à Fabrice quelle fable il allait conter au loueur de chevaux quand, le lendemain, il ne ramènerait qu'une bête. Étant donné l'heure tardive, mes parents étaient couchés. Nous dûmes nous contenter d'un quignon de pain avant de nous endormir mouillés et crasseux sur la paille entre la mule et Loyal.

Tôt le matin je me présentai à mon demi-frère qui, après avoir soupiré sur les obligations que lui imposait son esprit de famille, m'engagea comme ouvrier de sept heures à midi, contre quoi je pourrais manger à la cuisine et dormir à l'écurie. Je retrouvai Fabrice au magasin, faisant son gracieux auprès d'Hortense. Il lui proposa, ce qui me plongea dans l'étonnement, de lui donner plusieurs boules d'acier pour la guérir de la maladie d'estomac dont elle venait de se plaindre. « Je vais vous montrer, ajouta-t-il, comment préparer la potion que vous devez boire, puis vous irez vous étendre. Je vous la porterai dans votre chambre. Après, vous devrez rester encore étendue une heure. Pendant ce temps je garderai votre boutique. » Je levai la langue pour affirmer que ces précautions n'étaient pas nécessaires. Au regard qu'il me lança, je compris qu'il valait mieux me taire.

Je filai chez Jakob De Haan que je trouvai en train de façonner les chevilles d'un violon. À ma vue, il redressa sa bosse : « Te voilà, compagnon ! » Je lui demandai si je pouvais écouter un de ses instruments. Il ricana : « Ah, tu veux entendre le son de Jakob De Haan ! Tu veux me voler mon secret ! » Il prit un violon pendu à une corde au-dessus de ma tête et commença à jouer. Le timbre était superbe. J'admirai l'amplitude des médiums et des graves où toutes les pièces du violon entraient en vibration. Il me le tendit. Quand je le reçus entre mes mains, la chair du bois s'y émouvait encore... C'est ainsi que j'acceptai de m'engager pour deux ans au moins avec lui... Tatillon, querelleur, avare, Jakob me mena la vie rude et, plus d'une fois, l'envie me prit de le quitter. Si je restai ce ne fut pas seulement pour lui voler ses secrets, comme il disait — qui consistaient surtout dans la finesse avec laquelle il usait du rabot —, mais pour le contact qu'il avait avec les musiciens. Grâce à lui j'ai rencontré mon cher Locatelli, Wolfgang Sibereau et Jacques-Philippe Lamoninary, qui devint mon ami.

À midi, j'allai chez mon demi-frère prendre mon dîner avec les servantes, dans la belle cuisine carrelée de bleu. Fabrice vint me rejoindre : ses affaires réglées, il partait le lendemain pour Amsterdam et s'embarquait pour l'Angleterre ! « Pour le cheval ? — J'ai remboursé le loueur. — Avec quel argent ? — Que t'importe ! » Je compris quelques semaines plus tard que mon ami était un voleur — ce que jusque-là je m'étais refusé à admettre. En effet, ma tante se plaignit qu'on lui ait dérobé une broche de grande valeur. Elle accusa tout le monde, moi compris. Mais pas Fabrice qui — ah, le brave garçon ! — lui avait enlevé le mal d'estomac grâce à ses médecines et tourné la tête par ses compliments sur sa tournure, le goût qu'elle mettait à sa toilette et à la décoration de ses appartements. Médecins et courtisans ont de l'empire sur tous les esprits. Un médecin courtisan pourrait gouverner un royaume ! La Fontaine et Molière le savaient avant moi...

Mon ami absent, je me trouvai seul et malheureux dans cette ville de Gand où je besognais sans relâche. Le matin, je chargeais ou déchargeais des marchandises, faisais les courses de ma tante, nettoyais les entrepôts. L'après-midi, je subissais les humeurs bilieuses de mon maître, surtout lorsque, recru de fatigue, je m'assoupissais à l'établi. Quand vint le temps de Noël, je pensai avec tristesse à la maison de mon père où, malgré nos désaccords et nos rivalités, nous nous retrouvions tous au chaud, messe dite, autour de rôtis et de châtaignes. À Gand, j'accompagnai mes parents aux offices puis me couchai après avoir partagé quelques reliefs avec les servantes. J'avais fait amitié avec elles. C'étaient deux bonnes grosses filles un peu simplettes. Elles m'apprenaient — en se moquant fort de mes maladresses et de mon accent — leur parler, dont on peut bien dire qu'il était de cuisine. Elles lavaient et repassaient mes habits et, une fois la semaine, m'autorisaient à user d'un cagibi, qui servait à ranger leurs ustensiles, pour y faire toilette. Je ne jure pas qu'elles ne m'y observaient pas par le trou de la serrure car je les entendais s'esbaudir sur mon aspect de maigre matou et ma queue basse... Oui, ma fille, au régime où j'étais, j'avais perdu mes rondeurs enfantines ! Et malgré l'abondance de leurs appas qu'elles me mettaient parfois sous le nez, elles ne me troublaient guère. Je n'étais hanté que par le souvenir de ma dentellière. Matin et soir je l'évoquais comme un moine la Vierge Marie.

Je te l'ai dit, ma fille, je rencontrai Jacques-Philippe Lamoninary chez Jakob où il était venu commander un violon. Il avait alors trente-deux ans et était attaché à la chapelle Saint-Pierre de Valenciennes. C'était un bel homme, fort aimable, et nous sympathisâmes vite. Il demeura quelques jours à Gand où il devait jouer une sonate de Tartini avant de rejoindre Locatelli qui venait de s'installer à Amsterdam. Il m'invita à souper, curieux de notre fabrication de Mirecourt, ce qu'il se garda bien d'avouer devant mon maître qui en serait tombé malade de jalousie.

Au cours du repas qu'on nous servit à l'auberge où il était descendu — qui me changeait de la pitance de ma belle-sœur —, je lui parlai des violons de mon père. J'en vins à des confidences plus intimes sur les raisons de mon installation à Gand. Puis à Clara car il est bien connu qu'un cœur amoureux se plaît — ô combien ! — au récit qu'il fait des charmes de son aimée. Il me prêta grande attention, se déclara touché par mon histoire qu'il compara à celle de son ami Tartini. Destiné à la vie religieuse, celui-ci s'éprit d'Élisabeth Premazonne, fille du cuisinier du cardinal Cornaro, elle-même promise au couvent. Après l'avoir épousée secrètement, il dut attendre deux ans, dans un monastère d'Assise, le pardon du cardinal... « Cet amour contrarié dans ses débuts, conclut Jacques-Philippe, l'a inspiré. Sa musique est plus sensible que celle de Corelli dont il se dit l'élève. Vous verrez, mon jeune ami, ce feu si sincère laissera une trace dans votre art. Vos violons désormais chanteront mieux et la science du père Jakob n'y sera pas pour l'essentiel. Mais, comme je ne voudrais pas que vous vous languissiez trop, je vous emmènerai, dès dimanche, voir votre belle ! » Je me récriai : même ce jour-là, j'étais de corvée chez mon frère. Il se fit fort d'obtenir mon congé. Le dimanche, en effet, nous prîmes le coche pour Bruges.

Noyée de brume, la ville semblait irréelle. C'est à peine si l'on distinguait la haute silhouette du beffroi, où les carillons sonnaient midi, drapé de gazes grises. Sur les canaux, des barques plates et noires passaient sous des ponts de nuages. Dans les rues, quelques rares passants et animaux fantomatiques. Nous nous réfugiâmes dans une auberge, place du marché. Jacques-Philippe Lamoninary était un aimable causeur. Après m'avoir relaté avec esprit les chicaneries qui opposaient les musiciens de Valenciennes, il me récita en faisant des mines le célèbre pamphlet d'Hubert le Blanc, qu'on avait appelé *La Guerre de la viole et du violoncelle*, qui faisait florès dans certains milieux. « Voilà comment des attardés s'adressent au violon : "Sultan !... Non content d'avoir envahi l'Italie vous vous proposez de conquérir les États voisins, d'écraser les autres instruments et d'enterrer tout vifs vos adversaires. Votre son est dur et perçant. Vos cordes sont difficiles à mettre en vibration et il faut un effort considérable pour vous jouer. Quant au violoncelle c'est un misérable cancre, pauvre hère et pauvre diable dont la condition est de mourir de faim et ce n'est pas demain qu'il recevra des caresses !" Le violon recourt aux injures contre la viole : "Madame la perruque de grand étalage et de peu d'effet ! Entre la grosseur de votre ventre et le son qu'il en vient, se trouve la proportion gardée entre une montagne dans les travaux de l'enfantement et une souris dont elle accouche. Moi, il sort du mien un son prodigieux en un petit volume !" Quant au violoncelle, il assure que si Orphée revenait, c'est en jouant sur ses cordes pour attendrir Minos qu'il ramènerait Eurydice des Enfers... » Il était imbattable sur Monteverdi où il voyait l'heureuse confluence du « génie vénitien et des molles inflexions orientales pour parvenir à une esthétique universelle ». Enfin c'est lui qui, le premier, me fit prendre conscience de l'étrange relation que le musicien entretient avec son instrument, relation que je n'ai jamais cessé d'observer au cours de ma vie de luthier et dont toi aussi, ma fille, tu as été témoin. Quand nous avons terminé un violon nous avons œuvré pour que l'artiste en soit satisfait. Dans ces noces avec l'objet de notre commune délectation, les conflits ne sont pas exclus.

Ce timbre que nous avons cherché à matérialiser peut, par le jeu du violoniste, se dénaturer. Il va alors revenir nous harceler à la recherche de ce son unique après quoi il court, que nous ne parvenons qu'à approcher. Et nous n'en avons jamais fini avec les musiciens à la quête d'une perfection qui n'existe que dans leur oreille imaginaire.

C'est la tête bourdonnante de ce que mon nouvel ami m'avait appris que, la nuit, j'allai toquer à la porte des dentellières. Clara vint m'ouvrir. À sa vue j'oubliai tout. « Vous ici ! Vous êtes fou ! » Je lui expliquai que, luthier, je me devais d'accompagner un ami violoniste à Bruges. Je n'avais pu résister au désir de la revoir et de lui parler seul à seule... Comme la première fois, elle m'emmena dans l'église des Ardonès et nous nous assîmes sur leur tombeau. Les mots d'amour que, depuis plus d'un mois, je lui dédiais me restaient dans la gorge. Je ne pouvais que la regarder, ses mains dans les miennes, et en lui racontant, sur un ton pitoyable, ma vie à Gand. J'aurais voulu être lyrique. Je n'étais que stupidement prosaïque. Elle me parla de leur travail qui avançait bien, puis de sa famille.

Au début du XVe siècle, un des aïeux de son père était un riche commerçant. Sur son navire, il sillonnait les mers. Ses fils avaient dû le vendre. Ses petits-fils et arrière-petits-fils les maisons de commerce. Le père de Clara s'était mal résigné à devenir ouvrier tanneur. Sa mère, une des plus fameuses dentellières de la ville. Ne disait-on pas qu'elle était aussi habile en son art que la première à qui la Vierge, afin de la tirer de la misère, avait confié le secret de la dentelle ? La jeune fille tenait d'elle. Hélas, leur père avait été emporté par une mauvaise fièvre et, six mois après, leur mère décédait en mettant au monde la benjamine. En tant qu'aînée, responsable de ses sœurs, Clara n'avait vu d'autre issue que de demander protection à la religieuse qui leur fournissait du travail. Elle se savait grugée, mais que faire d'autre quand à vingt-trois ans, sans époux, on est chef de famille ! C'est pourquoi la proposition de Fabrice l'avait tentée... Tiendrait-il sa promesse ? Je m'y engageai. Elle me dit encore que son père, qui rêvait des splendeurs passées, lui avait fait faire des études chez les bénédictines dans l'espoir de la marier avec un riche négociant. J'avançai, timidement, qu'un luthier valait les meilleurs partis et que je ne retournerais à Mirecourt qu'avec sa promesse. Elle me sourit : « Tu es si jeune ! » et se leva. Comme la première fois, ce n'est que lorsqu'elle voulut franchir la porte de l'église que je la serrai dans mes bras.

Bien qu'elle ne m'eût pas repoussé, je rentrai à l'auberge mécontent de moi : quel galant ridicule ! Dès que je fus dans la chambre, Jacques-Philippe se dressa sur sa couche : « Déjà là ! » Ce qui mit le comble à mon désarroi. Je tombai sur une chaise et me maudis à haute voix de n'avoir mieux su exprimer ma passion. Ce qui fit rire le musicien : « Ne vous mettez pas dans un tel état, mon bon ! Les femmes sont fines qui devinent vite votre trouble même si elles ne le provoquent pas... Quand je viendrai chercher mon violon chez le vieux Jakob, je vous ramènerai près d'elle... En attendant, prenez place près de moi. Souhaitez-vous que je vous console ? » Il avait levé la chandelle pour examiner ma mine. Celle que je fis lui donna encore à rire : « Je vous disais cela en toute amitié ! » Et il se tourna vers le mur. Je m'allongeai habillé, au bord du lit, d'où je faillis choir plusieurs fois. Le lendemain, il était aimable et joyeux, à l'accoutumée. Je me demandai si je ne m'étais pas mépris sur son offre.

À Gand, la vie reprit. Mon amour pour Clara me faisait supporter le froid, la fatigue, les colères de mon demi-frère, l'arrogance de ma belle-sœur, la mauvaise humeur de Jakob. Début mars, Jacques-Philippe vint chercher son violon. J'y avais travaillé, m'appliquant à lui sculpter une belle volute en forme de coquillage. Il en fut content et, comme il me l'avait promis, obtint de mes patrons un congé du dimanche pour aller à Bruges. Il était ravi de son passage chez Locatelli où il avait rencontré Jean-Marie Leclair. Après être entré comme violon dans la musique de Louis XV, celui-ci venait de démissionner en raison de la rivalité qui l'opposait à Jean-Pierre Guignon pour la place de premier. Mon ami admirait le Lyonnais qui, disait-il, alliait la grâce du danseur, la technique hardie du violoniste dont l'archet faisait vibrer ensemble deux cordes et l'invention mélodique du compositeur.

On était en mars. Le ciel de Bruges se pavait de nuages roses entre les averses. Jamais la cité ne m'était parue aussi belle avec ses jardins où déjà pointait le printemps, ses riches ou humbles demeures qui se reflétaient dans l'eau clapotante des canaux et l'animation des groupes de femmes autour des puits et des lavoirs.

Le cœur heureux je me retrouvai, la nuit, assis près de Clara sur le tombeau des Ardonès. Quelques semaines auparavant, Fabrice était venu lui verser un nouvel acompte avant de poursuivre vers Cambrai. Je fus pris de jalousie. Et doublement. Fabrice n'avait pas détourné son chemin pour s'enquérir de mon sort. Privilège enviable : il avait apporté du bonheur à Clara ! Ce sentiment, dont je connaissais pourtant en moi les effets fâcheux sur ma conduite, me fouetta le sang. Oubliées les leçons de Mme du Châtelet ! Je la renversai contre la dalle et besognai ma petite vierge avec une brutalité de charretier, mettant ses efforts pour me repousser et ses cris sur le compte d'une vertu qui ne demandait qu'à faillir. Elle finit par s'abandonner dans les larmes. L'ayant prise, je pus enfin lui dire les mots d'amour qui, depuis des jours, me gonflaient le cœur. Elle gisait, inerte. Je me relevai, rabaissai sa jupe non sans lui avoir caressé les cuisses, là où le bas laissait la peau à nu. Elle frémit, se redressa à son tour... et me gifla avant de s'enfuir. En vain allai-je frapper à sa porte. Derrière, je l'entendais qui sanglotait.

Je rentrai à l'auberge en méditant amèrement sur ma conduite. Quelle était cette violence qui me jetait parfois hors de moi ? Quel démon, sorti de quel enfer, me possédait ? Le remords qui me cuisait l'âme alla jusqu'à ternir mon amour pour

Clara. Je compris cette nuit-là que l'homme est une mauvaise bête qui se déprend de ceux à qui il a nui. Dans l'amour entre en large part la reconnaissance qu'ils vous témoignent. On aime en eux, le plus souvent, le beau portrait de vous-même qu'ils vous donnent à contempler... À l'auberge, je me glissai près de mon compagnon sans le réveiller, peu désireux de lui conter mon vil exploit. Je ne fermai pas l'œil. Au matin, il put me plaisanter à loisir sur ma mauvaise mine.

Six mois passèrent à travailler sans relâche. J'avais reçu une lettre de mon père qui, répondant au vœu de Voltaire, m'accordait son pardon mais me conseillait de rester chez mon demi-frère jusqu'à ce qu'il me rappelât. La mort du Lombard avait fait grand bruit à Mirecourt. On l'avait déjà oubliée : elle avait été jugée accidentelle. Pour expliquer mon absence, il avait prétendu que j'étais parti parfaire mon art à Crémone. Un retour trop rapide eût été fâcheux. Madeleine, une des servantes de ma belle-sœur, me rejoignait parfois dans la paille. Je m'étais habitué à ses hanches rebondies, à ses seins moulés en fesses, à son cul de jument. En vain, lors de nos premiers assauts, avais-je tenté d'évoquer Clara. L'opulence de Madeleine, sa gaieté un peu vulgaire, chassaient l'image fine de la dentellière et me ramenaient au gras de la réalité.

Mon seul bonheur fut la visite de Locatelli chez Jakob à qui il commanda un archet plus court que ceux que nous fabriquions. De ce jour, je compris son importance primordiale dans le jeu des instruments. À quoi sert d'avoir corps voluptueux et âme bien placée si nous ne mettons pas tous nos soins dans l'arc qui fait chanter les cordes ? Locatelli nous joua son Opus I, qui me transporta, nous emmena dîner dans une bonne auberge. Il me charma par le récit de son enfance auprès de Corelli, l'humour avec lequel il parlait des Cours de Mantoue et de Saxe dont il aurait pu être le favori s'il avait eu le caractère moins tranchant, qu'il portait comme son nez : en lame de couteau. Il songeait à s'installer à Amsterdam où il souhaitait ouvrir un collège de musique et publier ses œuvres. Plus tard, il y tint un commerce de cordes. C'est ainsi que nous sommes restés en relation.

De Fabrice, je n'avais aucune nouvelle et commençais à m'en inquiéter. Il arriva un après-midi d'août — alors qu'ayant détablé le violon d'un client j'en remplaçais l'âme —, les doigts, le visage, la chemise trempés de sueur. Il bouscula Jakob, me serra dans ses bras en prétendant que je puais, alla nous chercher de la bière. Il n'avait pas changé : joyeux, le verbe haut, de la superbe. Revenant de Mirecourt, il put me donner des nouvelles de ma famille. Il partait le lendemain pour Bruges chercher le déshabillé de Mme du Châtelet. Je lui dis mon espoir de l'accompagner, ce qui fâcha Jakob. Il fallut toute l'habileté de mon ami pour obtenir cette faveur. Avec mon demi-frère la permission fut plus facile à obtenir. Fabrice lui avait fait une belle commande de marchandises.

J'étais heureux d'avoir retrouvé mon ami, heureux de revoir Clara dont j'espérais le pardon. Au fil des jours, mes remords s'étant atténués, son tendre souvenir flottait de nouveau dans mes pensées. Au trot des chevaux, Fabrice me conta les mille péripéties de ses voyages. Je ne l'écoutais guère, l'esprit tout occupé par mon projet de reconquérir ma belle.

Le cœur me battait quand, la nuit, j'entrai derrière Fabrice dans sa maison. Bien plus quand je la vis, pâle, amaigrie, son ventre un peu trop rond sous le tablier. Le regard sévère qu'elle me jeta... Ah, ma fille !

Denis se taisait, tête baissée. Agnès avait compris, dès le début de cette soirée, qu'il ne faudrait pas l'interrompre dans son récit. Elle respecta son silence. Il reprit, le souffle court, la voix hachée.

— Clara alla chercher le vêtement. Il était superbe. Fabrice la félicita, me demandant de traduire. Je ne pouvais parler. « Quel benêt, s'écria-t-il. Dis-lui qu'elle et ses sœurs sont des fées et que tu te consumes d'amour pour elle ! » Comprit-elle ? « Inutile, Monsieur m'a déjà fait sa déclaration d'une façon fort laide. Le souvenir qu'il m'a laissé, je ne puis, hélas, l'effacer. » Et elle montra son ventre. Je réussis à murmurer : « Clara, ne soyez pas fâchée. Je vous épouse. Je vais écrire à mon père... — Sachez que je n'accepterai que pour mon honneur et pour l'enfant. Je ne vous aime pas. — Vous m'aimerez, je vous l'assure. Je ne suis pas le rustaud que vous croyez. » Fabrice commençait à saisir de quoi il retournait. « Que racontez-vous ? Tu l'as mise grosse ? » Je répondis d'un hochement de tête. « Ah, l'imbécile ! Faut-il enlever la demoiselle avec le déshabillé ? » Quand j'eus traduit : « Je n'abandonnerai pas mes sœurs, dit-elle. Il faut, s'il veut m'épouser, que Denis s'installe ici. — Nous allons réfléchir, dit Fabrice en glissant le déshabillé soigneusement plié sous sa chemise. Nous reviendrons la nuit prochaine. » Il lui donna son dû et m'entraîna sans que je puisse embrasser celle que je considérais déjà comme ma promise. « Filons d'ici, me dit-il quand nous fûmes dehors. Tu ne vas pas te laisser embobiner. Qui peut affirmer que l'enfant est de toi ! » Je n'eus pas le temps de riposter. Cinq hommes armés sortis de l'église s'étaient précipités sur lui, avaient arraché sa chemise, saisi le vêtement de dentelle, puis le criblèrent de coups d'épée. Je m'étais rencogné contre la porte d'une maison voisine et m'attendais à subir le même sort, mais, peu soucieux de ma personne, ils se précipitèrent chez Clara. Quelques instants plus tard, ils passèrent devant moi tirant les jeunes filles — même la plus petite — poignets liés. Avec de gros rires ils écrasèrent de leurs bottes le corps sanglant de mon ami. Dès qu'ils se furent éloignés je me jetai à genoux près de lui. Je déchirai la camisole de batiste rose qu'il m'avait offerte la veille, j'en fis des tampons pour obturer ses plaies puis j'allai frapper à plusieurs huis avant qu'un homme taillé en colosse acceptât de m'aider à le transporter à l'hôpital Saint-Jean.

Cet hôpital se trouve à la lisière de la ville, au bord du fossé d'enceinte alimenté par les eaux de la Reie. Trois salles communes, des granges, des étables, une brasserie, une boulangerie, un couvent pour les frères, un pour les religieuses, entourent sa vaste cour. Un grand jardin de plantes officinales, dont une partie sert de cimetière, un verger et des terres complètent ce domaine. En veillant Fabrice, je voyais, des fenêtres de la salle, les arbres du cimetière et, dans la cour, se promener les malades en manteau bleu et rouge aux couleurs de la ville. Fabrice avait été déposé dans un de ces lits de bois accolés les uns aux autres, séparés par une planche, entre les piliers. Malgré la propreté des lieux, la chaleur d'août rendait insoutenable l'odeur de sang, de sanies et de merde que dégageait l'alignement de tous ces pauvres corps. Je fuyais parfois jusqu'à l'église pour gémir contre la châsse de Sainte-Ursule — elle qui, disait-on, ressuscite les morts ! — car je savais bien que Fabrice allait mourir. Il reposait, livide, vidé de son sang, la poitrine écrasée d'où montait parfois un cri de douleur qui me perçait les entrailles. Près de Sainte-Ursule — elle avait le visage de ma dentellière —, je tombais dans d'autres tourments.

Sœur Marie-Madeleine, qui soignait Fabrice, avait pris pitié de mon chagrin. C'était une femme d'une quarantaine d'années. Sous son voile noir son visage rond était encore plaisant, éclairé par de beaux yeux sombres. Je finis par lui confier le souci que j'avais de Clara. Elle me promit de se renseigner sur son sort. Le lendemain, elle confirma mes craintes : la jeune fille et ses sœurs avaient été emprisonnées pour contrefaçon. Elle me conseilla d'aller voir sœur Félicité de la Croix afin d'apaiser son courroux et d'obtenir, par son entremise, la clémence des juges. « Montrez-vous repentant et plein d'humilité, me conseilla-t-elle, car — que Dieu me pardonne ! — elle est réputée pour son caractère inflexible. »

Fabrice mourut sans avoir repris connaissance. Son corps mis dans la paille — je n'avais pas d'argent pour le cercueil — fut enterré au cimetière Saint-Jean. Mes larmes à peine taries, je courus demander audience à sœur Félicité.

Elle m'écouta, son chapelet à la main, sans se départir de son air implacable. Quand j'eus fini : « La morve au nez, vous vous montrez déjà cupide et lubrique, vivez sans doute dans l'impiété et vous voudriez que je fasse libérer cette fille, que vous avez pervertie, pour vous la livrer ! À vos vices, vous ajoutez l'impudence ! » Plus je la suppliais, plus elle jouait l'indignation, me laissant entendre que loin de l'apitoyer, mes jérémiades aggravaient la faute de Clara de s'être laissé séduire par un si piètre comédien. Comme je m'accusais de l'avoir violée, elle ricana : « Est-ce sans son consentement qu'elle a, pendant plus de six mois, secrètement et à son profit, travaillé et fait travailler sa famille sur un ouvrage que j'avais conçu ! Retirez-vous si vous ne voulez pas subir son sort. Je ne vous ménage qu'en raison des bons rapports que j'ai toujours eus avec votre frère. Mais je le préviendrai de vos manœuvres ! »

Au récit de cet entretien, sœur Marie-Madeleine soupira qu'à force de commercer la dentelle, pourtant donnée à Bruges par la Vierge, cette religieuse avait perdu l'esprit de charité. Elle me promit de s'informer du sort de Clara et de m'en prévenir.

Il ne me restait plus qu'à affronter les foudres de Pierre et de Jakob pour la longueur de mon absence. La colère de mon demi-frère redoubla quand il apprit, de ma bouche, quel mauvais tour — dont j'étais complice — Fabrice avait voulu jouer à sœur Félicité. Il me menaça de me jeter dehors, ne me garda qu'après que je me fus engagé à lui payer pension. Après avoir vendu la mule et la charrette de Fabrice à son profit, il tua Loyal... J'envoyai une longue lettre à Voltaire où je ne lui celai rien de ma fâcheuse situation. Un mois plus tard, il me fit tenir soixante louis et un billet. Lis, ma fille.

Elle ouvrit le coffret, en tira la première lettre : « Que je suis peiné, mon cher coquin, de vous savoir en peine. Usez de cet argent pour tenter de circonvenir les geôliers de votre belle Clara ou pour adoucir l'humeur de la redoutable sœur Félicité. Aussi pour vos besoins. Ne me laissez pas sans nouvelles. Je vous vois mal accordé à un siècle qui bannit les esprits romanesques pour faire place aux marchands. Ma chère Uranie[1], qui est revenue à Cirey pour mon bonheur, vous fait dire qu'elle renonce sans aucune peine à ce déshabillé de dentelle qui a causé tant de drames. Elle vous adresse ses affections. »

Quelques jours plus tôt, un courrier de sœur Marie-Madeleine m'avait appris la mort de Clara

1. Surnom que Voltaire donnait à Mme du Châtelet.

dans sa geôle. Elle était enterrée au cimetière Saint-Jean. Ses sœurs, après jugement, avaient été confiées à la férule de sœur Félicité qui les logeait dans une maison du béguinage.

Je ne suis jamais retourné à Bruges. J'imagine parfois que Fabrice et Clara reposent côte à côte dans le jardin des morts, à l'ombre de ses grands arbres...

Après, je me suis soûlé de travail. De bière aussi. Je baisais Madeleine en ayant soin de ne pas lui faire d'enfant. Je devenais gras et idiot. À peine si j'éprouvai de la joie quand je reçus le message de mon père m'accordant le droit de rentrer à Mirecourt. Je m'étais abîmé dans une condition médiocre où, somme toute, j'avais mes habitudes. Madeleine, elle, pleura beaucoup de me voir partir. J'en éprouvai de l'agacement.

Va te coucher, ma fille. Le récit de ces années peu glorieuses nous a tenus tard. Je n'ai jamais pu, sans honte, me rappeler la faiblesse de mon caractère. Il est facile de plastronner quand la vie vous est douce. C'est dans la misère qu'on reconnaît la vaillance. J'en avais peu. Juste assez pour m'assurer la vie. Je ne suis pas un héros et ne m'en suis jamais consolé... Appelle nos servantes, je te prie. Le sac à merde que je suis devenu, ne l'étais-je pas déjà à cette époque ?

— Ne vous méprisez pas ainsi, murmura Agnès.

Il lui fit signe de partir.

Elle le quitta, le cœur serré. Il ne la rappela qu'un mois plus tard. La fièvre l'avait pris, cette nuit-là, qui, un temps, lui fit perdre l'esprit.

SIXIÈME SOIR

Agnès n'entra pas seule dans la chambre de son père. Elle était accompagnée de sa belle-mère et d'un garçon d'une vingtaine d'années : Luc Crépin, le luthier de Janzat. Il portait un étui rectangulaire en bois sombre qu'il posa sur ses genoux quand Denis le fit asseoir. Luc était brun de cheveux, de barbe, de teint et d'yeux, aux paupières légèrement obliques. Un visage fin. Un corps élancé et vigoureux. Tout indiquait en lui une origine espagnole ou arabe. Denis le lui fit remarquer.

— J'ai été abandonné par ma mère, dit celui-ci, devant la maison du curé de Saint-Sornin, un nommé Pierre Roux. Saint-Sornin est un très petit village du Bourbonnais niché au creux d'une vallée verdoyante... Ce brave curé m'éleva avec l'aide de Nadine, sa gouvernante. Il avait une vielle dont il jouait à l'église pour animer les processions, aux veillées pour distraire ses ouailles. Si, chez lui, je n'ai guère pris le goût religieux, celui de l'instrument m'est resté. Je voulais non seulement en jouer mais en fabriquer une pour être au cœur même de son chant. Il m'envoya à dix lieues de là dans un autre village, Janzat, avec sa vielle, chez un luthier qui, certes, ne vous valait pas... Mais j'ai appris à la fabriquer. Les gens de Saint-Sornin disaient que ma mère était une fille de chez nous engrossée par un bohémien, ce qui m'aurait donné ce goût pour les cordes... Je vous ai apporté la vielle que je viens de terminer.

Il ouvrit l'étui, en tira l'instrument à caisse bombée, décorée de fleurs et d'oiseaux sur fond ocre, la boîte à clavier couverte de motifs d'ivoire et de nacre. Le cheviller figurait un visage de femme. Il la porta au vieil homme qui la caressa amoureusement. « Quel ventre voluptueux, dit-il. Et quelle robe ! Une reine ! Joues-en un peu. »

Les doigts de la main gauche sur le clavier, de la droite Luc tourna la manivelle. Un son allègre et aigrelet s'éleva aux premières mesures d'une sonatine galante de Chédeville.

— Tu es maître de ton art, dit Denis. Que viens-tu chercher chez nous ?

— L'affiner. Dans le violon, la caisse entière vibre. Dans la vielle, une partie de la table seulement car les frissons du bois sont coupés par la roue. C'est ce problème que je voudrais résoudre.

— Et comment ? Tu ne peux supprimer la roue ?

— Certes. Votre science des essences, de leur séchage, de leur taille, qui est venue jusqu'à moi, m'a donné le désir de travailler avec vous.

— Je ne suis plus qu'un vieil impotent ! Mes fils pourront te conseiller...

— J'imagine aussi que des vielles moins chargées d'ornements qui étouffent le son deviendraient plus chantantes. De tout cela j'aimerais vous parler.

Mathilde s'agita.

— Le coucher de cet apprenti pose question.

— L'affaire n'est-elle pas réglée ? dit Denis sur un ton mécontent.

L'enthousiasme du garçon lui plaisait.

— Je croyais qu'il prendrait pension à l'auberge. Il tient à loger ici.

— La maison est assez grande, ce me semble !

— Un étranger sous le même toit que votre fille, et de son âge, on va jaser !

— Qui oserait ! La vertu d'Agnès est connue. Donnez à Luc une chambre de mon côté.

— Entre votre fille qui demeure près de vous à causer jusqu'en pleine nuit et les entretiens avec ce garçon qui, je le vois bien, vous échauffent, je ne réponds pas de votre santé !

— Calmez vos inquiétudes. Je suis au contraire plus vaillant de me savoir encore utile. Même si ce n'est qu'illusion.

— Vous faites fi de mes alarmes !

— Je vous en suis reconnaissant mais elles sont vaines. N'est-il pas l'heure d'aller fermer le magasin ?

Sous les arceaux de sa robe on devinait, quand elle sortit, son cul aussi pincé que sa mine.

— Ne vous mariez jamais, mon garçon, dit Denis quand elle se fut éloignée. Vous soupireriez comme Molière et comme moi : « Ô la grande fatigue que d'avoir une femme ! »

— Ne l'avez-vous pas été trois fois, marié, plaisanta Agnès. Signe que vous aimez votre fatigue.

— Méfiez-vous d'Agnès, recommanda Denis à Luc. Une raisonneuse !

— C'est sa beauté que je devrai d'abord craindre, répliqua Luc. Au pays, j'ai une promise d'humeur jalouse.

— Pauvre garçon, si jeune dans les liens ! Mais parlez-moi du Bourbonnais. Je ne connais pas votre province et j'en suis curieux. Est-elle plus prospère que la Lorraine ? Vous le découvrirez vite : notre peuple est dans un grand état de misère.

— Nous le sommes tout autant, sinon davantage.

Il raconta la guerre que se livraient les faux saulniers et les gardes de gabelle, la rudesse du dernier hiver, les gelées de printemps, les grêles de l'été qui avaient compromis toutes les récoltes. Les bandes de mendiants qui se formaient pour piller les maisons et saccager les villages, la grande peur qui saisissait chacun, rendaient les femmes malades et les hommes fous. On voyait des gens cacher leur argent, s'enfoncer dans les bois ou s'assembler pour prendre les armes. Le curé d'un village voisin ne venait-il pas d'écrire à celui de Janzat : « Vous n'avez point de temps à perdre, mon pauvre ami, faites sonner le tocsin dans votre paroisse, réunissez-la le plus tôt possible et visez le moyen de sauver votre vie et celle de vos paroissiens. Les ennemis arrivent. Ils portent le massacre et la désolation dans les lieux de leur passage... Ma plume m'en tombe des mains et je crains de vous dire le dernier adieu... » La population reprochait au roi les faveurs qu'il accordait à la noblesse, les privilèges au clergé et à la magistrature, les injustices du système fiscal, mais en grande partie illettrée et écrasée de misères, elle se résignait.

— Vous verrez, ce qu'hélas moi je ne verrai pas, dit Denis après l'avoir écouté, des jours meilleurs viendront. Comme en Angleterre, nous aurons un Parlement qui veillera à ce que, dans tout le pays, règne la justice.

— Nos nobles ont encore l'esprit féodal. À l'exemple des anciens ducs de Bourbon ils s'affirment décidés à ne renoncer jamais aux droits, prérogatives et prééminences qui sont leur apanage et leur propriété. Avec eux, il faudra en découdre !

— Ne les tuez pas tous, dit Denis en riant. Ce sont nos meilleurs clients.

— Il est vrai qu'imitant Marie Leszczynska, qui ne dédaigna pas en jouer, la vielle était devenue la folie des dames de la Cour. Elles se faisaient toutes peindre en Belles Vielleuses... Bénissons donc cette épouse délaissée qui charma sa mélancolie en se livrant à la musique et y associa ses enfants... Mais la mode de cet instrument commence à fléchir et nous n'y prenons garde.

— Cette superbe vielle que vous me montrez aurait été digne de la reine ou de la Dauphine. Je crois que si les dames de qualité s'en sont toquées c'est qu'avec M. Rousseau il était de bon ton — comme d'allaiter ses enfants — d'adopter les mœurs campagnardes.

— Je l'ai faite pour moi, pour vous si vous me permettez de vous l'offrir... Mon projet serait de fabriquer une vielle plus simple, à portée de toutes les bourses. Et plus mélodieuse pour les connaisseurs.

— Je suis ravi de te recevoir, mon cher garçon. Ta façon de penser me plaît, tout autant que cette vielle que j'accepte avec reconnaissance. Je ne saurais en jouer mais tu apprendras à Agnès.

Après que Luc se fut retiré, Denis regarda sa fille.

— Que t'en semble ?

— Vous aurez, je crois, le meilleur des compagnons.

— Je voulais dire : de sa personne ?

— Son visage est austère mais, quand il sourit, plein de charme.

— Dommage qu'il soit promis. Je te l'aurais bien donné pour époux.

— Comme vous prenez vite feu, mon père ! Vous savez bien que je ne veux pas me marier.

— Tu es unc sotte ! Et avec ça têtue... Où en étions-nous ? Ah oui ! Je quittais Gand. J'allais sur mes vingt et un ans et, durant tout le trajet, j'imaginais mon retour comme celui du fils prodigue.

— Et ce ne le fut pas ?

— Non...

Il réfléchit un long moment.

— Pendant ce mois de fièvre, j'ai revécu la confession que je t'ai faite. Ce fut douloureux. Pourtant mes sueurs m'en ont lavé et je suis prêt à aborder une autre phase de ma vie.

J'arrivai donc à Mirecourt en septembre 1736. Il y avait eu un orage pendant la nuit. La terre chaude exhalait cette odeur de femme qui, toujours, m'étourdit. Passé la porte du Pont, les larmes me vinrent de redécouvrir ma ville avec le cœur gros des souvenirs de mon enfance et de mon adolescence, et ce regard neuf que donne l'éloignement. Certes, elle était moins majestueuse que Gand, moins charmante que Bruges, mais je reprenais possession d'elle, jusque dans ses imperfections, comme d'une épouse abandonnée puis reconquise. C'est dans cet état de tendre exaltation que j'entrai dans l'atelier. S'y tenaient, penchés vers les établis, mon demi-frère Henri, mari de Sophie pour qui j'avais tué le Lombard, mes frères, deux nouveaux apprentis et mon père. C'est lui qui, le premier, leva la tête d'un patron qu'il était en train de dessiner. « Te voilà, vaurien, dit-il. Va poser ton sac dans la cabane du jardin, près du poulailler. On y a prévu ton coucher. Après, au travail ! Nous n'en manquons pas. » Je restai comme une bûche, confondu par cet accueil peu amène. « J'ai reçu hier une lettre de Pierre qui me met au fait de tes vices et des ennuis que tu lui as causés. Je vais te dresser, mon garçon ! — Vous parle-t-il de son commerce et du métier que j'ai appris chez lui ? — S'il ne t'a jugé bon qu'à porter, il avait ses raisons ! — J'ai été luthier chez Jakob De Haan ! — Un miséreux ! — Qui a plus belle clientèle que vous ! — Ravale tes vantardises, sinon c'est mon pied au cul ! » Je tournai les talons, prêt à quitter ma famille et Mirecourt. L'orgueil me retint : j'allais leur montrer ce dont j'étais capable !

Les premiers mois, je ne pus rien montrer du tout car mon père me ravala au rang des apprentis et me réduisit au silence. J'écrivis à Voltaire, lui dépeignant mon triste état. C'est Mme du Châtelet qui me répondit : celui de son ami n'était guère plus enviable. L'abbé de Bussy, devenu évêque de Luçon, un des nombreux correspondants du philosophe, avait rendu son âme à Dieu. Dans ses papiers, on avait trouvé un poème intitulé *Le Mondain* de la main de Voltaire, où il décrivait un Adam aux ongles longs et aux mauvaises manières... Recopié, le poème avait circulé dans Paris, faisant scandale chez les cagots. Cette affaire l'avait obligé à quitter Cirey pour la Hollande où, malgré le désespoir d'Émilie, il s'attardait. « Croyez, mon cher enfant, me disait-elle en terminant, qu'à son retour il s'inquiétera de vous. Soyez courageux. Vous savez que près de vos amis vous aurez toujours votre place. » Un mois plus tard, je me protégeais des nuits fraîches en partageant le lit de Rosine, une servante de mon père. Mon cœur, lui, restait froid. Avec Clara j'avais, me semblait-il, mis en terre stérile non seulement l'enfant que je lui avais fait mais mon pouvoir d'aimer.

À Mirecourt, comme partout en Lorraine, dans les cabarets comme dans les foyers, on parlait de négociations qui se tramaient entre la France et l'Empire. Nous craignions d'être rattachés à l'une ou à l'autre et nous ignorions par qui nous serions engloutis. Notre duc, François III, élevé hors de nos frontières, qui avait épousé Marie-Thérèse, fille aînée de l'empereur, avait été nommé vice-roi de Hongrie. On parlait de nous donner le beau-père de Louis XV, Stanislas Leszczynski, déchu du royaume de Pologne. La duchesse douairière Élisabeth-Charlotte, qui vieillissait à Lunéville, s'indignait en vain : son fils François III abandonnait, parcelle après parcelle, son duché contre la Toscane... Dans le peuple, on disait que, d'un côté ou de l'autre, les corvées, dîmes, charges et taxes non seulement tondraient la laine du dos des manants mais leur arracheraient le cuir et briseraient leurs os. Chez les seigneurs, gens d'Église et de robe, il n'en allait pas de même. On supputait qui de Stanislas ou de François honorerait le mieux leurs privilèges. Certains, qui voulaient rester lorrains, allèrent jusqu'à lacérer les portraits du duc. Mon père, en public, penchait pour la Lorraine, la France ou l'Empire, selon ses clients — en privé, il versait un pleur sur notre indépendance, par respect de la tradition. Moi, parce qu'elle nous permettait d'accueillir des proscrits tel Voltaire.

Au bout de six mois mon père me redonna ma place à l'atelier. Bien qu'il ne me fît aucun compliment, je vis son œil s'éclairer quand je lui présentai mon ouvrage : un violon dont j'avais façonné la table et le fond d'une gouge légère et en les polissant à l'extrême, la touche un peu allongée, comme Jakob me l'avait enseigné. Je retrouvai aussi ma place à la table familiale et une chambre chez les domestiques. Par habitude je continuai à coucher avec Rosine. C'était une assez jolie fille pourvue pourtant d'un nez un peu fort et d'une toison rêche que j'essayais d'oublier en tétant ses seins qu'elle avait fort beaux. Peu instruite, ses bavarderies me lassèrent vite mais sa gaieté faisait contrepoint à mon humeur souvent chagrine. Je lisais beaucoup : *L'Iliade, Les Aventures de Télémaque*, Molière, La Fontaine — dont je ne me lassais pas — et aussi des dictionnaires que j'empruntais à Claude-François Bretonache, curé de Poussay, avec lequel je me liai d'amitié : il connaissait les œuvres de Voltaire aussi bien que celles de Bossuet ou de Bourdaloue.

Ce n'est que deux ans plus tard que, de Cirey, me parvinrent enfin des nouvelles de mon philosophe.

À un geste de son père, Agnès sortit la deuxième lettre. Elle était fort longue. Rendu malade (la colique, toujours !) par l'odieux pamphlet de Desfontaines : *La Voltairomanie*, il ne s'était remis que grâce à la canne offerte par le prince Frédéric de Prusse dont le pommeau en or représentait un buste de Socrate. D'un ton plaisant, il racontait enfin le séjour que faisait près de lui et de sa chère Émilie la petite-nièce du graveur Callot : Mme de Graffigny. « Mon cher coquin, cette aimable femme est un grand exemple des malheurs de ce monde. Son mari, après l'avoir bien battue, l'a laissée sans un sou. Elle a pourtant le cœur assez bon pour s'apitoyer sur le sort de ses prochains dès qu'un chagrin les tracasse. Elle appelle Mme du Châtelet "la nymphe" et déclare que si elle avait un appartement comme le sien, elle se ferait réveiller la nuit pour le voir ! Cette dame a eu pour ami le musicien Desmaret. Né à Lunéville, il s'y réfugia, près du duc Léopold, après avoir été condamné à mort par Louis XIV pour avoir engrossé et enlevé une jeune noble de quatorze ans. Voyez la belle affaire ! Heureusement, après Léopold, Stanislas protège ce merveilleux musicien. Venez, nous vous mettrons dans les bras de la brave Graffigny qui vous jettera dans ceux de Desmaret. C'est un vieillard mais qui, sur certains points, peut encore servir. Il vous présentera à Louis-Maurice de la Pierre, qui lui a succédé auprès de Stanislas, et au célèbre violoniste virtuose Jean-Baptiste Anet qui a tant charmé Louis XIV et le Régent... Hâtez-vous avant que tous rendent leur âme à Dieu. La Graffigny non plus n'est ni jeune ni belle mais je gage que vos airs candides la raviront et qu'elle chantera votre gloire auprès de ses amis. »

Hélas, ma fille, mon père auquel je fis part de cette flatteuse invite me rudoya : « Je saurai te guérir de tes démangeaisons voyageuses. Je n'ai nul besoin de ton entremise pour me faire connaître à la cour de Stanislas. »

Que dire des quatre années que je passai à Mirecourt ? Je travaillais, je lisais. Je me défendais de la jalousie de mes frères, de mon père qui voulait me marier. Ce fut d'abord avec la veuve d'un tanneur, de dix ans mon aînée, de visage et de réputation sévères, qui sentait le chou. Puis avec celle d'un luthier, si grasse qu'on ne pouvait savoir quand elle était enceinte. Avec ça un caquet ! Puis la fille d'un autre, assez plaisante, mais d'une redoutable pudeur. Un soir de printemps nous nous promenions près du Madon ; je voulus lui prendre un baiser, elle s'enfuit en hurlant, pleura plusieurs jours car elle croyait que je lui avais fait un enfant. Sa famille alarmée m'enjoignit à son tour de l'épouser. Une sotte qui n'avait jamais mis son nez ailleurs que dans un livre de comptes affirmait que la terre était une île au-dessus de laquelle Dieu faisait, selon son humeur, passer le soleil, la lune, les étoiles, tomber la pluie, souffler le vent et, surtout, nous tenait à l'œil quand il nous éprouvait par quelque diable tentateur. En vain essayai-je de l'arracher à ses croyances. Elle y tenait autant qu'à sa vertu, ce qui n'est pas peu dire. C'est à son sujet que je me fâchai avec mon père. Il me fallait partir. Mais où ? À Cirey ? Impossible. Je recevais de courts billets de Voltaire : il était à Bruxelles avec Mme du Châtelet qui y faisait procès pour l'obtention d'une terre et d'un titre, à Paris, à La Haye, à Berlin... Je ne parvenais plus à le suivre.

Une lettre de Jacques-Philippe Lamoninary me parvint fort à propos. Il m'y apprenait la mort de Jakob. Il songeait désormais à faire réparer ses violons chez mon père, pour le plaisir, disait-il, de revoir mon aimable frimousse. Il avait appris, en son temps, par mon vieux maître de Gand que j'avais regagné l'atelier de mon père. Quinze jours plus tard nous tombions dans les bras l'un de l'autre. Il n'avait pas changé. Toujours aussi aimable, il me fit compliment de ma taille (j'avais un peu grandi) et de ma bonne mine. Aux regards qu'il me lança, je compris pourtant qu'il regrettait mes bonnes joues qui, jusqu'à l'adolescence, me donnaient un air enfantin. Puis, faisant le tour de l'atelier, il se pencha sur le travail de chacun pour l'en féliciter, avant de confier son violon à revernir à mon père. Celui-ci l'invita à souper.

Nous nous trouvâmes donc réunis autour de la table familiale après qu'il eut mis ses bagages à l'auberge du *Coq d'or* et fait un tour de ville. Il nous éblouit par le récit de sa rencontre avec Rameau, chez La Popelinière, riche fermier général, rue Richelieu à Paris. Il nous rapporta, non sans gourmandise, les propos de ce musicien qui cherchait par ses compositions à « pénétrer l'âme ». Il voulait rendre l'*affectus* des situations : « La joie et la magnificence, disait-il, se traduisent par des consonances ou des dissonances mineures préparées, la fureur et le désespoir par des dissonances non préparées... Le chant né de notre imagination nous est suggéré par un principe d'harmonie qui est en nous... C'est à l'harmonie seulement qu'il appartient de remuer les passions... » Il nous félicita d'avoir trouvé en Stanislas un roi amoureux de musique, qui avait quarante violons à son service. « Certains, dit prudemment mon père, craignent qu'il ne nous pousse un peu trop vers la France. Son intendant, M. de la Galaizière, après avoir supprimé nos compagnies de butiers, d'arbalétriers et d'arquebusiers, s'attaque à nos forêts pour y exploiter des chênes blancs, destinés à la marine royale française, augmente l'impôt sur les fourrages, taxe la vente des eaux-de-vie... Notre population finit par s'inquiéter... » Jacques-Philippe s'en tira par une pirouette : « Dans chacune de nos provinces, se trouve un Galaizière qui s'engraisse à nos dépens. C'est pourquoi, chers amis, il faut boire et jouer du violon, tant que nous le pouvons encore. Quel instrument mieux que lui peut traduire notre *affectus* ! »

Le lendemain, il loua un cheval pour aller à Lunéville d'où il ne revint que deux jours plus tard. Il m'invita à souper à son auberge et me fit une description enflammée de notre nouveau duc. « Il faut que vous y alliez voir, Beloiseau, me dit-il. Imaginez, au bord de la Vezouze, sur une hauteur, une immense cour d'honneur où s'arrêtent les carrosses, se promènent de belles dames. Le château, avec ses pavillons qui encadrent cette cour, a de la noblesse et une grâce italienne par les balustres de pierre le long des toitures et les trois grandes arcades qui font communiquer cour et jardins. Ah, les jardins, qu'on nomme Bosquets[1], avec leurs bassins, leurs jeux d'eau... On se croirait à Versailles ! Et les grilles qui séparent cour et avant-cour de la place publique !

« Son facteur d'orgues, Moucherel, que j'avais averti depuis plus d'un mois de ma venue, a obtenu du roi qu'il me reçût dans son grand cabinet de jour qui donne sur la terrasse et ces fameux Bosquets, où il a l'habitude de faire sa correspondance. Il était cinq heures du soir. Le soleil qui

1. Parc qui s'étend derrière le château. Le nom lui est resté.

commençait à descendre vers les hautes branches des arbres éclairait les panneaux de bois richement sculptés de cette belle pièce... J'étais très ému. Le roi avait abandonné, pour me recevoir, une lettre à sa fille, reine de France, à qui, dit-on, il écrit presque quotidiennement. Il sut, de suite, me mettre à l'aise, me faisant mille compliments sur mon Opus IV qui, grâce à Moucherel, avait été joué dans sa chapelle. Et que dire de la chapelle... Imaginez... »

Plongé dans le délire de ses descriptions où se mêlaient les robes de la maîtresse du roi, la marquise de Boufflers, le kiosque chinois — où l'on donnait des concerts —, les barques sur le grand canal qui figuraient celles de Venise, les plaisanteries du nain, Bébé, favori du roi, la tête me tournait. Après plus d'une heure, où il ne reprenait souffle que pour vider son verre, il déclara que je ne déparerais point cette cour où il avait vu tant de belles personnes... Il avait parlé de moi à la marquise de Boufflers, mais le roi avait son luthier à Paris. Pourquoi ne pas demander l'entremise de Mme du Châtelet ? J'expliquai à mon ami qu'il me fallait quitter Mirecourt au plus vite pour échapper au mariage. Il vida son assiette en réfléchissant. « Il vous faut entrer chez Guersan, le meilleur luthier de Paris qui, à ce que m'a dit Jean-Marie Leclair, pourrait devenir celui de la Dauphine. Mais avant... Pourquoi n'iriez-vous pas rejoindre Vivaldi, qui séjourne à Vienne, et essayer de lui vendre un de vos violons ? Quel coup d'éclat, mon bon ! Je peux vous donner une lettre d'introduction. Je l'ai rencontré autrefois à Amsterdam. Il se fournit chez Pietro Guarneri, illustre famille crémonaise comme vous savez. Pietro est installé à Venise depuis une trentaine d'années. On m'a appris qu'il avait des difficultés... Je ne puis vous dire de quel ordre. Une chance pour vous de séduire le Vénitien. » Je lui opposai que je n'avais pas l'argent du voyage. D'un œil caressant et d'une bouche humide, il me pria d'accepter son aide... Tu connais, ma fille, l'attrait que j'éprouve pour cet artiste de génie dont la musique ne semble faite que pour exalter les cordes... J'eus la faiblesse de dire *oui*, et *oui* encore quand il me proposa de l'accompagner dans sa chambre... Nous avions bien bu... Je crois pouvoir t'assurer que nous nous contentâmes de quelques pinçons et caresses...

Agnès se leva brusquement.

— Eh quoi, tu ne vas pas t'enfuir ? Ne t'est-il jamais arrivé, chez les sœurs, d'embrasser avec un peu trop de fougue une de tes compagnes ?

— Vous n'êtes pas mon confesseur !

— Toute vérité est bonne à dire. Elle nous sort du carcan dans lequel nous emprisonne la société, nous tire de cette solitude honteuse où nous nous croyons l'unique victime de nos démons. Avouer est un acte charitable.

— À condition que chez celui qui avoue il y ait véritable repentance et non malice.

— Que peux-tu craindre de moi qui me livre à toi sans fard !

— Vous n'êtes pas seul à pécher, mon père, mais de vos fautes — et de celles des autres — je crains que vous n'éprouvassiez jouissance... Dites-moi plutôt si, pendant ces années en famille, vous n'avez pas eu quelque tendre retour de sentiment pour votre belle-sœur Sophie ?

— Je l'évitais. Par certains côtés, elle me rappelait ma dentellière... Puisque tu ne veux rien me confier de tes troubles...

Le lendemain, Jacques-Philippe me donna une bourse bien garnie — dans mon esprit ce n'était qu'un prêt —, me fit un billet pour Vivaldi que je devais trouver, m'affirma-t-il, avec la chanteuse Anna Giraud, la mère et la sœur de celle-ci, près de notre dernier duc François, appelé à Vienne à la mort de son beau-père l'empereur Charles VI, à qui il devait succéder. Sans prendre congé des miens, je partis avec un violon dans mes bagages. Je n'avais plus, hélas, mon cher Fabrice pour compagnon de route.

On était à la fin de juin 1741. Le soleil tapait dur sur la berline. Avec moi, un marchand de chevaux, un notaire, un prêtre et une religieuse, qui se rendaient à Lièpvre où il me fallait changer de voiture. Le curé lisait son bréviaire, la religieuse égrenait son chapelet. Les deux autres, après s'être observés, se plaignirent de la rudesse de l'hiver que nous avions essuyé (les vignes avaient gelé), des déluges du printemps, de la famine qui jetait les pauvres hors de nos frontières. Quand n'entendrais-je plus les litanies du malheur chantées par des gens qui se seraient moqués des miséreux si l'abandon des terres ne risquait pas de porter atteinte à leur fortune !

Je ne puis te dire combien de fois j'ai changé de voiture, dans combien de lits j'ai couché. Je ne me souviens que de l'assaut répété des punaises, de mes reins brisés par la route, d'un orage qui nous prit au passage du Rhin, d'une roue brisée qui envoya la berline au fossé et nous avec. J'eus la tête prise dans les paniers d'une dame dont je ne me tirai qu'avec grand embarras, ce qui parut l'amuser beaucoup. Bientôt je ne compris plus la langue de mes compagnons de voyage et me serais ennuyé si je n'avais mis La Fontaine dans mes bagages. Cette lecture me valut l'attention d'un jeune homme bien fait de sa personne et de visage aimable. Il se disait comte. Nous bavardâmes agréablement alors que nous traversions la pointe orientale de la Bavière. Le soir, à l'auberge, il me proposa un cent de piquet, en mettant le cent à douze sous. Je ne compris pas comment ce diable s'y prenait : après avoir gagné deux jeux je perdis tous les autres. À minuit, je fis mon Voltaire, c'est-à-dire que je prétendis avoir la colique pour me retirer. J'agis de même le lendemain quand il voulut me faire prendre ma revanche, ce qui me donna la satisfaction, revenant de pisser au clair de lune, de le voir plumer un autre voyageur. Quand il s'en prit à un troisième — à chacun il augmentait la mise —, malgré ses cris de putois, je lui enlevai son jeu : il était pipé ! Je montrai aux victimes que le papier des cartes présentait de très légères différences dans la couleur de l'une à l'autre ou dans le sens où il était mis, ce qui permettait à notre escroc de les reconnaître de dos. Je dus m'interposer entre lui et ses dupes car celles-ci voulaient l'étriper. Il réussit à s'enfuir et c'est moi qui fus battu ! Je me retrouvai, plus tard, dans le lit d'une servante qui me massait le corps d'une pommade puante. Bien qu'elle ne fût guère jolie, je la remerciai de ses soins comme tu le devines, sans toutefois la déflorer car elle me fit comprendre qu'elle réservait cet avantage à un futur époux...

Enfin j'arrivai à Vienne ! La berline passa d'abord par un faubourg où se mêlaient de misérables cabanes et d'importants édifices qui semblaient neufs. Alors que nous avions traversé des paysages verdoyants, de magnifiques prairies et d'immenses forêts, les maisons s'agglutinaient sans un brin d'herbe, sans un arbre. Rien ne me parut plus inhumain que cet entassement de logis construits pourtant par et pour des hommes. J'appris plus tard qu'entourant la ville il n'y avait pas moins de vingt faubourgs, incendiés en 1683 par le commandant Stahremberg qui opposa le feu à l'invasion des Turcs. Passé d'imposants remparts, la berline nous déposa à la porte d'une auberge. Il faisait une chaleur accablante. Je me trouvai dans un lacis de ruelles. Le passage continu des carrosses soulevait une poussière qui m'étouffait.

Assourdi, éberlué, je marchai d'abord sans savoir où me portaient mes pas. C'était partout des embarras de voitures, des cris de charretiers et d'ouvriers sur leurs échafaudages qui réparaient ou construisaient des bâtiments. J'arrivai sur une petite place où se trouvait une fontaine. Je me rafraîchis le visage et les mains, y bus de grandes lampées, puis demandai au cocher d'un carrosse qui, serré par d'autres voitures, n'avançait plus, la direction du Belvédère, où Jacques-Philippe m'avait dit que Vivaldi, aimé des princes, devait séjourner. Je désespérais de comprendre ses explications, pourtant agrémentées de mimiques et de gestes, quand une dame en perruque blanche recouverte d'une fine dentelle se pencha à la portière. « Seriez-vous français ? — Lorrain, madame ! » Elle eut un joli rire : « Montez. Je suis la baronne Marie-Antoinette de Lenancourt, d'origine lorraine, moi aussi, et moi aussi je vais au Belvédère. » Je montai prestement auprès de cette dame dont je pus admirer l'agréable visage que des rides légères, marquant la trentaine passée, ne déparaient pas tant était vif le feu de ses yeux noirs, la beauté de sa gorge dans le décolleté d'une robe de soie rouge qui marquait la finesse de la taille pour s'épanouir comme un énorme coquelicot sur ses cuisses. Je me présentai et lui dis le but de mon voyage en bafouillant. Ce qui la fit rire de plus belle, mais elle me félicita : un luthier de Mirecourt venu à Vienne voir le Prêtre roux[1], quelle merveille ! Elle ajouta pourtant, ce qui m'inquiéta, qu'elle n'avait pas entendu parler de l'arrivée du célèbre musicien à la Cour. Elle me promit de se renseigner auprès d'une de ses amies, parente du prince Antoine de Saxe-Meiningen. Le

1. Surnom donné à Vivaldi en raison de sa chevelure rousse.

prince était un admirateur passionné de Vivaldi. Ne lui avait-il pas acheté fort cher le manuscrit d'un concerto ? Elle m'apprit qu'elle était veuve, depuis cinq ans, d'un gentilhomme lorrain descendant de verriers. Lointaine cousine de son feu mari, elle l'avait épousé à quinze ans. Si elle n'avait jamais quitté Vienne, elle y vivait dans un milieu lorrain et se réjouissait que notre duc François ait dans ses vues de rattacher notre province à l'Empire. Je n'osai la contredire. C'est ainsi qu'en devisant nous arrivâmes au Belvédère.

La splendeur des lieux me stupéfia. Les descriptions que Jacques-Philippe Lamoninary m'avait faites du château de Lunéville furent d'un coup abolies par ce qu'il m'était donné de contempler. Imagine d'immenses jardins agrémentés de terrasses, bassins, fontaines, jets d'eau, sculptures représentant des groupes de déesses, de héros, d'animaux fabuleux, en tout point semblables à ceux que plus tard j'admirerais à Versailles. À l'une extrémité, en contrebas, la façade imposante d'un château comprend sept bâtiments aux toitures en trapèze, ornés de frontons, de balustres, de pilastres et de statues majestueuses. À l'autre extrémité, un palais aux murs couverts d'une dentelle de pierre, dont les pavillons sont coiffés de bulbes. « Notre duc habite là ? » balbutiai-je. « Non, il est en sa résidence d'été, mais j'ai rendez-vous ici, près de l'orangerie, avec un ami. Attendez-moi à l'ombre d'un arbre. » Je ne puis te dire combien de temps je restai sous le bois que la baronne m'indiqua, à m'enchanter du spectacle que m'offraient le parc, les palais, la ville hérissée de clochers que je découvrais derrière le Belvédère inférieur, dans des vapeurs roses qui, peu à peu, envahissaient le ciel...

Elle revint flanquée d'un homme d'une cinquantaine d'années, en bas blancs et veste bleu canard, la perruque encadrant un long visage aux yeux enfoncés dans les orbites et aux lèvres étroites. Elle me le présenta : « Quelle chance vous avez, Beloiseau ! Voici Jean de Frémontange, organiste à l'église Saint-Pierre. Il me dit que Vivaldi habite son quartier car il est venu lui rendre visite à la fin d'une messe et qu'ils ont parlé... Demain, nous en saurons plus grâce à mon amie, mais ce soir, joignez-vous à nous. Nous ferons de la musique. » Nous nous serrâmes dans le carrosse, qui ressemblait à une bouilloire, lui d'un côté de la baronne, moi de l'autre, à moitié recouverts par les bouffants de sa robe.

Marie-Antoinette habitait une grande maison neuve derrière l'église des Écossais, non loin du palais impérial et de ce qu'on appelle la rue des Seigneurs tant les palais y sont beaux et nombreux. Comme dans tout Vienne, on bâtissait et rebâtissait... Passé le vestibule où deux lions de pierre montaient la garde sous un plafond représentant des scènes bucoliques, une jeune servante nommée Charlotte me conduisit au premier étage à une chambre qui communiquait avec un cabinet de toilette. Elle me dit qu'elle viendrait me chercher pour le souper. Je ne vis rien d'autre que le lit où je tombai comme mort. À neuf heures, elle dut me bourrer de coups pour que je reprisse conscience. Un broc d'eau acheva de me réveiller. M'examinant grâce à une haute glace au-dessus de la cheminée, dans cette pièce richement décorée de tapisseries et de meubles laqués, je pris pitié de moi-même. Avec mes habits sales et fripés, qui n'étaient guère de mode, j'avais l'air d'un gueux et m'étonnais que la baronne m'ait donné asile. Je sortis mon violon de son étui, me disant que lui seul pouvait me tirer de ma confusion.

J'étais un niais ! Quand j'arrivai dans le grand salon bleu, où Charlotte me précédait, Marie-Antoinette et son ami se tenaient en chemise autour de la table couverte de viandes froides et de sucreries. « Par cette chaleur, mettez-vous donc à votre aise, Beloiseau », dit la baronne. Après un instant d'hésitation je posai ma veste et mon pantalon et pris place auprès d'eux. Jean de Frémontange m'interrogea sur la clientèle de mon père, mes goûts en musique et mes projets. Quand j'en vins à Vivaldi, il prit un ton grondeur : « Un bavard ! Intéressez-vous plutôt à Bach, notre maître à tous. » Je lui fis remarquer que son grand homme n'avait pas craint de transcrire pour le clavier plusieurs des concertos de mon musicien favori. « Certes, mais d'une musique extravagante il a su tirer — et c'est son génie — des œuvres bien plus riches et capiteuses. Écoutez, chez lui, les contrepoints ! » J'allais lui sauter à la gorge quand la baronne intervint : « Que les hommes sont ennuyeux ! Les musiciens surtout. Si vous, Beloiseau, portez Vivaldi aux nues, c'est qu'il est violoniste. Et vous, Jean, si vous ne jurez que par Bach, c'est que vous êtes organiste... Puisque vous préférez vos instruments aux femmes, dois-je appeler ma bonne Charlotte pour me divertir ? » Elle l'appela, lui offrit un verre de vin et me demanda de leur conter mes exploits amoureux, ce qui me mit au supplice. Jamais je ne m'étais senti aussi balourd. « Voyez comme il rougit, dit Marie-Antoinette. Est-ce le vin, la chaleur, ou le souvenir de quelque galanterie ? Beloiseau, laissez-moi vous retirer votre chemise... » Ce qu'elle fit prestement. Quand Charlotte et l'organiste s'approchèrent à leur tour de moi, je compris — enfin — ce qu'ils appelaient « faire de la musique ». C'était jouer en partie carrée.

Agnès leva la tête.

— Écris, ma fille, écris et ne cherche pas à comprendre. Je dois t'avouer qu'après la première excitation passée, due à ma surprise et à l'expérience de mes hôtes, je n'y pris guère plaisir. J'étais bien trop préoccupé à me tirer au mieux du rôle qu'on m'attribuait pour éprouver autre chose que des satisfactions d'amour-propre quand j'y parvenais. Au matin, j'allai me coucher rompu. C'est Charlotte qui, une fois encore, vers les cinq heures me réveilla, non plus par des coups mais par des baisers. Je lui prouvai que je préférais, et de loin, le duo au quatuor...

Marie-Antoinette m'avait trouvé l'adresse de Vivaldi : la maison d'un dénommé Satler, près de la porte de Carinthie. J'y courus. Pour le trouver, hélas, dans un piteux état. Il logeait dans une petite chambre qui donnait sur une cour; Anna Giraud, sa mère et sa sœur, dans une autre, au même étage. Elles s'y tenaient, gémissantes et en larmes, incapables de lui apporter le moindre soutien. L'odeur que leur pauvre ami dégageait les faisait défaillir. Alors que de nuit il revenait d'un concert, Vivaldi avait fait une chute sur un tas de gravats qui encombrait une ruelle. La plaie s'était gangrenée d'après ce que m'apprit le médecin qui vint le voir lors de ma première visite. De plus, les crises d'étouffement, qui, sa vie durant, l'avaient fait souffrir, le tenant dans l'obligation de ne point célébrer la messe, redoublaient de violence dans l'air poussiéreux de cette ville accablée par la chaleur de juillet. Allongé sur son lit, le buste soutenu, comme moi aujourd'hui, par une pile d'oreillers, la plaie de sa jambe à l'air où, bien qu'il tentât de les chasser à coups d'éventail, des nuées de mouches s'agglutinaient, le souffle court, le visage crispé de douleur sous ses cheveux devenus gris, il m'apparut comme le plus malheureux des hommes. Je tombai au pied de son lit : « Maître, dis-je, comment se fait-il... » Je ne pus continuer, la voix éteinte par les pleurs que je ne voulais pas laisser couler. Il me pria de venir m'asseoir près de lui.

N'osant lui parler de mon violon que, pourtant, j'avais emporté avec moi, je lui expliquai qui j'étais et que j'étais venu à Vienne pour lui dire mon admiration. « C'est très aimable à vous, soufflat-il. Jouez-moi quelque chose. » Je lui avouai que j'étais un bien piètre exécutant. Il m'encouragea : « Allez, allez! » J'attaquai le premier concerto de

La Cetra[1] que j'avais étudié mais, quand j'en fus aux mesures les plus allègres, je m'arrêtai, suant à grosses gouttes. « Je suis plein de confusion », dis-je. Il eut la bonté de sourire : « Vous jouez mal, mon garçon. Mais votre violon est de qualité. » Je dus me contenter de cette opinion flatteuse. Je n'éprouvai pas de regrets qu'il ne pût m'en commander un tant j'étais malheureux de le voir en cet état. Comme il me proposait de revenir le lendemain, espérant qu'il se sentirait mieux, le médecin entra. J'attendis qu'il en eût fini avec son malade pour sortir avec lui. Comme je lui demandais si je pouvais rendre quelque service, il me donna la composition d'une pommade à porter chez l'apothicaire. Il faudrait, deux fois par jour, en oindre la blessure. Celle aussi d'une potion que le musicien devait prendre toutes les heures pour lui éclaircir les sangs.

Je retournai chez la baronne lui donner des nouvelles de Vivaldi et tentai de l'intéresser à son sort. Elle se faisait coudre une nouvelle robe et n'avait d'oreilles qu'à sa couturière. Pourtant, quand je pris congé, elle me proposa, entre les petits cris que provoquait le laçage de son corset par Charlotte, de demeurer chez elle. Je refusai. Elle se piqua. Nous nous quittâmes assez froidement. Je sortais quand Charlotte me rattrapa : « Où vas-tu ? » Je n'en savais rien. Elle me donna l'adresse d'une de ses cousines qui pouvait me

1. *La Lyre* : 12 concertos pour violon solo composés vers 1727.

céder une chambre. « Je viendrai t'y rejoindre. » C'est ainsi que pendant quinze jours je logeai dans un faubourg, près de l'église Saint-Bernard, dans une maison vétuste mais bien tenue par une vieille femme qui ne parlait pas un mot de français. Sourde, elle n'entendait pas Charlotte quand celle-ci venait parfois dans ma chambre, tard dans la nuit, les parties fines terminées, pour, disait-elle, se reposer près de moi... Ce que, je l'avoue, je n'ai jamais su comment interpréter.

Je n'ai pas le courage, ma fille, de te conter par le menu la mort de Vivaldi. Elle fut atroce. Le souvenir que j'en garde me fait craindre la mienne car il garda sa tête jusqu'à la fin. Quand la souffrance cédait un peu, il me racontait sa vie à Venise.

Après avoir été ordonné diacre à l'âge de vingt et un ans, il fut nommé Maestro di violino auprès des pensionnaires de La Pietà, fondation religieuse consacrée à l'éducation des orphelines. Les maîtres de ces demoiselles doivent être tous de bonnes mœurs. Une prieure assiste aux leçons qui s'y déroulent dans la plus grande décence. Le Prêtre roux insistait sur ce point comme s'il craignait qu'avec d'autres je ne misse en doute sa bonne conduite. Il faut te dire qu'Anna Giraud, qu'il traînait partout avec lui, avait été de ses élèves à La Pietà — bien qu'elle eût encore sa mère... Les médisances allaient bon train à Venise et dans les villes d'Europe où ils se rendaient, lui pour faire interpréter ses œuvres, elle pour chanter. Il s'en affligeait encore : « Elle a toujours été comme une jeune sœur pour moi. Nos âmes étaient jumelles. Sa voix de contralto m'inspirait. Elle peut tout chanter à condition qu'il y ait de la passion... »

De la passion, il en mettait à parler de cette femme qui m'est apparue, le peu que je l'ai vue, corps et visage de poupée, un air d'enfance qu'elle gardait, malgré ses trente ans, tels ces oiseaux de biscuit qui roucoulent quand on les remonte. Malheur à qui s'en éprend. Leur cœur comme leur voix est artificiel. Vivaldi avait-il de l'amour pour deux ? Ou aimait-il en elle sa création comme Pygmalion épris de sa statue ? Dans ses mauvais jours — les plus nombreux — le vieil homme s'indignait de l'indifférence qu'il avait rencontrée à Vienne. Depuis presque un an il y séjournait dans l'espoir d'y conserver, auprès de François de Lorraine-Toscane, un de ses admirateurs, le titre de maître de chapelle que déjà il tenait du grand-duc. François avait d'autres soucis : la guerre de succession. Chez le prince Antoine de Saxe-Meiningen et d'autres, qui l'avaient idolâtré, il ne trouvait que porte close. Serait-il déjà passé de mode ? Ah, l'ingratitude des Grands ! Et le voilà cloîtré, sa jambe malade, la poitrine dans un étau, au fond de cette chambre où il sentait la mort s'approcher dans des voiles de feu... Oui, cet homme souffrait physiquement et moralement car, j'ai cru le comprendre, il n'était insensible ni aux honneurs ni à l'argent ; la fortune l'ayant jusque-là comblé, il se révoltait de se voir abandonné par elle en ses derniers jours.

C'est comme étouffé par cette révolte qu'il mourut le 28 juillet 1741 dans l'après-midi. Un orage menaçait depuis la veille qui creva en larges gouttes de pluie tiède sur la ville. Sous un couvercle de nuages noirs, elle n'était éclairée, par instants, que par la foudre. Anna Giraud, accompagnée de sa mère et sa sœur, était partie depuis trois jours pour Gratz : elle devait y chanter dans un opéra de son maître. Je courus jusqu'à l'église Saint-Pierre chercher le curé qui lui avait donné l'extrême-onction avant le départ de ses suivantes et amies... Les cloches ne sonnèrent pas à la cathédrale Saint-Étienne où fut dit, hâtivement, son service funèbre en présence de six porteurs et de six petits choristes que j'avais pu amener grâce à l'organiste. Moi, je pleurais derrière un des piliers qui soutiennent une énorme chaire. Oui, je pleurais. Non seulement sur la mort d'un musicien que j'aimais, aussi sur l'indifférence de ceux qui, tant qu'il avait été au sommet de sa gloire, s'étaient flattés d'être de ses amis et protecteurs. Rude leçon pour le naïf que j'étais ! Mais j'aurais dû raisonner autrement, ma fille. Puisque tout est illusion ici-bas, Vivaldi avait vécu dans celle d'être aimé et estimé. Qu'importe que sa mort n'eût pas été célébrée par les trompettes de la gloire. J'en ai tant vu depuis qui passent leur vie dans l'obscurité et la gêne, dont on ne découvre le génie que lorsqu'ils sont livrés aux vers. Là où ils sont, peu leur chaut, en vérité... Après qu'il fut enterré au cimetière de l'Hôpital, j'allai chercher mon bagage et mon violon chez ma logeuse et me retrouvai seul, sans un sou, dans les rues de Vienne transformées en torrents par la pluie qui ne cessait de tomber.

J'avais hâte de quitter cette ville. Malgré ses splendeurs, elle me paraissait funèbre. À la sortie des remparts, je vis un chariot arrêté sur un carré d'herbe. J'en soulevai la toile et découvris six bohémiens, trois hommes et trois femmes, qui mangeaient leur soupe. Le plus jeune se précipita sur moi et, d'une bourrade, m'envoya sur le pré. Je me relevai, ouvris mon étui et lui montrai mon violon. Il me fit signe de les rejoindre et de jouer. J'exécutai une petite valse qui eut le bonheur de leur plaire. Ils me firent place autour de leur chaudron, me donnèrent une écuelle et un gobelet... C'est ainsi que je fus engagé dans leur troupe. La chance voulait qu'ils allassent à Paris !

Agnès releva la tête en souriant.

— Vous fûtes donc comme Rameau, au début de sa carrière, musicien ambulant !

— N'exagérons pas. Rameau était un violoniste nomade, des musiques divines dans sa tête. Moi, un violoneux bohémien, des jupons dans mes rêves.

— Vous, mon père, bohémien ! Me direz-vous quelle personne du sexe vous avez séduite ? Sinon les trois...

— Te voilà d'un coup bien frivole ! Aucune, ma fille. À mon déplaisir. La mère n'avait pas quarante ans. Une forte femme, taillée à la serpe, une chevelure crêpelée qui lui tombait jusqu'aux fesses, des cotillons rouges. Elle fabriquait des paniers, des corbeilles, vendait de la dentelle et de la verroterie, volait dans les clapiers, les poulaillers, les champs, ramassait des herbes et du bois, ne se reposait que pour tomber de sommeil auprès d'un compagnon aussi massif qu'elle, de caractère nonchalant. Il conduisait la charrette et, dans les villages, montrait un vieil ours muselé et encagé qui nous empuantissait. Ce couple avait quatre enfants, deux fils, deux filles — l'une de dix-huit ans, l'autre de douze — veillées par leurs frères plus jaloux que les plus jaloux des amants. Ils étaient chanteurs, danseurs, jongleurs, acrobates. Le plus âgé des garçons faisait marcher une lanterne magique. Le plus jeune jouait de la cithare à sept cordes. Tous voleurs. En plus de la charge de violoneux chanteur qu'on m'avait attribuée, je dus prêter la main à leur rapine...

C'est moi qui fus séduit par ces trois femmes. Oui, par la mère aussi bien que par la petite... Habituées depuis leur naissance à lutter pour vivre, leur vaillance rieuse m'enchantait. Il fallait les voir quand elles se préparaient au spectacle, faisant bouffer leurs jupes, se parant de bijoux taillés dans des métaux et des pierres vils qui, sur elles, prenaient l'éclat des vrais. Aussi quand elles dansaient, taille et pieds cambrés, mêlant la fougue à la grâce. Leurs voix, que t'en dire sinon que, montant du plus profond, elles me labouraient les entrailles et me donnaient ce frisson que j'ai cherché, en vain, à faire passer par mes cordes. Bien que ne parlant pas le même langage, j'ai compris grâce à elles deux choses essentielles : qu'il n'y a pas de plus grand courage que celui, quotidien, d'oublier sa misère pour faire rêver les hommes ; que le talent vient de ce hurlement de naissance quand nous avons su le conserver en le domestiquant. Je m'entendais bien aussi avec les garçons. L'aîné m'apprit à faire fonctionner la lanterne magique qui m'enchantait. Le joueur de cithare, qu'il existait une autre musique que celle que j'avais l'habitude d'entendre, plus sauvage, dont le rythme s'accordait à celui du sang. Malgré la chaleur, la faim, la peur quand paysans et maréchaussée étaient à nos trousses, ce furent des jours heureux. Ce voyage reste en moi comme une enfance retrouvée alors que j'entrais dans l'âge d'homme.

C'est en octobre que nous franchîmes les faubourgs de Paris. Nous nous quittâmes à la foire Saint-Germain, eux pour y donner leur spectacle, moi pour me faire admettre, à quelques pas de là, dans l'atelier de Guersan, rue des Fossés-Saint-Germain.

Il est tard, ma fille. Tes yeux se ferment. Et les miens. Demain, nous verrons...

Il dormait déjà quand Agnès s'approcha pour l'embrasser. Peut-être feignait-il... Elle le baisa au front et, sans appeler Louise ni Eugénie, s'éloigna à pas menus.

SEPTIÈME SOIR

Denis parut contrarié de voir qu'Agnès n'accompagnait pas Luc quand il le vit entrer dans sa chambre la nuit tombée.

— Ma fille serait-elle souffrante ?

— Dès qu'elle aura fini de monter les cordes d'un violoncelle, elle viendra nous rejoindre.

— Elle est le dernier soleil de ma vie... Cette nuit, il m'est revenu que j'ai bien connu autrefois un nommé Dauvergne, violon à la Chambre du roi, qui venait de ton pays. De Moulins, dont il me vantait les beautés.

— Une curieuse ville. Vivante les jours de foire et de marché. On y compte nombre d'établissements religieux. Quand les paysans des environs et les marchands n'y mettent pas animation, elle ne semble peuplée que de chartreux, ursulines, carmélites, jésuites, bernardins et frères de Saint-Jean-de-Dieu. Les rues sont bordées des hauts murs de leurs couvents, derrière lesquels on devine de grands jardins. Quel silence, mon maître ! Quel silence ! Sans doute vous aura-t-il parlé de ce merveilleux tableau de la cathédrale.

Mauvais chrétien, je me ferais pourtant moine si je contemplais trop longtemps le visage de la Vierge. Je n'ai jamais rien vu de si beau.

Ses lèvres tremblèrent.

— Si, pourtant, votre fille. La lumière semble émaner non de sa lampe mais d'elle-même.

Il y eut un silence. Denis s'étonna que l'aveu du trouble de Luc, qu'il avait appelé de ses vœux, lui pinçât le cœur. Comme s'il l'avait deviné, le garçon reprit contenance.

— Vous me parliez de Dauvergne. Il a fait, je crois, belle carrière.

— Directeur de l'Opéra. Ses *Amours de Tempé* et *Les Troqueurs* furent des triomphes. J'avoue ne connaître que ses sonates pour deux violons.

— Que vous êtes bien averti ! Vous avez donc connu Paris et Versailles ?

— Ma fille te racontera peut-être... À elle je livre mes souvenirs. C'est pourquoi je la retiens si tard le soir. Quand je te vois, j'en ai du repentir. Elle serait mieux à causer avec toi.

Disant cela, il se voulait sincère mais fut content que le garçon lui répondît :

— N'ayez aucun remords, le commerce des femmes m'intimide.

— Tu as une promise, m'as-tu dit. Belle ?

— Pour moi, oui. Un air charmant. Et point sotte. Fille de métayers. Leurs bourgeois[1] ont racheté le château du duc de Saint-Aignan tombé

1. Terme employé par les paysans bourbonnais pour désigner le propriétaire des terres qu'il soit noble ou non.

en ruine. À trop vouloir se faire courtisans à Versailles, ils ont négligé leurs terres et leurs serviteurs. Les nouveaux propriétaires sont nés Lagrange. Ils se font appeler aujourd'hui de la Grange et cherchent un blason... La vanité des hommes prêterait à rire si elle ne les rendait pas fous et méchants.

Le visage de Denis s'éclaira.

— Tu me plais, mon garçon ! Aucun de mes fils ne raisonne aussi sainement que toi. Te sont-ils bons compagnons ?

— C'était le premier jour. Ils m'observent. Soyez sans crainte, j'ai l'humeur arrangeante et ne peux que me louer de l'amabilité de votre fille.

— Ma femme ?

— Elle est maîtresse chez elle. Je n'ai rien à redire.

Denis grogna : « N'oublie pas que tu es sous ma protection », puis :

— Dauvergne m'avait parlé de vos eaux miraculeuses, qu'elles guérissent de tout, que la Sévigné en faisait grand cas. S'il est vrai, je devrais bien m'y faire conduire !

— Bourbon-l'Archambault et Vichy ont attiré des gens de la Cour. On eut même le projet d'établir des relais avec deux cents chevaux de poste afin de transporter l'eau de Bourbon jusqu'à Versailles pour y baigner Louis XIV et le soulager de ses souffrances. Quant à la Sévigné, qui prit les eaux dans les deux villes, un vieux client m'a rapporté qu'elle avait été ravie de ses séjours en Bourbonnais, répandant à la Cour que les paysans y ont une oreille aussi fine que celle des Grands. Ils passeraient leur temps, selon elle, à danser la bourrée dans leurs bocages aussi charmants que bergers et bergères du Lignon... À entendre ces récits et ceux d'autres personnes, qu'on dit bien nées, on se prend à penser que leur œil est différent du nôtre : ils ne voient que splendeur où il y a misère. Leur regard est faussé par les œuvres d'art dont ils s'entourent. Le talent de l'artiste transmute l'ignoble en beauté. Nos souffrances deviennent œuvre d'art dans les cadres dorés de leurs beaux appartements. Ce qui est vrai pour leur œil l'est aussi pour leur oreille. Ne sommes-nous pas coupables, nous qui participons à cette odieuse tricherie, de changer pour eux le désespoir des hommes en volupté ?

— Tu soulèves là un problème grave que je n'ai su résoudre. Se battre pour que triomphent à la fois la justice et la beauté est une tâche qui requiert plus de temps que n'en comporte une existence même longue. J'ai eu honte parfois de vendre un bel instrument à de méchantes gens qui maltraitaient le peuple. Leur or me brûlait les doigts. Pourtant je l'ai dépensé pour mon compte et celui de ma famille alors que j'aurais dû le redistribuer aux pauvres... La société va changer, je le crois. Nous n'aurons plus à rougir d'œuvrer pour la beauté car elle sera le domaine de tous.

Après avoir frappé, Agnès entra avec sa lampe. Elle avait natté ses cheveux en couronne autour de son visage et changé sa robe grise contre une d'un bleu pervenche qui rappelait celui de ses yeux. Denis la taquina.

— Il y a longtemps, ma fille, que tu ne t'es pas tant mise en frais pour séduire ton vieux père.

Agnès rougit.

— Sortant de l'atelier, je fais toujours toilette avant de venir vous voir.

— Il y a toilette et toilette. Celle-ci est ravissante.

— Je suis heureuse qu'elle vous plaise.

Luc se leva pour prendre congé. Denis le retint.

— Que comptes-tu faire, cher garçon, avant de gagner ta couche ?

— Écrire à ma fiancée, lire, réfléchir aux problèmes que pose la vielle.

— Nous en parlerons. Demain, apporte-moi un patron de ton instrument.

Quand il fut sorti, Denis félicita sa fille d'avoir plaidé auprès de lui pour qu'il acceptât ce luthier de Janzat dont la conversation lui donnait tant de plaisir. « Comment as-tu pu deviner, lui demanda-t-il, qu'il était de si bonne qualité ? — Il avait une belle écriture, répondit-elle. Son style était aussi simple qu'élégant. » Décidément, elle l'étonnerait toujours. Gardant cette réflexion à part soi, il reprit son récit.

— Je quittai mes amis dans un état de tristesse et d'excitation. Les quitter me rendait malheureux, mais j'avais hâte de savoir quel accueil me réserverait Guersan. Assis au fond du chariot sous la toile sur laquelle ne cessait de tomber, depuis le matin, une petite pluie glacée, l'esprit occupé par ces sentiments contradictoires, je n'avais pas prêté attention à notre entrée dans Paris. Quand le chariot s'arrêta dans un tintamarre de cris, d'injures, de rugissements et de crincrins, que je vis le visage attristé de mes amis se tourner vers moi, je me crus en enfer : nous étions à la foire Saint-Germain. Ils m'embrassèrent et me bénirent. Je sautai sur le pavé mon violon à la main, au milieu de bateleurs, acrobates, baladins, saltimbanques et marchands ambulants parmi lesquels j'eus du mal à me frayer un passage.

Pris dans la foule, je fus arrêté devant une estrade où des comédiens faisaient la parade, au son d'une ravissante ritournelle. Quand le violoneux qui la jouait sauta parmi les badauds, les invitant à entrer dans une baraque de fortune pour assister au spectacle, je l'abordai pour lui faire compliment. Il parlait un mauvais français avec un accent guttural, mais je compris qu'il venait de Strashourg, se nommait Michel Deconet, que son violon — qui était fort beau — avait été fait en Allemagne, qu'il le tenait d'un musicien ruiné, mort entre ses bras, qu'il comptait rester quelque temps à Paris avant d'aller chercher fortune ailleurs. Il m'interrogea à son tour, m'assura qu'il me rendrait visite chez Guersan. Grand, mince, des cheveux blonds et frisés, le nez pointu, des yeux de renard, il était à la fois charmant et inquiétant. Je le soupçonnai d'avoir volé son instrument et me promis d'éviter sa compagnie.

Sorti de cette foule, je traversai un quartier silencieux qu'occupait l'abbaye. Je dus m'arrêter pour laisser passer un convoi funèbre qui se dirigeait vers l'église. Jamais je n'avais tant vu de prêtres, de chevaux tirant carrosse et de gens en larmes. « C'est pour le moins le roi, me dis-je, qui est mort ! » Je demandai le nom de la noble personne qu'on enterrait à un homme qui se tenait près de moi. « Un usurier. On le détestait dans le quartier. — Je ne vois que des gens affligés ! — Vous venez bien de votre province ! À Paris, on pleure et on rit pour rien. On donne le spectacle. » Je crus avoir affaire à un fou.

L'immeuble de Louis Guersan, rue des Fossés-Saint-Germain, avait belle allure avec ses quatre étages, sa porte cochère et sa boutique à l'enseigne du *Luth*. Sa femme, Marguerite, qui la tenait, me reçut. Elle me parut timide et simple dans sa robe de toile de coton à fleurs, un visage fin et très pâle sous sa coiffe de dentelle. Elle me fit passer dans l'arrière-boutique où elle me désigna son mari parmi trois hommes vêtus de même façon d'un simple habit de droguet et d'un tablier de cuir. Il releva la tête de dessus un violon qu'il venait d'ouvrir. De belle corpulence, le front haut, les joues replètes, sa bouche pincée par l'attention qu'il mettait dans son travail s'arrondit en sourire quand je prononçai le nom de Jacques-Philippe Lamoninary. « Oui, oui : un bon ami de Jean-Marie Leclair... Il m'a annoncé votre venue. Vous êtes de Mirecourt et, m'a-t-il écrit, bon luthier. » Je lui montrai mon violon qu'il examina avec soin avant de l'essayer. « Le son est un peu criard, dit-il, mais nos instruments n'aiment pas voyager et si vous m'arrivez de Lorraine... » Je lui contai mon détour par Vienne, lui assurant que, si Vivaldi n'avait pas été mourant, il eût acheté mon violon, ce qui sembla l'impressionner.

« Vous souhaitez travailler chez moi, dit-il. Je vous préviens, je suis difficile à contenter et ne puis vous offrir que trente sols par jour car, à vrai dire, si je commence à avoir une belle clientèle, elle est peu nombreuse et nous suffisons à l'ouvrage avec mes apprentis. Je ne vous prends que par amitié et parce que vous me paraissez habile et vaillant. Avez-vous un parent pour vous loger ? » À ma réponse négative, il fit la grimace, s'adressa à sa femme et aux deux garçons, leur demandant s'il était possible d'ajouter une paillasse dans la chambre de ces derniers. Après quelque hésitation ils acceptèrent. Marguerite Guersan me proposa de m'y conduire. Elle en profita pour me faire visiter la maison. Je m'étonnai, à part moi, qu'elle fût bien moins grande et belle que celle de mon père. Derrière l'atelier donnant sur une cour pavée, on entrait dans la cuisine où l'on prenait les repas en famille. Au premier étage, trois chambres. Celle des Guersan était de belle taille. Aux murs, des tapisseries d'Aubusson, des tableaux, des glaces biseautées. Luisants et parfumés de cire, des meubles de salon en noyer, une grande armoire richement sculptée, une pendule au cadran d'émail, un lit avec ciel de lit vert amande comme celui des doubles rideaux, composaient un ensemble cossu.

Dans une pièce voisine, on voyait pendus aux poutres, outre les violons et les basses, des violes, des pardessus de viole et des quintons. Sur une table, des serinettes. Le magasin s'étendait à toute la maison... Une autre chambre, dont elle n'entrouvrit la porte qu'après avoir frappé, m'apparut beaucoup plus simple, mais j'y vis, occupées à coudre, trois jeunes filles qui, l'espace d'un éclair, me parurent ravissantes. Marguerite Guersan m'expliqua : ils avaient une fille, Marie-Anne, âgée de seize ans, de santé fragile et deux nièces orphelines qu'ils avaient adoptées. Marie-Zélie allait sur ses vingt ans, Anne-Marguerite sur ses dix-huit, toutes deux promises à leurs apprentis, François Lejeune et Benoît Fleury. Chasse gardée, ma fille. Chasse gardée ! Je me jurai de ne point troubler cette belle entente familiale.

— Avez-vous tenu serment ? demanda Agnès en souriant.

— Oui, Agnès. Ne t'en déplaise.

— Il restait la petite Marie-Anne pour faire votre galant. Étiez-vous devenu sage ?

— Sage, non. Mais prudent. Et puis, vue de près, cette petite brune maigrichonne d'aspect souffreteux, les yeux enfoncés dans les orbites, me parut une enfant, sans la grâce de cet état. Intelligente en diable, j'ai éprouvé pour elle une affection fraternelle qui n'alla pas, je te l'accorde, sans quelques émois vite réprimés car elle m'aimait, ce qui me causa bien des tracas... J'ai été triste d'apprendre sa mort quelques années après mon départ. Pauvre Guersan ! Sa fille, puis sa femme avec laquelle il faisait si bon ménage... La position flatteuse de luthier du Dauphin qu'il occupa plus tard le consola-t-elle de ses deuils ? J'imagine qu'il les ensevelit dans les régions secrètes du cœur. Tentant de les oublier pour vivre, il échafauda les châteaux de cartes de la renommée, épousa, en secondes noces, une fort belle femme que lui envièrent ses confrères, ses amis et les beaux messieurs qui composaient sa clientèle... Les satisfactions d'amour-propre sont, pour les hommes, le meilleur des cicatrisants. Je ne suis pas sûr que la plaie ainsi refermée ne cache pas souvent quelque abcès qui gagne les chairs en profondeur. Mais je m'égare...

On m'installa donc dans la chambre des apprentis en ajoutant une paillasse aux deux autres. À la collation qui suivit, j'appris que les autres étages étaient occupés par la famille de la femme de Guersan ainsi que par d'autres locataires. Dans les greniers se trouvait sa réserve de bois. Avec une franchise qui me toucha, mon nouveau maître m'expliqua sa situation. Son père était tisserand à Paris. Il avait appris son métier au contact de son demi-frère, Jacques Boquay, de près de vingt ans plus âgé que lui. Il vénérait ce frère qui, disait-il sans aucune gêne, avait plus de talent que lui, dont les violons étaient fort estimés. Il en avait acquis plusieurs après la mort de Jacques en 1730. Aussi ceux de Claude Pierray, de la même génération, mort la même année. Certes, un violon de Guersan valait 240 livres, mais combien en vendait-il dans l'an ? Ses gains venaient des réparations qu'il exécutait à la demande. Entre autres, trois violonistes : Jean-Marie Leclair, Gabriel Guillemain, Jean-Pierre Guignon, le fameux roi des violons, professeur de musique de la Dauphine; deux violoncellistes : l'Italien Canavas, symphoniste de la Chambre du roi, Patouart, musicien de l'orchestre de l'Académie royale de musique; de nobles seigneurs, dont le prince de Guéménée. Il fallait y ajouter le commerce des cordes. Il complétait ces revenus par la location des appartements de la maison qu'il occupait et d'une autre qu'il gérait, beaucoup plus modeste avec jardin. Elle lui venait du côté de sa femme et se trouvait à la campagne, près de la paroisse du Gros-Caillou, sur les bords de Seine. Revenus qui lui donnaient une certaine aisance sans lui permettre une vie fastueuse.

Chacun travaillait dur, sa femme au magasin, ses filles à la cuisine et au ménage, lui avec ses apprentis. Il devait également, pour gagner une clientèle nouvelle, suivre la mode. La viole d'amour faisait fureur ainsi que le pardessus de viole. Il lui arrivait de transformer les violons invendus en ces instruments au goût du jour. Grande leçon que je reçus ce jour-là de mon maître! Il ne suffit pas d'être un artiste, il faut encore, pour réussir, avoir de l'opiniâtreté dans son travail, l'intelligence de son métier, le pouvoir de s'adapter, le bon gouvernement de sa vie et de sa famille. Que ne l'ai-je mieux suivi!

Guersan avait la passion du violon. Une passion tatillonne qui ne supportait pas la moindre imperfection. Il mettait tous ses soins au galbe des voûtes qui, disait-il, sont les poumons de l'instrument. Il changeait la position du chevalet et de l'âme cent fois, de la finesse d'un cheveu. Il m'apprit, mieux encore que mon père et Jakob, la longue patience de l'homme à l'écoute de la sonorité du timbre, de son intensité et de son moelleux. Il m'enseigna aussi que l'archet peut varier de forme, de poids, de longueur au gré des désirs des musiciens. Et le vernis toujours... Il avait inventé une recette de vernis à l'alcool, qui avait le mérite de sécher vite. Bien malin qui aurait pu la lui ravir ! Formés par lui, ses compagnons avaient les mêmes exigences de perfection et devinrent des luthiers de qualité. Malgré la rigueur qu'il nous imposait par son exemple, son souci d'économie, la piété qui faisait loi chez tous, je fus heureux dans cette famille car j'y trouvai, ce qui m'avait toujours manqué, une affection, une gaieté dont j'ai gardé la nostalgie.

— Pourquoi n'êtes-vous pas resté avec eux ou près d'eux ? demanda Agnès.

— Je pourrais te répondre que mon père malade me réclama, mais il faut être sincère. La petite Marie-Anne m'aimait, je te l'ai dit, et je ne voulais pas l'épouser. Tu sais bien que je ne puis longtemps me tenir dans les rets, me fussent-ils bénéfiques. J'ai raté la voie royale : devenir le successeur de Guersan... Mais revenons à ces premiers jours où je découvris Paris.

Ce fut d'abord un éblouissement. Si mon maître s'était installé dans ce quartier, ce n'était pas par hasard. L'homme n'était pas seulement, comme je viens de te le dire, passionné par son métier. Il avait de l'ambition. Sa maison touchait la Comédie. Le soir même de mon arrivée, je vis venir de la rue Dauphine des carrosses à blasons qui s'arrêtaient dans notre rue d'où je voyais descendre, entourées de laquais, de seigneurs en perruques et habits de soie cousus d'or et d'argent, des femmes dont on ne pouvait savoir si elles étaient belles ou laides, jeunes ou vieilles tant l'éclat de leur toilette, de leurs bijoux, les artifices de leur maquillage, de leur coiffure, séduisaient la vue.

Quand, plus tard, je m'en extasiai auprès de mes compagnons de chambre, ils se moquèrent gentiment de moi et me firent la leçon. Je puis résumer ainsi leurs conseils : « Méfie-toi, Beloiseau. À Paris, le provincial est vite repéré. Il peut lui arriver plus d'un tour. C'est la ville du trompe-l'œil, du faux-semblant. N'importe qui peut acheter chez le fripier de beaux atours et les revendre la saison passée, louer un carrosse et un homme en livrée, adopter le petit collet des prêtres qui ouvre bien des portes, alors que les vrais mettent perruque poudrée et habit galonné pour faire les galants. Ne te fie pas non plus à qui porte l'épée ou la canne, la croix de Malte ou de Saint-Louis. Méfie-toi des jeux qu'ils soient de dés, de galets ou de boules dans de mauvais cabarets. Ne fréquente pas ceux du quai des Morfondus où tu aurais affaire à des raccrocheuses qui t'enlèveraient ta bourse. Si tu sors le soir, sois prudent. Les ruffiats ont tôt fait d'assommer le passant pour le voler. Ils ont de gros bâtons d'un pied et demi de long, armés d'un fer en forme de marteau à battre le papier, d'autres sont garnis de plomb. Ils se cachent dans les culs-de-sac ou sous les porches. Repousse certaines femmes qui te tiendront des discours amoureux : si tu te laisses attraper elles t'enverront tout droit à l'hôpital du Gros-Caillou où l'on te fera des frictions mercurielles, avaler des dragées de Keyser, des pilules de Préval et autres médicaments pour guérir ta chaude-pisse ! Un ancien de Guersan y est passé. Il en est mort. On ne sait si c'est des remèdes ou du mal. » Comme tu le vois, ces garçons raisonnaient à la Molière...

Cette ville ne cessa de me surprendre. J'en avais connu d'autres. Aucune ne puait autant, aucune ne donnait un spectacle aussi divers et coloré. Je t'ai parlé des embarras que créaient, dans les rues de Vienne, carrosses, chariots, berlines, voitures de tout genre. Il en est de même à Paris, à quoi il faut ajouter les processions religieuses, les convois funèbres, les cortèges d'ambassadeurs étrangers, les entrées ou les sorties du roi, les exécutions publiques sur la place de Grève. Tout à Paris est spectacle pour la foule des loqueteux et des élégants. Partout, toujours, on a l'impression d'être en kermesse. Gens en livrée, cavaliers, régiments, belles dames, miséreux et souillons me donnèrent, les premiers temps, le vertige. Et le bruit ! À toute heure du jour, dominant celui des voitures et le passage des chevaux, les petits métiers envahissent la ville en vantant leurs marchandises : c'est le porteur d'eau, la marchande de beignets et de marrons, celle de la marée, le rémouleur, le décrotteur, le porteur de lettres, le crocheteur, le ramoneur, que sais-je... Et dans ce tintamarre on voit se hâter les perruquiers enfarinés et précieux tenant d'une main leur fer à friser, les limonadiers avec leur plateau de boissons, portefaix, chiffonniers, afficheurs, coupe-bourses et catins au visage peinturluré...

Pendant quatre ans, sorti de l'atelier, quand je n'étais pas plongé dans un livre, je marchais dans cette ville, seul ou avec mes compagnons, parfois accompagné par Marie-Anne. C'est d'abord notre quartier que je découvris, truffé de beaux hôtels, de couvents et d'églises.

Imagine mon bonheur quand je vis, face à la maison de Guersan, le café *Procope* dont la spécialité, avec l'excellence de son odorant breuvage et de ses glaces, était d'être devenu le rendez-vous des beaux esprits. Je n'osais pourtant m'y risquer jusqu'à ce que Voltaire m'y conviât. Autour de l'imposante abbaye de Saint-Germain-des-Prés, rue du Colombier, rue de Buci, rue de Seine, rue des Petits-Augustins, ce ne sont que vastes demeures closes sur de petits jardins. Elles y alignent leurs façades percées de hautes fenêtres et de portes cochères que surmontent de gracieuses têtes de femmes, des guirlandes de coquilles et de feuillages. Derrière les vitres on devine le cristal des lustres, la richesse des tentures, parfois une dame en atours. À leurs frontons, les lettres enlacées des propriétaires... Ah, les propriétaires, Agnès ! Je ne t'en citerai que deux qui, les quatre ans que je demeurai chez Guersan, faisaient encore parler d'elles, bien que l'une fût vieille et l'autre, encore jeune, près de sa fin. Pour les trouver, il fallait filer vers le quartier Saint-Germain qui, avec celui de Saint-Honoré, était devenu à la mode.

Vas-tu me croire ? C'est Marie-Anne qui, la première, me parla de ces dames. Cette enfant maladive avait du temps pour prêter l'oreille aux bavardages des commères ou des clients du magasin, et rêvasser. Elle avait du goût, je le remarquai vite, pour les histoires d'amour, surtout quand elles avaient du piquant. Ce n'était ni à l'atelier ni à table qu'elle me les contait. Bien que pleins d'indulgence avec elle, ses parents ne l'eussent pas admis. Elle m'en entretenait quand nous partions en promenade avec ses sœurs et les compagnons, s'arrangeant toujours pour marcher près de moi, les devançant ou derrière eux. Elle m'amusait, elle me touchait car je devinais, sous ses airs candides, je ne sais quel diablotin... Mais je te parlerai mieux d'elle une autre fois. Revenons à ces fameuses dames.

Claudine-Alexandrine Guérin de Tencin habitait un bel hôtel de la rue de Lille dont le corps central, garni d'élégants pilastres, est couvert d'un fronton brisé. Son inconduite l'avait chassée d'un couvent de Grenoble où sa famille l'avait mise de force. Arrivée à Paris peu après la mort de Louis XIV, elle ne tarda pas à y briller par son esprit. Ayant épuisé quelques amants, elle devint la maîtresse du Régent qui s'en sépara car, disait-il, il n'aimait pas faire de la politique entre les draps. Elle devint, dans le même temps, celle du cardinal Dubois et du chevalier Destouches, qui lui fit un enfant qu'elle abandonna sur les marches de la petite église Saint-Jean-le-Rond. Devine sous quel nom on le connaîtra plus tard ? D'Alembert, ma chère fille ! D'Alembert ! Un de ses amants s'étant suicidé chez elle, elle fut jugée coupable et embastillée. Peu de temps, je te rassure. Et elle recommença à éblouir Paris... Enfin, elle devint sage, ou presque, tint salon dans ce bel hôtel où elle recevait ceux qu'elle appelait « ses bêtes », dont Fontenelle, Montesquieu et Marivaux, les plus fidèles.

L'autre hôtel se trouve face à la Seine. Entre ses deux ailes une vaste terrasse offre une vue superbe sur le fleuve et les Tuileries. Il fut habité par les cinq filles du marquis de Nesle, dont quatre furent les maîtresses de Louis XV. La première en place, la favorite, Louise Julie, devenue Mme de Mailly, n'était pas jolie mais avait de l'esprit. Sa sœur, Mme de Vintimille, qui la supplanta, était laide, ambitieuse, intéressée, mais savait plaire au roi par ses manières viriles et sa tête politique. Après qu'elle fut morte en couches, la plus jeune, Mme de La Tournelle, lui succéda. Aussi la plus belle, qu'il fit Mme de Châteauroux. C'est un an après mon arrivée à Paris qu'elle devint à son tour favorite alors qu'une autre sœur, la duchesse de Lauraguais, grosse fille pétulante, lui accordait également ses faveurs. Friande des gazettes qui circulaient dans le quartier, Marie-Anne disait : « Nous avons un roi très fidèle. Pendant sept ans à la reine. Aujourd'hui au même sang ! »

Les beautés de notre quartier n'étaient rien à côté de celles que je découvris place Royale. Imagine d'harmonieuses façades de brique rose à chaînage de pierre, des jardins intérieurs avec fontaines et bassins qu'entourent des lauriers-roses. Celles aussi des Tuileries et du Palais... Malgré les mises en garde de mes compagnons, ma curiosité me porta à plusieurs reprises vers les faubourgs. Je refusai à Marie-Anne qu'elle m'y accompagnât, ce qui provoquait chez elle de longues bouderies durant lesquelles elle se disait malade, ne quittait pas le lit, inquiétait sa famille... J'aurais eu scrupule à lui révéler une misère qui n'était pas seulement physique mais morale, où l'homme, s'il ne devient pas bête furieuse, se transforme en mort vivant. De leurs masures en ruine et crasseuses sortent des troupeaux de pauvres êtres en sabots et guenilles, pâles et affamés, qui partent à la recherche d'un travail ou d'un passant à voler, d'enfants à demi nus qui vont jouer sur des tas d'immondices, infection des ruelles... La nuit, dans ces ruelles sans lampadaires où courent les rats, on vole, on viole, on s'étripe entre gueux pour un quignon de pain ou un morceau de viande pourrie. Les jours de neige et de pluie, elles se transforment en cloaques et, quand la Seine monte, des hordes de pauvres gens fuient ses berges, leur paillasse sur le dos...

Je n'ai jamais été plus loin que Vaugirard. Michel Deconet, venu me rendre visite à plusieurs reprises chez Guersan, me disait que la misère y était pire qu'ailleurs. C'était un foyer constant de mutinerie. La police ne s'y risquait pas car on craignait que sa population ne se portât aux plus grands excès... Si je ne l'y accompagnai c'est que, prévenu par sa fille, Guersan me gourmanda : quel vénéneux attrait me poussait vers ces quartiers ? Je me le demande encore. Ma curiosité, ma compassion, n'expliquent pas tout. C'est comme si j'allais y chercher une part de moi livrée au désespoir. Lui, s'il s'aventurait, non seulement à Vaugirard mais à Gentilly, aux Porcherons et à la Courtille, c'était, disait-il, pour y trouver de nouvelles sources d'inspiration dans les bals où les miséreux dansaient jusqu'à tomber d'épuisement. Il y rencontrait aussi des filles faciles et des riches qui, comme lui, amateurs de sensations fortes, allaient voir ce qu'ils nommaient la canaille, avec laquelle il jouait gros jeu.

Marie-Anne détestait Michel. Elle, elle préférait m'entraîner vers le Pont-Neuf où l'on trouve des vendeuses de citrons et d'oranges et où l'on voit passer de beaux équipages... Moi, j'y regardai avec dégoût les recruteurs qui essayaient, se servant des filles et des nourritures, d'enrôler de pauvres diables. C'est par l'un d'eux que Michel se fit prendre pour l'armée du roi, un soir qu'ayant eu affaire à plus tricheur que lui il avait perdu son dernier denier. Trop fier pour l'avouer, il n'avait vu que cette possibilité pour survivre. Je croyais n'avoir plus jamais de ses nouvelles. Un an plus tard, il m'écrivit, il travaillait chez un luthier : Santo Serafino à Venise !

— C'est lui, dit Agnès, que vous êtes allé rejoindre après la mort de ma mère.

— Oui.

— À l'instar de votre petite Marie-Anne, je l'ai détesté.

— Pourquoi ? Une fille a besoin de sa mère. Son père...

— Qu'en savez-vous ? Pardonnez-moi, ajouta-t-elle, je ne veux pas vous faire offense. Vous m'avez manqué.

— Je te l'ai dit : tu ressembles trop à ta mère... Et puis il y a d'autres choses que je te conterai plus tard... T'avoir devant les yeux alors que j'étais au gros de mon deuil m'était insupportable. Sans doute ai-je agi, comme souvent, en égoïste. Tu as raison, sur ce point, mieux vaut me taire. Tâchons d'être légers.

Les rues des beaux quartiers, par mauvais temps, n'étaient guère plus favorisées. Mais on pouvait se divertir de voir passer les beaux messieurs et les belles dames sur les branlantes[1] en poussant des cris et se livrer ensuite aux mains des décrotteurs[2]... Te parlerai-je de tous les marchés qui semblent prêts à nourrir, vêtir, distraire des milliers d'ogres, de princes et de badauds ? Des badauds, oui, il y en a. Pas seulement à la foire Saint-Germain où j'allais parfois revoir mes amis bohémiens. À croire que toute la ville flâne. Parmi eux, ces gagne-deniers[3] qui s'agglutinent selon

1. Planches qu'on pose de trottoir à trottoir pour passer au-dessus du flot de boue.

2. Gens qui se proposaient à nettoyer les souliers et le bas des robes et habits.

3. On dirait aujourd'hui : chômeurs à la recherche de petits boulots.

leur province, rient, se chamaillent, se font embaucher, s'ils sont habiles ou robustes, pour des travaux de quelques heures. Aussi des jeunes gens cousus de diplômes qui, las de chercher des emplois dignes de leur savoir, finissent gueux parmi les gueux. Te parlerai-je des Champs-Élysées ? L'été on y cherche la fraîcheur des petits bois, de ses cafés, de ses boutiques où s'attardent de belles dames. Des bateaux aux bords de la Seine ? Les lavandières y usent leurs mains et le linge de leurs clients. De ceux où des braves vont se dévêtir avant de sauter dans l'eau infestée par les sanies de la ville ? Des merveilleux concerts spirituels des Tuileries ? J'allais y écouter Vivaldi car Guignon, le fameux client de mon maître, l'avait révélé aux amateurs qui ne se lassaient pas d'entendre *Les Quatre Saisons*.

Il me fallut du temps pour m'accoutumer à Paris. Les splendeurs y côtoient la charogne, la merde, un peuple harassé qui ne sait même plus qu'il souffre tant sa souffrance fait partie de son lot, un peuple joyeux qui s'amuse de tout... Malgré le mal que je puis te dire de cette ville, il m'en est resté un goût étrange : celui qu'on garde d'une putain dont la perversité vous a séduit dans les zones obscures de votre être.

De maîtresse, pour l'heure, je n'en avais pas. Malgré la vie familiale que je menais chez Guersan, je commençais à souffrir de cette solitude qui vous point quand, à cet âge, on reste garçon alors que, sous votre nez, des amants échangent regards, sourires et mots doux, et qu'une fille qui ne vous plaît pas, que vous devez respecter — telle Marie-Anne — soupire pour vous. Certes mes compagnons gardaient leur réserve vis-à-vis de leur fiancée, et la petite ne se départait que par de rares éclairs de sa réserve naturelle, mais je baignais dans un climat de désirs amoureux. Au risque, ma fille, de blesser une fois de plus la tienne, je t'avouerai que ma chasteté me pesait.

Michel Deconet m'indiqua une maison qu'il lui arrivait de pratiquer près du Palais-Royal. Avant de tomber en l'état où tu me vois, j'ai lu les premiers volumes d'*Une année de la vie du chevalier de Faublas*[1]. J'avoue y avoir pris plaisir, surtout à la description d'une demeure semblable à celle que je connus, pourvue de deux entrées discrètes et de filles assez fraîches arrivées de leur campagne. Comme le héros de ce roman, je passai d'abord dans une salle de bains qui servait à la toilette de ces demoiselles. Sur les tablettes de marbre qui entouraient la pièce, des rangées de flacons. La dame, de noble allure, qui me conduisait, m'expliqua que certains contenaient une eau astringente propre à rendre leur virginité aux femmes ; les autres, un élixir qui revigorait la virilité des hommes. Elle ajouta aimablement qu'à ma mine elle devinait que je n'en avais nul besoin. Puis elle me fit visiter une suite de cabinets où l'on pouvait se déguiser, assister sans être vu aux ébats de couples complices, satisfaire des fantaisies de flagellation ou de viol, boire et dîner avec plusieurs

1. Louvet de Couvray.

pensionnaires. J'allai au plus pressé avec une fille choisie au hasard. Cela me coûta fort cher et je me jurai de ne plus y revenir car, chez moi, le plaisir des sens n'a de fumet qu'accompagné, même de façon éphémère, par une vague de tendresse et de gaieté. J'y revins pourtant, poussé par cette déraison des hommes qui veulent, dans les temps de chasteté obligée, s'assurer que leur membre fonctionne encore. J'en suis toujours ressorti le cœur barbouillé de tristesse.

Comme si, sans deviner de quel lieu je venais, Marie-Anne pressentait le dégoût que j'avais alors de ma personne, elle s'animait, venait quérir mon aide pour une tâche légère, une course où elle m'accompagnait en me racontant les dernières nouvelles du quartier, m'entraînait au grenier dont elle avait fait son salon de lecture. Là se trouvaient les blocs d'érable et de sapin dont nous nous servions pour les tables et les éclisses, de tilleul pour les contre-éclisses, des feuilles de cèdre, et d'innombrables fonds et tables de violon, de violoncelles et contrebasses, ainsi qu'un établi qui nous permettait déjà d'ébaucher les instruments. Près d'une fenêtre elle avait transporté une chaise, des gazettes et des ouvrages qu'elle empruntait à la bibliothèque de son père, à des amies, au curé de la paroisse. C'est elle qui me fit découvrir *Don Quichotte*, ouvrage qui, je ne sais par quel hasard, appartenait à Guersan... Cette œuvre qui me transporta reste pour moi liée au souvenir de la voix fragile de la jeune fille, à l'odeur du bois, à la douce somnolence qui me venait après l'épuisement de mes sens et l'effet purificateur de ce chaste entretien. La béatitude que je montrais lui fit croire à des sentiments plus profonds...

Au travail, Guersan me mit vite au même rang que ses deux apprentis. Je crois même qu'il eut pour moi une préférence. Rêvait-il déjà de me voir devenir son gendre ? Il me fit part de ses recherches. Influencé jusque-là par les violons d'Amati, il s'intéressait à ceux de Stainer : la carrure de ceux-ci était moins épaulée qu'autrefois, les ouïes s'amincissaient et se rapprochaient, leur dessin s'inscrivait parfois droit, parfois légèrement penché. Il me confiait souvent la sculpture des volutes, où je me montrais habile, que j'aimais terminer en tête de femme. Il comprit aussi mes humeurs vagabondes et m'envoyait souvent porter à demeure le violon, la viole, le violoncelle que, nobles, gens de robe, financiers, ses clients lui avaient donnés à réparer.

Je me souviens surtout, tu vas comprendre pourquoi, de ma visite à l'hôtel Matignon. J'entrai dans un parc d'où je gagnai, au rez-de-chaussée, deux salons en enfilade dont l'un, ovale, s'ornait d'un plafond richement décoré de nymphes. On me fit monter au premier étage dans une charmante salle de musique. Au-dessus des boiseries sculptées, dans des médaillons et des dessus de portes, des femmes épanouissaient leurs sourires et leurs chairs roses. J'en fus si ému que je n'attachai pas d'attention à la maîtresse de maison. À la sortie, marchant dans les rues, j'en avais encore la tête troublée. Était-ce le froid ? Le charmant museau de la demoiselle qui se tenait près de moi, serrés que nous étions contre un porche par le passage d'un carrosse, me parut aussi rose que les seins des dames peintes sur les murs de l'hôtel. Échappés tout moussants de son capuchon, ses cheveux d'un blond pâle aussi fins. Je devais faire figure d'ahuri car elle se mit à rire, ce qui m'enhardit à vouloir lui saisir la taille sous sa cape. Elle se défendit, me montrant le carton qu'elle portait : « Ne me bousculez pas ! C'est précieux. » Je lui demandai quoi. « Un corset pour Mlle de Charolais. Elle habite au diable, château de Madrid. J'attends Nicolas, le fils de ma maîtresse. Il doit m'y conduire après avoir livré un tonneau de vin chez un cabaretier. Le drôle s'attarde sans doute à boire quelques bouteilles car nous avions rendez-vous à quatre heures sonnantes ici même. » Elle me montra, à deux pas d'où nous nous étions rencognés, une enseigne de cabaret : « À la belle grappe ». J'attendis avec elle, ce qui me permit d'en savoir plus sur cette aimable bavarde.

Elle s'appelait Marion, vivait depuis toujours à Paris ou dans ses faubourgs. D'abord Vaugirard, avec ses parents, venus de Normandie, ses frères et sœurs dont elle était la cadette. À la mort de son père, puis de sa mère — elle avait alors onze ans —, elle apprit à faire des corsets chez Mme Allard qui tient boutique dans une galerie du Palais. Elle habitait avec ses deux sœurs, l'une servante chez un libraire, l'autre chez un bijoutier de la même galerie, dans une soupente au dernier étage de la maison de Mme Allard. Je la suppliai de me donner un rendez-vous. « C'est que, dit-elle, il fait nuit quand je finis mon travail, bien froid pour se promener, et que mes sœurs et moi sommes sages. » Nous décidâmes de nous retrouver, le dimanche suivant, à la messe de dix heures en l'église Saint-Barthélemy, face au palais, rue de la Barillerie. J'en avertis Guersan, car j'avais pris l'habitude d'accompagner sa famille à l'église Saint-Germain.

— Vous étiez donc devenu pieux ? demanda Agnès, dont l'étonnement n'allait pas sans un soupçon d'ironie.

— J'aurais aimé l'être. J'ai cru parfois y parvenir, touché par la beauté des cérémonies — de la musique surtout —, les visages de certains qui semblaient soudain rayonner d'une lumière céleste. Ce ne fut que de brefs coups d'émotion vite endigués par mon orgueil, mes péchés — de chair surtout —, mon esprit raisonneur qui me faisait trouver ce Dieu bien fat d'exiger de nous tant de déclarations d'amour et de révérence. Plus que tout m'éloignait l'hypocrisie de ceux qui prêchaient les vertus cardinales aux humbles pour mieux vivre dans la licence et le luxe.

— Aujourd'hui, mon père, vous n'avez plus d'orgueil, ne commettez plus de péché. Qu'importe ceux qui se comportent en Tartuffe. Ne pouvez-vous vous raccorder à un Dieu simple et doux qui aurait le visage de son fils ?

— S'Il existe, nous sommes tous Ses fils. Il faudra bien qu'Il nous entende quand nous Lui demanderons compte des croix qu'Il nous fait porter et exigerons du Grand Muet une réponse à : « Pourquoi m'as-tu abandonné ? »

Agnès murmura : « Mon père, taisez-vous ! » Laissant tomber sa plume, elle se mit à pleurer. Denis la fit venir jusqu'à son lit près duquel elle s'agenouilla. De son bras valide, il entoura ses épaules, puis de la main pressa le visage de sa fille contre sa poitrine.

— Pardonne-moi. Ta foi est si grande que je peux bien gueuler contre Dieu sans qu'elle soit atteinte.

— C'est que, chuchota-t-elle, je vous aime et vos tourments parfois me gagnent...

Il caressa ses cheveux, baisa son front, éprouva un instant de grâce.

— Va te coucher, Agnès, nous reprendrons demain.

Elle se releva lentement, essaya de sourire.

— Votre Marion prit-elle une grande place dans votre vie ?

— Plus que tu ne peux le supposer. Elle la tient toujours.

Comme Agnès demeurait stupéfaite (il n'en attendait pas moins), il la congédia non sans avoir serré, comme pour la retenir encore, un pli de sa robe entre ses doigts.

— Va. Va... Demain, je te parlerai d'elle.

Elle sortit en oubliant son écritoire.

HUITIÈME SOIR

Agnès s'arrêta devant la porte de la chambre de son père. Elle entendait son rire mêlé à la voix de Luc. Son rire d'autrefois quand il plaisantait avec ses compagnons, que son arrivée faisait taire. Il avait donc retrouvé, auprès de ce Luc qui paraissait si décent, si discret, cette complicité des hommes dans les propos grivois. Elle leur en voulut à l'un et à l'autre, frappa fort et entra. Sur le lit des patrons de vielle.

— Je vois, dit-elle à son père, que vous allez mieux. La vielle vous inspire.

— Certes. Nous avons envisagé quelques solutions que j'avais déjà éprouvées chez Guersan pour qu'elle joue dans la modulation *ré-la-ré*, en la rapprochant le plus possible de la flûte et du violon... C'est que depuis longtemps on s'acharne à perdre cette pauvre fille. De mon temps, on lisait déjà dans le *Mercure de France* : « Ce n'est point le goût, encore moins la raison, mais la mode qui a arraché cet instrument de la main des aveugles et des pâtres à qui nos ancêtres l'avaient justement relégué. »

— Gageons que ce ne sont pas ces propos qui vous mettaient en joie.

— Tu sais bien, ma fille, qu'on ne peut parler de nos instruments sans évoquer les dames...

Luc se leva.

— Je vous laisse.

— Reviens demain. Nous causerons encore...

Le jeune homme ramassa ses patrons.

— Merci, mon maître. À demain.

Il s'inclina en passant devant Agnès.

Il y eut un silence. Agnès contemplait le visage paisible de son père perdu dans ses pensées.

— Peut-être n'avez-vous pas envie, ce soir, de continuer votre confession ?

— Pourquoi non ? Et pourquoi parais-tu fâchée ?

— Je ne le suis pas mais m'étonne du plaisir qu'ont les hommes entre eux à parler... des dames, comme vous dites.

— N'en éprouvez-vous pas vous, femmes, à vous entretenir de nous ?

— Nous parlons de nos sentiments.

— Les filles qui clabaudent au lavoir, les duchesses qui reçoivent dans leur ruelle n'y refont pas toujours la carte du Tendre. Bien plutôt celle des gloires et infortunes de nos vits ! Allons, reprends ta plume, ma pudique fille.

Maîtrisant un mouvement de colère, Agnès obéit. Les premiers mots qu'elle écrivit furent maculés d'encre.

— Ce dimanche-là, Guersan avait revêtu, comme chaque fois qu'il se rendait à l'office, au siège de sa corporation où il était juré, au concert ou chez un client, son bel habit de velours noir et tenait en main sa canne à pommeau d'or. Il était suivi de sa femme, sa fille et ses nièces dont les capes en bon drap de couleur prune étaient garnies de fourrure. Marie-Anne, ses mains enfoncées dans un manchon, me toisa : « Il paraît que vous ne venez pas avec nous à Saint-Germain, que, pour vos dévotions, vous avez choisi une autre paroisse ? » Je bafouillai je ne sais quelle excuse. Guersan la rappela gentiment à l'ordre : « Notre Beloiseau vole de ses propres ailes. Et où il veut. » Elle haussa les épaules, me tira la langue et me tourna le dos. Les compagnons me souhaitèrent une bonne journée avec des clins d'œil complices.

Arrivé tôt près de l'église Saint-Barthélemy je m'effrayai du nombre des serviteurs en riches livrées, des carrosses rutilants, des chevaux caparaçonnés et des mendiants qui encombraient la rue près de sa façade pompeuse : une sorte d'arc de triomphe surmonté d'un fronton. Comment retrouver Marion parmi les fidèles ? Je me postai près d'un bénitier, plus attentif à dévisager les demoiselles qui y trempaient les doigts qu'à la messe qui commençait. Je ne la vis pas et me morfondis tout au long de la cérémonie, me disant qu'elle m'avait joué. À peine les cloches sonnèrent-elles la fin que je me précipitai hors des portes. Des gueux s'agglutinaient près des carrosses, montrant moignons, yeux crevés, visages rongés, enfants à demi morts comme s'il s'était agi d'œuvres d'art Je dus me rencogner dans une porte pour ne pas être souillé de la tête aux pieds par la boue que soulevaient les attelages. (C'est que j'avais fait grande toilette et que, depuis le matin, il pleuvait !) Enfin j'aperçus ma mignonne, dans les derniers sortis, qui me cherchait des yeux. Las, elle n'était pas seule ! Deux filles l'accompagnaient qu'elle me présenta : ses sœurs Marie-Joséphine et Marie-Augustine, toutes deux aussi brunes qu'elle était blonde. Ces demoiselles avaient décidé que nous dînerions chez elles.

La pièce où elles me firent entrer était sombre et glacée. Deux lits, une armoire, une table, quatre tabourets, de facture modeste mais fleurant bon la cire, voilà leur mobilier. Encadrant un poêle de brique vernie, des rayonnages chargés de vaisselle, casseroles, braisières en terre cuite et en cuivre, des pots contenant des herbes et des plantes séchées ou conservées dans le vinaigre et l'alcool. Débarrassées de leurs capes, j'eus plaisir à les contempler, toutes trois de même taille et bien faites dans leurs robes de drap gris agrémentées de rubans de couleurs vives, tandis qu'elles ranimaient le feu, faisaient chauffer une poêle, disposaient le couvert en plaisantant entre elles. Elles m'avaient installé à la table devant un verre de vin.

Ce plaisir fugace laissa bientôt place à ma déception première. Je soupirais d'avance d'ennui en songeant qu'il me faudrait, pendant quelques heures, faire la conversation à ces inconnues. Je prenais conscience que l'attrait qu'on éprouve pour une femme, vous la rendant d'un coup aussi proche que le meilleur des compagnons, est une illusion vite dissipée dès qu'on la voit au sein de sa famille et de ses amis. Elle devient une autre et cette autre vous est étrangère, parfois même déplaisante. Ce qui explique que l'amant cherche toujours à soustraire l'objet de son amour à un entourage qui gâche l'eau du miroir où il entend seul se refléter. Mon exigence n'était pas si grande mais j'étais intimidé par ce trio apparemment bien accordé et, avouons-le tout net, furieux de ne pouvoir prendre quelques privautés avec ma belle.

Les œufs au lard qu'on me servit, le fromage, le gâteau aux amandes, le vin, les prévenances de ces demoiselles finirent par me dégeler. Je leur parlai de Mirecourt, de Gand, de Vienne, sans souffler mot des mésaventures que j'y avais connues comme si, parti de ma ville natale, j'avais été une sorte de représentant de l'atelier de mon père. Cela fit grande impression. Elles me regardaient bouche bée, et soudain je les pris en affection, ayant trouvé en elles mon miroir à trois faces... Marie-Augustine, la plus âgée, et peut-être la plus réfléchie, me demanda pourquoi, puisque je rendais si grand service à mon père, il m'avait envoyé chez Guersan. J'avançai qu'on voulait me faire épouser une femme qui ne me plaisait pas, que j'étais bien décidé à n'entrer dans les liens que l'amour au cœur, déplorant que ce sentiment, entre époux, soit ridiculisé par les Grands. À l'écoute de la messe elles n'avaient sans doute pas eu l'air plus fervent...

C'est ainsi, ma fille, que, voulant conquérir Marion, j'eus trois amies. Mais ne me servis que d'une... Je dus prendre, au début de notre relation, mille précautions pour tenir balance égale entre elles et ne pas m'engager trop avant avec l'une même si elle me tentait... Dure épreuve ! Et c'était sans compter avec les bouderies de Marie-Anne, quand je m'absentais le dimanche ou certains soirs, toujours suivies de malaises plus ou moins graves qui jetaient dans l'angoisse sa famille et moi-même, car j'avais bien fini par comprendre ce qu'ils signifiaient... Je me souviens encore d'une saignée qu'on lui fit pour renouveler ses humeurs, qui la laissa exsangue plusieurs jours, du désespoir de ses parents, de l'agacement que j'éprouvais de me sentir sensible aux reproches non exprimés de sa famille — et aux miens ! — de ne pouvoir forcer mon inclination pour elle.

— Mon pauvre père, dit Agnès qui, décidément, n'était pas dans son jour d'indulgence, que je vous plains d'avoir été trop aimé !

— Moque-toi, ma fille. Tu sais ce que dit Platon : « Le bienheureux est celui qui aime, pas celui qui est aimé. » À cette époque, je n'aurais pu le citer comme défense : j'avais moins de culture et d'à-propos qu'aujourd'hui.

— Que pensait Marion de vos tourments ?

— Elle les ignorait... Une drôle de fille, cette Marion. Un charme des plus féminins qui cachait un tempérament de garnement. Ce qui m'entraîna dans une aventure à laquelle aujourd'hui encore j'ai peine à croire.

C'était en mai 1742. Le troisième dimanche du mois. À mon habitude, j'avais convié les sœurs dans une auberge de Saint-Michel pour leur rendre les politesses dont elles n'étaient pas chiches, m'invitant parfois chez elles, me raccommodant mes chemises et mes deux costumes, m'offrant les ressources de leurs rires quand l'ennui me prenait dans cette ville qui me paraissait encore étrangère voire hostile. Le ciel était superbe, les marronniers dressaient les lanternes blanches et roses de leurs grappes de fleurs. Il y avait dans l'air remué par le vent un parfum de lilas qui masquait parfois les odeurs putrides de la Seine. Dès la petite salade qu'on servit en entrée, Marion, que l'excitation rendait plus rose que jamais, me mit au fait de la mission dont on l'avait chargée. Sa patronne était retenue au lit par une inflammation de la gorge. C'est elle qui, la remplaçant, irait essayer un nouveau corset que Mlle de Charolais leur avait commandé, et pas dans son château de Madrid ! Non... À Versailles où cette dame se devait d'égayer les soupers du roi qui traversait une période d'humeur sombre, ce qui lui était coutumier. Versailles ! J'en bavais de curiosité... « Accompagne-moi, dit Marion. Je te ferai passer pour mon frère. » J'obtins mon congé de Guersan qui, apprenant que j'approcherais peut-être Mlle de Charolais, avait murmuré : « Ah, si je pouvais m'introduire auprès de Mlle Henriette et lui faire essayer une de mes violes... Guignon, son maître de musique, vient bien m'acheter des cordes, mais il est si imbu de son pouvoir et méfiant... Je n'ose... »

Moi, j'osai accompagner Marion. Sa maîtresse avait loué un pot de chambre[1] où nous grimpâmes pleins de crainte et d'allégresse. Pour cette aventure, elle avait revêtu une robe de satinette vert pâle qui mettait en valeur sa peau de dragée, et relevé en chignon ses cheveux où elle avait piqué un flot de rubans vert vif, rehaussé de plumes blanches et noires qui se recourbaient joliment vers son front. Elle m'aurait intimidé si elle n'avait gardé son air mutin, fière qu'elle était de jouer à la dame. Oubliant ma réserve, je lui dis des douceurs tout au long de la route, lui caressai les bras, embrassai ses pieds et ses chevilles et me serais bien risqué plus haut si elle ne m'avait pas, à plusieurs reprises, repoussé : « Beloiseau, ne fais pas ton débauché. Je ne suis pas une de ces dames de la Cour dont on moque la vertu. Et puis tu vas me décoiffer ! »

Il était vers les cinq heures quand nous franchîmes les grilles de Versailles. Le spectacle de la cour du château me remplit d'étonnement : on se serait cru à la foire Saint-Germain ! Gueux et marchands ambulants s'y pressaient parmi des gardes, des valets, des personnages emperruqués, des carrosses et des voitures de toutes sortes alors que, barrant l'horizon, tel un harmonieux décor de théâtre, s'élevaient les façades en pierre et brique rose couvertes d'ardoises de la demeure du roi... Médusé, comme en un rêve, je marchais

1. Locution plaisante désignant une petite voiture à deux places.

derrière Marion et un laquais à qui elle avait demandé son chemin. Il nous fit d'abord traverser une immense galerie couverte de miroirs qui nous réfléchissaient à l'infini, où un valet me fit attacher une épée à ma ceinture et tenir mon chapeau sous mon bras, puis nous conduisit, à travers d'immenses pièces, au dernier étage de l'aile droite du château. J'étais étourdi par la beauté de la décoration, des meubles, des tableaux et des tapisseries. Nous croisions des dames en toilette somptueuse portant de petits chiens au collier de diamants, des hommes aux habits brodés d'or et d'argent, le cou et les mains comme enveloppés des dentelles les plus fines...

Enfin nous arrivâmes dans une sorte de cabinet. Une lumière grise tombait d'une fenêtre à l'embrasement profond décoré de scènes bucoliques. Une fillette se tenait près d'elle, qui lisait. « Mlle de Charolais est à la chasse avec le roi. Attendez-la », dit-elle quand le valet nous eut introduits. Elle reprit sa lecture sans plus se soucier de nous qui restions debout, figés près de la porte. Cela dura une heure au moins. J'avais les jambes en plomb et la tête en colère. À mes coups d'œil interrogatifs, puis furieux, Marion répondait par des sourires contraints qui me prêchaient patience. J'étais à bout quand un bruit de bottes et de rires nous parvint.

Une dame entra, en tenue cavalière, une badine à la main. « Que faites-vous ici ? » cria-t-elle à notre vue. Marion plongea dans une révérence, tenant d'une main le bouffant de sa robe, de l'autre son chignon emplumé qui menaçait de choir tandis que je m'inclinais, le feutre que m'avait prêté Guersan balayant le tapis. Marion donna les raisons de notre présence. Mlle de Charolais me dévisagea : « Luthier... Charmant métier. Vous venez d'Italie ? » Ce fut à mon tour de m'expliquer. « Guersan, dit-elle... Je ne connais pas ce nom. Tous nos instruments viennent de Crémone ou de Venise. — Il vend des cordes, dit d'un ton méprisant la demoiselle qui avait levé le nez de son livre. Je crois que c'est chez lui que Guignon les fait prendre. — C'est exact, dis-je, mais il est aussi des plus habiles dans l'art de faire violons, violoncelles, violes... » Mlle de Charolais m'interrompit : « C'est bien, mon garçon, de défendre ton maître, mais nous savons qui sont les meilleurs. » Et s'adressant à Marion : « Tu es bien jeune pour remplacer ta maîtresse... Enfin ! » et elle commença à se dévêtir. Au mouvement que je fis vers la porte, elle éclata de rire : « Te crois-tu si important que je sois gênée de ta présence ? » Je rougis, balbutiai je ne sais quelle niaiserie, puis restai coi, à demi détourné du spectacle de cette grande dame en chemise — tout en y glissant parfois un œil — sur laquelle Marion ajustait un corset en satin vert brodé de fleurs d'or, hérissé de baleines, dont le busc en bois descendait bas vers l'entrecuisse. Elle était grande, hanches épanouies, poitrine et fesses lourdes, des bourrelets de chairs blanches retombant, sous les bras et dans le dos, sur les armatures quand Marion se mit à le lacer. Mlle de Charolais poussait de petits cris : « Tu me fais mal ! Maladroite ! Tu vas me percer le ventre ! » Je fermai les yeux. La tête me tournait. Je dus penser, comme me l'avait conseillé Mme du Châtelet, à ma mort prochaine, à Dieu, à l'Enfer pour ne pas jouir !

Heureusement, une autre dame entra, vêtue d'une robe à la française d'un bleu pervenche brodée de fils d'argent, dont elle releva le manteau et la jupe pour montrer à son amie des bas arc-en-ciel qui venaient de chez Mme Milon[1]. L'essayage interrompu, Mlle de Charolais passa un déshabillé, s'emmitoufla de châles et commanda à la liseuse d'aller leur chercher une petite collation. Assises sur un sofa, elles se livrèrent à un bavardage sans fin tout en mangeant des gâteaux et en buvant du café. L'odeur de ce breuvage resta en moi lié au souvenir de ces heures où je fus traité comme le plus vulgaire des meubles. Néanmoins, j'étais tout oreilles. Ces dames discutaient des chances qu'avait Mme de La Tournelle de devenir la maîtresse officielle du roi, las de Mme de Mailly, sœur de celle-ci ! N'avait-il pas critiqué sa toilette quand elle était venue à la messe en robe jaune ornée de quatre martres zibelines, chaperon de fleurs jaunes avec aigrette ? Ne tenait-il pas la rivale près de lui à la chasse ? Maurepas, qui en savait long, avait prévenu la délaissée : « Vous ne connaissez pas, Madame, votre sœur de La Tournelle ; vous devez vous attendre à être chassée de la Cour par elle lorsque vous vous serez dépouillée

1. Célèbre faiseuse de bas qui tenait boutique 235, rue Saint-Honoré.

de votre charge pour la lui donner. » Et le duc de Richelieu qui jouait double jeu... Jeu de dames, bien entendu, c'était un habitué... Fallait-il s'étonner que le roi traînât ennui et mauvaise humeur, ne sachant comment renvoyer l'une ni prendre l'autre ? Heureusement, il avait ses oiseaux et ses plantations sur les terrasses...

Quand elles eurent bien mangé et devisé, l'essayage recommença. Les deux dames s'unirent pour tracasser la pauvre Marion : les coussinets du busc étaient mal placés, la taille pas assez prise, le laçage trop lâche. Elles finirent par la renvoyer avec des mots aigres : « Je ne comprends pas que Mme Allard puisse se contenter des services d'une fille aussi maladroite, dit Mlle de Charolais. Tu lui diras que je veux avoir affaire à elle. À elle seule ! » Marion avait franchi la porte quand cette Junon peu amène me rappela : « Garçon ! Reviens demain après souper accorder mon pardessus de viole. Nous verrons de quoi tu es capable. » Je m'inclinai puis rejoignis Marion que je consolai : « Tu ne vas pas te laisser impressionner par ces prétentieuses dindonnes ! Qui nous débarrassera de tous ces suceurs de sang autour du roi ! — Des dindonnes, peut-être, répondit-elle en essuyant ses larmes, mais elles te prendront bien pour dindon ! » Je lui jurai que je la préférais à toutes ces dames de la Cour qui me laissaient de marbre. Elle finit par rire. Dans le pot de chambre, elle m'accorda un baiser mais m'interdit de toucher à ses jupes. Elle se fit gronder par sa patronne, qui craignait d'avoir perdu une si belle clientèle. Je fus félicité par Guersan qui mit en moi tous ses espoirs d'entrer à la Cour.

Le lendemain, dès huit heures, j'étais de retour à Versailles. De nouveau, je dus fendre la foule qui piétinait dans la cour et la grande galerie, me munir d'une épée, tenir mon chapeau sous mon bras et parcourir le même trajet que la veille, mais le valet qui me conduisait, s'étant informé auprès d'un autre où se trouvait Mlle de Charolais, m'apprit qu'elle venait de passer en robe d'apparat. Il en déduisit qu'elle s'était rendue aux appartements du roi, me ramena à la galerie, me conseillant de revenir le lendemain. Je ne l'entendais pas de cette oreille. J'avais vu qu'à l'entrée du château se tenait un loueur d'habits. J'y courus, en choisis un superbe de drap bleu aux boutonnières rehaussées de fils d'argent. La culotte ajustée au-dessous du genou par des jarretières pareillement brodées, bas blancs, souliers vernis, perruque brune : j'étais superbe !

C'est dans ce fier équipage que je me retrouvai à mon point de départ. Ce que je n'avais pas prévu, ma fille, c'est que le château est à lui seul une ville où je passai de salles de garde à salons et bureaux, d'escaliers à descendre, d'escaliers à monter, de valets allant au service de leurs maîtres qui me disaient l'un de tourner à droite, l'autre à gauche. Exalté par la beauté des lieux que je traversais, des personnes que je croisais, des jardins qui s'offraient parfois à ma vue, je me perdis...

Imagine mon désarroi quand je me trouvai dans une partie déserte du château, au niveau des combles, qui donnait sur une petite cour intérieure décorée sur tout son pourtour de têtes de cerfs... J'aurais dû redescendre l'escalier semi-circulaire que je venais de gravir, mais le charme de l'endroit était tel que, ma curiosité l'emportant, je poussai plus loin ma visite, ayant presque oublié les raisons de ma venue à Versailles... J'entrai dans une suite de cabinets en colimaçon aux plafonds bas, décorés de lambris de menuiserie, ornés de fines sculptures, peints de couleurs tendres, dont le vernis était si beau que je ne pus me retenir de les caresser : la sensation d'une soie épaisse donnée par la multiplication des couches... D'autres, moins luxueux, semblaient servir de petits ateliers — dans l'un on devait travailler le bois et l'ivoire — ou de cuisines, ou de laboratoires : j'y vis des cucurbites, des distillateurs, des alambics et des cornues. Enfin des bibliothèques remplies d'armoires vitrées contenant des livres aux reliures de prix. Je ne pus m'empêcher de m'arrêter devant un rayonnage pour lire les titres et les auteurs. Tous m'étaient étrangers. Je me souviens pourtant de l'un d'entre eux : *Les Terres inconnues*. J'ouvris l'armoire, saisis le livre, le feuilletai : les pages étaient vierges...

Troublé, je pris un autre escalier, m'enfonçai dans les alvéoles d'une ruche : petites pièces sombres, sortes de salles de bains, salles de jeux, et toujours des cuisines-laboratoires, et toujours des bibliothèques. L'une contenait des cartes de tous les pays accrochées à des rouleaux suspendus aux murs et, près d'une fenêtre qui donnait sur l'entrée du château, dont la vitre avait été soigneusement découpée, une lunette d'approche... Je me demandais qui pouvait bien régner sur cet étrange et ténébreux domaine, semblable à celui d'une abeille alchimiste, quand j'arrivai sur une terrasse transformée en volière garnie d'oiseaux aux plumages colorés étincelant dans la lumière du jour tombant, puis sur une autre couverte de bacs d'où s'élevaient des arbres d'essences rares. Je demeurai là un grand moment dans le cri des oiseaux, le parfum des feuilles et des fleurs, plongé dans un ravissement bien plus fort que celui éprouvé en traversant les somptueuses galeries et les pièces des étages inférieurs.

Le bruit d'un pas me fit me retourner. L'homme qui se tenait devant moi était grand, fort beau de traits, d'allure hautaine. J'hésitai à reconnaître le roi... « Qui vous a permis ? » dit-il. Je tombai à genoux et lui contai, de façon embrouillée, comment je m'étais égaré en cherchant Mlle de Charolais. « J'appelle mes Marmousets[1] et ils t'embrochent, dit-il... Comment as-tu connu Mlle de Charolais ? » Je lui parlai de Marion, de mon métier, de Guersan... Il m'interrompit : « Je ne connais rien à la musique dont la reine et mes enfants sont friands. Beaucoup mieux Mlle de Charolais qui, pour l'heure, prépare la sauce de ma salade. Elle y est incomparable. Je lui dirai t'avoir rencontré et qu'elle fasse porter son pardessus de viole chez ton maître, si c'est bien de cet instrument qu'elle est en beau souci. »

1. Nom que Louis XV donnait à ses favoris.

Je comprends pourquoi, peu de temps après, pour un temps fort court, le peuple l'appela le Bien-Aimé, car je vis d'un coup son visage changé. Il s'était approché d'une cage, son œil de raisin noir agrandi par l'effroi. Un oiseau aux ailes roses et bleues qu'il agitait par soubresauts, gisait le dos au sol, bec ouvert. Louis ouvrit la cage, le saisit délicatement et me le mit sous le nez. « Est-il en train de passer ? » Je pensai que oui mais voulus le rassurer. « Non, Sire. Il aura mangé trop de graines. » Je le saisis à mon tour, lui soufflai dans le bec en lui massant le poitrail. L'oiseau parut s'en trouver bien. Après m'avoir chié dans les mains, il se remit sur ses pattes. « Il faudrait l'isoler, dis-je, et lui donner à boire de l'eau, seulement de l'eau pendant une journée. » Louis me dit de me relever — car j'étais toujours à ses genoux —, me reprit l'oiseau, me priant d'aller chercher une cage vide dans une pièce jouxtant la terrasse qui contenait des outils de jardinage et des plantes séchées. Il m'aida à y installer l'oiseau, à lui tenir le bec ouvert pendant que je lui mouillais la langue d'un peu d'eau de pluie que j'avais puisée dans une gouttière.

« Seriez-vous sorcier ? » me demanda-t-il. « Non, Sire, mais enfant j'ai beaucoup couru dans les bois de Mirecourt, en Lorraine. » Il me sourit : « Ah, vous êtes un sujet de mon beau-père ! Un de ces maudits sujets qui ne veulent pas devenir français !... Dommage. Je vous aurais bien pris à Versailles pour veiller sur mes oiseaux. » Je lui rappelai que j'étais luthier chez Guersan, mais il avait l'esprit ailleurs... « Comment enterre-t-on les bêtes, chez vous ? » me demanda-t-il soudain. J'expliquai que, comme en France et partout, on les enfouissait sans cérémonie. « Et les gens ? » Ma surprise était à son comble. Je balbutiai que nous avions la même façon de faire que dans les provinces ou pays catholiques. Il insista : « Vous avez bien perdu quelqu'un de votre famille ? Racontez-moi en détail. » Avec peine, gorge et yeux irrités par le picot des larmes retenues, je lui relatai les funérailles de ma mère. Il m'écoutait, avide et en pleurs... « Quand j'irai faire visite à mon beau-père, j'irai voir votre cimetière », dit-il... Eh oui, ma fille, je l'appris plus tard, Louis XV avait cette marotte des choses de la mort qui l'effrayaient et le fascinaient.

Revenu au calme, il me sourit de nouveau : « Je vais vous faire raccompagner. Je ne voudrais pas que, cette nuit, on vous retrouve dans la chambre d'une dame. » Il s'approcha d'une cheminée, cria des ordres dans le conduit et revint surveiller son oiseau malade sans plus se soucier de moi. À l'arrivée des gardes, je pris congé en m'inclinant, jambes molles, et jambes encore plus molles je les suivis dans le labyrinthe du château... Pourtant, j'aurais aimé les prendre à mon cou, car je n'étais pas sûr que la bestiole, après une courte rémission, n'allait pas défaillir, cette fois-ci pour de bon, et qu'on ne m'en rendrait pas responsable, car, j'en étais persuadé, le roi était fou !

Guersan, qui ne s'était pas couché, m'attendait dans la cuisine. Il marchait de long en large en tirant des prises de sa tabatière d'or posée sur la table. « Alors ? » dit-il dès mon entrée. Je lui racontai mon aventure. Il la jugea incroyable. « Tu as parlé au roi, ne cessait-il de répéter. Tu as prononcé mon nom devant le roi ! » Il en demeura excité plusieurs jours. Le temps passa. Jamais nous ne reçûmes des nouvelles de Mlle de Charolais ni de son pardessus de viole. Parfois, je sentais dans le regard de mon maître l'ombre d'un soupçon. Peut-être m'accusait-il d'avoir inventé une fable propre à me faire bien voir ou à dissimuler quelque turpitude. Ajoutons que Marie-Anne, dans ses jours d'humeurs jalouses, pensait de même.

C'est cette année-là que j'eus le bonheur de revoir Voltaire. Depuis mon installation chez Guersan, je lui avais envoyé deux ou trois courriers à Cirey. Il me répondit enfin d'un hôtel rue Cloche-Percée, où il logeait pour veiller aux répétitions de sa pièce *Mahomet* à la Comédie-Française. Nous nous retrouvâmes une fin d'après-midi de juillet au *Procope*. Voltaire me demanda d'entrée ce que je pensais de Paris. Je lui dis mon admiration mitigée pour cette ville. « Je serai plus sévère que vous... Il nous faut démolir des quartiers qui la pourrissent et la rendent insalubre. Il faut élargir les rues, créer des places. La Seine est son atout. Paris doit être un port qui s'ouvre sur la mer... Il faut lire mon *Temple du goût*. »

Après s'être informé de ma vie chez Guersan, il nous commanda des glaces et me conta l'histoire de ce café. Elle vaut un détour qui te montrera comment on pouvait faire fortune à Paris. Son propriétaire, Francesco Procopio, venait de Palerme. D'abord vendeur de café ambulant dans les rues de la ville, il s'installa à la foire Saint-Germain. Il proposait non seulement son breuvage aux badauds mais les distrayait par ses chansons et ses pantomimes. Bientôt il eut assez d'argent pour acquérir une petite échoppe. On était en 1675. Onze ans plus tard, il l'agrandit en achetant un établissement de bain contigu. Non seulement il le décora de miroirs et de lustres, l'équipa de tables et guéridons en marbre, de chaises cannées, mais il y offrit des boissons variées et des douceurs qu'il fabriquait lui-même. Au *Procope* on trouvait des limonades ambrées, des eaux d'anis, de rose, de pêche, de cédrat, de bergamote, des vins de cassis, de framboise, de rose, de muscade, de l'hydromel, des pâtes d'orgeat, des fruits confits, des glaces, des sorbets sans oublier sa liqueur du parfait amour... Déjà les Parisiens aisés le fréquentaient ; les Comédiens-Français, nouvellement installés en face de lui, firent son succès. On vit bientôt s'y presser tous les gens de plume. Voltaire n'aimait guère cet endroit : selon lui, on ne s'y rendait que pour se procurer des « frissons intellectuels » à l'écoute de disputes, d'échanges d'arguties et de ragots entre gens de théâtre, écrivains et penseurs. Plus tard, de méchantes langues racontèrent qu'il y venait parfois déguisé en prêtre. Tapi dans un coin, il dégustait une bavaroise, faisait mine de lire *La*

Gazette pour mieux surprendre les opinions qu'on émettait sur ses œuvres.

Pour l'heure, Voltaire était fort excité. On allait enfin jouer son *Mahomet*. Il avait mille autres projets : publier, intéresser le roi, entrer à l'Académie, mais, dans le même temps, il brocardait l'un et l'autre et ne jurait que par Frédéric, dont il était toujours coiffé. J'avoue que je me perdais dans les titres de ses multiples ouvrages écrits ou en chantier, le nom de ses détracteurs, de ses fidèles, de ceux qu'il vouait aux gémonies ou entendait séduire — souvent les mêmes. Pour le suivre, il fallait avoir l'esprit plus vif que l'éclair... Il me souvient pourtant d'une lettre adressée bien sûr à Frédéric, qu'on lui attribuait, dont une copie avait été transmise à la Cour par un intrigant qui voulait le perdre, avait mis la favorite en fureur, fait les délices du salon de Mme du Deffand. Je ne pus savoir, à ce qu'il me disait, si c'était lui qui l'avait écrite ou un jaloux. Il en blâmait le style tout en riant de son contenu.

Quel diable d'homme ! Comme à Cirey, il me charmait. Je lui parlai de Louis XV et de ma rencontre fortuite avec lui : « Vous vous êtes égaré dans ces nids à rats aussi tortueux que le cerveau de notre roi ! » s'écria-t-il. Comme je tentais de lui dire combien j'avais trouvé touchant qu'un prince éprouvât le besoin de cette mystérieuse retraite, il me coupa la parole : « Vous vous êtes laissé abuser par la révérence que vous imposait le maître des lieux. On disputera longtemps sur le point de savoir si cet homme est intelligent mais barré par une timidité maladive et des humeurs sombres, ou un sot qui cache les infirmités de son esprit en crevant ses chiens à la chasse puis, sous couvert d'affaires importantes à mener, va dormir sous les combles de son château ! » Et il éclata de rire... Puis, après avoir savouré sa glace au café, il tendit sa cuillère vers moi. « Vous êtes devenu un bien bel homme. Il ne vous manque que d'être riche pour vous faire une renommée. » N'inversait-il pas les propositions ? Il s'échauffa. « J'ai bien dit ! Dès mes vingt et un ans, j'ai compris le fonctionnement de cette société féroce où l'épée tue, la roue écartèle selon le caprice, le bon plaisir des puissants. Être riche est une nécessité si l'on veut se battre d'égal à égal. La fortune donne la puissance. À quoi il faut ajouter qu'elle permet de fuir chaque fois qu'on craint d'être victime. J'ai voulu l'acquérir d'abord — et dans le même temps que j'écrivais — afin d'être libre. Avec quelques amis nous exploitâmes une loterie qui me fit gagner beaucoup d'argent que je sus bien placer. Depuis, je n'ai cessé de spéculer. Ainsi je peux me faire publier ici ou ailleurs. Ainsi je peux quitter la France et trouver partout des asiles aimables. Mais j'entretiens la fable que ma richesse vient de mes ouvrages, ce qui pousse chacun à me lire, ne voulant pas passer pour ignorant aux yeux de ses amis. » Je lui fis remarquer qu'il avait peut-être établi sa fortune en dupant de braves gens. Il en convint, mais me fit remarquer qu'on ne faisait pas d'omelette sans casser des œufs et que, pour tirer le peuple de son état, on devait sacrifier certains, comme pour sauver un corps livré à la gangrène couper un de ses membres.

— Votre Voltaire ne me plaît pas ! s'écria Agnès.

— Je me doutais bien que ta bonne âme allait se révolter.

— Vous, non ?

— Je t'avoue que, sur le coup, je fus surpris par son cynisme. En y réfléchissant je me dis que c'était la riposte d'un esprit qui s'élevait au-dessus des lois pour en faire prévaloir d'autres plus humaines.

— Travaillait-il au bonheur des humbles ou à sa renommée ?

— Les deux sont liés. C'est grâce à sa renommée qu'il a pu sauver Calas, se battre pour Sirven, s'engager dans l'affaire du chevalier de La Barre. Notre société est ainsi faite qu'il faut, hélas, user d'injustice pour imposer la justice.

Agnès se tut. Son air têtu, qui en disait long sur ses réserves, amusa son père.

— Lui montreras-tu de l'indulgence si je te dis sa générosité pour moi ?

— Dites. J'écris.

— Comme je lui représentais que je n'avais pas son génie pour acheter et vendre, il me proposa un prêt qu'il placerait pour moi. J'acceptai et n'eus pas à le regretter. Comme je le remerciai avec enthousiasme, il me fit taire : « N'en parlez à personne, mon coquin. Quand on est riche, il faut geindre très fort qu'on n'a pas de quoi ou se faire passer pour avaricieux si l'on ne veut pas être importuné. » Après, il m'invita à la première de

Mahomet, le 19 août, où il me conseilla, pour remerciement de ses bontés, d'applaudir à tout rompre.

— Et vous applaudîtes ?

— Comme je le devais, par amitié pour Voltaire, ébloui par la magnificence de la salle remplie de princes, de grands seigneurs, de grands dignitaires, de ministres, d'ambassadeurs, de magistrats, par les toilettes — Mme du Châtelet y figurait tout en plumes et en diamants ! —, aussi par le jeu des comédiens. Quant à la pièce, elle me parut alambiquée avec, pourtant, quelques belles maximes contre le fanatisme religieux. En s'attaquant à celui des musulmans, Voltaire croyait faire mieux passer son exécration pour tous les autres. En particulier pour l'intolérance de nos bigots et de nos jansénistes. Ceux-ci ne s'y trompèrent point qui firent interdire son *Mahomet*.

Je revis encore Voltaire trois fois avant de quitter Guersan en 1745. Toujours au *Procope*. La dernière au début de janvier de cette année-là. Nous étions peu avant le mariage du Dauphin pour lequel Louis XV lui avait demandé d'écrire un opéra avec Rameau ! Mon ami arrivait tout droit de l'hôtel Villeroy à Versailles... Non, ma fille, il n'était pas rentré en grâce auprès du roi. Il ne le fut jamais malgré son amitié, peu de temps après, avec Mme de Pompadour. Il avait un autre allié en place, un allié de toujours : le duc de Richelieu, organisateur des fêtes. Et ces fêtes, il les fallait somptueuses pour que Versailles retrouvât la grandeur et un lustre digne du petit-fils de Louis XIV, qu'on en parlât dans toutes les capitales ; en particulier à la Cour d'Espagne puisque le Dauphin épousait l'Infante. Louis XIV avait fait collaborer Molière et Lully. On l'imiterait, on le dépasserait en associant les deux génies de l'époque : Voltaire et Rameau. C'est ainsi, du moins, que mon ami me présenta la chose avant de me détailler les péripéties de sa comédie-ballet, *La Princesse de Navarre*, et celles qui entouraient sa création. Rameau, ce grossier personnage, ce fou — mais ce fou de talent, il n'en disconvenait pas —, n'avait-il pas tenté de faire récrire sa pièce par de petits « poétereaux » ? Parmi eux — je n'en croyais pas mes oreilles — le riche et célèbre fermier général La Popelinière, mécène du musicien ! Heureusement, Voltaire, averti de ces manigances, avait eu le dernier mot. J'y verrais tous les charmes de la déclamation, de la danse et de la musique... Car, oui ma fille, une fois encore il m'invitait au spectacle des Grands !

Le duc de Richelieu, en effet, avait vu somptueux. Versailles n'avait pas de théâtre ? Qu'à cela ne tienne. On avait transformé à cette fin le Manège et la Grande Écurie. Ce n'était pas seulement la scène qui avait été montée et décorée par l'architecte et les dessinateurs, mais l'immense bâtiment. Ce qui donnait l'impression troublante qu'on faisait partie des acteurs, des choristes, des danseuses, des cent quatre-vingts figurants qui participaient à la représentation... Je goûtai fort la partition de Rameau. Il innova en nous donnant une ouverture à l'italienne d'abord assez martiale, suivie d'une sinfonietta dans le style de Sammartini, puis un troisième mouvement très vif. Pour le reste, l'écriture en est parfois un peu molle, parfois d'une grande invention, surtout quand les chœurs interviennent. Mais le texte de Voltaire... Que veux-tu, ma fille, il n'était pas dans le génie de cet homme de faire le courtisan et le gracieux. Son histoire moyenâgeuse truffée de fêtes galantes est artificielle, ses badinages ou trop fades ou trop lourds.

Mais quel spectacle que cette salle bien que je ne la visse que debout, perdu au fond d'une loge de côté ! Jamais de ma vie je ne pus contempler, rassemblés en un aussi vaste lieu, tant de soie, de brocart, d'or, de perles, de diamants. Je ne te citerai pas les Grands de ce monde, ni les courtisans qui se trouvaient là. Ils disparaissaient dans l'océan des tissus et des pierreries qui les paraient, sur lequel moutonnaient les vagues des perruques... Pourtant, quand Louis XV arriva, parmi les Altesses, avec une heure de retard, dans une salle où les huissiers s'employaient à sortir des corps en pâmoison, je l'aperçus guindé dans la pourpre et l'or. En vain cherchai-je dans cette statue l'homme que j'avais vu sourire...

Autour de moi se pressaient, me sembla-t-il, des gens de moindre qualité, invités par des protecteurs. Leurs vêtements et leurs bijoux sentaient la location. Une dame, serrée contre moi, la quarantaine assez grasse et très blonde, portait une toilette si pimpante que je lui en fis compliment. Elle sourit, me remercia avec un accent dont je ne reconnus pas l'origine. Au sortir — nous faillîmes être écrasés, piétinés, nos habits en loques ! — nous admirâmes ensemble les Écuries et le château illuminés de trois rangées de flambeaux qui dessinaient les corniches et les bandeaux tandis que des girandoles tournaient à chaque entablement. Elle me proposa son carrosse pour rentrer à Paris. Nous nous présentâmes. Elle venait de Russie, apportait des bijoux à la Cour, remportait dans ses malles les derniers modèles de robes qui faisaient fureur chez les dames pour les présenter à la tsarine Élisabeth qui en était folle : elle en changeait trois fois par jour et ne remettait jamais la même. Cette personne habitait Pétersbourg qu'elle me présenta comme une ville fabuleuse sortie de l'eau toute bâtie, comme Junon de la cuisse de Jupiter, par la seule volonté du tsar Pierre Ier. Elle me donna son nom, m'indiqua où se trouvait sa boutique, me conseilla de venir la voir avec un chargement de violons qu'elle ajouterait à son commerce. Elle parlait d'abondance, dans un mauvais français, mais me fit rire par son enthousiasme à me décrire son pays, ses clientes et le goût qu'elle avait des « gentils Français ». Je me tirai aussi galamment que je le pus de ses bras et de ses jupes car, passé les barrières, elle commença à me serrer d'aussi près qu'au théâtre et à poursuivre à mon oreille son bavardage. Je la pris pour une extravagante. Je gardai pourtant la carte où elle avait noté tous les renseignements qu'elle m'avait dits.

Le lendemain, à mon tour, je fis le courtisan en adressant à Voltaire une lettre de félicitations pour son chef-d'œuvre. À quoi il répondit... Lis, ma fille...

« Merci, mon cher coquin, pour vos compliments. Je crains qu'ils ne soient dictés que par l'affection que vous me portez. La voûte de la Grande Écurie est si haute que les acteurs paraissaient des Pygmées ; on ne pouvait les entendre. Le contraste entre la musique bruyante et le récit qui était entièrement perdu, faisait l'effet des orgues qui font retentir une église quand le prêtre dit la messe à voix basse. »

Denis commenta : sans doute avait-il pris conscience des défauts de son ouvrage mais préférait, pour sauver son amour-propre, accuser les circonstances dans lesquelles il avait été joué.

C'est après cette soirée que le ciel serein de mes relations avec Guersan s'ennuagea. Mon maître me soupçonna-t-il de vouloir profiter de mon amitié avec Voltaire pour me pousser à la Cour ? Je veux croire que non car l'homme était généreux et il connaissait ma loyauté, mais je sais aussi combien son ambition était grande de devenir luthier du roi. Surtout, la santé de Marie-Anne le préoccupait ; il ne pouvait accepter qu'on n'accédât point à ses désirs. Celui de la jeune fille que je la prisse pour femme devenait de plus en plus vif. Certes, elle n'en parla jamais mais ses regards, ses sourires, ce vouloir qu'elle montrait de m'accompagner partout, ses bouderies, ses crises de langueur quand je sortais sans elle, toute son attitude dévoilait des sentiments auxquels je ne pouvais répondre. Il ne me restait que la fuite. Mais où ? La maladie de mon père, dont je fus prévenu par mes frères, mit fin à mon embarras. Quand j'annonçai la nouvelle à Guersan, il baissa la tête. « Reviendras-tu ? » J'eus la lâcheté de dire oui. Je lui laissai le pénible soin d'annoncer la nouvelle à sa femme et à sa fille, fis mon bagage et partis comme un voleur. Je n'étais pas fier de moi. Pourtant, je sentis un voluptueux bonheur, quand je sautai dans la berline, à l'idée de revoir mon pays — et d'être libre.

Denis sombra dans ses pensées.

— Mon père, dit Agnès, vous ne m'avez guère parlé de cette Marion qui, m'avez-vous dit, a tenu si grande place dans votre vie et la tient encore.

— C'est que je me suis, une fois de plus, mal conduit et que l'aveu n'est pas facile.

— Ne devez-vous pas tout me dire ?

— Comme certains confesseurs, c'est bien plus ta curiosité qui te pousse à me faire parler que le souci de mon âme !

— Comme vous voudrez. Je ne vous tourmenterai plus.

— Demain, ma fille. Demain.

Quand elle vint pour l'embrasser, il lui caressa la joue.

— Tu m'enverras notre Luc avant de me rejoindre. Veille bien sur lui. Je le veux heureux.

Elle se releva, toute raide.

— Vous êtes comme Guersan, mais je ne suis pas Marie-Anne.

Il lui sourit.

— Non, beaucoup plus jolie.

Visage clos, elle rangea son écritoire, remit une bûche au feu, appela Louise, sortit en suçant ses doigts plein d'encre. Denis se l'imagina-t-il ? Il lui avait semblé voir des larmes dans les yeux de sa fille, ce qui le tourmenta tard dans la nuit.

NEUVIÈME SOIR

Agnès attendait que Luc fût sorti de la chambre de son père pour y entrer. Elle s'était assise sur le rebord d'une fenêtre qui donnait sur la cour. Rêveuse, elle contemplait les festons du gel sur la vitre. Tout le jour elle avait observé Luc à l'atelier où elle-même s'était occupée à fixer les crins sur des archets tandis qu'il sculptait un cheviller. Le visage du garçon était tendu par l'attention qu'il y mettait. Il lui semblait voir son père, autrefois... Son père si sérieux dans son travail, si léger dans sa vie... Luc était-il de même ? Pouvait-il se montrer comme lui tyrannique en famille, sensuel altéré de femmes, inconstant de cœur ? Et pourtant, elle l'aimait ce père. Surtout depuis qu'il lui contait, au fil des soirs, son enfance et son adolescence. Il lui apparaissait différent de celui qu'elle avait craint, raidi dans ses travers. Bien plutôt un gourmand de vie, qui ne se résignait pas à entrer dans sa peau d'homme, comme si déjà, et toute son existence, il avait lutté contre la mort.

Quand Luc parut sur le seuil de la porte, elle sentit une faiblesse l'envahir. Elle n'entendait que son sang lui battre aux oreilles. Il l'aperçut dans la clarté de sa lampe. « Vous étiez là », dit-il. Elle parvint à se mettre debout, fit un pas vers lui, s'arrêta. Ils se contemplèrent en silence. Il se détourna le premier, lui souhaitant le bonsoir d'une voix qu'elle ne reconnut pas. Elle put marcher, s'approcha de la porte, y posa son front un instant avant d'y toquer. Il lui sembla qu'elle avait déjà connu — dans une autre vie — ce désir insensé de se jeter dans les bras d'un homme pour s'y perdre.

— Eh bien, ma fille, tu as été bien longue à venir. Serais-tu, comme hier, d'humeur querelleuse ?

— Je ne l'étais et ne le suis pas.

— Je t'entends mal. Souffres-tu de la gorge ou deviens-je sourd ?

— J'ai peut-être pris froid. Dehors, il gèle.

— Réchauffe-toi au feu. Comment va l'atelier ?

— Nous manquons de commandes.

— Je sais. Guillaume m'a prévenu et ma femme m'a agacé tout le matin, forçant ma porte et criant misère plus d'une heure... Que ne suis-je jeune et vaillant pour porter mes violons hors de France ! Que dit-on à Mirecourt ?

— On soupçonne Charpit de Courville d'avoir puisé, à son profit, dans les caisses de la ville. Il refuse toujours, bien qu'il y ait été condamné, de rembourser les 2 330 livres du tiers denier qu'il a perçu en trop sur les profits communaux.

— Un juriste, nourri de la pensée des philosophes !

— En avril déjà, il a été pendu en effigie. Demain, il le sera vif, si les esprits continuent à s'échauffer... On parle aussi d'une société qui se formerait : les Amis de la Constitution, dont ferait partie votre gendre Papigny. Beaucoup de gens de robe. Des modérés qui regrettent le règne des abus... mais dont le patriotisme serait surtout fouetté par l'ambition.

— Comment changer l'homme pour lui ôter ce désir de toujours paraître ?

— M. de Voltaire ne vous l'a-t-il pas appris ?

— Il était lui-même trop friand d'honneurs !

— Jésus est un meilleur compagnon dans cette recherche.

— Agnès, je te vois venir avec tes prêches ! J'en parlerai avec Luc.

— Que savez-vous de lui ? Pourquoi le voyez-vous différent ?

— Parce que cela me plaît... Agnès, je suis vieux. Laisse-moi mes dernières illusions. Celle, d'abord, que tu m'es attachée.

Agnès se tenait debout, les mains vers les flammes. Elle se retourna, lui sourit en revenant vers son écritoire. Un curieux sourire qui faisait trembler sa bouche comme si elle allait pleurer. Il s'inquiéta.

— Tu n'as pas de chagrin, ma fille ?

Elle répondit bravement :

— Non, non. Reprenons notre ouvrage. Alors, cette Marion ?

Il soupira.

— Puisqu'il faut en venir à elle...

Comme je te l'ai dit, Marion et ses sœurs m'invitaient parfois le dimanche ou les jours chômés. Quand le temps le permettait, si Guersan ne me demandait pas un travail supplémentaire, si je n'étais pas requis par Marie-Anne, j'allais les chercher à la sortie de leurs boutiques. Celle de Mme Allard, la corsetière, patronne de Marion, était grande, agrémentée de miroirs, avec une clientèle de dames riches qui venaient commander des corsets baleinés à un ou deux buscs, en satin, en brocart, en soie doublée de toile, des camisoles, des fausses robes. Mme Allard prenait leurs mesures et confiait le travail à son mari, tailleur de corps de femmes et d'enfants, qui coupait et cousait, aidé par Marion, dans l'arrière-boutique. J'aimais y entrer, non seulement pour voir cette belle enfant, mais toucher les tissus, imaginer celles qui les porteraient, bavarder aussi avec M. Allard, passionné par son métier, créant toujours des formes nouvelles. Pour la satisfaction de ses clientes il mariait tissus, broderies, dentelles, lisérés, pierreries et perles. Je le faisais rire, lui disant que ses patrons ressemblaient aux miens, bien que plus étroits à la taille, mais que l'âme des dames qu'il comprimait par son laçage était mille fois plus compliquée que celle des violons. « C'est pourquoi, répliquait-il, mieux vaut penser qu'elles n'en ont pas. » Je quittais le magasin avec Marion non sans avoir débité quelques compliments à Mme Allard qui s'en rengorgeait, me traitant elle aussi de coquin.

Nous allions chercher Marie-Joséphine dans la boutique d'un orfèvre qu'elle tenait avec la femme de celui-ci. Nous ne nous y attardions pas car le couple était austère et d'humeur soupçonneuse.

Mais je ne me tirais qu'à grand-peine de celle où travaillait Marie-Augustine, au grand dam de ces demoiselles pressées de flâner dans les jardins avoisinants ou d'admirer les étalages des galeries. Son patron vendait, outre des livres, du papier de tous formats et qualités, du papier à musique, de la cire à cacheter, des plumes d'oie et de cygne. L'homme était de grande culture. Dans ses ancêtres il comptait Vivenet, libraire condamné à cinq ans de galère pour avoir publié, en 1649, des *Mazarinades*. Il avait repris sa boutique et, comme lui, se montrait forte tête, imprimant et vendant sous le manteau libelles et pamphlets. Chez lui, je lus les deux romans qui marquèrent ma sensibilité : *La Princesse de Clèves*[1] et *L'Histoire du chevalier Des Grieux et de Manon Lescaut*[2], que je ne manquai pas de conter ensuite à Marie-Anne, dans nos entretiens du grenier.

Mais c'est chez lui aussi que, pour mon malheur, je rencontrai Antoine Dauvergne, dont je me suis entretenu l'autre soir avec Luc sans lui confier de quelle façon il me fut proche... Violon du roi, il venait s'approvisionner chez ce libraire de papiers à musique qui, disait-il, lui portaient chance. Sur eux il avait écrit la partition des *Amours de Tempé* et des *Troqueurs*, son fameux opéra-comique inspiré d'un conte de La Fontaine. Ce jour-là — c'était peu après mon aventure versaillaise — il venait y faire emplettes pour mettre

1. De Mme de La Fayette.
2. De l'abbé Prévost.

au propre la musique d'un autre opéra-comique, *La Coquette trompée*, qu'il écrivait sur un livret de Charles-Simon Favart. C'était un homme de quarante ans, aimable de figure et de caractère. Il se montra affligé par la maladie de sa femme, à laquelle il semblait fort attaché, et de l'embarras dans lequel il était vis-à-vis de son unique fille âgée de cinq ans. Nous compatîmes, surtout Marion qui alla jusqu'à lui proposer de lui prêter la main, ce à quoi il répondit de façon évasive tout en la remerciant avec chaleur. Je crus qu'avec son habituelle spontanéité Marion avait montré son bon cœur, mais qu'elle n'y penserait plus demain et que l'affaire n'irait pas plus loin. Je me trompais. Que s'était-il passé dans la tête et le cœur de ma charmante amie ?

Quand, le dimanche suivant, je rejoignis les sœurs à l'église Saint-Barthélemy, Marion s'esquiva avant la fin de la messe. À la sortie, Marie-Augustine m'expliqua qu'elle allait soigner Mme Dauvergne et s'occuper de sa fille, que désormais il en serait ainsi chaque dimanche et chaque soir. J'étais si choqué que, d'abord, je réagis par des plaisanteries sur la dot qu'elle allait se constituer près d'un homme symphoniste à l'Opéra et auteur à succès. « Elle gagne peu, précisa Marie-Augustine. La maladie de Mme Dauvergne coûte cher. » Alors je me déchaînai en railleries sur la nouvelle vocation charitable de celle que j'appelai sainte Marion. Marie-Joséphine me gronda de tenir des propos qu'elle jugeait impies. Marie-Augustine se contenta de me lancer un regard chagrin.

Il faisait chaud. Paris puait plus que de coutume. Je hélai une voiture de louage et j'emmenai mes amies dîner à la campagne sans cesser de dire des sottises dont elles finirent par rire. À l'auberge, je bus plus que de raison, dansai avec l'une et l'autre et dus me faire ramener par ces demoiselles, ivre mort, à leur logis. C'est à peine si j'entendis rentrer Marion. Il me sembla que quelqu'un s'allongeait près de moi en me prenant la main. Ce n'était pas elle, ni Marie-Joséphine, trop pudique, mais l'aînée, qui tenta par la suite de me consoler.

Eh oui, ma fille, j'étais amoureux de Marion. Je n'en pris conscience qu'à la douleur que j'éprouvai quand, à mon établi, creusant le bois de ma gouge, je m'imaginais l'enfoncer dans le ventre de Dauvergne. Aussi quand j'apercevais ma blonde, rose et rieuse jeune fille tout affairée à nous quitter pour rejoindre son maître, et que le cœur me manquait. Je ne doutais pas qu'il fût son amant. Moi, je devins celui de Marie-Augustine. Je ne l'aimais pas mais elle était bonne fille et bonne baiseuse. Un client de la librairie, qui écrivait des vers galants, l'avait initiée. Je pris sa succession dans l'arrière-boutique du magasin quand son patron était en courses, mettant d'autant plus de fougue dans mes assauts que ma jalousie était plus grande. Je laissais ma maîtresse la chair comblée mais non le cœur car jamais je ne pouvais lui tenir un propos tendre, ce qu'elle me reprochait parfois... J'espérais que le sentiment que j'éprouvais pour Marion, avec le temps, s'émousserait. Bien au contraire. Cette diablesse de jalousie — toujours elle ! — ne cessait de l'attiser. Il m'arrivait d'aller rue Saint-Honoré, où habitait Dauvergne, et de guetter. Qui ? Quoi ? Je voulais savoir quel rôle tenait Marion dans la famille du musicien, craignant d'apprendre que ses soins s'adressaient d'abord à lui. Ah, la coincer dans une porte et l'obliger à parler ! Mais elle n'était jamais seule, Dauvergne allant la chercher chez Mme Allard en voiture et la ramenant chez elle après avoir donné ses concerts ou soupé avec des amis. Je finis par me lier avec une servante de la maison, boiteuse et idiote. À toutes mes questions, elle répondait : « C'est qu'ça se pourrait ben ! » Ce qui me mettait en rage. L'état dans lequel je me dépeins à toi dura jusqu'à la fin de mon séjour chez Guersan...

Agnès l'interrompit.

— Ne me disiez-vous pas que vous y aviez été heureux ?

— C'est qu'aujourd'hui les affres de cette passion se sont effacées depuis longtemps de mon cœur sinon de mon esprit, et que je puis rendre hommage à la bonté de cette famille qui m'accueillit et me traita comme un fils. Et puis, pourquoi ne pas l'avouer, je trouvais sans doute un coupable plaisir au sein de ma souffrance puisque je l'entretenais. Si je fais exception de quelques coups de gouge, de rabot et de canif maladroits, quand ma main tremblait trop de révolte, j'ai fait sous l'emprise de mes tourments de beaux violons comme si ce cri en moi que je tentais d'étouffer passait dans le bois.

Quand je me confiai un soir à Jacques-Philippe Lamoninary, qui était passé me voir chez Guersan et m'avait emmené souper, il me rappela ce qu'il m'avait dit autrefois à Gand : le violon chante mieux quand le feu qui embrase l'âme du luthier passe dans celle de l'instrument. Sans doute aussi ai-je ressenti de façon plus pénétrante la musique, celle de Lully et de Rameau, de mon cher Vivaldi, bien sûr, de Mondonville, et Campra dont *La Messe des morts* m'a toujours bouleversé, dont je n'ai jamais compris qu'on ne le mît point au rang des plus grands. Celle aussi de Blavet, de Lalande et d'autres encore que j'eus le bonheur d'entendre aux concerts spirituels ou à l'Opéra quand j'accompagnais Guersan à qui l'on demandait parfois de régler les violons. Ces musiques m'étaient un baume sous lequel mon esprit et mon cœur se calmaient. Ma poitrine se desserrait. J'étais emporté dans le monde mystérieux des ondes. Si, parfois, des larmes me venaient, ce n'était pas mes tourments qui les faisaient jaillir, mais une émotion plus haute et comme purificatrice de participer à la transmutation du travail de nos mains en chant céleste... Et cela fut sans doute la plus grande part du bonheur que j'eus d'être dans cet atelier.

— Je comprends, mon père, je comprends... Pour en revenir à Marion, avez-vous eu la certitude qu'elle était la maîtresse de Dauvergne ?

— Un soir, oui. Quelques mois avant mon départ. Je faisais le guet, comme souvent. Dans la voiture, je les ai vus s'embrasser.

— Vous m'avez dit vous être mal conduit avec elle...

— Pas avec elle. Avec Marie-Augustine... Le lendemain du jour où je surpris l'étreinte de Marion et Dauvergne, je la pris sans ménagement... Trois mois plus tard, elle m'annonçait, toute joyeuse, qu'elle était enceinte, ne doutant pas un seul instant que j'allais l'épouser. Je fis bonne figure... Tu devines la suite.

— Vous êtes parti !

— Comme à Guersan, je lui promis de revenir.

— Et vous n'êtes jamais revenu...

— Un an plus tard. Pour apprendre qu'elle avait eu une petite fille, morte quelques jours après sa naissance. Elle vivait avec ses sœurs qui me chassèrent. Marie-Augustine avait caché à tous sa grossesse jusqu'à la fin. Je crains fort...

— Quoi donc, mon père ?

— Qu'elles n'aient agi avec l'enfant comme avec une portée de chats.

— Taisez-vous !

— La pratique est courante, tu le sais bien.

— Pas chez des filles honnêtes et pieuses.

— Leur piété, comme chez beaucoup, relevait de la superstition. Elles étaient pauvres, travaillaient toutes les trois. Que faire de ce bébé ? La faute, si elle a eu lieu, je la prends sur moi.

— Je suis sûre qu'elle n'existe que dans votre esprit torturé... Mais, je vous le redemande, mon père : pourquoi m'avoir dit que Marion tenait encore aujourd'hui une place dans votre vie ?

— Plus tard... Il faudra, demain, reprendre le fil

de ma vie. Ce soir, laisse-moi. Avant, si tu le veux bien, donne-moi le baiser de paix.

— Je ne suis pas prêtre. Vous devriez faire votre confession à notre curé.

Denis se dressa autant qu'il lui était possible, son bras valide balayant l'air.

— Ne reviens plus si tu ne veux pas m'être secourable !

Agnès hésita, referma le cahier, rangea la plume. Lentement elle s'avança vers lui, s'agenouilla à la hauteur de son visage, lui prit la main.

— Mon père, dit-elle, vous savez bien que vous pouvez tout obtenir de ma tendresse, mais vous m'octroyez un pouvoir que je n'ai pas.

Il serra sa main sans répondre. Elle se releva, posa un baiser sur son front. Il avait fermé les yeux. Pour la première fois, elle put imaginer quel visage son père aurait dans la mort : blafard, apaisé et pourtant, dans le dessin si charnel de ses lèvres entrouvertes, un dernier appétit de jouissance.

DIXIÈME SOIR

Quand elle entra dans la chambre, Agnès trouva son père dans le même état que, la veille, elle l'avait quitté.

— Vous dormiez ? demanda-t-elle.

Il ouvrit les yeux et gémit.

Elle s'approcha du lit, leva sa lampe au-dessus du malade et vit, ce que l'obscurité de la pièce lui avait caché, son visage crispé par la souffrance : d'être depuis si longtemps couché lui mettait les chairs des jambes, des fesses, du dos à vif. Les onguents de Louise ne le calmaient plus. Agnès lui proposa d'aller quérir le médecin.

— Hier le curé, aujourd'hui le médecin... Tu veux ma mort, ma fille ! Demande plutôt à Louise qu'elle me prépare un verre de vin avec du laudanum et va me chercher Luc.

Elle revint, lui fit boire la potion calmante.

— Luc ne viendra pas ce soir, dit-elle. Il est chez Nicolas Gavot.

— Que fait-il chez cet âne ?

Son père n'était pas mourant puisqu'il pouvait encore prendre colère.

— Il voulait voir comment il fabrique ses serinettes[1] et ses régales[2].

— Aurait-il attrapé la maladie des dames qui, par ces jouets — insulte à nos oreilles et à notre corporation —, veulent apprendre à chanter aux oiseaux !

— La mécanique de ces instruments l'intéresse.

— Dis-lui que je tiens à ce qu'il t'enseigne la vielle. Ta première leçon, il te la donnera ici, devant moi, dès demain.

— Ne vous fâchez pas. Vous savez bien qu'il vous est tout acquis.

Denis se fit plus aimable.

— Comment ma femme se montre-t-elle avec lui ?

— Comme avec moi.

— Que veux-tu dire ?

— Ils échangent peu. Mais de façon séante.

— Et mes fils ?

— Il en va de même... Ne vous inquiétez pas. Luc paraît content. C'est auprès de vous, surtout, qu'il cherche à affiner son art.

— Que ne suis-je à l'atelier...

Il demeura un temps silencieux. Agnès remit une bûche au feu, tira les rideaux sur la nuit glacée, se rassit devant son écritoire.

— Vous revîntes donc à Mirecourt, dit-elle...

1. Boîtes en bois munies d'une manivelle. Elles contenaient deux jeux de tuyaux qui en faisaient de petites orgues au son criard. Les dames s'en servaient pour apprendre à chanter aux serins. D'où leur nom.

2. Instruments à vent et à clavier proches des serinettes.

— Oui. C'était un soir d'octobre 1745. Mes trente ans se profilaient dans un avenir que je voulais lointain et qui, je le savais, était proche. Tout au long du voyage, dans la berline qui me menait à Nancy avec un marchand de drap, un juge, un abbé et une dame fort âgée dont je dus faire semblant d'écouter les malheurs et les maladies, l'aidant à monter et descendre de voiture, prendre soin dans les auberges, je méditais sur ma vie. Certes, j'étais un bon luthier mais l'homme était loin de valoir l'artisan. De toutes les situations délicates où je m'étais mis, tant avec mon père, mes frères, la société et les femmes, je ne m'étais tiré que par la fuite. J'avais honte de ma lâcheté. Je résolus de changer de vie, d'imiter Guersan en fondant une famille et en honorant mon métier. Je me promis aussi d'allouer une pension à l'enfant de Marie-Augustine, de le prendre plus tard dans mon atelier si c'était un garçon et lui constituer une dot si c'était une fille. C'est dans ces excellentes dispositions que j'arrivai chez moi. Je trouvai Mirecourt ridiculement petit et calme et mes demi-frères vieillis, sans penser que moi-même avais bien changé. Plus rien ne subsistait de l'adolescent qui, dans mon physique, refusa longtemps de disparaître. Il me fallait accorder mes pensées à l'adulte que j'étais devenu : maigre, la barbe noire et déjà des rides qui marquaient mon front entre les yeux, comme si l'application que je mettais à mon travail s'y était inscrite. Louis, Henri, Nicolas et Jean me reçurent sans grande chaleur et m'invitèrent à voir notre père qui étouffait dans sa chambre.

La pièce pleine de nuit était éclairée par un grand feu. Pourtant on y gelait car la fenêtre était ouverte. Comme j'allais la fermer, mon père me supplia de n'en rien faire : l'air lui manquait. La tête couverte de bonnets et de châles, l'édredon remonté jusqu'au menton, je ne voyais que ses narines puissantes qui se gonflaient par saccades comme les ouïes d'un poisson hors de l'eau. En suffoquant, il me demanda de lui rendre compte de ma vie... Ce que je fis, passant sous silence mes méchants exploits, m'attardant sur le savoir que j'avais acquis et les relations flatteuses que j'avais nouées chez Guersan. À ma surprise, quand j'en eus fini, mon père m'approuva : « Tu as bien fait, fils, de partir. » Il me demanda de revenir le lendemain pour que nous parlions encore du métier. Je pris donc cette habitude... Mais, ma fille, j'y pense... Avec Luc, avec toi, je réitère ce rituel qui fut une des dernières consolations de mon père. Il est vrai que j'ai gardé de ces soirées auprès de lui un souvenir à la fois doux et poignant. N'étais-je donc parti que pour qu'il me reconnaisse comme son fils ? Et toi, Agnès, recluse dans le clan des femmes, n'acceptes-tu pas de m'écouter pour que, mon sang infus en toi, tu me deviennes plus proche que tes frères ? Ne me réponds pas. Cela, tu le sauras quand depuis longtemps je serai mort.

Les derniers jours de mon père furent une terrible épreuve tant pour lui que pour moi et la servante qui le soignait. À la recherche de sa respiration, il se soulevait de sa couche, battant des bras comme un oiseau blessé, nous suppliant de l'achever afin que cesse sa torture. Ma belle-mère réfugiée au magasin, mes demi-frères à l'atelier ne montaient dans sa chambre prendre des nouvelles du moribond que pour repartir au plus vite. Le médecin, une fois par jour, lui administrait une potion opiacée. Puis, à la demande de mon père, vinrent le notaire, puis le curé. J'entends encore la sonnette aigre de l'enfant de chœur qui accompagnait le prêtre porteur des huiles et de l'eucharistie. Le lendemain, 12 février, mon père mourut dans un râle. Je laissai mes demi-frères et les femmes veiller son corps et partis en forêt cacher mon chagrin.

À la lecture de son testament, j'appris que ce père qui, hormis les derniers jours de sa vie, m'avait traité en étranger, me favorisait. Certes, Louis, Henri, Nicolas et Jean se partageaient nos terres et nos bois, mais j'héritais de la maison et de l'atelier. Pour calmer leur rogne, c'est en vain que je leur promis de les garder avec moi. Le lendemain de la Sainte-Cécile suivante, je prêtai serment devant le lieutenant général du bailliage et devins maître luthier.

Il ne me restait plus qu'à prendre femme. Ce que je fis six mois plus tard, en la personne de Marie-Christine Joselle, fille d'un boucher, veuve de Philippe Delcourt, luthier qui s'était spécialisé dans la confection des archets. Nous avions le même âge. Plaisante de figure, fort coquette, elle me plut par ses hanches et son fessier confortables qui me promettaient de beaux enfants. Aussi, je dois bien l'avouer, par l'admiration qu'elle me montrait chaque fois qu'elle venait au magasin me livrer des archets, du crin ou de la colophane, ce qui chatouillait agréablement ma vanité. Et puis c'était un bon parti. En te parlant, je me demande si la raison profonde de ce mariage, qui m'est restée jusqu'alors cachée, n'est pas qu'après avoir vu mon père mourir dans de telles souffrances, il ne m'était pas venu une sorte de rage de m'enfoncer dans une chair vivante pour me perpétuer... Marie-Christine était veuve depuis un an et déjà courtisée. Il me fallait aller vite en besogne. Le mariage fut célébré en famille et fort simplement. De cette journée je n'ai le souvenir que de ma gaieté forcée et du visage de Marion qui traversa mon esprit quand je passai l'anneau au doigt de mon épouse.

Je ne m'attarderai pas, ma fille, en évoquant les événements qui suivirent : je veux t'épargner le récit des mille tracas que me causèrent mes demi-frères, surtout Jean, qui s'estimaient lésés et se liguaient, avec leurs épouses, contre moi. Ils tentèrent même de m'amener en justice en faisant courir le bruit que j'avais tué délibérément Antonio, le luthier italien, dans un accès de jalousie, avant ma fuite vers Gand. Seule ta tante Sophie se tint hors du complot. Je lui en sus gré mais n'osai le lui marquer de crainte de la compromettre, elle aussi. Heureusement ils ne parvinrent pas à leurs fins car j'avais su m'attirer la sympathie de mes confrères de Mirecourt en leur promettant de toucher, grâce aux relations que je m'étais faites à Paris, une belle clientèle dont je les ferais profiter. Je fus fastueux lors des fêtes de Sainte-Cécile, je les conviais souvent à souper. J'allais à la messe. Je m'occupais des orphelins. Jetant le manteau des convenances sur mes turpitudes passées, je tenais mon rang. Marie-Christine m'y aidait. Peu cultivée, elle ne manquait pourtant pas de finesse, savait recevoir et jouer les enjôleuses auprès des hommes et des femmes, jamais avare de ses compliments et minauderies. J'aurais dû être un homme heureux. Que me manquait-il donc ? D'être content de moi. Je ne l'étais pas.

Comme je te l'ai dit hier, j'avais fait un rapide voyage à Paris, un an après mon départ de chez Guersan, sous prétexte de lui porter quelques violons à vendre. J'avais appris que l'enfant de Marie-Augustine était morte ; j'avais été chassé par mes trois anciennes amies ; Guersan accepta mes violons sans enthousiasme quand il fut mis au fait de mon engagement avec une femme de Mirecourt, que je ne reviendrais pas travailler avec lui et n'épouserais pas sa fille...

Je sentais ma vie personnelle se rétrécir, d'autant plus que ma femme, si aimable au-dehors, dès qu'au déduit montrait visage et con de bois — et pas de celui dont on fait les violons. Oh, certes, elle soupirait, mais ce n'était point d'aise ! Je lui fis ta demi-sœur Claude, tes demi-frères Ferdinand, Joseph et Guillaume, sans que le cœur y soit ni de sa part ni de la mienne. Les confidences de certains de mes compagnons me portèrent à croire qu'il en était toujours ainsi avec les femmes respectables, sous le pouvoir des curés. Je feignis de m'en accommoder et profitai d'achats de bois, de visites à des clients lointains pour trousser des filles qui savaient flatter mes sens et répondaient à mon plaisir, ou du moins le feignaient. Il faut se méfier, ma fille, de l'apparente bonne entente d'un couple quand la chair est déçue. Elle peut masquer des rancunes qui sont comme flammèches sous la cendre et peuvent consumer une forêt ou une vie sans qu'on y prenne garde.

J'avais craint que Marie-Christine ne trouvât pas sa place dans ma famille déjà encombrée de femmes et d'enfants. Il n'en fut rien. Dans un premier temps je me réjouis de voir combien elle sut s'attirer, par d'incessantes flatteries, la sympathie des miens. Elle rendait de menus services aux unes, prenait soin de leurs petits qu'elle déclarait tous plus beaux et intelligents. Elle plaisait aux hommes sans provoquer la jalousie de leurs épouses : un vrai stratège ! Je la bénissais, espérant que grâce à son entremise je finirais par reconquérir l'amitié de mes frères. Il n'en fut rien. Je m'en étonnais. Au fil des mois je compris que, loin de les rapprocher de moi, elle les en éloignait en prêtant une oreille complaisante à leurs griefs, parfois même les provoquant. Ces soupçons m'étaient venus assez tôt mais je les repoussais, autant par vanité que pour éviter la gêne d'avoir à accuser ma femme. Ils s'accrurent quand je constatai avec quelle mollesse elle me défendit quand ils tentèrent de me faire passer pour criminel. Comme je le lui reprochais, elle me répondit que trop vouloir clamer mon innocence, dans une affaire où je n'apportais aucune preuve, ne pouvait que renforcer dans l'esprit des gens que j'étais coupable. Ce raisonnement, tout spécieux qu'il fût, me parut d'abord de bon sens. Je ne tardai pas à tenir la preuve de sa duplicité. Je m'étais disputé avec Jean au sujet d'une coupe de bois que je voulais faire sur son terrain, lui en offrant un bon prix qu'il voulait encore faire monter. Or je surpris ma femme, le lendemain même, causant avec lui, à un détour du couloir qui mène à cette partie de notre maison réservée aux domestiques. Elle l'assurait de son soutien dans le litige qui l'opposait à moi, le plaignant d'être, comme elle, enchaîné à un homme aussi autoritaire. J'aurais dû rester coi mais la colère que je maintenais depuis trop longtemps prit le dessus, je me précipitai vers eux et la giflai, ce qui bien sûr semblait lui donner raison.

— Elle n'avait pas tort, dit Agnès d'une voix douce.

— Comment ! Toi aussi, tu m'accuses !

— Vous êtes impérieux, mon père. Et le savez.

— Comment mener une maison sans donner des ordres ! J'admets la discussion.

— Quand elle se termine à votre avantage. Vous vous arrangez toujours pour qu'il en soit ainsi.

— Me feras-tu croire que vous avez eu près de moi une vie d'esclaves ?

— D'esclaves consentants. Oui, mon père.

— Brisons là, ma fille. Tu reviendras demain si je te le fais dire.

En refermant son écritoire, Agnès murmura .

— Vous voulez bien reconnaître vos défauts et vices. Pas celui qui a pourtant fait de vos femmes, de vos fils, de moi-même, des êtres amputés d'une part d'eux-mêmes. Peut-être était-ce une mauvaise part et avez-vous eu raison de l'étouffer. Comment pouvons-nous le savoir puisque nous ne la ressentons que comme un manque ?

Denis entendit-il ? Il ne répondit pas et la laissa sortir sans un mot.

En descendant vers la salle, Agnès rencontra Luc. Il s'étonna de sa pâleur.

— Votre père serait-il souffrant ?

Elle lui confia leur dispute. Il lui sourit.

— Allez tranquille. Je monte lui rendre visite. C'est bien le diable si je ne le ramène pas à de meilleurs sentiments.

Elle voulut le remercier, ne le put tant sa gorge était nouée. Il se pencha et posa un rapide baiser sur sa tempe, là où ses cheveux moussaient, si blonds. Elle s'enfuit vers sa chambre.

Quand Luc entra dans celle de Denis, celui-ci l'apostropha.

— Alors, on a été faire le serin avec les serinettes !

Luc fit l'étonné.

— Serait-ce un reproche, mon bon maître ?

— Sans doute puisque, selon ma fille, je ne sais que commander et sévir.

— Je l'ai croisée. Elle paraissait bien triste.

— Comédie ! Et de se plaindre de moi, je parie !

— Votre fille ne se plaint jamais. C'est la plus douce des créatures.

— Ne t'y fie pas, mon garçon. Comme toutes, une enjôleuse qui fait force de sa faiblesse et briller sa vertu en exposant nos travers.

— Agnès est une âme claire. Si elle doit vous faire des reproches, c'est face à face.

Denis grogna.

— J'espère que tu dis vrai... Toi, me trouves-tu trop autoritaire ?

Luc se prit à rire.

— Vous voulez que je sois chez vous, pas ailleurs, mais si l'on accepte votre loi, vous êtes un hôte affable.

— Idiot ! C'est pour ton bien. Que vas-tu perdre du temps chez Nicolas Gavot.

— J'ai examiné ses poignées de serinettes qui, vous le savez bien, sont comparables à celles des vielles. Les siennes sont fort élégantes.

— Du décor ! Je croyais que tu cherchais la simplicité.

— On peut vouloir faire simple et ne pas ignorer l'extravagant.

— Quel raisonneur ! Pire que ma fille...

— Mais moi vous m'écoutez. Écoutez-la aussi. Elle vous aime.

— L'amour, surtout entre père et fille, est une chose bien ardue, surtout avec elle. Fragile et forte, ingénue et savante... Il me faudrait la marier, mais avec qui ? Aucun homme de Mirecourt — je les connais tous — ne peut lui convenir.

— Laissez-la trouver seule.

— Si tu n'avais pas une promise à laquelle tu sembles tenir...

— Je tiens à elle. Et à ma parole donnée.

— C'est bon... Parlons donc de ta vielle puisque tu es venu pour ça.

Ils discutèrent de la qualité des bois employés, de celle du vernis, la forme du clavier, le réglage de la roue, jusque tard dans la nuit, interrompus par Louise et Eugénie qui vinrent passer le pot à leur maître, lui rafraîchir le visage et les mains, mettre une bûche au feu, s'indignant qu'il se fatiguât à tant causer. « Tu vois bien qu'il nous faut tenir les femmes tant que nous sommes debout. Couchés, c'est elles qui nous gouvernent », dit Denis en riant de bon cœur quand elles furent parties. Et ils reprirent de plus belle leur conversation.

En guise de bonsoir, il demanda à Luc de venir le lendemain avec Agnès pour qu'il assiste à sa première leçon de vielle. Rendu dans sa chambre, le jeune homme écrivit un court billet et, sans bruit, gagna l'autre corps de bâtiment où logeait Agnès. La jeune fille ne dormait pas. Un rai de lumière soulignait le bas de sa porte où il glissa le billet. C'est en se relevant de son prie-Dieu qu'elle vit le rectangle de papier comme une aile blanche sur le carrelage rouge. Elle lut : « Dormez en paix. Demain soir, nous avons rendez-vous chez votre père pour jouer de la vielle. Luc. » Elle le porta à ses lèvres, le mit sous son oreiller avant d'éteindre sa lampe et de s'allonger entre les draps où elle se mit à trembler. Elle ne savait si c'était le froid qui avait gagné ses membres pendant le temps de son interminable prière ou l'émoi qui faisait s'affoler ses pensées, cogner son cœur et, bien qu'elle s'en défendît en serrant l'une contre l'autre ses cuisses, la labourait au plus intime.

ONZIÈME SOIR

« Il faut pincer les tons du bout du doigt en les distinguant le mieux possible... On se sert d'autant de doigts que l'on a de notes de suite à faire... S'il y en a cinq, on fait quatre de suite et la cinquième du même doigt que la quatrième. On ne se sert jamais du pouce. S'il y en a davantage, il faut toujours employer les quatre doigts successivement, en évitant de faire plusieurs notes avec un seul doigt... On glisse la main pour changer de position... Le coup de poignet est délicat... La roue de la vielle est comme l'archet du violon. C'est elle qui donne son âme à l'instrument... Vous pouvez faire une rotation rapide pour renforcer le son. Ralentir pour des airs plus tendres... »

Luc donnait sa leçon à Agnès après avoir interprété, à la demande de Denis, une sonate de Charles Baton. La jeune fille était assise, l'éclisse de la vielle posée dans son giron, le fond contre sa taille, la main gauche au davier, la droite sur la manivelle. La richesse de l'instrument contrastait avec la simplicité de la robe de laine blanche qu'elle avait revêtue, sur laquelle tranchait le bleu vif d'un fichu. Luc, à genoux devant elle, avait pris les mains d'Agnès pour leur donner la bonne position. Parfois il interrompait ses conseils pour rectifier celle de la droite, animer ou ralentir le poignet gauche, marquant la mesure de la voix. Denis se régalait l'œil du tableau ainsi formé. Il se mit à chantonner l'air de Corrette qu'ils déchiffraient, tiré de *La Belle Vielleuse*[1].

— Mes enfants, finit-il par dire, profitant d'une pause, si Bernard Picard[2] vous voyait, il vous figurerait pour un nouveau *Parnasse de la Musique* !

— C'est que nous n'en sommes plus au temps, répliqua Luc, où les dames de la Cour étaient enragées à se faire peindre avec leur vielle. Il nous faut compter sur celles de la bourgeoisie pour établir notre renom. Plus tard, souhaitons-le, nous la verrons tenue par les filles du peuple. Pour l'instant, vous avez raison, mon maître, elle ne peut l'être par un plus beau modèle.

À voir les pommettes d'Agnès s'empourprer, Denis sentit une pointe d'agacement envenimer son plaisir : elles étaient donc toutes pareilles, ces femmes — même les plus sérieuses —, à s'émouvoir du moindre compliment sur leur mine... Après de s'étonner qu'on ne les félicitât pas mieux sur les avantages de leur âme !

Il leur indiqua que la leçon était finie, qu'ils la continueraient un autre soir, et demanda à Agnès de reprendre la plume.

1. Méthode pour apprendre la vielle.
2. Peintre-graveur bien connu des musiciens pour ses élégantes planches pédagogiques des méthodes de musique.

— Nous en étions donc, reprit-il sur un ton sans réplique, à la gifle que je donnai à ma femme, marque selon toi — et selon elle — de mon caractère intraitable...

Agnès releva la tête, voulut parler. Il la fit taire.

— Non, ma fille. Pas un mot. En vieillissant, je ne me suis pas amélioré sur ce point. Tu comprendras peut-être qu'enfant et adolescent, je fus timide, rêveur et peu apte au commandement. La charge qui m'échut de l'atelier, de mes frères plus âgés et prompts à la révolte, d'une femme que je devinais perfide m'obligea à forcer mon caractère, à devenir tranchant dans mes paroles et mes attitudes, à durcir un cœur que je savais facilement ému. Sans doute, par peur de moi-même, ai-je mis trop de zèle à me faire obéir et respecter; mais je ne m'en suis tiré qu'à ce prix et, peu à peu, le rôle que je m'étais donné s'est incarné dans l'homme que je suis devenu... Parfois, pourtant, ma fille, celui que je fus remue en moi. Tu peux le percevoir puisque je le fais renaître chaque soir en ta compagnie.

Je venais donc de donner leçon à ma femme. J'en remontrai à mon frère, exigeant de lui la coupe de bois au prix que j'avais décidé et je renvoyai l'une au ménage, l'autre à l'atelier, leur prédisant malheur si l'un ou l'autre continuait à clabauder contre moi. Ils filèrent doux et, un temps, je n'eus pas à me plaindre d'eux.

Dans ce climat apparemment serein je décidai, deux mois plus tard, d'aller à Lunéville rendre visite à Voltaire. Je le savais invité par le roi Stanislas. J'espérais qu'il m'introduirait auprès de ce dernier. Guersan voulait être luthier du Dauphin et de la Dauphine, pourquoi ne serais-je pas celui de Stanislas ?

Jacques-Philippe Lamoninary m'avait fait, en son temps, grand éloge de la Cour de ce monarque. J'avais vu les splendeurs de Vienne et de Versailles, mais le château de Lunéville me ravit plus que je ne m'y attendais par la noblesse de ses lignes, l'harmonie de ses jardins que tempéraient pavillons, kiosques, grottes, minarets et automates... Au vrai, c'est par son côté pittoresque, qui révélait d'entrée le côté jovial de notre bon gros roi, que je fus séduit. Et puis, pour la première fois, je n'étais pas seulement le spectateur de la beauté des lieux et des fêtes aimables qui s'y déroulaient, mais j'eus le privilège d'y participer...

J'arrivai à Lunéville à la fin de février 1748, dans des bourrasques de neige. La voiture me laissa dans l'avant-cour du château. À ma demande, on me conduisit dans la chambre de Voltaire qui se trouvait au dernier étage, donnant sur le parc. Le serviteur qui m'accompagnait, portant mon bagage, me fit part de l'inquiétude de tous : le philosophe était malade... À l'énoncé de mon nom, le diable d'homme jaillit de sous ses couvertures pour m'embrasser avec effusion : la vue de son cher coquin le ressuscitait. Et de me faire la gazette de la Cour, la liste des honneurs dont on l'entourait, des plaisirs que nous allions partager. Il s'habilla en hâte afin de m'accompagner jusqu'à la chambre qu'on m'avait réservée, non loin de la sienne, et de se faire le cicérone de ce qu'il nommait « le petit Versailles », ajoutant que le roi de ces lieux surpassait mille fois, par sa culture et son amabilité, celui du grand. Le « malade » passa l'après-midi à me montrer les merveilles érigées par l'architecte Héré. Tout d'abord « le kiosque » qui me laissa pantois. Si je t'en parle, ma fille, c'est que jusqu'en 1762 j'eus le bonheur de m'y rendre à plusieurs reprises pour régler les violons des artistes qui y donnaient des concerts. Il brûla le 12 juillet de cette année-là, incendié par le feu d'artifice tiré en l'honneur de Mesdames Adélaïde et Victoire, petites-filles de Stanislas. Imagine un bâtiment à pans coupés faits en sapin verni, percés de grandes fenêtres en plein cintre. Le toit, soutenu par des colonnes de pierre, semblait celui d'une pagode chinoise. Il était rehaussé d'une construction ovale formant galerie, elle-même coiffée d'un toit pointu. À l'intérieur, un vaste salon surmonté d'une tribune pour les musiciens, deux chambres à coucher, une salle de bains. Partout, une décoration extravagante : des angelots, des torches, des guirlandes de fleurs, des coquilles, des aigles, des bustes, des instruments de musique... Voltaire se mit à déclamer avec emphase :

J'ai vu ce salon magnifique,
Moitié turc et moitié chinois,
Où le goût moderne et l'antique,
Sans se nuire, ont uni leurs lois.

Je n'étais pas au bout de mes surprises. Le philosophe me montra un autre bâtiment, encore plus étrange, nommé « le trèfle » en raison de son architecture : la rotonde centrale prise entre trois lobes, le tout couvert d'un toit ondulé. Entre le Grand Canal et la Vezouze, dans l'île Saint-André, les favoris du roi avaient leurs pavillons d'été entourés de jardins. Pour l'heure, ils disparaissaient sous la neige qui tombait de plus en plus large. Je le fis remarquer à Voltaire, lui disant mes craintes qu'il ne prît froid. Il ne voulut rien entendre, tenant à me faire admirer, dominant la perspective du Grand Canal, le pavillon de la « cascade », une des dernières « folies » du roi : bâtiment très classique à trois étages avec terrasses et balustrades, conçu, lui aussi, pour des dîners en musique. J'y fus convié plusieurs fois. Je me souviens avec émotion du grand salon tout en stuc et en vitres rougeoyantes quand le soleil se couchait sur le Grand Canal. Puis, au soir tombant, des gondoles chargées de belles dames alanguies par le vin et le chant des violons...

Denis se tut. Agnès murmura :

— Est-ce que parmi ces dames...

— Oui. La plus belle. Ne va pas t'imaginer une histoire d'amour...

— Mais encore ?

— Tu le sauras bientôt.

Voltaire voulut que nous terminions notre promenade en apothéose. D'avance, il s'amusait de ma surprise et se frottait les mains : « Vous n'avez encore rien vu, mon coquin ! » Le long du Grand

Canal, au pied de la terrasse du château, on avait amené des blocs de grès qui figuraient des grottes et des collines, traversées de vallées et de ruisseaux. Dans ce paysage bucolique, trente-six automates, grandeur nature, représentaient la population d'un village au travail ou à ses amusements. Mon guide m'expliqua que, par un ingénieux système hydraulique, ces mannequins se mettaient à vivre sous l'œil ahuri du spectateur. On voit paysans et artisans à l'œuvre : le paysan fauche son blé, le meunier tamise sa farine, les bergers jouent de la musette, la cabaretière verse le vin, le chat attrape la souris...

Oui, lors d'une autre visite, en été 1752, j'ai vu fonctionner ces merveilles créées, elles aussi, par Héré et l'horloger François Richard. J'ai pu m'éblouir de la féerie des jeux de l'eau en panaches sur les bassins, des fontaines dans les rocailles, me joindre aux fêtes galantes que savaient donner le roi et sa maîtresse. M'étonner que les puissants personnages rassemblés autour d'eux se disent « chartreux[1] » et cultivent leur jardin, comme Marie-Antoinette le faisait, dit-on, à Versailles. Qu'ils se laissent dominer par un nain, surnommé Bébé, bouffon et favori de Stanislas. Que ce dernier, de haute culture, se complaise à des plaisanteries aussi puériles que celles d'amener les dames dans des grottes où des jets d'eau arrosent leur intimité... Mais j'ai compris

1. Surnom que se donnaient les favoris de Stanislas quand, l'été, ils singeaient les paysans.

depuis combien il est difficile à des hommes qui, par leur naissance ou les hasards de la fortune, se trouvent enfermés dans un milieu aussi artificiel que celui des automates — la moindre de leurs fantaisies se trouvant réalisée comme par enchantement — de comprendre la misère de leur peuple dont ils sont séparés par les beautés dont ils s'entourent. Seules les maladies et les souffrances amoureuses peuvent, parfois, les ramener à l'humaine condition...

J'étais loin de ces réflexions, ce soir-là, quand avec mon ami j'entrai dans un salon du château où l'on jouait d'enfer. Je fus d'abord ravi de me trouver au sec dans cette pièce — il y flambait un bon feu — puis honteux de ma mise car, bien que je me sois vêtu, pour venir à Lunéville, d'un habit neuf, taillé dans un bon drap couleur prune, et d'un bourracan[1] au grain serré, d'une chemise brodée, le cou entouré d'une cravate en mousseline, je ne pouvais rivaliser par le vêtement avec ceux que je voyais rassemblés. Ce n'était que soie, brocart, perles et pierreries. Mme du Châtelet me tira de mon embarras en venant vers moi : « Mon cher garçon, me dit-elle, que je suis aise de vous revoir », et elle m'annonça à la société comme le meilleur luthier de Lorraine. Je voulus protester mais elle me prit par le bras, m'entraîna près de la table de trictrac, pour me présenter à leur « reine » Marie-Catherine de Boufflers.

1. Vêtement pour se protéger de la pluie.

Trente-six ans, des cheveux d'un blond diaphane, un visage d'une beauté parfaite qu'animaient des yeux d'un bleu profond, pailletés d'or, pleins de malice... Sans doute devina-t-elle mon trouble car, après m'avoir invité à saluer les personnes qui l'entouraient, sa sœur Anne-Marguerite, son frère Charles-Just, François Devaux — que l'on nommait Panpan —, receveur des finances de Lunéville et poète, l'abbé Porquet, qui versifiait, le chevalier de Saint-Lambert dont Voltaire se hâta de me réciter son *Épître à Chloé*, elle me pria de prendre un tabouret près d'elle. Abandonnant le jeu, elle me posa mille questions sur mon art et ma vie. Sans doute n'était-elle pas plus belle que ma dentellière de Bruges, ni que Marion, ni que ta mère ou toi-même. À l'époque, je n'avais jamais approché une femme qui réunissait tant d'atouts pour séduire — hormis Mme du Châtelet dont j'avais goûté davantage la science du plaisir que la science tout court. Et je fus séduit en un tournemain... Elle eut la bonté de me faire croire qu'elle en était ravie. Elle me garda au souper qui fut servi chez elle et me retint alors que ses invités prenaient congé. Je ne me demandai même pas où était Stanislas, dont on savait qu'elle était la maîtresse, tant j'avais versé d'un coup dans l'enchantement. Dès que nous fûmes seuls, je tombai à ses genoux et baisai sa robe, la remerciant de l'accueil qu'elle m'avait réservé. Alors que j'avais encore le nez dans les plis soyeux de sa jupe, à la hauteur de ses cuisses, je sentis que d'une main elle me serrait dans son giron, tandis que de l'autre elle relevait les tissus qui séparaient ma bouche de sa peau. Elle écarta les jambes. Son sexe était juteux comme une orange, sa jouissance roucouleuse, ce qui me délivra de toute timidité, et c'est sur le tapis qu'à plusieurs reprises je lui présentai mes rudes hommages.

Denis se tut. Agnès leva vers lui un visage paisible.

— Tu ne dis rien, ma fille.

— Que devrais-je dire ?

— T'indigner des façons de cette dame !

— Je vous connais mon père, ou du moins je commence à vous connaître. Les remontrances que je pourrais formuler sur sa conduite ou la vôtre ne feraient qu'accroître votre contentement.

Il fit mine hypocrite.

— Tu te trompes, ma fille. Je me repens de m'être ainsi conduit. D'autant plus que dès le lendemain... Mais avant de te dire la suite de cette aventure, il me faut te conter une anecdote fort plaisante.

Avant d'aller se coucher, la dame m'entraîna dans sa salle de bains et me montra un petit meuble bas de faïence : une sorte de cuvette ovale resserrée en son milieu, supportée par un pied. « Voyez, me dit-elle, c'est mon "violon intime". Je rêve d'en posséder un en bois précieux. Je ne veux pas le commander à un menuisier d'ici qui s'étonnerait de l'usage que j'en fais. Qu'il sorte de tes mains augmentera le plaisir de ma toilette... » C'est ainsi que, rentré à Mirecourt, travaillant la nuit pour me cacher de mes frères et de ma femme, je fabriquai un superbe « confident des dames », comme on l'appelait aussi dans certains écrits galants. Il était d'acajou incrusté de guirlandes — cœurs et fleurs mêlés, en nacre — que soutenaient des oiseaux au plumage doré. Par Mme de Boufflers j'eus d'autres commandes de dames de la cour de Lunéville et de Versailles, que je déclinai. De luthier, je n'allais pas devenir fabricant de bidets ! Ce en quoi j'eus tort car j'y aurais plus sûrement fait fortune...

Le lendemain, Voltaire m'entraîna de nouveau à la découverte des beautés du château : la chapelle et le célèbre salon de Chanteheux que le roi avait fait construire comme une réplique plus modeste du bâtiment principal, face à lui, au bout de la longue allée majestueuse qui partageait les Bosquets. Comme dans tous les édifices qu'il entreprenait, l'intérieur n'était qu'amoncellement de rocailles, de fontaines, de glaces et de lustres. Le roi venait y peindre...

En route, Voltaire m'avait félicité pour ma bonne fortune, tout en me laissant entendre que je n'étais pas le seul à partager avec Stanislas les faveurs de la dame. Les amis que j'avais vus rassemblés autour d'elle étaient, peu ou prou, passés par sa couche. Ne s'était-elle pas donné le surnom de « dame de Volupté » ? Il fallait y ajouter son amant officiel : le chancelier Antoine-Martin Chaumont de La Galaizière. À ce nom, la colère me prit. Comment pouvait-elle aimer un homme qui, pour nous Lorrains, représentait le diable ? N'avait-il pas mis, chez nous, le sel sous contrôle ?

Haussé le prix du tabac, du droit de riflerie[1], de la marque[2] et de traverse[3] ? Nous avait enrôlés pendant six ans dans la milice (je n'en avais été exempt qu'en tant que maître de métier) et, surtout, soumis aux corvées ?

Comme je criais et gesticulais sous les tilleuls dénudés du parc, Voltaire se souvint qu'il était malade. Il me pria de l'accompagner dans sa chambre, de lui prêter mon bras sans lui briser les oreilles. Quand nous fûmes au chaud, qu'il eut geint sur ses souffrances, pris potion, se fut calé dans son fauteuil, moi faisant les cent pas et rongeant mon frein, il me gourmanda affectueusement : « Mon cher coquin, vous ne changerez donc jamais ! L'âge ne vous donne aucune philosophie ni la connaissance du monde et des femmes... Vous n'êtes pas plus mal traités que les autres provinces du Royaume, car pourquoi feignez-vous de vous croire encore lorrains ? N'avez-vous pas compris que le roi qu'on vous a donné porte couronne de carton et que vous êtes déjà les sujets de Louis XV ? Si celui-ci ferme les yeux sur cette Cour qui paraît parfois le fronder, c'est pour mieux faire mainmise sur votre peuple. Pour vous, le passage est rude, mais ce n'est pas parce qu'on baisse la tête qu'on ne la relèvera pas. Quant au cœur des

1. À la mort d'un animal on devait verser des droits pour le dépouiller et l'enfouir.

2. Droit à payer pour que certains produits portent une empreinte qui leur permettait de circuler. Exemple : les cartes à jouer.

3. Péage.

dames, il ne se mêle pas de politique et sait se faire courtisan de celui qui comble au mieux certaines de leurs... aspirations. Pour celles qui ont de la tête — et Mme de Boufflers en a — elles comprennent vite qu'en régnant sur un ministre elles règnent sur le roi... Allons, ne me faites plus triste mine. Je vais vous conter ce qui se chuchote ici. Un soir que Mme de Boufflers était à sa toilette, Stanislas vint chez elle et commença à l'entretenir avec cette tendresse qui prélude d'ordinaire à l'amour. Voyant que, malgré d'agréables commencements, il ne pourrait mener son discours jusqu'au bout, il pirouetta, fit un grand salut à la dame, lui disant : « Au revoir, Madame. Mon chancelier vous dira le reste. » Je ris, bien sûr... Je ris sans plaisir, mais je ris.

Mon estomac commençait à crier famine quand des coups de cymbale et de trompette annoncèrent l'heure du dîner. Je confiai à Voltaire mon embarras : comment moi, si modeste sujet, paraître au repas ? « Mon coquin, me répondit-il, cette Cour est fastueuse mais sans étiquette. Au maître de cérémonie de Léopold qui se présenta à lui lors de son installation au château, Stanislas aurait lancé : « Fi donc, Monsieur. Que faire de votre charge ? Je ne permets même pas qu'on me fasse les révérences ! »

Nous nous rendîmes au rez-de-chaussée dans une immense salle à manger qui s'ouvrait sur les jardins. Aux murs, de superbes toiles d'un peintre d'Épinal. Sur la cheminée, un buste de Louis XV. Au centre de la pièce, une table d'une vingtaine de couverts : assiettes et plats d'argent, verres de cristal de Bohême, sur une nappe de fine toile bleue brodée d'aigles d'or. Une quarantaine de valets en livrée se tenaient près des sièges, des portes et d'un large fourneau de faïence où fumait une énorme choucroute, le plat préféré de Stanislas.

Dans le fond de la salle, vingt musiciens avaient pris place qui, pendant tout le repas, nous charmèrent quand nous parvenions à les entendre — avec des œuvres de Lully. Stanislas se tenait dans un large fauteuil où son royal postérieur était juste encastré. Voltaire me présenta, comme Mme du Châtelet l'avait fait la veille, aux amis de Mme de Boufflers, tous présents. Le roi eut un mot aimable : il aimait les violons, donc les luthiers... On me plaça entre Mme de Boufflers et un petit abbé. J'aurais voulu entretenir mon amante d'un soir de ma passion pour elle et de mon courroux de la savoir liée à notre tyran La Galaizière, mais le nain Bébé jaillissant dévêtu, si je puis dire, en amour avec arc et flèches, de l'énorme pâté en croûte qui occupait le centre de la table, pour aller se cacher dans les jupes des dames, mit l'assistance en émoi. Ce n'était que rires et cris qui couvraient les violons...

Quand on nous eut servi la choucroute et que le tapage s'atténua, la coquette n'était qu'oreille pour son autre voisin, le comte de Saint-Lambert qui, j'en étais certain, lui faisait sa cour. Nous étions du même âge. Il était fort beau et savait parler aux femmes. J'enrageais ! Ce n'est qu'avec l'arrivée des babas au rhum et des gâteaux à la praline que je pus, enfin, attirer son attention. « Madame, lui dis-je, si vous voulez que je vous fasse le violon dont nous avons parlé, il me faudra revenir ce soir chez vous prendre les mesures. — Ce soir n'y comptez pas. Demain, avant midi, quand je serai sortie. — Avez-vous grief contre moi ? — Aucun, Beloiseau. J'ai été ravie de vous connaître. — Je hais votre La Galaizière ! » Elle rit : « Si tu m'aimes, tu dois aimer mes amis. — Comment le pourrais-je ! Il saigne la Lorraine et vous tient sous sa coupe ! » Elle redevint sérieuse : « Ne juge pas si vite. Il a beaucoup fait pour l'amélioration du duché. Quant à moi, tu es bien hardi de m'imaginer esclave. Je ne le suis que de mes plaisirs... Certes, les femmes ont peu de pouvoir. Mais j'ai toujours pensé que celui qu'elles ont sur vous, elles se doivent de l'exercer pleinement. — Ce Saint-Lambert, qu'attendez-vous de lui ? » Elle se remit à rire : « Moi ? Plus rien, mais Mme du Châtelet, elle, tout ! — Mme du Châtelet ? Elle est acquise à Voltaire ! — Ta naïveté m'enchante... Descends cette nuit dans mon salon. Lis le billet qu'elle aura glissé dans ma harpe. C'est leur boîte aux lettres. » Mon air d'ahuri la mit tant en joie que chacun de lui demander quel mot d'esprit j'avais pu faire. « Ce charmant luthier me parlait de serinettes, eut-elle le front de répondre. Vous savez bien, mes amis, ces petites orgues qui font chanter les oiseaux des dames ! » Le repas étant fini, elle me poussa vers Vaniel, chef de l'orchestre royal : « Vous devriez, lui dit-elle, faire examiner quelques-uns de vos violons par Denis Vintaume.

Ils sonnent faux ! » Puis à l'oreille, elle me chuchota : « Tu es homme d'honneur. Garde pour toi le secret que je t'ai confié... Quant au violon que je t'ai commandé, il nous servira... » Et d'appuyer sur le *nous*.

C'est ainsi, ma fille, que l'après-midi et le jour suivant je vérifiai les instruments qu'on voulut bien me confier, en méditant sur les mœurs des Grands. Pour ce travail, on m'avait installé dans un atelier réservé à leur réparation, situé dans une aile du château où logeaient les cinquante-deux musiciens attachés au service du roi. Voltaire, lors d'une pause — il faisait répéter *Zaïre* à la troupe de Lunéville ! —, vint m'y retrouver et s'étonna de m'y voir abattu. « N'êtes-vous pas heureux, mon coquin ? Vous voilà un pied à la Cour. » Je lui répondis que j'étais peu fait pour côtoyer des gens de tant d'esprit et de si peu de vertu. Il s'esclaffa, me demandant si j'avais l'intention de me faire moine, puis me fit honte de mon caractère jaloux. Je me demandai quelle tête il ferait s'il avait connaissance de son infortune...

La nuit suivante, ne pouvant dormir, je pris le parti de vérifier les dires de Mme de Boufflers. Je descendis au rez-de-chaussée, dans le salon du roi où se trouvait la fameuse harpe. Un billet était bien caché dans sa colonne : « Oui, je vous aime, tout vous le dit, tout vous le dira toujours et je fais mon plaisir et mon bonheur de vous le dire... » Je ne pus en lire davantage car quelqu'un venait. Je remis prestement le poulet dans la harpe et me dissimulai derrière les lourds rideaux de velours des fenêtres. Un homme de belle allure, qui me parut très jeune, traversa la pièce et en sortit en direction des Bosquets. Je remontai chez moi au plus vite. Le lendemain, j'appris que ce personnage se nommait Adhémar, qu'il était vicomte et faisait partie du harem de Mme de Boufflers !

Mon travail dut plaire car Vaniel me rappela plusieurs fois de Mirecourt pour réparer des violons, mais je ne devins jamais luthier de Stanislas et ne me consolai point de n'être que le faiseur de bidets de sa maîtresse...

Denis avait prononcé cette phrase avec un léger sourire, comme pour se moquer de lui-même. Il se taisait. Agnès demanda :

— Avez-vous revu cette dame ?

— Oui, pour lui remettre son « violon intime », et à chacun de mes passages à Lunéville.

Agnès hésita, puis :

— Vous accueillit-elle... comme vous le souhaitiez ?

Denis fit mine de se scandaliser.

— Je te trouve, d'un coup, bien indiscrète !

— Je vous trouve, d'un coup, bien discret.

Il prit le parti de rire.

— Comment aurais-je pu penser, Agnès, le premier soir de ma confession, que tu pourrais en remontrer, par l'à-propos, aux dames de Lunéville... Eh bien, oui. Par caprice, elle exigea de moi une baignoire semblable à son violon — même bois et même décor. Nous nous y baignâmes ensemble... Puisque tu veux tout savoir, elle me fit choir, nu, dans l'eau parfumée et, de la bouche, s'assura de la vaillance de sa monture avant de l'enfourcher. Si ma vanité trouva son compte dans les assauts de cette dame, si mon plaisir y fut grand, le souvenir que j'ai gardé d'elle me chatouille encore l'esprit mais ne m'émeut pas.

— Vous ne l'aimiez pas ?

— Qui ai-je aimé, Agnès, et qui m'a aimé ? Aux portes de la mort, je ne puis répondre.

— Vous ne pouvez douter des sentiments de ma mère !

— Elle était si jeune quand je l'ai épousée... Je ne lui ai pas laissé le temps de choisir. Si je te dis qu'elle m'avait séduite car son visage me rappelait celui de Marion, de ma dentellière de Bruges, de cette sainte Ursule auprès de laquelle j'allais pleurer la mort de mon ami Fabrice, celui aussi de ma mère, me croiras-tu ? Mais l'ai-je vraiment aimée ? J'avais si peur d'elle !

— Vous !

— Oui, ma fille. Peur de tout ce qu'elle représentait pour moi. Peur de sa beauté, de sa sagesse, du désir constant que j'avais de me fondre en elle. Tu m'as reproché, un soir, de l'avoir trompée. Pour ne pas mourir d'elle. Peut-on appeler ça de l'amour ? Qu'appelle-t-on amour ? Est-ce l'envie de posséder ? De se donner ? Un bon compagnonnage ?

— Tout cela ensemble, sans doute.

— Sans doute. Pour y parvenir il faut être aimé des dieux. Je n'aurai connu que l'embrasement des débuts. Après, ce fut la déchirure ou la lassitude ou cette peur dont je viens de te parler, qui m'a rejeté en moi-même, c'est-à-dire en mauvaise compagnie.

— Un soir de confidences, ma mère m'a dit que vous l'aviez rencontrée à Paris, lors d'une de vos visites chez Guersan, que vous l'aviez enlevée à sa mère qui tenait boutique près de son atelier où, petite, elle avait appris l'art de la dentelle. Je n'en sais pas plus... Me direz-vous...

— Un autre soir, Agnès. Il faut dormir. Demain, reviens avec Luc pour ta leçon.

Elle fit les gestes habituels, appela les servantes. En allant vers sa chambre, elle s'effraya à la pensée de ressembler à son père. Elle aussi brûlait. Elle aussi avait peur. Peur du luthier de Janzat.

DOUZIÈME SOIR

La leçon était finie. Agnès se montrait en progrès. Elle l'eût été davantage si son professeur avait été autre que Luc. Se rendait-il compte de son trouble ? Denis, lui, ne s'y trompait pas qui, après le départ du garçon, interrogea sa fille d'un ton rude.

— As-tu quelques espoirs ?

— Quels ?

— Ne fais pas la sotte. Tu sais ce qu'on dit : ce n'est pas aux vieux singes qu'on apprend les grimaces ! Luc te montre-t-il des sentiments ?

— Ceux qu'il doit à votre fille.

— Rien de plus ?

— Non.

— Alors, chasse de ton esprit toute chimère. Je ne te veux pas malheureuse.

— Je vous assure...

— Tais-toi, Agnès. N'ajoute pas un mensonge à la liste de mes péchés... Revenons à ceux-ci.

Quand je rentrai à Mirecourt, ma femme me dit être enceinte, ce dont je nous félicitai. Pendant tout le temps de sa grossesse, Marie-Christine se plaignit de vapeurs et malaises. Elle restait dans sa chambre à manger des sucreries, devint grasse, mais tandis qu'elle échangeait des cancans avec ses belles-sœurs, ses voisines et des dames de Mirecourt, j'avais la paix et pouvais à ma guise travailler, vendre mes violons et me réjouir avec des filles... J'allai à Lunéville avec le « violon intime » de Mme de Boufflers, y demeurai une bonne semaine, fus récompensé de mon zèle... Enfin, si ma vie n'était pas telle que je l'avais rêvée, si je n'avais acquis ni gloire ni fortune, si l'amour d'une femme me manquait, elle était plus heureuse que celle de bien des pauvres gens de Lorraine et de France. J'avais surtout la chance d'exercer un métier qui me tenait aux tripes. Chaque matin, arrivant le premier à l'atelier, l'odeur du bois, de la colle, du vernis me montait délicieusement à la tête. Je saluais un à un mes violons, je caressais les carcasses défaites, le bois brut où il faudrait tailler... C'était ma messe.

Claude naquit en plein mois d'août, par une chaleur de forge. C'était une fille... mais mon premier enfant et je ne pus cacher mon émotion. J'étais si reconnaissant à ma femme que je crus, un temps, éprouver pour elle de tendres sentiments. Je lui offris un collier d'or, l'entourai de mes soins, ce qu'elle parut d'abord accepter avec joie. Remise de ses couches, assurée de son pouvoir sur moi, elle redevint capricieuse, arrogante, et recommença à soupirer avec mes frères contre mon mauvais caractère... Pendant la période où je croyais encore la ramener à moi, je lui fis un fils :

Nicolas, puis Joseph. Enfin, il y eut Guillaume. Après, ceux qu'elle eut furent vite emportés...

Mais il me faut venir à un événement qui me fit et me fait encore réfléchir sur cette tragi-comédie qu'est la vie.

Fin août 1749, j'avais reçu un billet de Voltaire qui m'avait surpris : il était à Lunéville, me disait-il, où Mme du Châtelet devait accoucher d'un garçon et lui... d'une tragédie : *Catilina* ! Il me priait de leur rendre visite, ajoutant que Mme de Boufflers serait, elle aussi, ravie de me revoir. Je crus à une plaisanterie. Le 11 septembre, je me mis en route pour Lunéville et tombai en plein drame : Mme du Châtelet, qui avait bel et bien mis au monde une fille, nommée Stanislas-Adélaïde, dans la nuit du 3 au 4, venait de mourir... Elle reposait dans sa chambre dont les rideaux avaient été tirés sur le ciel illuminé du couchant. De grands flambeaux brûlaient près de son lit, éclairant les joues cirées par les larmes de Mme de Boufflers, M. du Châtelet, Voltaire et Saint-Lambert. Le roi Stanislas, épuisé de chagrin, s'était retiré. Je m'agenouillai auprès d'eux et, moi aussi, me mis à pleurer devant le visage de cette femme qui, mis à nu par la mort, avait perdu toute féminité.

Les émotions sont contagieuses qui font partager la peine de nos amis, mais j'étais moi-même sincèrement affecté. Le souvenir des jours heureux de Cirey me revint, celui de la nuit où elle me fut mère d'amour, et celui de Fabrice dans l'éclat de sa jeunesse folle. La mort occultée de mon si cher compagnon, à nouveau, me déchira. Je ne savais plus pour qui coulaient mes pleurs. Voltaire vint m'embrasser : « J'ai perdu un ami de vingt-cinq ans », me dit-il employant le masculin comme pour mieux rendre hommage au lien qui, depuis leur première rencontre, maintenait au plus serré leur union. Recru, il abandonnait la garde ainsi que M. du Châtelet qui paraissait hébété.

Mme de Boufflers s'approcha de moi, me demandant si je ne voulais pas prendre quelque nourriture. Je dois te l'avouer, ma fille, même dans mes plus noirs moments, j'ai rarement perdu l'appétit. Au contraire ! Comme si mon corps cherchait à se lester pour résister aux tumultes de mon esprit et de mon cœur... Laissant Saint-Lambert tête à tête avec la défunte, elle m'emmena dans son petit salon et nous fit servir une collation que nous dévorâmes en échangeant baisers et chastes caresses pour nous donner courage. Puis nous allâmes nous asseoir dans l'herbe près d'un bassin du parc. Là elle me raconta l'histoire extravagante que je vais te rapporter telle que je la tins de sa bouche.

« Souviens-toi, Beloiseau, me dit-elle, lors de notre première rencontre je t'avais confié la passion de notre amie pour Saint-Lambert. Quand on fréquente, comme elle, Newton, Leibniz, les principes de la géométrie et de l'algèbre — surtout Voltaire, le prince des beaux esprits —, comment se contenter longtemps d'un petit capitaine, même s'il versifie agréablement ? Nous pensions que ce ne serait que feu de paille pour une femme à la tête si bien faite. Sans doute en aurait-il été ainsi si Saint-Lambert lui avait été réellement attaché. Mais celui-ci, d'abord flatté par l'amour de la dame, se montra vite tiède, voire ennuyé... Il avait su s'attirer l'affection de Voltaire, espérait, grâce à lui, conquérir sa place au royaume des Lettres. Qu'adviendrait-il s'il les surprenait ? Ajoute qu'il me gardait un tendre intérêt et venait souvent se plaindre auprès de moi des ardeurs de sa maîtresse, m'assurant qu'il ne l'avait prise que pour me rendre jalouse et me reconquérir. Qui connaît le cœur humain sait que rien ne vaut, pour animer une flamme, que le doute dans lequel celui qui aime le moins tient celui qui aime le plus. Saint-Lambert était doublement maladroit. Moi qui ne connais pas la violence des sentiments mais des fantaisies, je ne pouvais qu'être heureuse du bonheur de mes amis et encourager leur liaison. Tout au contraire, plus il mettait de distance avec elle, plus la chère âme s'exaltait... Ce que Saint-Lambert craignait arriva. En juillet nous nous retrouvâmes tous à Commercy. On loge Voltaire au deuxième étage du corps central du château, donnant sur la cour ; Émilie au rez-de-chaussée de l'aile gauche ouvrant sur les jardins ; Saint-Lambert... chez le curé dont le presbytère tient à l'Orangerie qui jouxte les jardins. Il n'a qu'une porte à pousser...

« C'était déjà ce stratagème qui nous permettait de nous rencontrer quand il était mon amant. Le curé avait donc l'habitude de voir entrer et sortir des dames de la chambre de son hôte et avait le bon goût de fermer les yeux. Voltaire écrit une nouvelle pièce : *La Femme qui a raison*, Émilie chante *Zélindor.* On goûte en forêt, on visite les alentours, on joue, on rit. Le soir, on se promène dans le parc, on prend les barques pour glisser le long du canal alors que ces messieurs récitent des poèmes à notre gloire. Émilie est au comble du bonheur. Le 25 juillet, une éclipse du soleil nous met en émoi ; elle nous explique les raisons de la chose. Nous n'y comprenons goutte mais faisons un triomphe à la savante. Saint-Lambert le premier, éberlué qu'une telle femme — qui connaît tout du ciel — puisse abaisser les yeux sur lui...

« Et voilà qu'un soir, après souper, il commet une imprudence. Il suit Émilie chez elle. Voltaire — se doutait-il de son infortune ? — descend peu de temps après chez son amie et la découvre en tendre entretien... Il s'en prend à Saint-Lambert qui joue l'offensé, réclame à grands cris une voiture pour quitter les lieux au plus vite et remonte chez lui... Il fallut toute l'adresse de la chère Uranie pour lui faire croire que, si elle le trompait, c'était par amour. N'était-il pas de santé fragile ? Si elle avait confié son corps aux bons soins de Saint-Lambert, qu'il n'y voie que son souci de le ménager, lui, seul élu de son cœur... La philosophie est d'une grande aide contre les coups du sort. Voltaire accepta de faire comme le curé, de fermer les yeux. À peine avait-elle remporté cette victoire qu'il lui fallut convaincre Saint-Lambert de chercher son pardon auprès du philosophe.

Elle court au presbytère... Deuxième victoire. Le lendemain, le capitaine se fait annoncer chez Voltaire, lui présente dignement ses excuses.

« L'offensé lui assure avoir tout oublié... Il ne restait plus qu'à sauver les apparences. Quelques mois plus tard Émilie se trouvait à Cirey avec Voltaire... et enceinte ! Elle m'annonça son état par lettre me disant que, prévenu, son ami s'en serait réjoui : "Nous mettrons cet enfant dans nos œuvres mêlées." Mais on ne peut se contenter de bons mots : il fallait mander Saint-Lambert et comploter, car M. du Châtelet, toujours en campagne avec ses troupes, n'avait pas visité sa femme depuis fort longtemps... On décide de le convier à Cirey et, le temps de mille caresses, lui faire endosser sa future paternité... Si Émilie vint faire ses couches à Lunéville ce fut pour être près de son amant... qui lui montrait de plus en plus de froideur ! Dans la nuit du 3 au 4, alors qu'elle travaille sur Newton, elle sent les douleurs, appelle sa femme de chambre qui n'a que le temps de tendre son tablier pour recueillir la petite fille... Quatre jours passent dans la joie. La mère repose, Saint-Lambert assis près de son lit. Voltaire travaille dans sa chambre. Mme du Châtelet demande un verre d'orgeat glacé, puis suffoque. On convoque Regnault, le médecin de Lunéville, Bayard et Simon, de Nancy... Leurs potions n'agissent pas. Une syncope va l'emporter. Saint-Lambert paraît égaré. On appelle Voltaire. Celui-ci enlève des doigts d'Émilie une bague à chaton — il croit qu'elle y a dissimulé son portrait —

avant l'arrivée de M. du Châtelet… Mais il y trouve celui de son rival… Il prend la porte, descend à folle allure les marches du perron, tombe sur les pavés de la place contre lesquels il cogne de la tête comme s'il voulait la briser. Saint-Lambert, qui l'a suivi, le relève. « Mon ami, vous l'avez tuée, lui crie-t-il. Vous aviez bien besoin de lui faire un enfant ! » Puis, comme toujours, l'acceptation des malheurs du monde, des trahisons des hommes — et de la femme aimée — lui est venue… Tu ne trouveras en lui qu'un homme malheureux. »

Quand elle se tut, j'étais comme ivre. Le parc, le château, cette histoire, tout me paraissait irréel. Elle me toucha la main. « Te voilà bien silencieux. — Je pense à Voltaire. Que va-t-il devenir ? — Il travaillera, voyagera, se consolera avec les honneurs et d'autres amis… Nous sommes tristes de perdre ceux que nous aimons, mais il est une tristesse encore plus grande : savoir qu'on s'en guérit. » Je lui fis remarquer que c'était là les propos d'un cœur sensible. « Ne pas connaître les passions ne signifie pas qu'on ignore les blandices de l'affection », me répondit-elle. Comme je lui demandai si elle croyait en Dieu : « Pourquoi voudrais-tu que je croie en quelqu'un que je n'ai jamais rencontré. » Puis elle se releva, disant que, plutôt que de philosopher, elle serait mieux dans son lit, moi dans le mien : elle allait le faire préparer. Qu'elle ne s'en soucie pas : je préférais dormir à la belle étoile.

Tu as lu Pascal, ma fille. Tu sais qu'il eut sa nuit de feu, sa certitude intellectuelle et sensible de

Dieu. Tout au contraire, ce fut ma nuit de doute. Ce n'était pas tant la mort de Mme du Châtelet qui en était cause, mais la conscience que j'avais, portée à son paroxysme, de l'absurdité de notre existence. Voilà des gens que j'aimais, que j'admirais, des esprits brillants pris dans une vie fastueuse, capables d'élaborer des théories nouvelles, de construire des palais enchanteurs. Dans leur vie privée ils jouaient une comédie de village avec mari cocu, amants infidèles, femme experte en amour qui se laisse engrosser comme une pucelle, tout cela sous l'œil d'un roi, lui aussi cocu, et d'un curé complice. Le burlesque trouvait son apogée dans la mort. On voulait nous faire croire que nous étions des créatures d'un Dieu bon ! D'un Dieu fou, oui, créé par l'esprit malade des hommes, qui permettait aux Grands de tenir le peuple en dépendance et de jouir des spectacles inventés par la foi ; aux pauvres gens de filer doux toute leur vie et de mourir dans l'espoir d'une autre où ils ne souffriraient pas, comme dans celle-ci, des tortures de l'enfer. Je me disais que nous n'étions que des sortes d'insectes, plus ou moins chamarrés, plus ou moins gras, plus ou moins habiles, amenés à nous nourrir, copuler et crever. Toue le reste : une farce !

Agnès releva la tête.

— Que vous deviez être malheureux !

— Je l'étais. D'autant plus que j'avais le sentiment que ce raisonnement qui me mettait au-dessus de l'insecte ne me servait à rien, sinon à me faire souffrir davantage.

Le lendemain, Voltaire tint porte close et je ne pus le voir. J'allai réparer un violon, ruminant les mêmes pensées. Puis ce fut l'enterrement à l'église Saint-Rémy. J'y assistai dans le même sentiment d'irréalité. Absurdes les fastes de la cérémonie, absurde la musique même... Et cette dalle noire sous laquelle on la déposa — la savante, la folle Émilie — à l'entrée de l'église, sur laquelle on ne grava aucun nom... Enfin, je pus voir mon ami. Il se tenait dans sa chambre, prostré dans son fauteuil. Son valet préparait son départ. Il voulait revoir Cirey une dernière fois avant de regagner Paris. Nous tombâmes dans les bras l'un de l'autre. « Vous connaissez l'histoire ? » me demanda-t-il. Je ne savais que répondre. Il enchaîna : « Ne soyez pas gêné... Vous êtes noble de cœur, vous ne jugerez pas cette merveilleuse amie. J'ai été malheureux quand j'ai appris son penchant pour Saint-Lambert mais il est vrai qu'il y a de ma faute : je ne la célébrais plus qu'en vers... Les femmes les plus sages ne se résignent pas à être louées que pour leur seul esprit. Leur corps, longtemps, reste en éveil. Ce chagrin n'était rien auprès de celui que j'éprouve aujourd'hui. Un membre m'a été arraché. Je ne m'habituerai jamais à ne plus l'avoir à mes côtés. À tout instant je l'appelle, lui parle... Que Dieu vous préserve, mon cher coquin, de ce genre de mutilation. » Je l'assurai de ma tendresse et du bonheur que j'aurais toujours à le revoir. « Je ne reviendrai plus à Lunéville, me dit-il. Nous nous retrouverons à Paris, au *Procope,* comme autrefois, si j'accepte encore de vivre. » Je le suppliai de se garder pour son œuvre et ses amis. Nous nous quittâmes en pleurant. Je rentrai à Mirecourt où, des jours durant, je me montrai taciturne.

Le dimanche suivant, je ne pus accompagner ma femme et mes frères à la messe comme je le faisais depuis mon retour, par respect des convenances. Je ne parvenais même plus à jouer le jeu. C'est alors que, seul à l'atelier, je me mis à dessiner un instrument que j'avais vu, autrefois, dans un tableau d'une église de Gand : la *viola pomposa*[1]. Je ne l'ai jamais vendue. Elle est là, accrochée au mur devant mon lit. J'y travaillai chaque dimanche et jour de fête, dans le silence de la ville en prières.

Agnès connaissait cet instrument, qui était resté longtemps près de l'établi de son père puis dans sa chambre. Un client s'y intéressait-il ? Il avait coutume de dire : « Elle n'est pas à vendre. Cette viole est mienne. » Elle avait cru qu'il l'avait faite pour une femme, ou en souvenir d'elle. L'instrument était superbe, taillé dans un bois clair, des formes larges et voluptueuses, très resserré en son centre.

— Si vous aviez eu une foi réelle, dit-elle, je comprendrais votre désarroi d'alors devant sa perte, mais puisque déjà vous ne croyiez pas...

— Certes, je n'avais jamais rencontré Dieu, comme le disait Mme de Boufflers, mais je me plaisais à penser qu'il y avait du divin chez cer-

1. Instrument rare, entre le violon et le violoncelle, avec cinq cordes.

tains hommes qui, par leurs œuvres, le manifestaient. Naïvement j'exigeais que cette marque divine se révélât aussi dans leur vie.

— Vous saviez bien que Mme du Châtelet n'était pas exemplaire. Ne vous avait-elle pas reçu dans son lit ?

— Je n'y avais vu que l'aimable générosité d'une femme maternelle pour le béjaune que j'étais. Sa passion pour Saint-Lambert, je pouvais la comprendre — elle me la rendait même plus proche —, mais que ces vraies et fausses amours, cette pantalonnade aient engendré une naissance grosse de sa mort, attisait une révolte qui couvait en moi depuis longtemps, peut-être depuis toujours.

— Ce n'est pas contre Dieu que vous vous révoltiez, mais, comme toute votre vie, contre la mort.

— Agnès, comment toi, si bonne, peux-tu aimer un Dieu qui demande que son fils périsse sur la croix pour soi-disant sauver les hommes !

— Son fils, c'est Lui-même.

— Si nous sommes sauvés, pourquoi nos tourments ?

— Mon père, je ne suis pas savante mais je crois qu'on ne peut discuter de Dieu avec nos raisonnements humains.

— Les prêtres ne s'en privent pas !

— Ils ont peut-être tort.

— Alors, toi, ma fille, qu'en penses-tu ?

Agnès hésita puis :

— Dans votre révolte même, je vois poindre Dieu.

— Et moi, dans ce trait, le nez de Pascal... Mais

tu n'as pas répondu à ma question : comment t'arranges-tu avec Lui qui a créé le mal ?

— Le mal n'est que l'écume de l'univers. L'univers m'émerveille.

— Tu m'emberlificotes dans tes belles phrases où, moi, je sens le vide. Appelle Louise. J'ai les fesses en sang et ne puis te suivre dans tes émerveillements.

Agnès balbutia :

— Mon père, je ne voulais pas vous offenser. J'aimerais tant prendre sur moi vos souffrances.

Il la chassa d'un geste vif.

Elle alla chercher Louise et Eugénie puis, sachant qu'elle ne pourrait dormir, descendit à l'atelier pour monter les cordes d'un violon qu'elle devait rendre le lendemain à son propriétaire. Elle eut la surprise d'y trouver Luc penché sur les plans d'une vielle.

— Il est donc si tard, dit-il.

— Mon père m'a renvoyée plus tôt que de coutume. Il souffrait.

Elle vit passer dans le regard du garçon une lueur d'attendrissement.

— Vous êtes bien pâle.

— Le froid peut-être. N'êtes-vous pas glacé à travailler ici sans feu ?

— Je n'y pensais pas, mais vous avez raison. On gèle !

Il semblait à Agnès que ces paroles sans importance étaient aussi précieuses que de tendres confidences. Comment prolonger l'entretien ? Elle proposa à Luc une tisane à la cuisine.

Elle ranima les braises, mélangea verveine et bourrache dans un pot, y versa l'eau de la bouilloire qui chantait sur le poêle en faïence, posa les gobelets d'argent sur la grande table, vint s'asseoir face à lui, s'enquit de l'avancée de ses recherches, lui parla de son père, puis lui demanda à brûle-pourpoint :

— Croyez-vous en Dieu ?

— Non. Le brave curé qui m'a élevé s'en désole, mais la science va si vite aujourd'hui qu'on ne peut croire ce que la religion nous a enseigné.

— Pensez-vous que la science démontrera un jour d'où nous venons et ce que nous faisons sur cette terre ?

— J'en suis persuadé. Et qu'il existe ailleurs d'autres êtres vivants. On joue peut-être de la vielle, là-haut, dans quelque étoile.

— Et... votre promise ?

— Elle a la foi. Cela ne me gêne pas. Les femmes ne peuvent guère se passer de l'idée de Dieu.

— Parce qu'elles sont sottes ?

— Non. Parce que leur raison défaille devant l'exigence de leur cœur, que les sentiments que nous leur inspirons ou leur témoignons ne les satisfont pas pleinement. Sans doute trouvent-elles dans cette idée d'un Père suprême un réconfort non seulement pour elles-mêmes mais pour leurs enfants, leur famille... L'homme s'éloigne trop souvent de ce foyer dont elles sont les vestales. La prière vient naturellement aux lèvres de celles...

Un bruit de pas l'interrompit. Mathilde apostropha sa belle-fille.

— Je vous cherchais. Votre chambre était vide... Votre père est tombé de son lit. Je l'ai recouché avec l'aide de Louise et de Guillaume. Il vous réclame. Je gage qu'il sera fort mécontent d'apprendre votre inconduite.

Luc se dressa.

— Agnès ne faisait rien de mal. Ni moi.

— Vous n'avez pas à en juger.

Comme Luc faisait mine de suivre Agnès qui, déjà, s'élançait dans l'escalier, elle l'arrêta.

— Rentrez chez vous. Demain je verrai quelle décision il conviendra de prendre à votre sujet.

Denis geignait, une plaie au front qui saignait sous le bandage dont Louise lui avait hâtivement entouré la tête.

— Il faut chercher le docteur, dit Agnès.

— Croyez-vous que nous avons attendu vos conseils ! répliqua Mathilde.

Elle se mit à expliquer à son mari qu'elle avait trouvé Agnès en galant entretien. Il l'éloigna d'un geste : « Ne me cassez pas davantage la tête », puis, de sa main valide, il prit celle de sa fille pour la tirer vers lui afin de lui parler bas.

— Je crois que je vais passer.

— Mais non, mon père. Les blessures de la tête saignent fort mais ne sont pas dangereuses.

— Ma jambe valide me fait horriblement souffrir.

— Que vous est-il arrivé après mon départ ?

— Louise et Eugénie m'ont donné leurs soins. Je me suis endormi d'un coup. Ta mère m'est apparue. Elle était si vivante que j'ai voulu saisir sa robe pour m'assurer d'elle. Après, je ne sais plus. Je me suis retrouvé sur le carrelage, du sang dans les yeux, une douleur dans la jambe à me faire tomber en pâmoison. J'ai appelé Louise. J'ai demandé après Luc, après toi. C'est Guillaume et ma femme qu'elle m'a ramenés avant d'aller quérir le médecin.

Celui-ci arrivait, essoufflé, ses lunettes, sur son nez en bec d'aigle, d'un coup si embuées qu'il les retira pour en frotter les verres contre son jabot. Mathilde le débarrassa de sa houppelande en minaudant : « Vous enlever au sommeil... Par ce froid ! » Il examina le malade, pria les femmes de sortir, demanda à Guillaume de lui apporter des planchettes, le garda près de lui pour l'aider.

Les trois femmes descendirent à la cuisine. Luc s'y trouvait encore. Comme il demandait des nouvelles, Mathilde répondit que Denis s'était sans doute cassé la jambe en voulant se lever, puis l'invita à quitter les lieux : « Ce n'est ni cette nuit ni demain que vous reprendrez votre conversation avec Agnès », lui lança-t-elle. Il alla faire les cent pas devant la chambre de Denis. Louise, aidée d'Agnès, se mit à faire du pain : elle ne savait rester en repos. Mathilde, assise près du feu, grignotait des tranches de pommes et des prunes qui avaient séché au soleil de l'automne.

Au bout d'une heure, le médecin vint les rejoindre, précédé de Guillaume portant une cuvette remplie de linges sanglants. « L'os de la jambe est cassé, dit-il. J'ai essayé de remettre les deux morceaux bien en place et les ai maintenus par des attelles. Il faut le bouger le moins possible. » Puis il se tourna vers Agnès, lui demandant d'aller près de son père qui la réclamait.

Denis reposait à plat dos, le visage cireux, le souffle court, les yeux éteints. Luc le veillait. Quand Agnès se pencha vers lui, il dit seulement : « Ce ne sont pas mes fautes que je regrette, ma fille, mais ma vie... Oui, ma vie dont j'aurais dû jouir davantage. » Ses paupières se fermèrent. « Le médecin lui a donné une potion calmante, dit Luc. Il va dormir. Je vais rester près de lui. — Non, dit Agnès, cette garde, c'est à moi de la tenir ou à un de ses fils. » Ils s'affrontaient face à face. La jeune fille bandait sa volonté, il eût été si doux de se laisser aller contre la poitrine du garçon et de sentir ses bras se refermer sur elle. « Vous savez bien qu'on est l'enfant d'un autre autant par le désir que par la chair. Accordez-moi la grâce de cette filiation. » Vaincue, elle baissa la tête : « Je vais tenir mon rôle de femme. Je vais prier. » Il saisit sa main, la porta à ses lèvres : « Je ne prends pas votre place. Je ne cherche qu'à être près de lui, près de vous, par le cœur. » Elle voulut parler, ne le put et s'enfuit.

Durant une semaine, Denis resta prostré. Il n'acceptait de voir que le médecin, Louise et Luc. Celui-ci, chaque jour, donnait de ses nouvelles à Agnès quand ils se retrouvaient à l'atelier. L'état physique du malade s'améliorait mais son moral était au plus bas... Pourtant il se ranimait en parlant du violon, cet instrument que les peintres n'avaient pas craint de mettre entre les mains des anges. Qui, surtout, devait, comme la viole, le violoncelle, avoir la voix des hommes quand celle-ci chante la vie, l'amour et la mort.

Agnès se surprenait parfois à détester Luc sans que s'efface son désir de lui, ce qui la mettait à la torture.

TREIZIÈME SOIR

C'était comme si un autre avait pris la place de son père. Luc avait prévenu Agnès : « Il a changé. » Elle ne s'attendait pourtant pas à en être à ce point effrayée. Les os de la face ne semblaient plus recouverts que par une pellicule de peau de couleur terreuse. Au fond des orbites l'œil était éteint par une taie. Sa jambe blessée reposait, raide, entre des planchettes de bois entourées de cordons.

— Enfin, dit-elle ! Vous avez demandé à me voir...

— Si je n'accepte pas que tu assistes à ma décrépitude, il en sera fini de ma confession.

Elle se mit à pleurer, le front sur le drap.

— Ne savez-vous pas que je vous aime ! Que peu me chaut votre aspect physique — sauf s'il révèle vos souffrances — pourvu que je sois près de vous et que nous puissions parler.

De la main il caressa ses cheveux comme on flatte un chiot.

— J'ai assisté à trop d'agonies pour ne pas savoir qu'au fil des jours le froid de la mort glace les vifs, même les plus aimants, bien avant qu'il ne gagne celui qui s'en va.

Elle se révolta.

— Vous ne savez rien du cœur des femmes... Chaque soir, Luc est venu près de vous. Pourquoi pas moi ?

Denis émit un grognement joyeux. Il se sentait soudain revivre.

— Serais-tu jalouse ?

— Non... Je sais qu'avec lui vous prenez plaisir, même dans vos moments de fatigue et d'abattement, à parler de votre art. Moi aussi je peux vous en entretenir. Certes, je ne suis pas luthier mais j'aide depuis si longtemps mes frères que je connais aussi bien qu'eux les instruments et ce métier. Peut-être mieux. Alors, pourquoi cette différence ?

— Relève-toi, Agnès. Prends place près de moi et note ce que j'ai à te commander... Il m'est venu une idée pendant que je cuvais mon malheur...

Quand elle fut installée sur une chaise face à lui, le dos tourné au feu, il admira un instant l'auréole qui nimbait les courbes douces du visage et des épaules de la jeune fille. Puis :

— Pour me faire des attelles, plutôt que de fendre quelques mauvaises bûches destinées au chauffage, ce brave Guillaume n'a rien trouvé mieux que d'apporter au docteur de belles planches à violon. J'en fus d'abord contrarié. J'ai fini par penser que j'avais tant manqué de choses dans ma vie qu'il ne faudrait pas, pour conclure, que mes funérailles se déroulassent dans le faste ridicule qu'on réserve aux bourgeois de la ville. Dès maintenant, tu vas, aidée de tes frères et de Luc, faire mon cercueil. Un violoncelle, ma fille! Oui, je veux être mis dans un violoncelle à ma taille et m'y décomposer pour que ma pourriture en imprègne chaque parcelle de bois. Hâtez-vous, car ma fin est proche et je veux le voir. Les hommes de mon atelier me porteront en terre. Les luthiers suivront, s'ils le veulent. Et ma famille. Pendant la messe, car il faudra bien passer par l'église — à moins que le curé ne s'y oppose —, on chantera le *Kyrie* et le *Miserere* de Vivaldi. Au cimetière, je ne veux pas de discours; Luc jouera quelques airs de vielle pour réjouir l'assistance... Voilà mes volontés. Je les redirai à mon gendre Papigny, le notaire, que tu manderas, dès demain... Ne m'as-tu pas dit qu'il avait un petit-fils qui se voulait luthier?

— Oui, mon père. Et qui vous ressemble. Il se nomme Henri.

— Tu le prendrais à l'atelier?

— Avec votre permission.

— Ma femme va encore crier... Sais-tu son exigence : que je renvoie Luc! Je m'y suis opposé mais j'ai dû céder sur un point : il ne te donnera plus de leçons de vielle...

— Il m'en a avertie. Je ne savais si cette décision relevait de son fait ou de votre volonté... Il ne me parle plus, juste pour me donner de vos nouvelles. Mes frères le tiennent à l'écart. Ma belle-mère l'ignore. À table, il n'a droit qu'aux raclures des plats. Plusieurs fois, j'ai dû demander à Louise de lui porter, en cachette, une assiette de soupe et du pain dans sa chambre... Elle est inhumaine.

— C'est la première fois, Agnès, que je te vois prendre une colère contre ma femme. Quand je me plaignais d'elle, tu tempérais mes humeurs.

Agnès avait retrouvé un peu de cette vaillance qui d'ordinaire lui permettait de montrer un visage serein même quand des sentiments trop forts lui bousculaient les sangs. Elle put sourire.

— À mon tour de vous dire : seriez-vous jaloux ?

— Laissons cela qui nous mènerait trop loin. Reprends ta plume.

— Vous êtes si faible... Ne pouvez-vous remettre à plus tard ?

— Le temps presse.

Pour qu'il ne se fatigue pas la voix, elle tira sa chaise au plus près de son lit, le regard allant de la bouche édentée du vieil homme à son écritoire.

— Ma vie à Mirecourt reprit, comme je te l'ai dit. Avec ce changement : je n'assistais plus aux offices car je ne pouvais continuer à feindre de croire en un Dieu que je préférais nier plutôt que de l'imaginer ennemi. Ce qui mettait ma femme hors d'elle, qui m'accusait de vouloir nous ruiner par une attitude de libertin. Je travaillais, je parlais peu, il m'arrivait d'aller à Lunéville ou ailleurs pour respirer hors de chez moi. Au vrai, malgré les bonnes résolutions que j'avais prises en revenant à Mirecourt — et à mon insu — je me préparais à un nouveau départ.

Tu as entendu parler de l'abbaye de Senones et du fameux dom Calmet, célèbre dans la région par l'étendue de sa culture, sa bibliothèque de quelque vingt mille livres consacrés en grande partie à l'Antiquité et son cabinet de curiosités où l'on peut admirer des coquillages, des fossiles, des minéraux du monde entier... En août 1754, Voltaire fit près de lui un séjour d'un mois avant de prendre les eaux à Plombières. Pour l'y rejoindre, je partis à cheval par une aube lumineuse.

Au-dessus des collines obscures, je voyais le soleil monter rouge, traînant des écharpes blondes sur les prés où les bêtes reposaient encore dans le silence nocturne, percé parfois par le cri d'une buse. Au trot de mon cheval, mon cœur et mon esprit s'allégeaient. Le soir, j'arrivai heureux dans cette immense clairière soigneusement cultivée, close par les montagnes où se dresse le monastère. Je frappai à la porte du palais abbatial. Un moine me conduisit par un vaste escalier à l'appartement de Voltaire qui, comme d'habitude, me serra dans ses bras : « Quelle joie, mon coquin, quelle joie de vous retrouver ! » Il s'était lancé dans le récit des mille tracas que lui faisaient subir le roi de France, le roi de Prusse, les Jésuites, les jaloux, sa nièce (qui sais-je encore !), quand la cloche annonça le repas. « Ne faisons pas attendre ces messieurs, me dit-il. Je partage avec eux le brouet, les prières, les offices, et m'en trouve fort bien. L'ordre bénédictin me plaît. Je pense demander à dom Calmet de me louer une partie de cette maison. »

C'était bien ma chance ! J'étais venu vers lui par affection. Aussi pour m'informer de nos affaires. Il s'occupait toujours des placements qu'il avait bien voulu faire en mon nom, auxquels j'avais ajouté, au cours des années, des sommes provenant de mon travail. J'étais un peu inquiet car j'avais appris qu'ayant spéculé avec le Juif Hirshel, puis s'étant fâché contre lui, il connaissait quelques revers... Mais je comptais surtout l'entretenir de cette certitude qui m'était venue de l'impossibilité d'un Créateur. Et voilà que le philosophe se complaisait aux patenôtres des moines !

Avant d'aller au réfectoire, Voltaire me présenta à dom Calmet qui m'accueillit avec bienveillance. Malgré ses quatre-vingt-deux ans, il avait encore grande prestance et le regard vif dans un visage large aux traits virils. Après les prières, qui furent longues, le repas, qui me parut bien court, Voltaire m'emmena voir se coucher le soleil du jardin des moines. Quand il m'eut rassuré sur le sort de mes placements, je lui dis mon étonnement de sa soudaine conversion. « C'est une assez bonne ruse de guerre, me répondit-il, que d'aller chez ses ennemis se pourvoir d'artillerie contre eux. Je prends des notes car je dois composer des articles sur les religions pour notre Encyclopédie... Mais il est vrai que tout ici me ravit : le docte langage des moines, leur discipline, leur travail, leur frugalité et cette paix qui me change des chicanes dont je suis partout ailleurs entouré. » Je lui parlai enfin de mon état d'esprit vis-à-vis de la foi, de mes tracas domestiques qui finissaient par avoir raison de la qualité de mon travail, des difficultés que j'avais à étendre ma clientèle. Il réfléchit longuement puis, dans la nuit qui tombait, me parla de la Russie, de Saint-Pétersbourg, de la tsarine Élisabeth.

« Un pays à conquérir », disait-il. Il évoqua avec passion cet immense univers sorti des limbes grâce à Pierre Ier. Ce tsar n'avait-il pas fait naître de l'eau et de la boue une ville qu'on disait « la plus belle du monde » ? Sa fille Élisabeth, qui aimait tant la France, poursuivait son œuvre salvatrice... S'il avait eu mon âge et ma santé, il savait bien où le porteraient ses pas !

Me revint en mémoire la rencontre que j'avais faite d'une dame russe lors de la représentation de *La Princesse de Navarre* en l'honneur du mariage du Dauphin. Je lui en fis le récit. « Mon cher coquin », dit-il, en se levant du banc où nous nous étions assis et en s'appuyant sur mon épaule pour marcher, « voilà bien le doigt de Dieu ». Comment savoir s'il parlait sérieusement ou s'il plaisantait ! Il m'accompagna à ma chambre, qu'on avait dressée dans le palais abbatial, avant de rentrer chez lui.

Le lendemain, quand je lui fis mes adieux, il me pria, si j'entreprenais ce voyage, de l'en informer : il aurait des papiers à me confier pour remettre à la tsarine. « Je vous dirai comment », ajouta-t-il en prenant son air de comploteur.

Sur le chemin du retour, j'eus tout le temps de réfléchir à l'idée d'aller vendre mes violons à Saint-Pétersbourg, de m'y créer un comptoir, d'y vivre peut-être. Je me grisais de cette belle journée d'été, du trot de mon cheval et de mes rêves. Rentré chez moi, les difficultés de l'entreprise m'apparurent : comment effectuer ce voyage, convoyer en même temps que moi mes précieux instruments ? Qui laisser à la tête de mon atelier pendant tout le temps que durerait mon absence ?

Lancinant, l'exemple de mon père, partant des mois pour chercher du bois dans le Caucase, me cravachait... Avouons-le, mon vieux démon me reprenait qui me faisait espérer trouver ailleurs une autre vie... Je ne parlai pas de ce projet à mes proches mais en entretins ceux que je considérais comme mes amis, quelques clients hors de Mirecourt, Mme de Boufflers, Guersan, Michel Deconet et Jacques-Philippe Lamoninary... C'est de celui-ci que me parvint la solution... Si extravagante que, d'abord, je la repoussai d'une chiquenaude mais, telle une mouche attirée par la viande, l'idée ne me quittait l'esprit ni de jour ni de nuit, et je finis par m'informer sur les possibilités que j'avais de la mettre à exécution.

Un de ses jeunes amis violonistes, Yannick de Morelle, peu fortuné, épris d'aventures, songeait à s'engager comme musicien sur un navire marchand qui devait partir au printemps 1756 de Saint-Malo pour Saint-Pétersbourg... Cette frégate apportait du marbre pour les chantiers de la ville, des meubles, des tissus, des dentelles et du vin de Bourgogne, très exactement de Nuits, c'est-à-dire des vignes de la famille du chevalier d'Éon, qui profitait de sa position enviable auprès de la tsarine pour commercer avec la Russie. Elle se nommait la *Belle-Licorne*, son capitaine, un Breton. Pourquoi ne pas, moi aussi, m'engager comme violon ? Quand j'appris la chose à Voltaire — car je lui écrivis sur-le-champ —, il m'envoya de Suisse une lettre enthousiaste : non seulement mon art mais ma charmante personne allaient conquérir la Cour de ce vaste empire. Il me priait de l'avertir de la date de mon départ de Mirecourt afin qu'il me fasse tenir des papiers concernant l'histoire de Pierre le Grand que je devrais remettre à la tsarine, une lettre de recommandation auprès d'Ivan Ivanovitch Scouvalov, son ministre favori, ainsi qu'un passeport signé par le comte de Broglie. Il en terminait en me conseillant de tirer au clair le sexe du chevalier d'Éon, ce que sur le coup je ne compris pas, n'ayant jamais entendu parler de cet étrange personnage qui, vérité ou légende, était à la fois homme et femme...

La lettre du philosophe mit fin à mes hésitations. Tout juste si je ne voyais pas moi aussi dans la route qui s'ouvrait devant moi « le doigt de Dieu » !

— Et vous fîtes ce voyage par bateau ! s'écria Agnès.

— Oui, ma fille.

— Quelle folie !

— C'est ce que l'on dit dans ma famille et dans Mirecourt. Mieux, ma femme allait partout laissant entendre que j'avais commis quelque mauvaise action et que, une fois de plus, je m'enfuyais. Pour mettre fin à ces bruits, j'en fis courir d'autres : j'aurais été chargé d'une mission diplomatique d'importance par Stanislas... Je demandai à Nicolas Chappuy, un confrère que j'estimais, de veiller sur mon atelier, lui donnant pouvoir, devant notaire, de me représenter dans tout acte d'achat et de vente.

En février 1755, Voltaire avait acquis *Les Délices,* une propriété située près du lac de Genève, au bord du Rhône qui, m'écrivit-il, baignait sa terrasse. Les jardins de cette « jolie maison » le ravissaient mais, comme elle ne comportait pas assez de chambres pour recevoir ses amis ni une pièce propre à y jouer du théâtre, il redevenait architecte, comme à Cirey. Apprenant que j'entreprenais mon expédition en Russie, il me dépêcha son secrétaire Collini, porteur d'un recueil d'anecdotes sur Pierre le Grand, d'un plan pour une future Histoire du grand tsar, ainsi que d'une lettre adressée au ministre de la tsarine et de mon passeport. Dans le billet qui m'était destiné, il m'assurait de sa bénédiction, me conseillait de rencontrer au plus vite le chevalier d'Éon qui m'introduirait à la Cour et, surtout, de veiller avec autant de soin sur ses papiers que sur mes violons...

Je quittai Mirecourt au mois d'avril en berline. J'avais avec moi cinq violons, dont un de Chappuy, que je voulais associer, par reconnaissance, à mon commerce avec la Russie. Ils étaient soigneusement emmaillotés de soie à l'intérieur d'une malle, mes effets dans une autre et, dans une besace dont je ne me séparais jamais, avec mon argent, un nécessaire de toilette et un pistolet, les papiers remis par Voltaire.

Que te dire du voyage sinon que je changeai cent fois de voiture et passai de mauvaises nuits dans des auberges où des troupes de punaises s'engraissaient du sang des voyageurs alors que nous maigrissions devant nos maigres pitances? Dans mon souvenir, toutes les journées, toutes les nuits se mêlent. Je n'en ai retenu que la pluie qui tombait sans fin et brouillait les paysages, mes somnolences hachées par les cahots des voitures, la lecture de La Fontaine, reprise toujours avec plaisir, un visage de femme si pâle et si triste dans ses voiles noirs que je n'ai osé lui parler...

Nous arrivâmes à Saint-Malo en suivant une chaussée étroite protégée par des forts. Nous étions au plein de l'après-midi. Le soleil, enfin sorti des brumes, mettait dans l'air une douceur de printemps. La berline nous laissa à la poterne du Bon-Secours où je trouvai un homme de mauvaise allure mais grand et fort, qui me proposa son aide pour porter mes bagages qu'il hissa sur une charrette dans les bras de laquelle, tel un cheval, il se harnacha. C'est dans cet équipage que, par les ruelles de la ville, j'arrivai à l'auberge des *Trois Sœurs*. Je devais y retrouver Yannick de Morelle, le violoneux, ami de Jacques-Philippe, avec lequel j'avais correspondu dès que j'eus pris la décision d'entreprendre ce voyage. Et, en effet, il m'attendait. C'était un garçon de vingt-cinq ans, de taille moyenne, râblé et barbu, les cheveux roux, les yeux bleus pétillant de malice. Il eût été joli garçon s'il n'avait eu le dos déformé par une bosse... Il semblait vouloir la faire oublier par une courtoisie charmante, un esprit fin et un air de gaieté qui ne pouvaient que lui attirer les sympathies. La mienne lui fut acquise au premier regard. Plus tard, je dus modérer les marques de mon affection car, comme il le disait plaisamment, sa bosse l'inclinait davantage vers les hommes que vers les femmes...

Il m'avertit d'entrée que nous risquions de rester plusieurs jours à Saint-Malo car les vents n'étaient pas favorables au départ de notre frégate. En effet, nous dûmes attendre douze jours avant de pouvoir appareiller.

Pendant ce temps où nous partageâmes chambre, repas, espoirs et déceptions, mon compagnon se confia à moi avec un naturel qui me toucha. Ses parents, qui possédaient un manoir en ruine dans la campagne à quelques lieues de Saint-Malo, ne l'avaient pas aimé : son infirmité leur faisait honte car, dans cette famille, on se targuait de porter beau. Il était le seul descendant mâle, ayant quatre sœurs belles comme des cerisiers au printemps mais dont le cœur était sec. Il n'avait trouvé réconfort qu'auprès d'un voisin de ses parents, comme eux de petite noblesse, à demi aveugle, qui jouait du violon. C'est alors qu'il courait les bois que l'enfant l'avait entendu faire vibrer les cordes, assis sur son perron usé qu'ombrageaient de grands arbres. Il était venu s'accroupir, silencieux, sur la première marche de pierre, était revenu le lendemain... L'aveugle l'avait d'abord laissé faire sans rien dire puis, à la quatrième ou cinquième de ses visites, lui avait mis l'instrument entre les mains après lui avoir donné une tartine...

C'est ainsi qu'il avait appris le violon, en avait joué dans toute la région aux noces, aux enterrements, aux fêtes de villages puis dans les cabarets de Saint-Malo pour faire danser les marins. Dans un de ces cabarets il avait rencontré Jacques-Philippe Lamoninary, venu s'y encanailler, et s'était pris de sympathie pour le musicien. Timide avec les filles, il lui arrivait de séduire un matelot. Brèves aventures qui ne lui laissaient que le souvenir de jeunes corps à la peau salée... Il eut un amour interrompu par le mariage de son ami où il dut jouer joyeusement tout au long de la cérémonie, des repas et du bal pour mettre fin aux soupçons que leur attachement avait fait peser sur le promis. Il me raconta cette histoire en ravalant ses larmes. Pour se guérir à l'air du large et à la dureté de la vie de marin, il s'était engagé sur la *Belle-Licorne*.

Saint-Malo m'impressionna par la beauté de son site, la noblesse de ses bâtiments, l'animation continuelle des rues, des auberges, des cafés, la richesse des produits qu'on extrait des cales des navires, le mélange des races et des fortunes qu'on y rencontre... Et puis, ma fille, je n'avais jamais vu la mer telle qu'elle me parut alors. Cette ville est bâtie sur un rocher de granit au pied duquel viennent se briser les flots. Elle est défendue par un château fort et une ceinture de remparts bastionnés qui décrivent une sorte de pentagone. Les maisons construites en granit se serrent autour de la cathédrale dont la flèche s'élance au-dessus des toitures comme un haut mât. Car la mer est partout présente, battant les remparts, les entourant presque entièrement par marée haute, portant son odeur et ses écumes jusque dans les ruelles les mieux protégées. La ville se prolonge par le port où des bateaux de toutes tailles, de toutes provenances, entourés de barques et de chaloupes, bercent leurs voiles repliées, les plus beaux gardés par des bouledogues.

Le lendemain de mon arrivée, je fis la connaissance de notre frégate, la *Belle-Licorne* (cette bête fabuleuse, en figure de proue, avait un visage de femme). Elle jaugeait six cent cinquante tonneaux, portait trois mâts et douze canons légers. Son équipage se composait, outre le capitaine, d'un officier, d'un lieutenant, d'un chirurgien, d'un charpentier, d'un nègre, serviteur du capitaine, et de cinquante marins. Le capitaine, Jean Le Gollen, était un lointain cousin du père de Yannick. Je fus d'abord charmé par la propreté du bateau et la belle allure de son capitaine qui nous accueillit sur le gaillard d'avant avec autant d'urbanité que dans un salon. Il m'assura qu'on pourrait mettre mes malles près de ma couche ; on les enchaînerait afin que mes violons ne souffrissent pas trop du roulis. Puis il nous fit visiter son navire.

À fond de cale s'entassaient des blocs de marbre déjà taillés et polis. Depuis Pierre le Grand, aucun navire ne pouvait entrer dans les eaux de Saint-Pétersbourg sans y amener des pierres ou du marbre, matériaux indispensables à la construction de la ville et des palais, dont la Russie était dépourvue. Au-dessus on trouvait une sorte d'entrepôt : fûts de vin, balles de draps et de tissus divers, caisses de vêtements, de perruques, de bijoux, des meubles enveloppés de velours. Enfin, avec les canons, je découvris des cages pleines de volailles jacassantes, des fûts de viandes et de poissons salés, de légumes secs, des armoires remplies de boules de pain alors que des morues, des harengs, des morceaux de bœuf séché, pendaient à des cordelettes.

L'odeur était épouvantable. J'eus le désagrément d'apprendre que nous dormirions là, séparés des matelots par une simple toile, à même le plancher, la tête contre notre coffre... Je trouvais déjà le capitaine moins aimable. Il nous emmena sur le pont, nous expliqua qu'afin de réduire les risques d'incendies, la chaudière et le fourneau y étaient installés, maintenus par un système de palans. Il nous précisa qu'on y cuisait la soupe, grillait la viande et le poisson et que, sept par sept, on y faisait gamelle commune. Une tonne en bois, sur le gaillard avant, contenait l'eau propre à la consommation. On y jetait de vieux clous qui, nous dit-il, l'empêchaient de se corrompre. Quand l'eau douce se raréfiait, un matelot en surveillait la distribution. Je lui demandai comment nous pourrions faire toilette et laver nos vêtements. Il prit un air moqueur en me montrant la mer, ajoutant que le ciel nous avait donné un réceptacle assez vaste pour que nous y vidions nos pots de chambre, nous y décrassions nous et nos vêtements, et y fassions dessaler viandes et poissons. Le capitaine me paraissait de moins en moins gracieux...

Enfin, il nous montra notre place près de la cuve. Nous devions, par nos airs entraînants et nos chansons, rythmer l'effort des matelots. Aussi les distraire quand ils venaient fumer la pipe, jouer aux cartes, bavarder durant les temps de pause ou danser la gigue. Il nous laissa entendre que lui-même composait à ses moments perdus. Il souhaitait, le soir, entendre sa musique en concert particulier dans ce qu'il nommait sa « retirance », cabine en bois où il couchait et prenait ses repas, devant la porte de laquelle dormait son domestique. Pour ces diverses obligations, nous étions logés, nourris et notre traversée gratuite. Ayant reçu notre accord, Jean Le Gollen nous offrit un verre de vin. Nous prîmes rendez-vous pour le lendemain dans l'espoir que les vents seraient favorables. J'aurais bien repris la route pour Mirecourt... Seul l'orgueil me retint.

Sur le chemin de l'auberge, Yannick me fit remarquer plaisamment que ma mine s'allongeait. « Que croyais-tu ? dit-il. La vie de marin n'est pas celle d'un courtisan de Stanislas, telle que tu as pu y goûter. Le Gollen a la réputation d'être sévère mais bon navigateur. Sa *Belle-Licorne* est solide. Certes, nous serons mal logés, mal nourris pendant plusieurs mois, mais nous verrons tant de choses ! » Douze jours plus tard, quand enfin les voiles de la *Belle-Licorne* nous éloignèrent de la côte, il était dans le même état d'esprit.

Denis se tut, tout à ses pensées.

— Vous êtes fatigué, mon père ? demanda Agnès.

— Ce récit m'est pénible. Yannick me fut un bon compagnon. J'étais son aîné. J'aurais dû mieux veiller sur lui... Mais il me faut poursuivre...

Dès le départ, le bateau devint un autre univers. Des ordres inintelligibles pour moi se trouvaient immédiatement exécutés dans le bruit du vent et de l'eau fendue par l'étrave. Bientôt, alors que Yannick attaquait un chant de marin, il me sembla avoir enfourché un cheval fou : le contenu de mon estomac me sauta aux lèvres. Je n'eus que le temps de me précipiter, tête au-dessus du bord... Pendant deux jours, je rendis mes tripes à la mer et, malgré les encouragements de Yannick, je regrettai amèrement de m'être embarqué. Le coq[1] me conseilla de n'absorber que du pain, sans aucun liquide, ce qui — si je crus mourir de soif — calma mon estomac. Je pus reprendre ma fonction. Il était temps car le capitaine commençait à trouver insolentes mes « simagrées » et les matelots se moquaient de me voir détaler comme un lièvre après trois coups d'archet...

Quand je fus remis, le capitaine décréta que, pour payer notre voyage, nous ne pouvions nous contenter de faire de la musique et de lui donner des concerts. Il nous mit à la cuisine et au nettoyage du bateau, sa grande affaire. Il m'ordonna, en plus, de prêter la main au charpentier — ne savais-je pas travailler le bois ? — et Yannick dut aider des matelots à enduire les mâts de goudron et à peindre la carcasse du navire. Nous n'avions plus une minute de repos et étions à sa merci. Au cours des semaines il développa un caractère de plus en plus tyrannique et cruel. L'idée de la pro-

1. Cuisinier.

preté le tourmentait. Les marins portaient des vêtements maintes fois ravaudés. Il était si fou que, prenant usure pour salissure, il leur faisait remettre à l'eau des culottes, chemises et gilets tout juste secs ! La plupart, de pauvres gens, durs à l'ouvrage, sans défense devant lui, se pliaient à ses exigences... Trois fortes têtes se contentaient de grommeler et de se moquer entre elles de ses bizarreries, se faisant reprendre par l'officier tout dévoué à son maître et duquel nous ne pouvions attendre nulle indulgence...

Oui, de pauvres gens, ma fille, mais certains qui avaient beaucoup voyagé, beaucoup rêvé, bien que ne sachant ni lire ni écrire, m'enchantaient par leurs récits. Le dimanche, sauf par gros temps, nous étions moins accablés de travaux. Par économie, je suppose, il n'y avait pas d'abbé à bord, mais un perroquet qui disait les prières qu'il nous fallait répéter. Avant et après les repas, nous faisions danser les marins, puis nous écoutions les conteurs. Passaient alors devant nos yeux des îles flottantes portées par des sirènes, des îles vivantes et parfumées qui plongeaient dans les fonds de l'océan pour qu'on n'y abordât point, des îles tortues qu'il fallait remorquer pour qu'elles fissent place au bateau, des arcs-en-ciel avaleurs de navires, des vaisseaux sans équipage ni capitaine qui sillonnaient les mers, des poulpes géants qui faisaient craquer les charpentes comme des noix. Et le diable, partout présent, soit marin, soit capitaine pour perdre ceux embarqués avec lui. Et les tritons, attirés par les figures de proue si elles sont femmes, entraînant l'équipage dans leurs grottes marines... Je prenais plus de plaisir à écouter leurs légendes qu'aux concerts de Le Gollen dont les compositions, maladroitement copiées sur Lully, ne présentaient aucun intérêt, mais qu'il fallait applaudir à grands cris après les avoir exécutées. Bienheureux quand nous ne nous faisions pas rabrouer pour le manque de technique ou d'âme de notre jeu !

Le médecin-chirurgien était un jeune garçon d'à peine vingt ans. C'était son premier voyage et, comme moi, malgré sa pharmacie, il avait fait triste figure les premiers jours du voyage. Il couchait de notre côté, la tête contre son coffre qui contenait des pots de terre remplis de mouches cantharides, cloportes grillés, sang de bouquetin, infusions de roses rouges et de feuilles de chardon, baume tranquille et autres spécialités qu'on emploie beaucoup en mer. Charmant mais très timide, dans les débuts il se borna à nous saluer avec politesse, puis, comme s'apprivoisant, il se joignit à nous quand nous écoutions les conteurs ou donnions concert au capitaine. Un soir, il nous dit ses craintes de ne pas assez bien savoir soigner mais, de famille peu fortunée, il lui fallait se faire la main sur les gens de mer avant de pouvoir s'installer en ville...

Il se nommait Colin Guilleville. Je compris vite l'attirance qu'il exerçait sur Yannick. Celui-ci s'arrangeait pour prendre place près de lui autour du fourneau et mettre dans sa cuillère une portion de viande ou de poisson qu'il détachait de la sienne, prétendant qu'il fallait bien traiter le médecin pour que celui-ci pût, à son tour, nous traiter bien. Il composa même en son honneur une charmante ritournelle où il était question de sa chevelure de soie noire, de ses yeux et de ses dents de loup. La passion de mon ami m'attendrissait mais je craignais qu'il ne fût dupe d'un garçon plus apte à se faire chérir qu'à aimer vraiment et, surtout, qu'il ne fût découvert. Déjà les marins clabaudaient. Ne surnommaient-ils pas Colin « Colinette », imitant jusque devant l'un et l'autre la démarche féline et la voix haut perchée de notre médecin ? Quand je mettais Yannick en garde, il se moquait de moi, me traitant, selon son humeur, de puritain ou de jaloux. J'en fus vexé et pris le parti de me désintéresser de ses amours et des dangers qu'il courait.

Le capitaine ne veillait pas seulement sur la propreté de nos corps et de nos vêtements. Aussi sur celle de nos âmes. Quand nous mouillions en quelque port pour réparer — ce qui nous y retenait parfois plusieurs jours —, faire de l'eau, acheter des provisions fraîches, l'équipage restait à bord. Il accompagnait le coq et deux autres marins qui poussaient la charrette, veillant à ce qu'ils n'entrassent pas au cabaret. On jeûnait plus que de raison. Ce n'était pas un navire mais un couvent. Je le soupçonnais de faire régner cet ordre par tendances maniaques et avarice plus que par vertu.

Quand il découvrit la nature de leurs relations (je soupçonne son officier de l'avoir mis au fait car celui-ci les avait surpris enlacés dans des cordages une nuit de bonace[1] et de belle lune), il ne marqua son blâme que par la fixité du regard, vide de toute expression, avec lequel il suivait leur manège. On sentait que, pour lui, c'était une souillure bien plus détestable encore que toutes les autres et qu'il en préparait de longue main la purgation. Certes, il ne pouvait ignorer que, parmi ses marins, certains menaient loin leurs jeux. Il avait besoin d'eux et feignait de ne rien voir. Deux violons, c'était une bouche de trop... Pourquoi n'ai-je pas, de nouveau, mis Yannick en garde ? N'avait-il pas raison en m'accusant de jalousie ? Leur amour joyeux me renvoyait à ma solitude. Toutes les tâches qu'on m'imposait me devenaient odieuses.

C'est que le voyage ne se passa pas sans incidents. Nous essuyâmes des tempêtes : le navire semblait se jeter au ciel pour mieux rouler aux abîmes ; des gréements emportés ou cassés ; des pluies sans fin durant lesquelles il était impossible de faire sécher nos vêtements ; l'eau douce rare ; la pitance qu'on n'aurait pas donnée à des chiens ; les maladies, le scorbut surtout... Trois hommes en furent atteints. Cela commença par une fatigue extrême qui les faisait traiter de fainéants, puis des plaques rouges apparurent sur leurs jambes qui ne les portaient plus alors que le sang leur sortait de la bouche... Colin déclara n'y rien pouvoir : c'était l'humidité et la mauvaise nourriture. Mais, après en avoir absorbé, il nous fit prendre à plusieurs reprises, à Yannick et à moi, une liqueur

1. Mer en calme plat.

amère qu'il tenait cachée dans le fond de son coffre. Selon lui, elle devait nous protéger de cette maladie par les plantes qu'elle contenait macérées dans l'alcool. Ayant fini leur vie dans d'horribles souffrances, les pauvres diables furent mis en sac lesté d'une pierre et jetés à l'eau, leurs vêtements et objets personnels vendus à leurs camarades...

Alors que les nuits raccourcissaient, que les jours éclairés d'un pâle soleil s'allongeaient, je m'enfermais en moi-même sur une tristesse que rien ne parvenait plus à dissiper. Il me semblait que ce voyage était à l'image même de notre destin. Qu'étions-nous d'autre que des fétus dans un univers sans lois que celles, arbitraires, d'un capitaine fou ? Seul l'amour, même s'il n'était que l'attrait d'un autre corps, pouvait parfois nous donner l'illusion d'un ancrage. Boubou, le serviteur du capitaine, s'aperçut-il de mon désarroi ? Il m'apportait en cachette les reliefs de la table de son maître en me faisant un clin d'œil. Quand nous avions fait danser les marins, parmi lesquels il se trémoussait en riant à belles dents, il venait s'asseoir un instant près de moi, posait sa grosse patte brune, qui se faisait légère, sur les cordes de l'instrument et me disait : « Ton violon, c'est du soleil ! » Et il me parlait de son village d'Afrique d'où il avait été enlevé enfant pour être vendu aux « messieurs de Nantes ». Cet homme simple et bon aurait dû me réconcilier avec la vie. Ces propos ne faisaient qu'aigrir mon humeur. J'en vins à maudire Voltaire et son incurable optimisme. Que n'avais-je rencontré Jean-Jacques Rousseau ! Il avait raison : le salut se trouvait dans le sauvage ! Je pensai cela jusqu'à ce que je visse le brave Boubou s'amuser avec les marins à couper les pattes d'un albatros qu'ils avaient capturé pour le voir trébucher sur le pont, chasser les pétrels dont, pourtant, la viande est si dure que, même bouillie des heures, elle ne peut être mangée et, plutôt que de s'enchanter des troupeaux de baleines que nous croisions, qui m'apparaissaient comme des sirènes sous des parapluies d'eau, raconter avec gourmandise comment on les dépeçait pour en tirer le gras...

C'est une autre atrocité qui guettait mon ami Yannick. Nous venions de franchir par temps calme, presque sans encombre, grâce à la finesse de la navigation du capitaine, le détroit de Copenhague peuplé d'îles et d'îlots, et voguions en mer Baltique. Je reprenais courage car le but de mon voyage approchait enfin. Nous étions tous amaigris et fourbus, examinions chaque matin nos membres, craignant d'y découvrir les marques du scorbut. D'autres marins étaient morts, d'autres souffraient du ventre. On ne comptait plus les blessures, les jambes, les bras, les côtes, cassés par de mauvaises chutes. Impossible de venir à bout des rats et de la vermine. Après un mois d'un été trop bref, sous un ciel bas, un vent glacé s'était mis à souffler qui nous plongeait déjà dans les frimas. Nous n'étions pourtant que fin août.

Au cours des semaines, Yannick était devenu aussi habile que les matelots à grimper dans la mâture et y faire des acrobaties. Le dimanche, il les défiait de pouvoir toucher sa bosse quand il serait au plus haut de la grande vergue. Ce soir-là, à nuit tombante, une bourrasque nous tomba dessus à couper le souffle. Notre navire fit une abattée et se mit vent arrière. L'officier appela l'équipage mais plus de la moitié ne parvenait plus à se traîner. C'est alors que le capitaine sortit de sa cahute et commanda à mon ami d'aider ceux encore valides à ariser[1] le grand puis le petit hunier. Il répondit qu'il ne savait amarrer les ris[2] et se contenta de jouer sur le pont pour donner du cœur à nos compagnons. Nous demeurâmes sous voilure réduite toute la nuit tandis que la pluie et la grêle qui tombaient en rafales achevaient de mettre à mal les plus vaillants.

Le lendemain, le ciel s'éclaircit, le vent s'apaisa. On put larguer les ris et remettre les perroquets[3]. Nous allions tous prendre du repos, mais le capitaine nous retint sur le pont : Yannick de Morelle, coupable de rébellion, devait être puni. Je me jetai hors du groupe des marins, prêt à me révolter, mais Boubou me retint. « Tais-toi, ne bouge pas. Après sa peau, il aurait la tienne. » Je dus, avec Colin, avec les autres, assister jambes tremblantes, gorge enflammée par les cris que je ne pouvais pousser, poitrine éclatant de rage, à la mort de mon ami après le supplice qu'on appelle

1. Diminuer la surface d'une voile en y prenant un ou plusieurs ris.

2. Bandes horizontales des voiles qu'on replie grâce à de petites tresses.

3. Voiles supérieures.

la cale humide. Il fut attaché à un filin capelé à l'extrémité de la grande vergue, puis jeté brutalement à la mer. On l'en tira et on l'y rejeta... Cinq ou six fois, je ne sais plus...

La dernière fois, il n'était plus qu'un pantin désarticulé qu'on détacha du filin et abandonna sur le pont. Je m'abattis à son côté, espérant qu'il était vivant... Dans son visage déformé par la souffrance, ses yeux restaient fixes. Colin s'approcha à son tour, tira un miroir de sa poche qu'il tint quelques instants d'une main mal assurée devant la bouche de Yannick. Aucun souffle ne vint le ternir. Alors il se releva, m'aida à faire de même en me serrant fort par le bras. Des larmes roulaient sur ses joues. Comme pour les autres morts, les prières dites, durant lesquelles je gueulais contre Dieu d'avoir mis tant de cruauté inutile au cœur des hommes, on enferma le corps de Yannick dans un sac avec une pierre et on le jeta à la mer. On vendit ses effets sur le gaillard d'avant. J'acquis son violon. Je l'ai toujours. C'est lui que tu vois, ma fille, accroché au mur, face à mon lit, à côté de la *viola pomposa*. Comme elle, il me rappelle que, si Dieu existe, Il ne nous a créés que pour mieux nous abandonner...

La voix déjà faible de Denis s'était brisée. Agnès s'approcha de lui, entoura de ses mains le visage osseux de son père.

— Reposez-vous. Jésus vous sauvera comme il nous sauve tous. Et Marie...

— Tais-toi. Je n'ai plus assez de force pour discuter avec toi... Mais j'ai encore à dire... Va, va...

Elle reprit sa place après lui avoir donné à boire un peu de vin parfumé de cannelle.

— La nuit suivante, je ne dormis pas. Colin vint s'allonger à mes côtés : « Je le tuerai », dis-je. « Ne commets pas une pareille sottise, me répondit-il. Agis comme si de rien n'était. Il faut que nous parvenions à Saint-Pétersbourg. Si tu le vengeais, l'officier te ferait pendre. » Le lendemain, je repris donc ma place près de la cuve et, le soir, je jouai pour le capitaine. Cette indifférence, qu'il me fallait feindre, envenima ma haine. Quand nous arrivâmes à Saint-Pétersbourg, j'étais comme fou.

C'était un matin de brume. Le ciel et l'eau couleur de cendre se confondaient. Ne se détachaient sur l'horizon que les lignes d'une imposante forteresse d'où jaillissait, telle une flamme, une flèche d'or. Des bateaux à pleine voile nous entouraient et nous ne pûmes aborder avant midi. Le capitaine fit débarquer les malades, et je t'avoue, ma fille, que je manquai à mes devoirs d'être humain en ne me souciant pas de leur sort. Je n'avais que deux choses en tête : comment venger Yannick et protéger mes malles. Je payai deux marins encore valides pour les charger sur une barque puis sur le quai. En lui souhaitant bonne chance, j'embrassai Colin qui restait à bord avec l'officier. Nous ne pouvions parler tant nous étions émus. Je saluai le capitaine affairé par les manœuvres et lui demandai où il comptait loger en ville. Il me lança le nom d'un hôtel. Comme je lui tournais le dos, il me retint, la mine aimable : « Je ne m'attarderai pas ici car je veux repartir avant les grands froids. Il me faut pourtant faire faire des réparations sur la *Belle-Licorne,* engager un équipage plus frais et vaquer à mes affaires. Venez me rejoindre un soir prochain à l'hôtel *Apraxin*. Vous le trouverez facilement : il est proche du palais d'Été. Vous avez vos entrées à la Cour, m'avez-vous dit... Nous parlerons musique. » Je savais que, tout au long de ce voyage, j'avais évité le plus gros de sa hargne car il me croyait protégé bien plus que je ne l'étais.

Une foule se pressait sur le quai. Des hommes maigres, têtes couvertes par des toques qui leur tombaient jusqu'aux sourcils, visages dévorés par des barbes noires, vêtus de hardes crasseuses, sorte de robes courtes, les jambes enroulées dans des bandelettes de toile, chaussés de sabots. D'autres étaient très blonds avec des yeux de porcelaine fendus en amande. Tous comme absents du monde, comme retirés en eux-mêmes. Ils côtoyaient sans les voir, semblait-il, des marins de toutes nations, des officiers et capitaines chamarrés, des marchands richement vêtus et d'autres en loques qui vendaient à grands cris de la nourriture, des bijoux de peu de prix, du tabac, des vêtements usés. Ce concert de vociférations gutturales me donnait le vertige. La tête me tourna, j'avais l'estomac au bord des lèvres, la respiration courte, comme si après le mal de mer je souffrais du mal de terre.

Ce n'était pas la première fois que je me trouvais en pays étranger. Je n'étais plus le jeune homme perdu à Gand ou à Vienne, mais un homme mûr. Pourtant je ne m'étais jamais senti aussi désemparé. Je m'assis sur mes malles au milieu de la foule qui chargeait, déchargeait, achetait et vendait toutes sortes de marchandises, échangeait des monnaies à l'aide de boules de bois enfilées sur du laiton. L'esprit vide, je fixai le jeu de ces boules entre les doigts d'un changeur occupé avec un marchand. Miracle : ce dernier parlait français ! Je m'approchai d'eux, attendis qu'ils en aient terminé pour l'aborder. L'homme venait du Midi avec une cargaison de café, d'huile et de vin. Il me demanda si j'étais là moi aussi pour mes affaires. Je répondis que oui, mais que je devais d'abord me rendre chez une amie, et lui donnai l'adresse de Tania Kriakov, la marchande de robes et de bijoux des dames de la Cour. Il m'aida à changer quelques ducats, héla une voiture. J'étais sauvé et m'apprêtais à admirer « la plus belle ville du monde ».

À une porte, on m'invita à descendre pour montrer mon passeport. Le commandant du poste de garde ne connaissait pas notre langue mais me posait, je l'entendais bien, mille questions. Il me fallut attendre un interprète, ce qui demanda plusieurs heures.

Quand je pus repartir, il faisait nuit. Je ne vis rien de la ville. Il me sembla traverser un champ de ruines sillonné de fossés pleins d'eau que nous franchissions par des ponts de bois branlants. Parfois, il nous fallait embarquer, avec voiture et chevaux, sur des bacs pour aller d'une rive à l'autre de lacs intérieurs et de rivières. Comme dans les récits de mes compagnons de traversée, ne m'étais-je pas embarqué avec le diable ? Car, ma fille, si je ne croyais plus en Dieu, je redoutais Lucifer... Ce n'était qu'une des contradictions de mon esprit qui, durant ce long et malheureux voyage, s'était imprégné des superstitions de la mer...

Enfin, je frappai à la porte d'une maison de deux étages en bordure d'un canal. Une jeune fille vint m'ouvrir. Elle était curieusement vêtue d'une sorte de sac qu'une ceinture faisait froncer sous les aisselles. Servante de Tania, elle portait — je le sus plus tard — le costume traditionnel russe et se nommait Anna. Je lui montrai mes malles que le cocher avait déchargées et prononçai le nom de Tania. L'enfant m'examina, l'air effaré, car avec mes cheveux longs, ma barbe, mes vêtements froissés qui flottaient sur mon corps amaigri, je devais avoir mauvaise allure. Elle alla chercher du renfort tandis que mon conducteur commençait à crier, main tendue pour recevoir le prix de sa course. Enfin Tania Kriakov parut, encore plus ronde et blonde que dans mon souvenir, mais tout en rires et en roucoulades. « J'ai bien reçu votre lettre, me dit-elle. J'espère que vous avez eu la mienne. Je ne vous attendais plus... Venir par la mer, quelle sottise ! Quelle pauvre mine... » Elle paya le cocher, lui demanda de porter mes malles au premier étage où je les suivis.

J'entrai dans un salon tapissé de toile bleue, garni de meubles dorés qu'éclairaient des lustres de cristal. Deux vieillards se trouvaient là, assis dans des bergères, près d'un énorme poêle.

Elle me présenta à ses parents. Tous deux vêtus de noir, portant perruque, l'air figé, ils semblaient n'être qu'un élément de décor mettant, par leur note austère, un contrepoint à l'éclat de cette pièce. Je me confondis en excuses d'arriver chez eux si mal accoutré, sans avoir pris le temps de faire toilette ni de leur annoncer mon arrivée, tant je me sentais perdu dans cette ville. Je ne pus terminer mon discours car je m'évanouis... Plus tard, je revins à moi sur une sorte de planche couverte de coussins. On me donnait des gifles. Je crus, un instant, être encore sur la *Belle-Licorne* et voulus me débattre, mais la voix de Tania me rendit à la réalité : « Réveillez-vous ! Réveillez-vous ! » Elle me gronda de ne pas lui avoir dit que j'avais faim, me fit boire un verre d'alcool qui me brûla la gorge puis une tasse de chocolat brûlant et des brioches — mets qui me parurent divins — dont je ne pus guère la remercier car, à peine les avais-je engloutis, que je versai dans un sommeil qui, paraît-il, dura près de deux jours. À mon premier repas qu'elle m'apporta dans mon lit, je dévorai une pièce de bœuf et une sorte de galette qui faisait office de pain.

Quand je fus remis, rasé, lavé, vêtu de neuf par ses soins, Tania me fit faire le tour de son domaine. À part le salon que j'avais vu dès mon entrée, où ses parents se tenaient du matin au soir, la cuisine et trois chambres, toutes les pièces de la maison, dont celles de réception, étaient remplies de robes, de perruques, de bijoux, de meubles qui venaient de France et d'Italie. Un seul espace libre, près des hautes fenêtres, était réservé à des plantes en caisses qui formaient une sorte de jardin intérieur. Comme je m'en étonnais, Tania me dit que cette coutume lui venait d'Orient. Elle lui permettait de rester en contact avec la nature. Je retrouvai ces jardins dans toutes les maisons où je me rendis plus tard avec elle. Les dames en prenaient beaucoup de soin, échangeaient des boutures, les faisaient visiter avec orgueil. C'était, avec la mode française et les fredaines des Grands, leur sujet de conversation privilégié.

Nous partîmes en promenade, changeant de voiture, parfois à pied, passant plusieurs fois sur des bacs pour franchir des canaux. Ce que j'avais cru être des ruines était le chantier de construction de la ville imaginée par Pierre le Grand. Fallait-il qu'il exécrât Moscou, sa ville natale, pour élever sa capitale sur des marécages à l'extrémité de son empire... Partout, on charriait des pierres pour remblayer le terrain afin d'y monter des charpentes ou on construisait sur pilotis. Les malheureux attelés à ces travaux, hâves et demi-nus, étaient menés au fouet. Nombreux ceux qui mouraient à la tâche. Je me jurai d'avertir Voltaire de son erreur : il pensait écrire l'histoire du génial bâtisseur d'une ville et d'un État moderne ; il allait faire le dithyrambe d'un tyran plus cruel que le plus cruel de nos princes. J'en fis la remarque à Tania qui le prit fort mal. Nous arrivions au couvent Smolnyï dont les murs semblent taillés dans la neige et les bulbes de ses clochers dans le ciel bleu ardoise de Saint-Pétersbourg. De là nous allâmes jusqu'au palais d'Hiver, au style très pur, construit en différentes sortes de pierres qui paraissent bleues ou vertes selon la lumière du jour ; puis dans le jardin d'Été où je crus me retrouver à Versailles...

« Voyez, me disait-elle, dans vingt ans, la ville ne sera que palais de pierre se mirant dans l'eau des canaux, jardins ornés de jets d'eau et de statues, églises de marbre et d'or. Les blessés et les morts sur lesquels vous gémissez aujourd'hui auront bâti une cité qui fera pâlir de jalousie les souverains du monde entier ! » Ces propos devançaient ceux que Voltaire devait me tenir plus tard et que je te rapporte au mieux : « Les petites faiblesses de l'humanité sont le fruit du temps où l'on est né et de l'éducation qu'on a reçue. Elles doivent être anéanties devant les grandes vertus que Pierre ne devait qu'à lui-même, et devant les travaux héroïques que ses vertus ont opérés. On ne demande point, en voyant un tableau de Raphaël et une statue de Phidias, si Phidias et Raphaël ont eu des faiblesses ; on admire leurs ouvrages et on s'en tient là, il doit en être ainsi des belles actions des héros. » Pour l'heure, les propos de ma nouvelle amie ne parvenaient pas à me convaincre. Certes j'admirais l'ébauche de cette ville, mais quand Tania imaginait la splendeur d'une nouvelle Amsterdam où se mêleraient l'architecture élégante des plus belles demeures de l'Occident et les somptuosités d'un Orient fabuleux, je ne voyais que le projet d'un fou échinant son peuple. Peuple qui, pour les mieux lotis, vivait dans des cabanes de mauvaises planches, élevées de guingois, sur des terres sableuses menacées par les eaux, dans la crasse et les moustiques. Les plus pauvres recroquevillés autour de feux, à tout instant éteints par les vents qui ne cessaient de balayer le golfe, les marais, les places et les rues de la ville.

C'est en discutant sur ce point que nous revînmes chez elle. Il est vrai que le quartier où elle habitait était charmant, au bord du canal de la Moïka qui y prend une courbe douce le long de laquelle s'alignent des maisons jaunes et bleues. En me montrant cet ensemble harmonieux elle triomphait, déclarant que mes humeurs sombres venaient de la fatigue de mon voyage et qu'il me fallait me remettre au lit. Ce disant, elle se faisait lourde à mon bras, avec dans les yeux une invite qu'il me sembla discourtois de refuser bien que cette Junon habile au négoce ne m'inspirât aucun désir...

Ce qui m'attendait en son logis m'enleva toute envie de faire du zèle à son endroit. Ses parents avaient été ficelés sur leur fauteuil et bâillonnés par trois hommes dont ils nous firent une description contradictoire avant de retomber dans leur mutisme. Rien n'avait été volé dans l'appartement hormis mes violons. Le seul qui me restait — car, sans doute, les brigands l'avaient jugé trop usé — était celui de Yannick. Je demeurai d'abord hébété puis entrai dans une colère qui n'avait d'égale que mon désespoir. Comme je criais à l'assassin disant que j'allais chercher la police, Tania tentait en vain de me calmer : « La police ne fera rien... Résignez-vous à cette perte, mon pauvre ami. Restent vos outils. Je vous ferai venir du bois et de quoi fabriquer votre colle et vos vernis, vous ferez d'autres violons. Nous vous garderons le temps qu'il faudra. Ce sera une joie pour mes parents et pour moi. » Je hurlai que je ne resterais pas une heure de plus dans ce pays de sauvages.

Tania ne se fâchait pas. Elle me regardait avec cet air que les femmes prennent avec nous quand il leur semble que nous retombons dans les violences de l'enfance, qui en apparence nous vainc, mais nous exaspère les entrailles. « C'est bon, dis-je. Pouvez-vous me laisser votre voiture ? — Certes. Quelle folie allez-vous faire ? Je vous accompagne. — Je veux aller au port. Une seule personne a votre adresse, hormis le cocher qui m'a conduit ici : un marchand qui parle français, que je reconnaîtrai vite. » Elle me fit remarquer que la nuit allait tomber et qu'il fallait remettre à demain notre expédition. Elle avait réponse à tout. Elle en eut même — et de fort aimables — à mes insuffisances quand elle vint me rejoindre dans ma chambre.

Le lendemain, c'est en vain que tout le jour nous essayâmes de retrouver la trace de l'homme que je soupçonnais et du cocher qui m'avait conduit. Certes, les gens croyaient les avoir vus. Mais qui étaient-ils ? D'où venaient-ils ? Où les dénicher ? Mystère... Ils concluaient toujours par : « des étrangers », en hochant la tête. Ce qui signifiait que ce n'était pas leur affaire. Nous rentrâmes chez elle à la nuit. J'étais devenu comme ses parents : un mannequin sans voix, sans pensées sauf celle de me tuer.

Malgré les supplications de Tania, je restai le lendemain cloîtré dans ma chambre et mon malheur. Au fil des heures, contemplant au fond de ma malle, qui avait été forcée, le violon de Yannick, un plan s'élabora dans ma tête. Il me fallait écrire à ma famille, venger mon ami, me supprimer. Après avoir rédigé une sorte de lettre-testament à l'adresse de ma femme et de mes frères, que je mis dans la poche de mon gilet afin qu'on puisse la trouver sur moi après ma mort, je me vêtis de frais et prévins Tania que je sortais pour dîner en ville avec le capitaine de la *Belle-Licorne*. Elle montra de l'inquiétude, me fit promettre de rentrer tôt et ne me laissa prendre la voiture qu'après de tendres baisers.

Jean Le Gollen fut surpris, puis charmé, de me voir. Je ne lui touchai pas un mot de ma mésaventure durant le dîner qui fut fort bon, le capitaine ayant commandé des poissons grillés et un cuissot de chevreuil que nous arrosâmes de vin de Bourgogne. Il me demanda quand je devais me rendre à la Cour et par qui j'y serais reçu, me chargea d'une lettre pour le chevalier d'Éon qu'il ne parvenait pas à joindre, me pria de lui obtenir un rendez-vous avec Ivanovitch Scouvalov, favori d'Élisabeth, que je devais moi-même rencontrer... Je lui promis tous les appuis de mes protecteurs, ricanant en moi-même à la pensée de ce qui allait suivre.

Le repas fini, je pris le capitaine par le bras, lui proposant de faire quelques pas dehors car, lui fis-je remarquer, nous n'avions pas parlé musique. Il montra peu d'empressement, m'objectant que les rues n'étaient pas sûres, mais comme j'insistai, il se garda bien de me déplaire et me suivit après avoir ordonné à Boubou qui l'attendait, rencogné à la porte de l'hôtel, de nous précéder, sa lanterne d'une main, son pistolet dans l'autre. Cela ne me convenait guère car je craignais que, trop longtemps asservi par son état, il ne défendît son maître contre moi. Mais comment pouvais-je m'opposer à son service ? Je me mis à taquiner Jean Le Gollen sur Lully, son maître en musique, reprochant au musicien d'avoir imposé à l'art français trop de conventions et de l'avoir détaché des tendances baroques. Le capitaine, piqué au vif, célébrait la sobriété de ses grandes compositions qui leur donnait unité et grandeur.

Nous longions la Fontaka, près du palais d'Été. L'endroit était désert. Je me décidai à agir. Prétextant une attache de ma botte à remettre — j'avais glissé mon arme dans ma chaussure —, je m'arrêtai. Le capitaine se retourna vers moi. Je l'abattis d'un coup. Boubou n'avait pas bougé. Quand je me relevai, il vint vers moi et, sans un mot, m'aida à balancer le cadavre dans la rivière. Je lui donnai de l'argent que d'abord il refusa, m'assurant qu'il ne me dénoncerait pas. Mais j'insistai : cet argent lui permettrait de regagner des terres plus hospitalières. Alors il l'accepta.

Plus tard, j'appris que, pris par des gardes, quand la disparition du capitaine dut être constatée à bord, il fut pendu... par les pieds jusqu'à ce que mort s'ensuive. Élisabeth, que dans les Cours d'Europe on nommait la Clémente, n'avait-elle pas juré, le jour de son couronnement, que personne en son royaume ne périrait la tête coupée ou la corde au cou ? Pendant ce temps, je me vautrais dans les plaisirs de sa Cour car, tu t'en doutes, ma fille, je n'eus pas le courage de me tuer. Rentré chez Tania, je la trouvai m'attendant avec Anna. Elles surent me consoler l'une après l'autre, puis ensemble, non de la perte de mes violons, qui me fut une blessure longue à guérir, mais de la honte que j'éprouvai quelque temps de vivre encore...

Allons, ma fille, j'ai assez chargé ton âme de mes fautes pour ce soir. Va te reposer...

Elle aurait voulu lui demander s'il avait du remords d'avoir tué un homme, ne le put devant sa mine défaite.

Dans sa chambre, elle pria pour lui puis, longtemps, réfléchit à ce violoncelle qu'il voulait pour cercueil.

Le lendemain, à l'atelier, elle réunit ses frères et Luc, leur dit le vœu de son père, et qu'elle en serait le maître d'œuvre, d'une voix si posée et si ferme qu'ils ne songèrent pas à s'y opposer. À dire vrai, ils trouvaient normal que, femme, elle s'occupât du cadavre.

QUATORZIÈME SOIR

Agnès poussait devant elle Henri Papigny, l'arrière-petit-fils de Denis, qui voulait se faire luthier. À douze ans, il était tel qu'elle l'avait dépeint à son père, yeux noirs, tignasse brune et frisée, un corps trapu, tout en muscles, qui ne demandait qu'à grandir, un air à la fois timide et têtu.

— Votre notaire viendra demain, dit Agnès. Voici son petit-fils.

Denis leur fit signe d'approcher de son lit. Il était toujours faible et voulait épargner sa voix. Il tira l'enfant vers la lumière de sa lampe de chevet, palpa ses mains, ses bras, puis son torse.

— Tu parais solide, dit-il. Qui t'a donné envie de devenir luthier ?

L'enfant resta un instant silencieux, rougit puis :

— C'est que je n'aime pas trop parler. Mais sentir l'odeur de l'atelier, toucher le bois... Tous ces copeaux, comme des frisons... Et puis j'aime entendre rire et chanter les luthiers quand ils pincent les cordes.

Denis sourit, tapota la joue de l'enfant. À Agnès :

— Tu le mettras à travailler avec Guillaume et tu veilleras sur lui. Je signerai son contrat en même temps que mon testament.

Henri fit un saut de cabri.

— Merci, grand-père !

— Ne te réjouis pas trop vite. Tu vas te brûler les doigts, ou te les couper, recevoir des coups de pied au cul, ne gagner que ta soupe pendant six ans et, si tu n'es pas habile ou si, plus simplement, tu n'as pas l'oreille ou le don, on te mettra dehors. Mais si tu réussis, ton art te consolera de tout, ou presque, et dans la vie, mon fils, on a souvent besoin d'être consolé...

Quand Agnès eut reconduit Henri jusqu'à l'escalier.

— En avez-vous parlé à votre femme ? demanda-t-elle.

Il soupira.

— Pas encore... Demain, quand elle viendra avec mon gendre. Je te veux aussi, Agnès. Et tes frères.

— Je préférerais me tenir à l'écart...

— Ne discute pas. C'est ma volonté.

Elle prit sa place devant l'écritoire.

— J'ai parlé à mes frères pour votre... (elle hésita sur le terme) violoncelle.

— Je sais. Luc a pris mes mesures. C'est bien. Ainsi tout sera en ordre. Il ne reste plus que ma confession à finir... Je te l'avoue, ma fille, j'en suis las... Cette existence qui me paraît parfois celle d'un autre, qui s'en va au fil de ton encre... Des mots, des mots qui ne peuvent rendre la chair de la vie... Enfin !

Quatre jours après la perte de mes violons, Tania m'amena au palais de Catherine où résidait Élisabeth. Elle chargea la voiture de robes car elle devait en faire essayer à Nadia Menchikov, une suivante de la tsarine. Elle emportait aussi un coffret de bijoux. Moi, je n'avais plus que les papiers de Voltaire et mes lettres d'introduction.

Sur la route du palais, alors que nous traversions une plaine parsemée de boqueteaux, d'étangs et, de loin en loin, de vastes étendues plantées de bouleaux qui dressaient leurs hauts fûts sous le ciel gris, Tania se pressait amoureusement contre moi. Je pensais que, comme à Versailles, j'entrerais chez les princes accompagné d'une femme. Le souvenir de Marion me serra le cœur. Qu'était-elle devenue, ma jolie corsetière ? Je repoussai brusquement Tania qui me demandait un baiser. Elle se plaignit que je ne l'aimais plus. Et non, je ne l'aimais pas, bien qu'elle s'employât habilement à contenter tous mes caprices quand elle ne les devançait pas. Mieux, je m'en voulais, et lui en voulais, du désir qu'elle finissait toujours par provoquer qui, satisfait, me laissait honteux. Comment m'en défaire ? Elle se rendait indispensable : hôtesse, traductrice, conseillère, entremetteuse en affaires, réchauffant ma couche et mes sens.

Après avoir franchi des forêts, les grilles d'un immense parc où nous dûmes montrer nos laissez-passer, la voiture parcourut une allée sans fin avant de nous déposer au pied d'une éminence sur laquelle s'élevait l'immense façade bleue du château ornée de colonnes et de pilastres blancs, soutenue, semblait-il, par des atlantes dont le visage et les biceps l'éclairaient de leurs ors. Quand Tania eut présenté sa requête à un garde qui me parut un géant, comme tous ceux que je voyais aux portes de l'édifice, superbe dans son uniforme bleu galonné d'argent, on nous dirigea vers un pavillon du parc. « Tu as de la chance, dit Tania, la comtesse Nadia Menchikov nous invite à son bain. » Elle me commanda d'agir selon les indications qu'elle me donnerait.

Une jeune fille nous introduisit dans une antichambre d'où l'on entendait le charmant concert de voix et de rires féminins. Parlée par des femmes de condition, la langue russe est la plus belle du monde. Tania commença à se dévêtir et m'ordonna de faire de même, ce qui me mit dans un grand embarras. Voyant mon hésitation elle se moqua : « Nous sommes moins pudiques que vous, Français, car nous sommes beaucoup plus vertueux ! » et elle me montra les robes, les jupons, les corsets jetés sur le sol ou sur d'énormes coussins : « Tu ne vas pas rester habillé parmi des dames nues. Là serait l'indécence. »

Une porte s'ouvrit dans une nappe de fumée. Tania me poussa vers une pièce remplie de vapeurs. Je crus défaillir tant leur chaleur et leurs parfums de rose et de musc étaient suffocants. À travers elles, qui montaient d'un bassin situé au centre de cette pièce, je voyais flotter des corps de femmes. Tania me conseilla de m'allonger afin de laisser passer le premier étourdissement et, en riant, elle alla se mêler à la troupe des ondines dont certaines se fouettaient mutuellement avec de longues baguettes feuillues, d'autres s'étrillaient en poussant de petits cris. Au bout d'un moment qui me parut une éternité, elle revint vers moi, m'entraîna dans le jardin et me précipita tout suant dans un bassin qui crachait un jet d'eau glacée, puis elle me conseilla d'aller me rhabiller et de l'attendre dans l'antichambre. Elle retourna, toujours riant, dans ce qui me paraissait la bouilloire de l'enfer... Mes vêtements remis, je continuai à transpirer d'abondance et me jurai de ne plus jamais me livrer à cette coutume barbare.

Au vrai, ma fille, Tania m'y ramena chaque fois qu'elle s'y rendit chez des amies ou clientes, car c'est un lieu où se concluent les affaires. J'y pris goût. L'hiver, les gens sortent de ces bains brûlants pour se rouler dans la neige ou se jeter entre les blocs de glace qui flottent sur les rivières. Ils prétendent devoir à cette pratique leur résistance aux maladies et leur vigueur. On trouve des hammams dans les villages les plus pauvres de l'empire, mais, d'après ce que m'a raconté Tania, ils sont crasseux et infestés de vermine...

En l'attendant dans l'antichambre, je balançais entre des désirs contraires : rentrer à Mirecourt ou chercher un atelier de menuisier pour y faire un ou deux violons afin de montrer mon savoir et faciliter un commerce dont Tania prétendait se charger. Dans ce dernier cas, quel temps perdu ! Et comment remplacer celui de Chappuy ? En faire un que je signerais de son nom ? J'en étais à l'avance découragé. Pour me ranimer l'esprit, je sortis dans le parc et fis les cent pas. La vue de la comtesse Nadia Menchikov et de ses suivantes s'ébattant dans le bassin, jeunes biches élancées et rondes, emperlées par le jet d'eau dans le soleil couchant, me poussa à rester à Saint-Pétersbourg afin d'y réaliser un chef-d'œuvre...

Quand je revins à l'antichambre, elles étaient toutes là, vêtues de leurs robes à la française, qui entouraient Tania en devisant, leurs tasses de thé à la main. Elles m'en offrirent, me priant de m'asseoir sur un tabouret face à la comtesse. Elle n'était pas la moins jolie avec ses yeux sombres étirés vers les tempes dans l'ovale parfait d'un visage qu'encadrait une perruque blanche. Elle me contemplait d'un air bienveillant alors que Tania vantait mon savoir de luthier et ma culture. Je me levais et m'inclinais devant elle chaque fois que mon avocate me désignait de la main, avec le sentiment d'être ridicule car, ma fille, je transpirais de plus belle d'émotion.

La conversation n'en finissait pas. Je rappelai à Tania qu'il me fallait d'abord obtenir une entrevue avec le chevalier d'Éon. La comtesse me regarda avec étonnement, puis les femmes reprirent leur bavardage. Enfin, ma maîtresse me rassura . « Tout va bien. » Après, je subis une nouvelle épreuve : l'essayage des robes qu'elle avait apportées. Comme à Versailles, devant Mlle de Charolais, je faisais figure de meuble : ces dames me montraient leurs jambes, leurs épaules et leurs seins sans se soucier de ma gêne. Certes, j'avais été mêlé à elles dans les vapeurs du bain mais, on le sait, la nudité est plus chaste que le dévoilement modéré de leurs blasons.

Au retour, Tania me mit au fait des négociations dans lesquelles le chevalier d'Éon était engagé en tant qu'agent plus ou moins secret de Louis XV. Alors que je m'embarquais pour Saint-Pétersbourg, la France et l'Autriche signaient le traité de Versailles contre la Prusse et l'Angleterre, se promettant assistance en cas de guerre. En dépit de ses conseillers, dont le terrible chancelier Bestoujev, Élisabeth s'était rapprochée des deux puissances mais souhaitait — avant d'entrer dans cette coalition — que la France renonçât aux garanties accordées à la Sublime Porte, c'est-à-dire à la Turquie. Mais la France ne le pouvait : elle commerçait depuis toujours avec cet État. Douglas, ministre plénipotentiaire accompagné de D'Éon, signa un accord secret qui rendrait caduques ces garanties en temps de guerre... Or, en septembre, elle avait éclaté... La Saxe envahie par Frédéric, Louis XV se trouva engagé par cet accord dont on pouvait penser qu'il l'avait ignoré. Il désapprouva publiquement ceux qui avaient disposé si légèrement de l'honneur de la France...

Réduit à lui-même, d'Éon aurait dû perdre son prestige — qui était grand — auprès de la tsarine. À l'étonnement de tous, il continuait à compter parmi ses favoris. « On dit, me confia Tania, qu'il est homme et femme à la fois. À un précédent voyage, il aurait séduit notre impératrice sous les traits d'une élégante dame nommée Lia de Beaumont dont elle fit sa lectrice. Il sait si bien parler

de la culture française et de toutes les folies de Versailles ! Sans compter les vins et les alcools qu'il fait venir de son pays ! Élisabeth s'en enivre jusqu'à tomber en syncope. Il faut alors couper sa robe et son corset... Comme elle, il a ses crises de mysticisme durant lesquelles ils lisent et commentent ensemble les Écritures. Enfin, comment t'expliquer l'attrait sur nous d'un homme qui sait si bien choisir nos toilettes, nos parures (j'en ai eu maintes fois la preuve !), nous conseiller sur la décoration de nos maisons, vanter notre vertu et notre courage ? On dirait que, plus femme que bien des personnes du sexe, il admire en nous, cachées sous les dentelles, nos qualités viriles... »
Je te traduis, ma fille, le portrait que Tania me fit de ce mystérieux personnage. Ma curiosité était à son comble et j'attendais avec impatience de le rencontrer.

J'attendis trois semaines, rongeant mon frein, me disputant avec ma maîtresse qui me reprochait le peu d'attention que je lui montrais, l'accompagnant parfois chez des clientes ou amies quand sa colère ou ses pleurs me devenaient insupportables. Elle me présentait alors à eux avec la fierté du maître pour son lévrier. Je retrouvais dans ces maisons le même entassement de meubles de prix, le même désordre, les mêmes jardins. S'y ajoutait souvent une saleté repoussante qui contrastait avec les murs fraîchement peints des façades. Les repas étaient longs et ennuyeux, pour moi du moins, sauf quand un ou plusieurs convives parlaient français, ce qui heureusement n'était pas rare. Gens d'un abord aimable, fort curieux de nos modes et de nos mœurs, ils m'agaçaient par l'étalage qu'ils faisaient des beautés de leur ville comme si, sortie d'un coup de la tête de leur tsar, elle reflétait déjà dans les eaux qui l'enserraient et la traversaient ses palais de pierre, ses coupoles d'or, d'azur et d'émeraude. M'irritaient surtout leurs airs de potentats quand ils évoquaient leurs domaines où besognaient leurs serfs, auxquels ils attachaient moins de prix qu'à leurs chevaux. Leur sujet de conversation favori était la chasse aux ours ou aux loups. Les femmes se donnaient des nouvelles de leur famille, se plaignaient de leurs servantes. Quand leurs maris se retiraient pour cuver les rasades d'alcool qu'ils avaient absorbées tout au long du repas, fumer la pipe et jouer au billard, elles jabotaient sur leurs amies, les amours des Grands, échangeaient des recettes de beauté ou de potions, faisaient montre des superstitions les plus stupides et se signaient à tous propos. Je sortais de là l'estomac lourd, car je m'habituais difficilement à leur soupe faite de légumes et de viandes grasses, aux pyramides de rôtis qu'on servait avec des confitures de Chine, aux corbeilles de fruits verts ou pourrissants qu'ils faisaient venir à grands frais de l'étranger, de pâtisseries orientales ; surtout à leurs liqueurs dont ils usaient abondamment dès les desserts. Je ne songeais qu'à m'allonger sur ma banquette de bois — car les Russes ne connaissent pas les lits — et dormir. Mais c'était compter sans les ardeurs de Tania, échauffée encore par les alcools, qu'il me fallait éteindre...

Pourtant, ma fille, c'est pendant ces trois semaines que je connus le mieux Saint-Pétersbourg et son peuple. Je me décidai à chercher un atelier et partis seul en ville malgré les protestations de ma maîtresse. Jour après jour, je me pris moi aussi à la rêver. C'est par la lumière de son ciel et de ses eaux que je fus d'abord conquis, une lumière changeante qui allait du gris le plus tendre au violet le plus profond en s'irisant de tous les roses, les bleus, les verts selon l'heure, le temps, les saisons. Parfois, en barque dans l'immense embouchure de la Néva, on croit voguer sur les nuages d'un ciel diapré alors qu'au-dessus de notre tête se déploient les eaux roses d'un océan. L'hiver, quand il ne reste que quelques heures de jour pour jouir de cette lumière, que le soleil luit sur la neige qui couvre la ville et sur la glace des canaux, elle a l'éclat du diamant et vous brûle les yeux. Je revois Saint-Pétersbourg cet automne-là : silhouette d'une ville inachevée, aux lignes blanches et pures et aux ors éteints, tremblant dans les brouillards qui montaient de l'eau où elle s'inverse comme en un miroir. Je voudrais oublier la souffrance des hommes qui la construisirent... C'est près de la place au foin, abcès purulent de la ville, que je découvris mon futur atelier.

Imagine un marché aux bêtes, aux esclaves et aux prostitués, dont certains sont des enfants. Les acheteurs se renseignent sur leur âge, examinent leur denture, tâtent leurs muscles, s'assurent de leur force, de leur agilité, de leur dressage et, pour les filles, même les plus jeunes, de leur virginité, aidés par leur mère qui leur ouvre les cuisses. J'avais honte. Honte d'être un homme parmi les autres, prêt à ce genre de marchandage si j'avais eu l'intention de m'établir dans cette ville. Honte surtout de revenir en ces lieux comme fasciné par le spectacle répugnant que j'y découvrais. La révolte contre cet asservissement des êtres me poignait. Il m'aurait fallu la crier à tout venant comme pour assurer ma vertu. Je ne pouvais me leurrer. Une mauvaise ivresse m'y tenait les yeux grands ouverts et les tripes remuées, ne sachant si je jouissais davantage de me voir dans le rôle du tourmenteur ou de l'humilié.

Un matin que je débattais en moi-même ces contradictions, un tailleur de pierre français m'aborda : « Voilà plusieurs jours qu'en allant à mon travail je te vois traîner ici. Quel trésor veux-tu y acheter ? » Je me présentai et crus bon de lui faire part de mon dégoût pour ces mœurs sauvages, mais l'homme n'en avait cure. Il me répliqua que, s'il avait trouvé du travail en sa province, il ne serait pas si loin des siens sous les ordres d'un maître italien qui l'avait trompé sur les conditions de son engagement. Quand je lui dis que je cherchais un atelier de menuisier, il me désigna une église en construction au nord-est de la place. Derrière le chantier on élevait des maisons en bois.

Grâce à un autre ouvrier français, venu lui aussi travailler à Saint-Pétersbourg, je trouvai le maître charpentier qui me conduisit à son atelier situé dans une des baraques qui constituaient une sorte de village dans la ville. Je lui proposai d'en louer une partie pour y mettre un établi. Il me fallut boire avec lui et le Français plusieurs pintes d'une sorte de bière, qu'ils fabriquent en faisant aigrir de la farine dans de l'eau, avant qu'il se décidât à conclure l'affaire. Quand je lui demandai qui pourrait me fournir du bois de plusieurs années, il leva les bras et les yeux au ciel. « Tu ferais mieux de demander de l'or, dit le Français. Ici on abat les arbres pour faire du feu et des constructions. Les paysans brûlent les forêts pour rendre les terres à la culture. Où veux-tu trouver du vieux bois ! » Quand je fis part à Tania de ma déconvenue, elle me conseilla de me tourner du côté des navires. Dans son esprit cela signifiait une commande de matériaux à l'étranger, mais cette façon de dire me rappela mon père, qui un jour s'était réjoui d'avoir trouvé du bois de vaisseaux pour faire des violons. Je pensais à la *Belle-Licorne* !

Le lendemain, je me préparais à me rendre au port quand un valet vint me prévenir : le chevalier d'Éon m'attendait ce jour vers quatre heures de l'après-midi chez le comte Cherbatof, qui logeait dans un hôtel près du palais d'Été.

Il faisait nuit déjà. Autour des demeures, où les nobles et les riches donnaient des fêtes, les serviteurs faisaient brûler de grands feux qui semblaient par endroits embraser l'eau des canaux parcourus de barques remplies de marchandises ou de gens parés pour des bals. Un laquais me fit gravir un bel escalier de pierre et m'introduisit dans un immense salon éclairé de dix lustres. Le chevalier qui se tenait près d'une fenêtre, dans un de ces jardins dont je t'ai parlé, vint à moi la mine avenante. C'était un homme de petite taille, aux traits fins, à la voix douce, dont la jambe, la fesse, le bras musclés n'étaient pas ceux d'une femme. « Nadia Menchikov m'a conté vos mésaventures, me dit-il. Je sais que vous avez une lettre de Voltaire pour moi, ce qui vous fait deux fois bienvenu. » Il m'entraîna près d'une table chargée de fruits, de gâteaux et de liqueurs et m'invita à me restaurer avant l'arrivée des autres invités, puis me fit passer dans un boudoir où nous pûmes parler tranquillement.

Quand je lui confiai le recueil d'anecdotes sur Pierre le Grand et le plan d'une future histoire de ce tsar, élaboré par Voltaire pour Élisabeth, il exulta. « Mon ami, me dit-il, vous m'apportez là de quoi la rendre encore plus sensible aux intérêts de la France. Savez-vous qu'elle a toujours eu un doux penchant pour notre roi et qu'elle eût souhaité s'allier à lui encore plus intimement que par des traités ? Hélas, les raisons d'État ont empêché ces projets d'aboutir ; la Russie et la France se sont trouvées prises dans d'autres alliances, mais nous sommes quelques-uns à travailler à leur réunion. »

Il me promit la protection de la tsarine. Tout serait mis en œuvre pour que je puisse créer mes violons de la façon la plus confortable et les faire entendre à la Cour. Je lui parlai du bois de la *Belle-Licorne,* dont je souhaitais tirer parti sans porter préjudice aux marins car, ajoutai-je, le capitaine, un soir d'ivresse, s'était noyé. Nous prîmes rendez-vous pour le lendemain à la garde du port afin de nous renseigner sur ce bateau et son équipage. Après quoi, il le ferait débiter selon mes ordres. Nous rejoignîmes le salon où se pressaient une trentaine de personnes couvertes d'or et de pierreries auxquelles il me présenta avec des propos flatteurs. Parmi elles se trouvait la comtesse Nadia Menchikov, dans une robe rouge achetée à Tania qui mettait en valeur la rondeur de ses seins haut perchés et cette peau nacrée, comme transparente, que chaque émotion rosit, privilège des dames russes, parfois celui des femmes du peuple quand elles sont très jeunes. Cette fraîcheur leur passe vite, hélas, tant les duretés de l'hiver, les violences du vent, la rudesse des travaux auxquels on les emploie, l'alcool aussi, les tannent, les ploient, les flétrissent avant l'âge.

Pensais-je à ces malheureuses en cet instant ? Certes pas. Enjôlé par le charme du chevalier et soucieux de faire bonne figure parmi les Altesses, ne lui avais-je pas donné déjà les papiers de Voltaire sur Pierre le Grand, persuadé pourtant de l'aspect fallacieux de son entreprise ? Dans ce salon je ne voyais plus que les beautés qui m'entouraient, charmé par ces voix qui me parlaient français de façon si musicale. Tous flattaient ma vanité par des questions sur mon art, peu pratiqué en Russie, me complimentaient sur mon talent dont ils n'avaient nulle preuve, me priant de rester parmi eux afin d'ajouter une nouvelle gloire à la tsarine : celle d'accueillir le meilleur luthier du monde...

Les liqueurs, les tendres regards de la comtesse Nadia, le repas qui fut fastueux, achevèrent de me troubler l'esprit. Je ne puis te dire combien de sorte de poissons et de viandes rôtis ou accommodés des sauces les plus diverses j'ai vu défiler devant moi. Je mangeais peu, grisé par le vin et mes propres discours. Le repas terminé, les valets enlevèrent les tables et les reliefs, les musiciens entrèrent pour le bal... Je me tenais dans un coin du salon à regarder les danseurs quand une dame se fit annoncer. Elle portait une toilette vert d'eau couverte de guipure noire, un voile de fine dentelle tombait devant son visage qu'encadrait une perruque d'un blond fauve. Se mêlant au menuet, qu'on danse ici encore plus lentement qu'à Versailles, elle montra beaucoup de grâce. Bien que je n'aie jamais eu grande pratique de la danse, par curiosité envers cette nouvelle arrivée, et surtout pour m'emparer de la main de la comtesse Nadia en lui murmurant quelque galanterie, je profitai d'une reprise pour me glisser dans la rangée des hommes, face à elle, qui se relevait de la révérence de manière exquise. Je lui répétai les paroles du menuet d'Exaudet que les musiciens venaient d'attaquer : « Un désir, un soupir, ô Bien-Aimée, peut troubler un cœur, où se peint la candeur, où la sagesse brille. Le repos, sur ses eaux, peut renaître ; mais il se perd sans retour, dans un cœur dont l'amour est maître... » Le menuet fut suivi d'un rigodon fort vif que l'inconnue exécuta avec une maîtrise peu commune. Passant devant moi pour aller se rafraîchir, je vis ses yeux noirs derrière la dentelle et... reconnus le chevalier d'Éon. Démasqué par tous après une heure de danse, les hommes s'amusèrent à lui faire des avances, les femmes à le caresser.

La fête se termina par une course en voiture dans la ville. Il m'avait pris dans la sienne (j'aurais bien préféré celle de la comtesse !) dont les quatre chevaux allaient à un train d'enfer comme pour échapper à la meute de ses galants qui nous suivaient de près. Nous faillîmes nous rompre le cou quand un pont de bois s'effondra sous les roues du carrosse qui tomba dans un canal... La Chevalière — c'est ainsi qu'on nommait d'Éon quand il s'habillait en femme — se blottit contre moi en m'enserrant la taille, la figure contre ma poitrine. Je ne puis t'assurer, ma fille, que je ne fus pas troublé... Il est vrai que, ivre, je ne savais plus si nous étions la nuit ou le jour, mon sexe ni le sien... Il en fut ainsi presque toutes les nuits, dans une maison ou une autre, tant que je demeurai à Saint-Pétersbourg. Si ce n'était en voiture que s'achevaient nos courses folles, c'était en traîneau dans la campagne ou sur canaux et rivières pétrifiés par la neige et la glace. Au matin, après un rapide passage chez Tania — d'autant plus rapide qu'elle se montrait ou geignarde ou furibonde —, je retrouvais mon atelier, qui avait été fort bien aménagé, mes rabots, mes gouges[1], mon fer à plier[2],

1. Sorte de ciseau creusé en canal qui sert à ébaucher et creuser les voûtes, à sculpter la volute. Il y en a de diverses dimensions.

2. Outil permettant par la chaleur de courber les éclisses.

ma happe[1], ma lousse[2]... Il me fallait du temps pour que mon esprit se réveillât et guidât ma main.

La comtesse Nadia ne devint pas ma maîtresse. Elle se contenta toujours d'accueillir mes déclarations les plus brûlantes avec un sourire complice, mais sa peau, même sous mes baisers, resta celle d'une statue et ses lèvres ne prononcèrent jamais le moindre mot d'encouragement. Je me souviens pourtant d'un dimanche... Je l'accompagnai pour la messe à la basilique Pierre-et-Paul, une église orgueilleuse dont la flèche d'or pointe au ciel un ange dont on ne sait s'il protège la mer et la ville ou s'il les défie... Entourée de ses suivantes, elle s'appuyait sur mon bras. Il faut te dire, ma fille, que là-bas les offices religieux durent des heures, qu'on étouffe dans des vapeurs d'encens si épaisses qu'il semble qu'officiants et fidèles se meuvent dans un hammam. On s'y signe continuellement de la main gauche, on se prosterne devant les icônes qui, pour les orthodoxes, sont sacrées : elles représentent presque toutes le mystère du Dieu fait homme, donc la Nativité. Le chant des prêtres, comme un roulement de galets dans les vagues d'un océan déchaîné par l'orage, murmure les graves, puis s'enfle et explose sous les immenses voûtes, vous jette à genoux et vous courbe.

1. Sorte de presse en fer qui sert à maintenir les différentes pièces de bois pendant le collage.

2. Outil tranchant qui sert à donner aux trous des chevilles leur forme conique.

La cervelle asphyxiée autant que la poitrine, je voulus sortir. Elle me retint : « Restez, je vous en prie. Comme vous, ces cérémonies me pèsent. J'y perdrais la foi. Mais je me dois d'y paraître jusqu'à la fin. Votre présence m'est une aide précieuse. Oui, restez. Pour l'amour de moi. » Je demeurai près d'elle. Si ému que je crois bien avoir rendu grâce au Seigneur ! Quand, trois heures plus tard, nous sortîmes, qu'elle eut donné de l'argent aux pauvres et à d'horribles infirmes qui se pressaient autou. de son carrosse, que nous nous éloignâmes, je voulus — ses suivantes étant dans une autre voiture — enlever ses chaussures pour embrasser ses petits pieds et caresser ses chevilles. Elle me repoussa : « Cher Denis, ne profitez pas d'un moment de faiblesse. Votre amitié me suffit. » Pour elle, je ne fus jamais Beloiseau !

Avec le chevalier nous n'échangeâmes aucune privauté même si la camaraderie qui nous lia un temps n'alla parfois sans un soupçon d'équivoque quand il se changeait en femme. Cela dit, je ne pus tirer au clair son véritable sexe. Je crois qu'il était homme, comme on le déclara à sa naissance, mais que le commerce de l'amour lui étant interdit pour une raison que j'ignore, il tira de cette infirmité une grande force de séduction car il pouvait être homme ou femme ou les deux dans le même temps selon le vœu avoué ou secret de la personne qu'il souhaitait enjôler.

À Saint-Pétersbourg, ce n'est donc pas par la chair que j'ai le plus péché, mais par l'esprit. J'y ai perdu le sens de l'humain. Pris par la magnificence des palais où les miroirs reflètent à l'infini votre image dans la gloire des lambris, des parquets marquetés, des cristaux, des tentures, au milieu des riches costumes de ceux qui voulaient me faire croire que j'étais leur égal, comme Voltaire, comme bien d'autres, j'ai voulu ignorer que tant de splendeurs ne s'érigeaient que sur les souffrances et la vie même de tout un peuple. Il faut ajouter que, parfois, dans ces folles soirées, j'avais ma ration de musique. À Saint-Pétersbourg, les musiciens italiens faisaient fureur — autant que les architectes. C'est là que j'eus le bonheur d'entendre Luigi Madonis, élève de Vivaldi, qui était maître de concert de la Chapelle impériale, et Tito Porta en les mains duquel je vis un violon de Michel Deconet ! Son vernis d'un rouge profond, son chant de miel, chaleureux, voluptueux... Ah, ma fille, je fus jaloux ! Et grisé...

Ce n'est que loin de ces fastes, ou du moins en ayant saisi l'envers, que je compris l'insidieux pouvoir du luxe et de la beauté non seulement sur les princes mais sur les plus humbles de leurs serviteurs quand ils recueillent les miettes de leurs festins.

Le lendemain de ce premier soir où je rencontrai d'Éon, je me trouvai avec lui sur le port. Devant la *Belle-Licorne,* j'appris que Boubou, accusé du meurtre du capitaine dont on avait tiré le corps de l'eau, avait été pendu par les pieds. Déjà frappé d'amnésie tant par les vapeurs de l'alcool bu la nuit que par celles de ma vanité en effervescence, je n'en éprouvai qu'un léger chagrin, vite dissipé quand mon compagnon m'assura qu'Élisabeth allait racheter le navire pour le mettre à ma disposition... Tout juste si je m'inquiétai du sort des marins...

Un mois plus tard, les parties saines de la frégate, débitée par des charpentiers, reposaient dans mon atelier et je commençai mon ouvrage... Est-ce le souci que j'avais d'être à la hauteur de la réputation que le chevalier m'avait faite ou la qualité de ce bois imprégné de la sueur des marins, de leur sang, de leurs rêves, des légendes qu'ils se contaient, je réussis un de mes meilleurs violons. La *Belle-Licorne* qui avait tant gémi dans les tempêtes chantait merveilleusement sur mon épaule... Je fis deux instruments portant mon nom, un autre celui de Chappuy dont je changeai, comme il le faisait, la forme des ouïes, les taillant légèrement plus large.

Nous étions en avril. Le chevalier était rappelé à Versailles. Il devait remettre au roi la promesse d'Élisabeth d'adhérer au traité de Versailles ainsi que le plan de campagne de l'armée russe en accord avec les États-majors français et autrichiens. Il me proposa de repartir avec lui. J'hésitais. Il me fallait présenter mes violons à la tsarine et voir quel sort leur serait réservé. Si elle s'y intéressait, ne me faudrait-il pas demeurer à Saint-Pétersbourg ? Il me ménagea une entrevue au cours d'une fête qu'elle donna à Peterhof. Le temps s'étant soudainement radouci, elle pouvait rendre au parc du palais sa plus belle parure : les eaux. J'arrivai de Saint-Pétersbourg en barque sur le golfe couleur d'opale aussi calme qu'un lac. J'avais gardé ma venotte[1] sur mon habit encore couvert de copeaux. Je jouais le rôle qu'on m'avait assigné : celui de luthier. D'Éon qui m'accompagnait me félicita : la tsarine aimait que chacun apportât sa note personnelle aux spectacles qu'elle se donnait. Les arbres du parc, qui est immense, étaient garnis de lampions. Éclairés par des torches, les bassins crachaient au ciel un or liquide. Jaillissant de la gueule d'un lion écartelé par un géant sur la plus haute des terrasses qui montent vers le château, roulait un fleuve de feu. Nous reprîmes une barque qui semblait fendre des nappes de métaux en fusion, au milieu d'un canal incendié par les brasiers allumés sur ses bords. Je ne savais où tourner mes regards tant j'étais ébloui par cette féerie d'eau et de lumière. Nous traversâmes une suite de vastes salles où les miroirs reflétaient les fleurs de glace des lustres vénitiens, les soies d'Italie, les porcelaines de Chine, les bois précieux des meubles français, les robes, les habits chamarrés des courtisans qui nous laissaient passer dans un murmure de mots flatteurs, de claquements de talons et d'éventails.

Nous pénétrâmes dans un salon plus intime superbement décoré de velours rouge, de fauteuils et d'un meuble de toilette doré devant lequel était assise Élisabeth en robe de soie jaune et noire, entourée de dizaines d'autres jetées sur les tapis, et de ses dames parmi lesquelles se trouvait ma

1. Tablier du luthier.

chère Nadia Menchikov. La tsarine se tourna vers nous alors que nous pliions le genou. Cette femme de près de cinquante ans avait dû être fort belle, mais la graisse alourdissait ses traits et sa taille. Un maquillage outré donnait à son visage une expression vulgaire qu'accentuait encore une voix malsonnante et pâteuse : elle tenait un verre de vin à la main, de ce vin de Bourgogne que d'Éon lui fournissait. Elle nous en fit servir, puis s'adressant au chevalier : « Voilà donc ce fameux luthier dont vous m'avez entretenue maintes fois ! » Elle me dévisagea sans complaisance, puis s'adressant à la comtesse Nadia : « Jouez-nous de ce violon, puisque vous aussi ne tarissez pas d'éloges sur celui qui l'a conçu. »

Rougissante, la jeune femme s'inclina. Je tremblai de bonheur de voir mon enfant couché sur son bras. Plus encore quand j'entendis monter de ce bois gorgé de tempêtes la musique légère d'une sérénade d'Alessandro Scarlatti. J'oubliai ce palais, j'oubliai la tsarine, je n'étais plus que la chair vibrante du violon qui chantait contre le cœur d'une bien-aimée. Ce fut un instant ineffable, que je ne pus goûter longtemps car Élisabeth, après quelques compliments, s'était remise à boire. Bientôt, gesticulant et criant, elle arracha sa perruque, se roula par terre et, pardonne-moi ma fille, fit dans ses jupes ! Tandis que ses femmes l'emportaient vers sa chambre, Nadia vint vers moi, mon violon à la main : « Faites-moi tenir les autres. Vous serez payé avant votre départ. — Je veux mon dû, répliquai-je, mais surtout que mes instruments soient joués et bien joués, comme vous venez de le faire. Je ne veux pas qu'ils restent entre les mains de... » J'allais dire « cette folle ». Elle m'interrompit : « Soyez sans crainte. Je veillerai sur eux. Vous pourrez, de Lorraine, organiser votre commerce avec Tania. »

D'Éon voulut m'entraîner au bal, mais je n'avais pas le cœur de l'y suivre. Je rentrai chez moi, parmi la féerie des eaux et des lumières, taraudé par la crainte que mes violons que j'appelai : Belle-Licorne I, Belle-Licorne II et Belle-Licorne III — signé Chappuy —, livrés aux caprices d'une despote, ne fussent perdus, détruits, que sais-je... Mêlant reproches et tendres propos, Tania ne parvint pas à me réconforter. Reproches, oui, car elle ne comprenait pas que je puisse songer un instant à quitter Saint-Pétersbourg — comme je venais de le lui apprendre — alors que, selon elle, j'y étais au seuil de la gloire : la tsarine, ayant repris ses esprits, allait m'attacher à son service. Pouvais-je lui dire que, même si cet honneur m'était offert, je fuirais, dégrisé d'un coup par le spectacle répugnant qu'elle m'avait donné.

Remontaient en moi les images de ces morts, de ces blessés qui croupissaient dans les fondations de la ville, de ces mendiants, de ces estropiés agglutinés aux portes des églises, de ces femmes, de ces enfants avilis sur les marchés. Certes, à Mirecourt, à Paris, j'avais côtoyé la misère, mais ici elle me paraissait d'autant plus tragique qu'elle semblait acceptée d'un peuple écrasé par l'opulence des Grands sans qu'aucune classe moyenne n'assurât la transition entre la misère extrême des uns et les richesses insensées des autres... À quoi tiennent les choses... Si la tsarine s'était montrée digne de son rang, si elle avait prêté plus d'attention à mon travail, j'aurais persisté dans mon aveuglement et j'aurais fait carrière dans ce pays, ligoté par l'argent et les honneurs.

— Je vous connais assez, mon père, dit Agnès, pour penser que cet aveuglement aurait été de courte durée... Et puis, comment auriez-vous pu vous passer longtemps de Mirecourt ? N'y êtes-vous pas toujours revenu ?

— Sans doute... Mais les hommes sont faibles — moi le premier — devant l'attrait de la puissance que leur donnent l'or et cet encens qui chatouille si agréablement leur vanité. De plus, je touchais à cet âge dangereux où l'on souhaite tout recommencer comme pour nier la fin prochaine. Revenir à Mirecourt, c'était reprendre le fil de ma vie auprès d'une femme que je n'aimais pas et de frères qui me jalousaient. Je ne pouvais même pas me targuer auprès d'eux que ce voyage fût un succès.

— Avez-vous regretté d'être parti ?

— Non. Sur le coup je me traitai d'idiot, à cause de cette violence en moi qui me poussait à quitter au plus vite la place. Plus tard, je ne regrettai pas d'être parti... Si Dieu n'existe pas, ce que j'aurais tendance à croire, pourquoi avons-nous, plus nous avançons en âge, le sentiment d'un destin, d'une route tracée dans ses grandes lignes ? Si nous voulons nous en écarter, un détour nous y fait revenir.

— Moi qui crois en Dieu, je ne pense pas qu'Il nous mène.

— Alors qui ?

— Nous, mon père. Nous, avec nos faiblesses, nos peurs, nos courages aussi. Vous étiez un homme trop libre et trop... pardonnez-moi... trop tsar vous-même pour supporter l'emprise d'une tsarine avinée...

— Laissons cette vieille querelle !

— J'ajoute que, sans le savoir, c'est l'amour du violon qui vous a conduit par-delà vos autres amours et les bénéfices que vous auriez pu tirer de positions enviables.

— Te voilà bien indulgente pour ton vieux père, Agnès ! Il est vrai que je sens le cadavre... Ne te récrie pas. Écris...

Alors que je faisais mes bagages, oreilles et yeux clos sur les cris et les larmes de Tania, d'Éon me fit porter, de la part de la tsarine, un sac de ducats d'or représentant beaucoup plus que le prix dont j'avais estimé les trois violons. Un mot accompagnait cette manne. Il ne venait pas d'Élisabeth mais de la comtesse Nadia Menchikov. Elle m'y disait le plaisir qu'elle avait eu à me connaître, me souhaitait bon retour en mon pays, m'assurait du soin qu'elle prendrait des instruments et de l'aimable souvenir qu'elle garderait du « luthier lorrain ». Je cherchai en vain dans ce billet une trace de tendresse. Je lui écrivis à la suite deux ou trois lettres brûlantes que je déchirai.

Je quittai donc Saint-Pétersbourg un matin d'avril 1757 dans la voiture du chevalier, suivie d'une autre où se trouvaient deux domestiques, nos bagages, des provisions de route, des fourrures, cornes de cerf, coffrets de bois sculptés que d'Éon rapportait à ses amis.

Quelle route, ma fille ! Jusqu'à Riga nous ne faisions que quatorze lieues par jour par des terrains sablonneux. Sur des étendues marécageuses, il nous fallut faire abattre des sapins et les débiter en rondins que l'on disposait devant les voitures pour éviter aux roues de s'enliser, passer maintes fois des rivières par bateaux conduits par des ivrognes, coucher chez des maîtres de poste qui ne pouvaient nous offrir que des sols crasseux et des pitances aigres. Le chevalier avait emporté un lit où il me convia, mais il était trop étroit pour nous deux, même enlacés, et je dus me contenter des coussins qu'il voulut bien m'abandonner. Nos provisions finies, nous mangeâmes des œufs, des poules qu'il faisait tuer et bouillir.

Après Riga, un port fort animé entouré de remparts, et jusqu'en Lituanie, le paysage changea. Nous allions sur de meilleurs chemins qui traversaient d'immenses plaines où ondoyaient les courtes tiges des blés verts et des prairies riches de moutons que gardaient des paysans vêtus de la peau de leurs bêtes. Comme partout, l'eau des puits était insalubre. Nous en étions réduits au vin et aux alcools, veillant que la portion des cochers et des domestiques restât mesurée. En Lituanie, les chemins redevinrent mauvais, qui nous conduisaient à travers des forêts obscures et des landes désertes où nous apercevions, de loin en loin, des maisons de bois couvertes de chaume. Chaque fois que nous le pouvions, nous descendions dans des couvents, ce qui nous faisait faire des détours, mais là au moins nous bénéficiions d'une cellule propre, d'une écuelle de lait, de légumes frais, de l'accueil chaleureux des moines ou des religieuses qui, tous, semblaient connaître le chevalier.

Curieux homme, oui, vraiment... C'est au cours de ce voyage que je pus l'apprécier. Finie l'ambiguïté. À moins de trente ans, il était plus mâle que moi qui en avais quarante et un, semblait insensible à la faim, à la fatigue, trouvant des solutions à tout, d'une culture et d'une gaieté qui m'enchantaient. Dès le départ il m'avait demandé si je n'étais pas trop peiné de quitter Saint-Pétersbourg. Comme je lui confiais la répugnance que m'inspirait cette ville malgré les beautés qu'on y voyait paraître, il m'approuva : « Je crains, dit-il, que, même complètement édifiée selon les plans de Pierre le Grand, elle ne demeure un fastueux tombeau. » Cette réflexion scella notre entente qui ne se départit point même quand il se moquait de mon admiration pour Voltaire. Il m'ouvrit l'esprit par ses lectures de Jean-Jacques Rousseau, Diderot et Fréron, me conta mille anecdotes sur la Cour et sur Mme de Pompadour, jalouse de lui car, disait-il, selon une légende qui courait à Versailles, déguisé en fille, il aurait séduit le roi ! Il rit tant en me relatant cette histoire que je n'osai lui demander si elle n'avait pas une pointe de vérité...

Ce qui m'étonnait chez lui, c'était ce mélange capiteux d'un langage à la fois châtié et gaillard, d'une pudeur tatillonne (il se couchait habillé et exigeait d'être seul pour pisser et faire toilette) et d'une ferveur religieuse peu commune. Comme toi, ma fille, il voyait Dieu partout, lui rendait grâce en toute occasion ainsi qu'à la Vierge et aux saints. Nous discutâmes longuement à ce sujet sans nous convaincre l'un l'autre.

Je ne veux pas te lasser en te relatant chaque étape de ce voyage qui dura plus de deux mois. Nous y connûmes de nombreux désagréments. En franchissant le Bug, qui sert de frontière entre la Galicie occidentale et la Pologne autrichienne, le fer à anneau qui soutenait et suspendait une des soupentes de derrière notre voiture se cassa. On le remplaça par un câble jusqu'à trouver un charron, ce qui nous retarda. Sans compter que la visite de nos passeports et de notre équipage, le paiement que d'Éon dut sur les fourrures, nous prirent plus d'une journée. Plus loin, au passage de la Vistule, nous perdîmes deux chevaux dans les marais... Je me souviens de la tristesse des villages de Pologne qui se ressemblent tous avec l'alignement de leurs maisons basses au milieu de forêts immenses, des fondrières où les sauts de la voiture nous cassaient le dos quand les roues ne s'y brisaient pas.

En route, nous rencontrâmes le marquis de l'Hospital qui venait d'être nommé ambassadeur en Russie, vieil homme malicieux, qui appelait d'Éon : « Ma chère Lia ». « C'est que, me dit ce dernier, autre fable, on raconte que je me rendis une première fois en Russie sous le nom de Lia de Beaumont, devins lectrice de la tsarine, et aussi son amant. Certes, les missions que me confie le roi m'obligent à certains artifices. Ceux des femmes sont loin de me déplaire, vous avez pu en juger... De là à imaginer que je mis des jupes pour me faire culbuter par Élisabeth... Pouah ! » Je ne pus en savoir davantage.

Arrivé à Vienne, il me laissa dans une auberge car il devait rencontrer le comte de Broglie, ambassadeur de France à Varsovie. Après m'être restauré, avoir fait toilette, je m'étais endormi, rompu par le voyage, quand il entra dans ma chambre en proie à une grande excitation : il venait d'apprendre que les troupes de Marie-Thérèse, impératrice d'Autriche, avaient battu à Kolin celles de Frédéric II de Prusse. Soucieux d'être le premier à apprendre cette excellente nouvelle au roi, il me pria de repartir seul ayant en garde les deux voitures que je lui amènerais à Versailles. Il en prendrait une plus légère avec laquelle il brûlerait les étapes. Malgré ma hâte de retrouver Mirecourt je ne pouvais lui refuser ce servicc. Il m'embrassa, dégringola l'escalier, je l'entendis qui donnait des ordres, puis le crissement des roues sur les pavés de la cour : il était déjà loin dans les claquements du fouet !

Seul, je fus pris de nostalgie : je pensai à Vivaldi, à mes amis bohémiens... Que j'étais jeune, alors ! Je dus faire effort pour me préparer à mon tour et reprendre la route. À la tombée de la nuit, sur un chemin assez étroit, au milieu d'une vaste plaine, nous fûmes arrêtés par un cocher : à une lieue de là sa voiture avait versé. Il y avait un blessé : c'était d'Éon! Couché sur le sol, une jambe repliée sous lui, couvert de sang, il jurait comme le pire des mécréants. Sa colère tourna à la fureur quand je lui proposai de le ramener à Vienne pour qu'il y reçoive les soins d'un chirurgien. Ce qu'il voulait : repartir au plus vite. Avec l'aide des domestiques, je le hissai dans mon véhicule, l'étendis sur la banquette. Après avoir nettoyé ses plaies, je serrai la jambe qui me paraissait brisée entre des planchettes de bois que j'avais taillées dans le couvercle d'une boîte sculptée... En somme, il se trouvait en l'état où je suis aujourd'hui mais avec cette rage de vivre que donnent la jeunesse et l'ambition. Il ne cessa, pendant tout le temps que durèrent nos soins, de s'impatienter de notre lenteur. Après m'avoir demandé de lui laisser un tonnelet d'alcool, il me confia la deuxième voiture et repartit au même train qu'il avait quitté Vienne.

Après avoir traversé, sur des chaussées mal entretenues, les riches régions de la Bavière et de la Souabe, avoir couché dans ma voiture plutôt que dans les mauvaises auberges de la Forêt-Noire, avoir cru que nous allions nous écraser contre les hautes roches de la vallée de l'Enfer où nous perdîmes une roue, je savais ma Lorraine proche, mais il me fallait continuer sur Paris...

Je retrouvai le chevalier dans les superbes appartements du prince de Conti. Soigné par le chirurgien du roi, il était tout à fait remis, claudiquait à peine et jouissait d'une gloire qu'il craignait — et il avait raison — éphémère. Après m'avoir serré sur son cœur et remercié pour mon zèle à le servir, il me confia les bontés du roi à son égard et les manœuvres de la favorite. Louis XV l'avait fait lieutenant de dragons, lui avait octroyé donation sur cassette royale, offert une tabatière d'or et de perles à son effigie, mais la Pompadour — toujours elle ! — et son clan complotaient contre sa fortune... Sans doute allait-il retourner à Saint-Pétersbourg... Il me donnerait des nouvelles de mes violons et de la comtesse Nadia. Je n'en reçus que trois ans plus tard. D'Éon, malade, rentrait définitivement de Russie : il pensait à une carrière littéraire et militaire. « Vos Belles-Licornes, m'écrivait-il, sont toujours entre les mains de Nadia Menchikov. Elle en joue parfois, pour son plaisir et celui de ses amis. Je ne vous dirai pas : pour celui de la tsarine ; celle-ci n'est plus capable de goûter ce genre de plaisir. »

En remerciement, le chevalier m'avait donné une voiture et deux chevaux pour rentrer chez moi. Je ne pouvais traverser Paris sans m'arrêter chez Guersan. Mon bon maître, luthier de la Dauphine, avait pris en secondes noces une femme fort belle. On l'aurait pu croire heureux, mais de me revoir après ses deuils ennuagea son regard. « Mon ami, me dit-il, la vie nous accorde parfois de réaliser ce que nous croyons le plus cher de nos rêves, mais nous enlève le plus précieux bien que nous ne savions pas. » Je le fis rire, pourtant, lui racontant de façon cocasse mon expédition en Russie. « Je ne suis que de Paris, dit-il. Vous voilà universel ! »

Pour partir frais le lendemain matin, j'allai me coucher tôt dans une auberge de la rue de la

Harpe où j'avais laissé ma voiture. Au début de cette rue, une boutique de modes était encore éclairée. À l'intérieur, je reconnus Marion qui pliait des étoffes. À côté d'elle une fillette, réplique de sa mère, penchée sur le carreau des dentellières. Je restai un long moment devant ce spectacle, l'esprit vide, le cœur défaillant... comme il défaille ce soir en évoquant pour toi ce souvenir...

À demain, ma fille. Demain... Laisse-moi cette nuit avec l'image de mon bonheur.

Agnès appela Louise. Denis ne prêta attention ni à son baiser ni à son départ. Yeux fermés, bouche entrouverte, traits détendus, il était dans ce ravissement que donne la mort à ceux qu'elle aime.

QUINZIÈME SOIR

Maître Papigny venait de sortir de la chambre de Denis, suivi de ses clercs, de la famille, de Louise et de Luc qui avaient servi de témoins. Denis avait retenu Agnès.

— N'ai-je rien oublié, ma fille ?

— Si, mon père, de recommander votre âme à Dieu et d'indiquer le nombre de messes que vous souhaitez pour son repos. Je vous l'ai suggéré, mais vous n'en avez pas tenu compte.

— Tu feras selon ta conscience.

— Et puis...

— Quoi encore ?

— Vous m'avez favorisée, ce qui va me mettre dans la situation où vous étiez jadis : jalousée par mes demi-frères.

— Cela fera de toi un bon parti. Tu épouseras Luc...

— Il a une promise ! Vous ne pouvez disposer de mon cœur et du sien.

— Je lui parlerai.

Debout, très pâle dans sa robe blanche, Agnès tremblait de rage contenue.

— Si vous m'aimez, je vous en prie, n'en faites rien. C'est un nouveau péché que vous ajoutez à la liste déjà longue de vos mauvaises actions.

— Nous allons la reprendre. Écris !

— Je ne peux pas.

Elle s'enfuit, se jeta au pied de son crucifix, priant Dieu de ramener son père à la raison. Puis elle descendit dans l'atelier, sachant y trouver Luc. Penché sous la lampe, noisette en main, il ne semblait pas sentir le froid qui glaçait les vitres, ni l'avoir entendue venir. Elle lui fit face.

— Il faut que je vous parle.

— Vous savez à quelle condition je reste ici. Votre belle-mère m'a interdit de vous entretenir et elle nous surveille.

— Un mot seulement. Mon père va vous faire une proposition absurde et déshonnête. Il faudra la refuser.

— Quelle ?

— Vous verrez bien.

Comme elle allait sortir, il la retint.

— Vous me placez en situation difficile : je ne voudrais ni décevoir votre père ni vous peiner. Dites-m'en davantage, que je puisse réfléchir.

Agnès hésita, puis :

— Il vous aime comme un fils. Voudrait que vous rompiez avec votre fiancée et... Ô mon Dieu... Aidez-moi ! Devinez le reste...

Il se leva.

— Et que je vous épouse ?

Il lut le oui sur les lèvres d'Agnès.

— Cela vous déplairait-il tant ?

Des larmes roulaient sur les joues de la jeune fille. C'est alors que Luc perçut le frôlement d'un pas dans l'escalier. Il souffla la lampe, entraîna Agnès au fond de l'atelier, la fit s'allonger avec lui sous un établi. Mathilde faisait sa ronde. Elle resta un long moment au seuil de la pièce, lampe à bout de bras, qui éclairait le mur derrière eux. Enfin, elle repartit : les marches craquèrent sous son poids.

— Ne bougez pas, chuchota Luc à l'oreille d'Agnès. Il faut que nous soyons sûrs qu'elle se soit retirée dans sa chambre.

La tête de la jeune fille reposait sur le bras du garçon qui la protégeait de la dureté du sol. De son autre main il lui retenait le visage contre sa poitrine. Sa frayeur passée, elle goûtait de respirer ce corps d'homme, d'en sentir la force et la douce chaleur qui peu à peu s'insinuait en elle et la faisait mollir. Quand il la releva, elle se sentit vaincue. Plus encore quand, dans la nuit, les lèvres de Luc effleurèrent sa bouche.

— Rassurez-vous, dit-il très bas. Vous ne serez jamais ma femme.

D'un bond elle fut dans l'escalier. Sur le palier, elle entendit gémir son père. Au lieu de suivre le couloir qui la menait à sa chambre, elle s'élança vers celle de Denis.

Louise était là, qui se désolait.

— J'allais vous chercher, dit-elle à Agnès. Monsieur souffre et il ne veut pas prendre sa potion.

Agnès l'aida à remonter le malade sur ses oreillers, essuya une sueur épaisse qui coulait du front jusque dans les yeux qu'il tenait fermés. Elle porta le verre à ses lèvres.

— Buvez, mon père, je vous en prie. Le mal va passer.

Il en avala une gorgée, la regarda de ce regard mort qu'elle ne pouvait supporter où, pourtant, il lui sembla lire des reproches.

— Pardonnez-moi ma révolte, dit-elle très bas, je ferai ce qu'il vous plaira.

Une ombre de sourire passa sur le visage de Denis.

— Voilà une décision qui a dû te coûter, murmura-t-il.

Il but encore, se laissa aller comme pour dormir.

— Tu peux aller te reposer, dit Agnès à Louise. Je vais le veiller.

La servante essaya de l'en dissuader, mais elle la renvoya.

Elle passa la nuit, une main dans celle de son père, essuyant son front, le faisant boire quand la douleur revenait, écoutant les battements de son cœur, sommeillant parfois, le visage dans les draps qui, bien que changés chaque matin, prenaient l'odeur fétide de la jambe blessée. « Demain, pensait-elle, il me faudra faire venir le médecin. » Malgré les idées funestes qui l'accablaient, une allégresse chantait en elle au souvenir de ces instants où son corps l'avait trahie. Elle se le reprochait, agitait en elle la crainte d'y reconnaître une part honteuse, reçue de ce père qu'elle s'était prise à aimer, qui la porterait, si elle n'y prenait garde, à céder aux faiblesses de la chair.

Au matin, quand Louise vint la remplacer auprès du malade, Agnès se rendit dans sa chambre, se dévêtit et, d'une corde prise au passage à l'atelier, qui servait à pendre les violons pour les faire sécher, elle se flagella la poitrine, les cuisses, les fesses jusqu'au sang. Quand elle se laissa tomber à genoux, ce n'était plus le nom du Seigneur qu'elle implorait. Celui de Luc.

SEIZIÈME SOIR

Le médecin était venu. Dans la salle, où il avait rejoint Mathilde et Agnès, il ne put leur cacher son inquiétude. Certes, le cœur tenait, mais les chairs de la jambe, autour de la blessure, se tuméfiaient. Il craignait la gangrène. La sagesse eût été d'amputer sans attendre, mais Denis avait refusé, craignant de perdre dans l'opération son sang et ses dernières forces. Quand il fut parti, Mathilde se laissa aller à la colère.

— Ses forces, il veut les garder pour vous. Pour vos bavardages nocturnes ! Ne me direz-vous pas de quoi il retourne ? Vous avez eu votre part belle dans l'héritage. Mieux que moi, sa femme ! Vos mines sournoises ont eu raison de son cœur et de son esprit contre mon sincère attachement... Pourquoi le tourmenter encore ? Dans quel but ?

— Je ne le tourmente pas, Madame. J'essaie de l'aider. Je l'écoute. Il veut mettre sa vie au clair.

— Où étiez-vous cette nuit ? Votre chambre était vide.

— Auprès de lui.

— Pourquoi pas Louise ? Ou sa sœur ?

— Elles avaient besoin de repos.

— Ce n'est pas à vous d'en juger. Vous n'êtes pas encore maîtresse ici.

— Je me suis toujours défendu d'empiéter sur vos pouvoirs.

— Gardez vos airs sucrés pour votre père. Je n'en ai jamais été dupe.

Sur ces mots, elle était allée ouvrir le magasin. Agnès était remontée chez elle : elle n'avait pas le courage d'affronter le regard de Luc.

Elle croisa pourtant le garçon en allant, le soir, chez son père. Il l'aborda. « Votre père m'a parlé... Je lui ai dit que je ne pouvais rompre avec ma maîtresse. — C'est bien », dit-elle. Elle se détourna de lui, poursuivit son chemin.

Dans la chambre, l'odeur déjà perçue la veille lui fit lever le cœur. Elle alla jeter de l'extrait de santal dans le feu. Quand elle revint vers son père :

— Je pourris, ma fille. Bientôt tu ne pourras plus franchir cette porte.

Elle l'embrassa.

— Rien ne m'empêchera de rester près de vous.

Il soupira, puis :

— Henri a-t-il pris sa place à l'atelier ?

— Je n'y ai pas travaillé.

— Il faudra t'en soucier, ma fille. Je veux qu'il soit bien traité... Est-il vrai que mon gendre Papigny est lié d'amitié avec François de Neuchâteau[1] et Poullain de Grampey[2] ?

1. Comte Nicolas François de Neuchâteau, écrivain et homme politique, 1750-1828.

2. Avocat mercurtien.

— On le dit.

— Un pied dans la noblesse, un pied au tiers état, mon gendre est habile... Henri, s'il est doué, peut faire une belle carrière ici et à Paris... Cette idée adoucira ma fin. Une seule chose me soucie : l'entêtement de Luc à ne point vouloir rompre. Mais je n'ai pas dit mon dernier mot. Ni avec toi... Reprenons.

Avant de saisir la plume, Agnès souffla sur ses doigts glacés. Elle aussi, le froid de la mort la prenait.

Cette nuit, ma main dans la tienne, quand la douleur m'en laissait le loisir, mon esprit s'enchantait de ces deux visages : celui de Marion, celui de sa fille, que je contemplais cette autre nuit, si lointaine, derrière la vitre de la boutique... Je me décidai enfin à entrer. L'enfant leva les yeux de son travail. Marion resta figée derrière son comptoir. « Tu ne me reconnais pas ? » dis-je. « Beloiseau ! Que fais-tu à Paris ! » Je prétendis y passer pour affaires, peu soucieux de m'étendre sur mon voyage, pressé de savoir ce qu'elle était devenue depuis mon départ. À mes questions, elle répondit de façon vague. Je compris néanmoins que la petite était bien sa fille — elle avait douze ans —, que ses sœurs étaient mariées — pas elle —, que la boutique lui appartenait, qu'elle était sans doute toujours liée à Dauvergne puisqu'elle me dit ne pouvoir souper avec moi ni ce soir-là ni un autre. Quand le silence tomba, je restai planté comme un benêt au milieu du magasin, tripotant dans ma poche de veste deux chevalets que Guersan m'avait donnés. Plus haut d'un cheveu que les miens, ils étaient percés d'un cœur en leur centre. Geste irrésistible et absurde, je les tendis à l'enfant. Elle les saisit, les regarda avec attention, caressa le bois, me sourit : « Merci, Monsieur. Ils sont très beaux. » Je pris congé, le timbre ravissant de cette voix chantant à mes oreilles.

À Mirecourt, Chappuy avait bien veillé sur mon atelier. Je le récompensai largement, lui versant un tiers des ducats que j'avais rapportés de Saint-Pétersbourg. Je fus généreux avec mes demi-frères, ce qui, un temps, apaisa leurs aigreurs. J'offris un bracelet d'or garni d'éclats de diamants à ma femme, tentai de l'honorer en vain. La graisse l'ayant encore gonflée pendant mon absence, je ne trouvais plus ma place en son lit... ni en son giron. J'appelais à moi les visages de toutes mes amoureuses. Honte sur moi, ma fille, ce ne fut que grâce à celui de l'enfant dentellière — j'avais oublié dans mon trouble de demander son nom — que je retrouvai un peu de ma vigueur... Il en fut ainsi pendant des mois. Son visage effaçait celui des autres femmes, sa voix continuait à roucouler à mon oreille. Je décidai de lui faire un violon et de le lui porter.

C'était un soir glacial de début décembre. Tout au long de la route je n'avais vu, par la fenêtre de la poste, qu'une campagne, des forêts, des eaux roides de gel sous un ciel d'argent bleuté. Quand j'entrai dans le magasin, deux femmes s'entretenaient avec Marion autour d'une pièce de drap. L'enfant était là. Elle leva les yeux des fuseaux et rougit. À son cou, un ruban de soie noire retenait mes deux chevalets contre sa gorge. Comme pour les dissimuler, elle y porta une main que je saisis en lui demandant son nom.

Agnès s'était arrêtée d'écrire. Elle murmura :

— N'était-ce pas...

— Si, ma fille. Tu as deviné. Mais ne m'interromps plus sinon je n'aurai jamais le courage...

Des larmes roulaient sur les joues du vieil homme qu'elle alla essuyer avant de reprendre la plume. Un instant on n'entendit que son grattement sur le papier, puis :

— Elle me dit s'appeler Véronique. Je sortis le violon de son étui, le posai sur ses genoux que j'avais débarrassés du carreau des dentellières. « Il est pour toi. » Elle le caressa, le respira telle une petite chatte. « J'en ai déjà un, mais il est moins beau », dit-elle très bas. « Qui te donne des leçons ? — Mon parrain. M. Dauvergne. » Elle me contemplait, de l'eau dans ses yeux clairs, bouche souriante. Nous restâmes ainsi, un instant, dans une étrange félicité. Les clochettes de la porte, en tintant, y mirent fin. Ses clientes sorties, Marion s'approcha le visage sévère, un doigt pointé vers l'instrument. « Ce n'est pas pour elle, j'espère ? — Je l'ai fabriqué de bon cœur, dis-je. Pour Véronique, pour toi, par pure amitié. Ma dette envers ta sœur... » Elle me coupa la parole. « Je te connais, Beloiseau. Aussi la façon dont tu prouves ta pure amitié, comme tu le dis. Laisse-nous en paix, moi, ma fille, ma famille. » Je la suppliai de ne pas retirer le violon à Véronique, assurai que j'avais changé, fis état, à demi-mot — pour ne pas troubler l'enfant —, de mes remords, en appelai à son âme de bonne chrétienne qui ne pouvait ignorer le pardon. Elle finit par s'adoucir, m'autorisa à revenir les voir quand je serais à Paris pour commercer avec Guersan, mais refusa l'invitation que je leur fis de souper avec moi. Je repartis dans le froid, avec le souvenir du baiser de Véronique, de son regard de source, de son sourire qui disait « merci », de son parfum d'enfant mêlé à celui du vernis.

Marion avait changé. Ce n'était plus la fille espiègle que j'avais connue, ni la jeune femme amoureuse de Dauvergne qui m'avait rendu si jaloux. Perdus sa vivacité et l'éclat que vous donne la passion ! Elle régnait sur son magasin et sa fille avec une autorité sereine. Je devinais chez Véronique ma Marion d'autrefois, mais l'éducation de sa mère maîtrisait une fougue que je percevais — comme chez toi, ma fille — dans l'intensité de son regard, à la brisure de sa voix, à je ne sais quel frisson de l'âme qui animait soudain le silence où elle semblait se complaire.

Pendant quatre ans j'ai vécu une expérience unique. J'étais habité, oui, habité par elle. J'allais deux fois par an la voir grandir, devenir femme. Je tremblais de la perdre. Je remâchais au long des semaines ses moindres paroles, gestes, sourires, soupirs. Elle s'épanouissait en moi comme en une serre, me remplissait de bonheur et de crainte. La désirais-je ? Je ne puis le dire. Le besoin constant que j'avais d'elle était d'une autre nature. Certes, j'aurais voulu la couvrir de baisers et de caresses, mais j'aurais pu, me semblait-il, m'en tenir là, me contentant des chastes privautés qu'on peut avoir avec une fille ou une sœur. Pourtant, l'émotion de ma chair rendait ma tendresse incestueuse. Surtout j'aurais voulu que son bonheur ne dépendît que de moi. Malgré les reproches de Marion, je lui apportais des friandises et des bijoux. Que ne pouvais-je la vêtir, l'éduquer, la divertir, devenir son seul maître et esclave ! Loin d'elle, j'étais devenu un autre homme. Les femmes ne me tentaient plus. Parfois je pensai que, l'âge venant, je perdais ma virilité. J'en éprouvais soit de l'effroi, soit du contentement. Effroi, oui, car nous autres hommes mourons deux fois. D'abord quand nous ne pouvons plus bander puis, comme tout être vivant, quand nous exhalons le dernier souffle.

— Ne vous plaignez pas de votre sexe, mon père. Les femmes passent plus vite que vous, emportées par leurs couches. Celles qui parviennent à l'âge où elles ne voient plus leur sang souffrent de ce vide que laisse la perte de leur féminité.

— Je n'avais jamais envisagé ce point de vue sur les femmes. Ne sont-elles pas contentes d'être débarrassées de leurs menstrues et de la crainte d'être grosses ?

— Certaines, oui. D'autres pleurent.

— Des coquettes ! Des gourgandines !

— Non, des femmes qui aiment reconnaître en elles ces forces de la nature accordées aux lunaisons, les enfants qui naissent en elles, l'amour peut-être...

— Toi, ma fille, tenir ces propos...

— Je vous choque ?

— Sans doute.

— Chacun son tour... Mais je vous taquine et nous avons mieux à faire.

— Je vais mettre cela dans un coin de ma cervelle pour y penser à loisir... Où en étais-je ?

— Vous parliez de la perte de votre virilité qui vous causait effroi ou contentement...

— Contentement, oui, quand je pensais que je ne pourrais, devenu chapon, faire de Véronique ma maîtresse, évitant ainsi un nouveau scandale... Je rêvais alors d'être pour elle un père. J'envoyai de l'argent à Marion pour qu'elle remette sa fille entre les mains des sœurs du couvent des Cordelières où, petite, m'avait-elle dit non sans fierté, elle avait appris à lire et à écrire, afin qu'elle pût y poursuivre des études et y recevoir l'éducation qui sied aux demoiselles... Je te vois sourire, ma fille, et devine tes pensées. Moi, vieux libertin, j'ai toujours veillé à la vertu de mes femmes, leur bonne éducation, qu'on cultive leur goût des arts. Je les ai toujours considérées d'une autre nature que nous. Non pas inférieure, comme je te le vois souffler, mais plus délicate, plus spirituelle, moins enchaînées que nous à de sombres instincts. Ce n'est pas au seuil de ma vie que tu me feras changer de sentiment... J'eus bientôt le bonheur de recevoir des lettres de Véronique, me donnant des nouvelles de sa mère et d'elle-même, que je gardais dans une poche intérieure de ma veste, auxquelles je répondais, pesant mes mots, pour que l'amour que j'y mettais n'y parût point déshonnête. Enfin, Marion m'accorda qu'à chacune de mes venues nous déjeunions ensemble le dimanche. Je les emmenais à la campagne dans quelque bonne auberge au bord de la Seine ou, quand le temps était mauvais, sur les boulevards : des comédiens ambulants y donnaient la parade. J'évoquais mon équipée avec Marion à Versailles, ce qui fit rire la petite, racontais mon voyage à Saint-Pétersbourg et les fêtes auxquelles j'avais été convié dans cette ville, en purgeant mon récit de tout ce qui aurait pu choquer Véronique. Je parlais de mes lectures, de mes amis violonistes et musiciens.

Enfin, je faisais le paon pour le bonheur de voir les yeux de ma fillette s'agrandir d'admiration. C'est qu'il me fallait lutter avec Dauvergne, son « bon parrain », son maître de musique, dont elle parlait avec ferveur : n'était-il pas musicien du roi ! Cela me chauffait les oreilles mais je m'efforçais de n'en rien marquer, mêlant mes louanges aux siennes sous le regard, me semblait-il, ironique de Marion. Un jour, celle-ci me prit à part : « Qu'espères-tu, Beloiseau, de moi ou de ma fille ? » Comme je bredouillais que l'affection que j'avais pour elle se reportait tout naturellement sur Véronique, elle mit fin à toute équivoque : « Je suis heureuse. J'ai cette belle enfant qui me donne maintes satisfactions, une clientèle dont je suis fière. Je n'entends pas changer ma vie. Quant à la petite, son parrain a reconnu en elle un talent certain. Il veut en faire un violon estimé bien que les femmes soient rares à pratiquer cet art en dehors de l'agrément. Je te remercie du concours que tu apportes à sa bonne éducation mais garde-toi de vouloir l'influencer dans ses choix. Elle sera musicienne. Peut-être à l'Opéra. »

Le soir même, je demandai à Véronique de jouer pour moi. Elle avait choisi l'allegro d'un *Concerto en si mineur* de Vivaldi. Dauvergne avait raison : elle était douée, très douée. J'en fus d'abord ravi. Le lendemain, en reprenant la route, la crainte me prit — dont j'avais honte — que Dauvergne, après m'avoir enlevé la mère, ne me privât de la fille en lui faisant connaître ce monde de la musique où, certes, j'avais mes entrées, mais qui, le succès aidant, la détacherait de moi.

À Mirecourt, mon entourage subissait plus ou moins bien mes humeurs qui viraient, avec mon cœur, de la joie à la mélancolie. Heureusement, j'avais mon métier et mes clients. Jacques-Philippe Lamoninary m'était fidèle. Une fois l'an au moins, il venait me faire revoir son violon ce qui nous permettait de converser plusieurs jours durant. Au programme : musique et potins. Il m'envoyait certains de ses élèves ou amis. Installée un temps à Paris comme dame de la Maison des sœurs du roi, Mme de Boufflers eut la bonté de parler en bien de moi à ses relations. Je fus appelé plusieurs fois à Lunéville pour accorder ou réparer les violons de la Cour de Stanislas quand les Dauphines, Adélaïde et Victoire, allant prendre les eaux à Plombières, s'arrêtèrent chez leur grand-père qui, bien que presque aveugle et impotent, leur donna de grandes fêtes. Je revis Tania qui, allant ou revenant de Versailles, s'arrêta ici pour m'acheter des instruments. Je lisais Diderot, j'écrivais à Deconet, à Voltaire. Dans une première lettre, j'avais mis en garde ce dernier contre l'idée flatteuse qu'il se faisait de Pierre le Grand. Le diable d'homme n'en avait cure... Lis-nous sa savante épître.

Agnès la tira du coffret : « Mon cher coquin, je vous sais gré des soins que vous prenez à m'instruire, Mon volume commence par une description des provinces de la Russie. On y verra des choses extraordinaires. Je ne trompe personne en avançant que les Samoyèdes ont le mamelon d'un beau noir d'ébène et qu'il y a encore des races d'hommes gris pommelé fort jolis. Ceux qui aiment la variété seront fort aises de cette découverte, on aime à voir la nature s'élargir ; nous étions autrefois trop resserrés, les curieux ne seront pas fâchés de voir ce que c'est qu'un empire de deux mille lieues. Aux *Délices*, je manie la plume et la charrue. Je vois qu'avec sagesse, après ce long voyage, vous cultivez votre jardin. Vous êtes un sage. »

Quelle erreur était la sienne ! Dans sa pensée, il m'associait à son Candide... Ni à lui, ni à aucun de mes amis, je ne parlais de Véronique. C'était mon secret.

Le 6 août 1760, je travaillais à l'atelier porte et fenêtre fermées : un vent chaud soulevait les poussières de la rue et la sciure de nos établis qui venaient se coller contre le vernis des violons mis à sécher. Nous étions torse nu. La sueur nous coulait le long des reins et poissait nos doigts. Une jeune servante, depuis peu à notre service, dévala l'escalier en hurlant : ma femme, Marie-Christine, était morte. Elle était tombée d'un coup, accrochée encore aux draps de son lit qu'elle venait de quitter après sa sieste. Plus tard le médecin m'apprit que la graisse lui avait étouffé le cœur. On l'enterra deux jours plus tard. Je ne peux même pas te dire que j'avais de la peine.

En octobre j'étais à Paris. Une idée folle m'était venue : faire ma cour à Véronique, l'épouser dès que la décence le permettrait. Certes, nous avions près de trente ans de différence, mais je n'aurais pas été le seul barbon à convoler avec une jouvencelle — ou à en rêver. Maints auteurs, dont Molière, en avaient montré le ridicule, ayant eux-mêmes cédé à cette tentation du vieil ogre avide de chair fraîche. Ne disait-on pas que Stanislas songeait à épouser Christine de Saxe, de cinquante-cinq années sa cadette ! Tout au long du voyage, j'avais préparé ma requête, imaginé les objections de Marion, affûté mes répliques. Surtout, oui, surtout, j'avais mille fois répété mes promesses d'amour, de tendresse, de fidélité, de bonheur à l'égard de Véronique...

Comme toujours, devant les deux femmes que j'allai rejoindre un soir avant la fermeture du magasin, je me conduisis en adolescent brutal. D'un coup, je les informai de mon deuil et de ma demande sans pouvoir énoncer un seul mot de galanterie. Marion resta figée derrière son comptoir. Véronique me fixait avec étonnement. Il y eut un silence, puis je l'entendis qui disait : « Pourquoi n'est-ce pas ma mère que vous demandez ? » Je regardai Marion qui laissa tomber, dédaigneuse : « Tu es fou, Beloiseau ! » Elle renvoya sa fille à leur appartement. Avant de sortir, la petite se haussa sur la pointe des pieds pour m'embrasser. Je pus la serrer contre moi, baiser son front, ses joues, lui chuchotant qu'elle était ma princesse, mon amour. Elle me donna en gage son sourire et le bleu incendié de ses yeux.

Les paroles indignées de Marion me laissèrent hors d'atteinte. Je reconnus ma faute envers sa sœur Marie-Augustine, lui rappelai que j'en avais demandé une première fois pardon, fis état de mes sentiments pour sa fille qui découlaient de ceux que j'avais éprouvés pour elle, des dispositions financières que je prendrais pour son aisance et celle de sa fille. Elle me rétorqua qu'elle avait, pour Véronique, de plus hautes ambitions que celle d'être la femme d'un luthier de Mirecourt. Quant à elle, son avenir était assuré par son travail : elle était une femme libre. La colère me prit : « Femme libre ! Et Dauvergne, qu'en fais-tu ? — Il n'est pas mon maître. Certes, il m'a aidée à la naissance de la petite, à acquérir ce magasin, mais je l'ai remboursé en son temps de ses bienfaits. S'il veille aujourd'hui sur Véronique, c'est par amitié et non, comme toi, par esprit vicieux. Retourne à tes violons et laisse-nous en paix. » En vain la suppliai-je de consulter Véronique sur ses inclinations, lui assurai-je que je saurais l'attendre, elle me montra la porte. « Véronique est une enfant. Honte à toi qui, depuis quatre ans, avec tes cadeaux et tes lettres mielleuses, ne songes qu'à la pervertir. Tu as trop fréquenté les Grands, Beloiseau. Tu les singes. Ma fille n'est pas une catin. — Elle le sera si tu en fais une violone[1] ! »

De rage, je marchai dans Paris durant des heures, passant et repassant devant le magasin, le regard levé vers les fenêtres de l'appartement de Marion — où je n'étais jamais entré —, rêvant d'en forcer la porte pour y enlever Véronique. Je n'eus pas le courage, le lendemain, d'aller chez Guersan. Abattu, je rentrai à Mirecourt.

Pendant des mois les femmes s'émerveillèrent en ville que, mauvais mari, je fusse un veuf si éploré. Un ami me rapporta qu'elles disaient : « Voilà bien les hommes. Vivantes, ils nous rudoient. Mortes, ils nous pleurent jusqu'à ce qu'un autre cul éponge leurs larmes. » Je n'avais pas le cœur à en rire.

Dans l'entrefaite, je reçus une lettre de Michel Deconet. Je lui avais appris la mort de ma femme. Il me conseillait de venir le rejoindre à Venise. « Tu ne peux imaginer, m'écrivait-il, comme la vie y est joyeuse, libre et tranquille. L'eau y est partout présente qui vous ouvre vers la mer et l'évasion mais vous protège des gêneurs. On y reçoit des bois merveilleux que nous nous partageons avec les plus fins ébénistes. La musique est dans les théâtres, mais aussi dans les églises, les cloîtres,

1. Mot inventé par Scarron : femme qui joue du violon, dans un sens burlesque.

les hôpitaux, dans la rue... La musique et la galanterie vont de pair. Je t'affirme qu'installé ici, tu ne repartiras plus. » Je fus tenté, je te l'avoue. Mais j'avais Mirecourt chevillé dans l'âme et aussi un espoir... Je ne savais comment je parviendrais à me faire aimer de Véronique et à l'enlever mais, dans les jours les plus sombres, le souvenir de son sourire, de son regard quand elle s'était blottie dans mes bras éclairait mon esprit qui, sans ce rayon, eût sombré.

L'hiver passa ainsi. Prêt à toutes les hypocrisies, j'avais écrit à Marion que, renonçant à mon projet déraisonnable, je la priais d'accepter de nouveau mes visites qui seraient dénuées, je le jurais, de toute arrière-pensée. L'essentiel n'était-il pas de revoir ma fillette et, sous couvert d'affection paternelle, de la capturer ? Je ne reçus pas de réponse. Je me préparais à partir pour Paris tenter une nouvelle fois ma chance d'être admis dans l'intimité de ces deux femmes quand je reçus un billet de la petite. « Monsieur Beloiseau. » Elle avait coutume de me nommer ainsi. « C'est la première fois que je désobéis à ma mère qui m'a défendu d'avoir correspondance avec vous. Je suis pensionnaire chez les sœurs cordelières où, grâce à vous, j'ai fait mes études. Si ce billet vous parvient c'est grâce à Mlle de La Ribaudière, devenue mon amie, plus libre que moi de ses actes. Ma mère m'a enlevé vos chevalets et les a brûlés, mais ils restent gravés dans mon cœur. Je reste votre fidèle Véronique. »

Si grand fut mon bonheur qu'il me faisait mal. Avec le canif que j'avais saisi pour faire sauter le cachet de cire qui fermait la lettre, je me blessai au pouce et voyais avec volupté mon sang couler sur le bois du violon dont j'étais en train de tracer le filet. « Eh ! Mon maître, me cria un de mes apprentis, faites-vous un essai de vernis au sang-dragon[1] ? » Je ne répondis pas, abandonnai mon travail et allai marcher le long du Madon, indifférent à la pluie de printemps qui me transperçait. Que faire ? Me rendre au couvent ? Y suborner une religieuse ? Tâcher d'approcher cette demoiselle de La Ribaudière ? Revoir Marion ? Je rentrai chez moi dans le même état d'exaltation, de joie, de tourment, d'incertitude quant à la conduite à tenir. Je ne fermai l'œil de la nuit. Le lendemain, je penchais pour une démarche auprès des religieuses quand je reçus un messager de la Cour de Stanislas : on me priait de m'y rendre avec mes outils pour réparer trois des soixante violons qui devaient donner concert à l'occasion de la venue de Mme de Boufflers. J'allais envoyer le messager au diable quand cette pensée me traversa l'esprit : la charmante marquise, tu t'en souviens, m'avait accordé en son temps ses faveurs. Elle pouvait m'être d'utilité dans mes amours.

Je ne me trompais pas. Dès son arrivée au château, elle se montra si amicale que je pus, sans gêne aucune, lui confier la passion qui me minait et les empêchements qu'on y opposait. « Beloiseau, me déclara-t-elle, à quarante-cinq ans vous

1. Résine d'un rouge foncé employée autrefois comme astringent.

avez encore l'allure d'un homme jeune. Si je m'appelais Véronique et que j'eusse seize ans, je n'aurais de cesse que je ne vous aie épousé... Soyez tout à votre bonheur. Nous allons monter un petit complot. Je vous promets que cette enfant sera votre femme. » Puis-je te l'avouer, ma fille ? Ému par tant de bonté, je tombai dans ses bras, puis dans son lit où j'eus le plaisir de constater le retour de ma virilité. Ah, je vois bien que je te fâche... Oublions ce détail... Donc, Marie-Catherine de Boufflers eut tôt fait, quand nous retrouvâmes position plus décente, de me livrer son plan : elle irait visiter Véronique en son couvent, s'assurerait de ses sentiments pour moi. Il lui faudrait ensuite, comme cliente, conquérir la mère, l'amener aux confidences jusqu'à ce qu'elle prononçât mon nom. Elle lui ferait alors mille compliments de ma personne, l'inclinerait en ma faveur, lui promettant que sa fille, une fois unie à moi, connaîtrait grand succès comme violon à la Cour de Lorraine — où sa vertu ne risquait nul affront —, qui valait bien Versailles et l'Opéra. J'écrivis une longue lettre à Véronique lui disant mon amour, que je voulais l'épouser et les projets délicieux que je ne cessais de faire pour son bonheur. Je la remis à Mme de Boufflers qui eut la bonne grâce de soupirer que cette demoiselle avait beaucoup de chance.

Mon travail fini, je rentrai à Mirecourt plein de cette joie fébrile et de ces craintes irraisonnées qui sont l'état naturel des amants. Un mois plus tard, alors que je commençais à perdre patience, je reçus deux lettres cachetées ensemble. Inutile d'ouvrir le coffret, je les sais par cœur. « Mon ami très cher, écrivait Véronique, je bénis Mme de Boufflers qui m'a apporté vos tendres aveux et votre désir renouvelé de me prendre pour femme. Je pensais vous aimer comme un père mais la peine que j'ai d'être tenue hors de votre affection est si grande que je crois mes sentiments d'une autre nature et qu'ils s'accordent aux vôtres. Ma mère me veut célèbre et voit mon bonheur dans le prestige que je pourrais avoir auprès des Grands. Je crains de paraître bien malhabile à leur plaire. Je ne voudrais ni la décevoir ni lui causer la moindre peine. Je suis donc dans un triste désarroi. Je me fie à vous et à Mme de Boufflers, qui m'a paru si bonne et vous aime tant, pour guider ma conduite.

« Je vous redis, mon ami bien cher, les élans d'un cœur qui vous appartient. »

De son côté, Marie-Catherine de Boufflers me faisait savoir qu'elle avait trouvé Véronique fort belle, point sotte et tout acquise à l'idée de devenir ma femme. Sa mère lui paraissait plus difficile à convaincre. À sa deuxième visite au magasin — sous prétexte d'y choisir des tissus pour ses robes et manteaux —, elle avait dû se contenter d'écouter ses confidences. « Elle semble, me disait-elle, coiffée de sa fille et la vouloir briller à Versailles. Mais, cher Beloiseau, ne vous désespérez pas. Je me suis mis en tête de vous marier et j'y parviendrai. En attendant que cède la mère, si vous voulez rendre visite à la fille, prévenez-moi. Habillez-vous en abbé et vous m'accompagnerez au couvent. Nous tâcherons d'obtenir de la supérieure que vous confessiez votre maîtresse ! Vous ne seriez pas le seul ! »

Trois mois plus tard, brûlant de revoir ma petite, je retrouvai la marquise à Paris, aux portes du couvent. Perruqué, poudré, portant collet blanc et long manteau noir, présenté comme cousin de Mme de Boufflers, je pus pendant une demi-heure m'entretenir au parloir avec Véronique sous l'œil amusé de Marie-Catherine et celui, suspicieux, d'une religieuse. Au vrai, c'est Mme de Boufflers qui fit la conversation. Mon désir de tenir Véronique sur mon sein me clouait le bec et elle n'osait me regarder de peur de se trahir. De cette entrevue, dont j'avais tant espéré, je ressortais meurtri. D'autant plus que je n'avais jamais contemplé, me semblait-il, une femme pourvue de tant de charmes pour me ravir. La grâce et la pudeur de l'enfant qui m'avaient séduit au premier regard persistaient dans la jeune fille au corps et au visage harmonieux, dont chaque regard, chaque frémissement de voix, chaque parcelle de chair entrevue me bouleversait...

« Allons, dit Marie-Catherine quand nous fûmes en carrosse, ne faites pas cette mine. Vos affaires avancent du côté de la mère. Elle commence à penser qu'avec mon aide sa fille peut avoir sa place à Lunéville qui serait un marchepied pour Paris. J'ai cru comprendre que Dauvergne, qu'elle a consulté, dit comme moi. Je lui ai appris que je vous connaissais depuis longtemps, que vous étiez le meilleur homme du monde, si sérieux, si fidèle... et réputé dans votre profession. Lors de notre dernier entretien, je lui ai même laissé entendre qu'une noble dame lorraine s'intéressait à vous, qu'elle était prête à vous consoler de la perte de votre femme et de celle de Véronique. Elle a paru troublée, m'a répondu qu'il lui fallait l'approbation de ses sœurs aînées... Mon Beloiseau, vous pourrez dire, l'affaire conclue, que je me serai ruinée en tissus de prix pour votre bonheur ! »

Deux mois plus tard, en mars 1762, Marie-Augustine m'écrivit au nom de ses sœurs. Elles m'accordaient leur pardon, autorisaient Véronique à devenir ma femme mais me demandaient de faire les noces à Mirecourt et non dans la paroisse de la jeune fille, comme le voulait la coutume. Elles n'y assisteraient pas. Elles confieraient Véronique à Mme de Boufflers qui l'amènerait à Lunéville, puis à Mirecourt, la veille du mariage. Chagriné par l'absence de mes trois anciennes amies à cette fête où j'avais compté leur marquer mon respect et mon affection, les rassurer sur le sort de leur fille et nièce, les éblouir aussi par l'éclat des cérémonies et la qualité de mes invités, je tentai en vain de les faire changer d'avis. Je craignais — et j'avais raison — qu'elles ne veuillent ainsi marquer que leur consentement leur avait été arraché et que, rompant avec moi, elles rompaient avec Véronique... Mais le bonheur d'avoir bientôt ma petite femme effaça vite cette déception et je me jetai avec fièvre dans les préparatifs des noces.

Elles furent fixées au mardi de la deuxième semaine de juin. Je fis nettoyer la maison de fond en comble, tapisser de bleu notre chambre, en changeai les meubles. Je voulus un lit, comme j'en avais vu chez Mme du Châtelet, à baldaquin garni de soie bleue, une table et un coffre de chêne richement sculptés. Je fis aménager un cabinet de toilette et, bien sûr, y mis un « violon intime » encore plus beau que celui de Mme de Boufflers. J'invitai mes amis : Guersan, Voltaire, Deconet, Jacques-Philippe Lamoninary. Lui seul put venir qui accepta d'être mon témoin avec Chappuy, alors que la marquise et Claude-François Bretonache, le savant curé de Poussay, seraient ceux de Véronique. Guersan envoya à ma future épouse l'écritoire qui te sert aujourd'hui, ma fille. Voltaire, la montre que tu portes au cou, Deconet les verres de Murano que tu connais... Je ne puis te donner la liste des cadeaux qu'elle reçut. Moi, je lui avais fait faire deux chevalets d'or passés dans une chaîne. Ils sont dans mon armoire aux secrets dont tu as la clef. Dès ce soir, tu peux les prendre. Ils sont à toi. Marie-Catherine avait offert la robe noire, le tablier rouge, le fichu et la coiffe blanche de la mariée.

La marquise arriva, avec Véronique, ses malles et ses domestiques, le dimanche en fin d'après-midi. Depuis plusieurs jours je ne tenais plus en place, j'avais perdu le sommeil et l'appétit... Je ne t'ai guère parlé de mon travail à cette époque, de Paris où je me rendais pourtant assez souvent, du temps qu'il faisait... J'admire les poètes qui décrivent avec soin le cadre de leurs amours. Moi, je ne voyais rien que l'image de Véronique. Tout m'était indifférent : le soleil, la pluie, mes clients, mes violons, les autres femmes... Tu me diras qu'il y eut tout de même Mme de Boufflers. Oui, mais c'est que, me redonnant espoir d'amour, elle me redonnait la vie... Enfin, le carrosse arriva et j'aperçus le visage de ma bien-aimée... Je conduisis l'équipage à l'*Auberge du Cerf* dont j'avais réservé les chambres pour ces dames et leur suite. J'accompagnai tour à tour Marie-Catherine et Véronique dans les leurs que j'avais fleuries des roses de notre jardin. Dans celle de Véronique s'entassaient les présents qui lui étaient destinés.

Quand je fermai la porte sur nous, le désir que j'avais d'elle me figea. Incapable de lui parler, je tirai de ma poche la chaîne aux chevalets d'or et la passai à son cou. Elle regarda le bijou : « Que c'est beau ! » dit-elle. Puis, levant ses yeux sur moi : « Je n'oublierai jamais les chevalets de bois que vous m'avez offerts la première fois que nous nous sommes vus. » C'est elle qui vint chercher le baiser que je n'osai lui donner. Je la quittai sur-le-champ par crainte de rompre la promesse que je m'étais faite de respecter sa pudeur et de ne l'amener que lentement aux éblouissements de la chair.

Je laissai donc ces dames se reposer et souper tranquilles. Le lendemain, vers onze heures, j'allai les chercher pour leur faire visiter l'atelier et la maison dont je leur ouvris toutes les pièces hormis la chambre nuptiale. Après une collation que nous prîmes tous les trois dans la salle dont les fenêtres étaient ouvertes sur un ciel d'opaline, nous allâmes, en voiture, nous promener dans les douces collines, les forêts d'un vert encore tendre, revînmes par l'abbaye de Poussay et la chapelle de la Oultre où Véronique voulut faire ses dévotions.

Fille de la ville, elle semblait découvrir avec émerveillement nos paysages, s'étonna de la disposition de nos villages dont les maisons bordent l'unique rue, façade à demi cachée par le fumier, bois de chauffage, charrettes et outils agricoles, s'amusa de la coiffure en cornette des femmes, demanda la raison du nombre des colombiers, comment on cultivait la vigne, quel était le point des dentellières, qui nous avait donné l'idée de faire des violons. Son mélange de naïveté et d'intelligence vive enchantait Mme de Boufflers qui m'assura qu'elle avait fait grande impression à Lunéville, qu'on l'y redemanderait pour jouer du violon, que je tenais là une perle capable de s'adapter par le cœur aux humbles et aux grands par l'esprit et le talent. Je buvais ces compliments avec plus de félicité que s'ils eussent été adressés à moi-même.

Les bans avaient été publiés trois dimanches de suite. Le traité de mariage fut signé dès notre retour de promenade devant notaire. La marquise représenta la mère de Véronique. Il ne nous restait plus qu'à nous fiancer devant le curé, répétition émouvante du mariage qui aurait lieu le lendemain.

Depuis plusieurs jours notre maison avait l'allure d'une ruche folle. On y transportait sans cesse des seaux d'eau, le bois pour la cuisine, les victuailles pour le souper de fiançailles et celui, bien plus fastueux, des noces. Ce n'était que défilé de paniers d'œufs, de farines, de légumes, de fruits, de pièces de bœuf, de porc et de mouton, de tonnelets de vin qu'on montait à l'étage. Dans la cour, les femmes égorgeaient les volailles et les plumaient, dépouillaient les lapins. Autour des feux, dans le tintamarre des casseroles et des pots remués, des cris, des appels, des invectives et des rires, je devinais les bonnes histoires que servantes et cuisinières se racontaient sur les vieux maris cocus..

J'avais rêvé d'offrir à Véronique une réception fastueuse et bien composée. Je dus en rabattre. L'agitation et le désordre ne cessèrent de régner avant et durant les repas. Chacun de mes braves gens voulut faire état de son zèle, la curiosité et quelques verres de vin aidant, s'affaira autour de mes invités et des plats avec une aimable maladresse. Les mets, je dois le reconnaître, furent délectables. Mme de Boufflers, la première, s'amusa fort de ces débordements trop familiers. Le sourire de Véronique m'apaisait chaque fois que je voulus m'en fâcher. Enfin, je me laissai aller à cette griserie de la fête qui semblait avoir gagné dès le lundi soir et davantage le mardi tous les participants avec, parfois, la crainte qu'elle ne soit pas parfaitement heureuse dans cette assemblée dont sa famille était absente : j'ai vu des pleurs dans ses yeux quand mon frère aîné au matin des noces l'a conduite à l'église, et ses mains trembler en saisissant le bouquet de roses blanches que je lui tendais. Dieu qu'elle était émouvante sous sa cornette couronnée de fleurs...

Au son des cloches, nous nous rendîmes à l'église le mardi à neuf heures, accompagnés par les violons. À mon tour de sentir mes larmes quand, le curé en ayant fini avec son exhortation, je dis à Véronique : « Mon épouse, je vous donne cet anneau en guise de mariage » et qu'elle répondit : « Mon époux, je le reçois de même. » Après, après, ma fille... Donne-moi à boire ! Je souffre...

Agnès porta aux lèvres de son père la potion calmante qu'il ne prenait qu'à regret, sachant qu'elle le versait dans un sommeil où il se voyait la proie de bêtes féroces. Elle appela Louise et Eugénie qui l'aidèrent à changer le pansement de la jambe tuméfiée, réprimant les nausées que lui donnait l'odeur de viande pourrissante, à le mettre sur le pot, à le laver, à le changer. C'était le premier soir où il acceptait les soins de sa fille. Comme la veille, elle renvoya les servantes, veilla son père, la main dans la sienne.

Il divagua une partie de la nuit. Confondant Agnès avec Véronique, il lui décrivait la beauté de son corps, leurs jouissances, cette faim constante d'elle qui, parfois, la lassait. Il disait ses jalousies, sa rage de se sentir prisonnier de cette jeune femme qu'il emprisonna à son tour. Il se plaignait de ses silences, de cette tristesse qui l'avait gagnée peu à peu, de la solitude où il était retombé. Il évoquait des grossesses qui n'arrivaient pas à terme, des viols qu'il lui avait fait subir quand elle se refusait ; sa mort après des mois où la toux lui avait déchiré la poitrine. Il s'accusait. Il l'accusait. Il insultait Dieu. Des flots d'injures, de mots d'amour et de désir coulaient de sa bouche avec une bave épaisse et jaune qu'Agnès essuyait en pleurant avant de mouiller ses lèvres avec une éponge. Au petit matin, il sembla se calmer. Ses paroles s'embrouillèrent. Il finit par dormir.

Quand Louise vint la remplacer, Agnès était épuisée. En sortant de la chambre, elle buta contre le corps de Luc allongé dans le couloir en travers de la porte.

— Pardonnez-moi, dit-il. Moi aussi j'ai voulu le veiller. Si vous aviez appelé, je serais venu.

Il lui saisit les mains mais elle le repoussa.

— Non ! Ne me touchez pas. J'ai l'odeur de ses sanies.

Elle fit quelques pas vers l'escalier, se retourna.

— Je vais me reposer. À l'atelier, prenez soin d'Henri. Je vous le confie comme mon père me l'a confié.

Elle eut encore la force de se dévêtir, de se laver, de s'étendre sur son lit, mais pas celle de prier. Avant de céder au sommeil, elle pensa à sa mère, imagina sa grand-mère, cette Marion rieuse aimée de son père, se dit qu'elle était aussi la petite-fille de Dauvergne, ce violoniste fameux, venu du Bourbonnais, la province de Luc...

Dès son réveil, elle alla chercher la chaîne aux chevalets d'or dans l'armoire de son père et la passa à son cou.

DIX-SEPTIÈME SOIR

Depuis cinq soirs, dont celui de Noël, Agnès était restée auprès de son père sans qu'ils puissent se parler. Denis continuait à divaguer dans son passé, revenant toujours à Véronique, sa petite bien-aimée si mal aimée, qu'il continuait à confondre avec elle. La nuit, elle demeurait près de lui, refusant de céder sa place, même à Luc, qui pourtant l'en priait, qu'elle trouvait chaque matin couché dans le couloir. À midi, quand elle descendait prendre quelque nourriture avec eux, sa belle-mère et ses demi-frères faisaient silence, jaloux de son intimité avec le mourant, qu'ils n'auraient pourtant pas voulu partager. L'après-midi, elle s'occupait d'Henri, heureuse de voir qu'il était adroit de ses mains et acquérait vite l'intelligence du métier. Parfois, elle croisait le regard de Luc qui, sur elle, se faisait tendre. Elle détournait le sien, effrayée de sentir en elle une passion semblable à celle qui animait encore son père moribond.

Quand elle entra dans la chambre, Denis reposait très calme et très las. Il lui fit signe de s'asseoir à son chevet et de pencher son visage vers lui car sa voix était faible.

— Tu as mis le bijou de ta mère. J'en suis content... Elle ne m'a pas quittée toutes ces nuits... Tu étais encore une enfant quand elle est morte, mais dis-moi, toi qui es si fine, pourquoi n'ai-je pas su la rendre heureuse ?

— Elle le fut sans doute à sa façon : discrète.

— N'essaie pas de me tromper. Elle le fut... un temps : les trois premières années de notre mariage. Je me souviens de sa joie quand je rentrais près d'elle, le soir ; quand je l'accompagnais à Lunéville, car elle y joua parfois aux concerts de la Cour. Devenu sourd, le roi n'entendait plus guère, mais, par galanterie, la complimentait davantage que les autres violons. Sa suite l'imitait. Mme de Boufflers l'appelait « ma chère fille », mais ne craignit pas, la dernière fois que nous allâmes auprès du roi, juste avant sa mort, de révéler à ma femme les bontés qu'elle avait eues pour moi... Ce fut le premier accroc dans notre union. Dès notre retour ici, ta mère évoqua les confidences de la marquise et marqua la tristesse qui lui en était venue en se refusant à moi sous prétexte qu'elle était fatiguée. Je me moquai de sa soudaine froideur : « Croyais-tu, épousant un homme de quarante-cinq ans, qu'il était puceau ? Si je n'avais pas fait mes armes avec d'autres, saurais-je au lit te donner des plaisirs que jusqu'ici tu n'as pas boudés ? » Elle me répondit qu'elle n'était pas jalouse de cette aventure ancienne, mais de ce qu'il ne faudrait pas trop me prier pour que je la renouvelasse...

— N'avait-elle pas raison ?

— Sans doute... Mais quand les femmes comprendront-elles qu'il nous est difficile à nous autres hommes de refuser les avances d'une personne du sexe sans perdre la face, et que cela n'engage pas notre cœur ?

— Quand vous nous laisserez libres de tenter ce genre d'expérience sans nous traiter de catins !

Il haussa le ton.

— Toi, ma fille, tenir ces propos !

— C'est que, mon père, vos confessions m'éduquent.

— Apprends alors que les femmes sont garantes de l'enfant qu'elles portent et que la nature les a prévues à dessein maîtresses de leurs désirs. Pas nous. Notre vit n'en fait qu'à sa tête.

— Alors, je vous plains... Mon père, vous me paraissez bien mieux que ces jours derniers ?

— Le médecin est venu ce matin. Il m'a tiré du pus et du sang gâté de ma jambe, m'a posé un emplâtre qui me calme. La douleur, la fièvre, s'apaisent, mais tu me détournes de notre conversation... J'aurais pu me flatter de la jalousie de ma femme qui me montrait ainsi son attachement, mais j'étais moi-même agacé par les attentions dont le chevalier de Boufflers, fils de la marquise, l'entourait, et redoutais que son humeur chagrine ne révélât davantage ses sentiments pour lui que son amour pour moi. C'est que ce diable de garçon avait son âge, qu'il était fort beau, fort instruit, plein de fantaisie et de gaieté, et qu'il lui disait des vers de sa composition...

Agnès ne put s'empêcher de rire.

— Calmez-vous ! Vous voilà encore tout remué !

— C'est que je n'ai pas encore pardonné à ce faquin d'avoir voulu troubler ma petite femme... Même sans la mort de Stanislas, je ne serais pas retourné à Lunéville avec elle !

— N'étiez-vous pas aussi jaloux de son succès ?

— Certes pas. Mais je préférais les complimenteuses aux complimenteurs.

— Est-il vrai que Stanislas est mort après être tombé dans sa cheminée et y avoir pris feu ?

— On croit qu'il s'est endormi devant, sa pipe à la main. À demi réveillé, il a voulu en secouer les cendres dans le foyer. Le mouvement qu'il fit pour se pencher entraîna les pans de sa robe de chambre sur les braises. Il n'y avait personne dans l'entourage pour entendre ses appels et éteindre les flammes qui gagnèrent soudain ses vêtements. Comme je te l'ai dit, devenu impotent, il était cloué à son fauteuil. Enfin une vieille servante arriva pour le secourir. Trop tard... Malgré ses souffrances, il eut ce joli mot : « Madame, dit-il à cette femme, fallait-il que nous arrivions à cet âge pour brûler ensemble ! » C'était un charmant homme et j'eus, comme tous les Lorrains, de la peine en apprenant sa mort. D'autant plus que tout espoir nous était enlevé de garder notre royaume : nous devenions Français.

— En étiez-vous si marri ?

— Moins que d'autres. J'avais lu, j'avais voyagé. Je savais la chose inéluctable. Et, je te l'avoue, en égoïste, j'ai toujours été plus préoccupé par mon métier, ma famille, mes amours, que par le sort du duché, soucieux seulement qu'on y traitât ses habitants le mieux possible et qu'il ne soit pas entraîné dans une guerre... Pour l'heure, c'est ta mère qui me donnait des inquiétudes quand je la voyais rester penchée sur son ouvrage à mon approche. Mes pas ne lui faisaient-ils plus battre le cœur, comme elle disait les premières années de mariage ?

— L'ameniez-vous à Paris quand vous alliez chez Guersan ?

— Une fois. Elle alla voir sa mère, ses tantes, alors que j'étais chez mon bon maître, en revint avec ce visage fermé qui me la rendait étrangère, refusa de s'expliquer sur un éloignement du cœur et du corps qui dura longtemps. Trop longtemps ! J'en vins à penser que ces femmes lui avaient donné la raison de leurs griefs à mon endroit... Je finis par les lui crier sans montrer aucun remords, ce qui eut pour effet de la jeter dans un grand abattement qui me remit dans une solitude amère. Je tentai de la dissiper, comme toujours, avec des compagnons et des filles... Notre ménage, bien qu'ignorant les disputes, était sapé par des causes dont je n'étais plus maître. Je figurais le capitaine d'un beau navire qui coulait par mer calme, vent propice, sans avaries visibles, dont chaque tentative pour sauver son vaisseau précipite le naufrage. C'est dans cet état d'esprit que je décidai de lui faire un enfant. Elle avait vingt et un ans. J'avais jusque-là usé des subterfuges habituels pour lui éviter d'être grosse afin de la garder tout à moi...

— N'est-ce pas aussi pour la garder tout à vous que vous ne la laissiez pas travailler au magasin ?

— Ta tante Sophie, depuis la mort de ma première femme, le tenait. Je ne pouvais lui ôter ce privilège.

— Elle aurait pu l'aider.

— Quelle querelle me cherches-tu ! Ta mère préférait jouer du violon, faire de la dentelle, lire, veiller sur la maison... Où en étais-je ?

Donc, elle fut enceinte, une fois, deux fois, trois fois mais, chaque fois, le sang lui revenait emportant le fœtus à trois mois, et nos espoirs. Véronique ne m'accueillait plus avec la ferveur et la fougue que je lui avais connues comme si ces accidents répétés avaient mutilé son désir ou qu'elle ne me soupçonnât de ne la prendre que pour assurer mon souhait d'enfant... Enfin tu vins, ma fille, ce 22 avril 1768... J'étais déçu que tu ne sois pas un garçon mais heureux, malgré tout, car je revis sourire Véronique. Il me semblait qu'un mauvais sort était enfin levé. Tu fus baptisée trois jours plus tard. On t'appela Agnès-Sophie. Ton deuxième nom étant celui de ta marraine. Chappuy fut ton parrain. Quinze jours plus tard, je donnai un grand souper. Ta mère, relevée de ses couches, bénie par le curé le dimanche précédent afin que, purifiée, elle puisse entendre la messe et retrouver sa place dans la vie de la cité, le présida avec un visage de femme heureuse qui me fit retomber amoureux d'elle...

Nous connûmes un nouveau bonheur. Mais je compris que toi seule étais l'objet de toute sa tendresse et de tous ses soins, et je me pris à te détester. Garçon, j'aurais pu espérer te tirer vite des jupes de ta mère, mais fille tu y resterais. Alors, je mis toute ma rage et mon zèle à faire un autre enfant à Véronique dans l'espoir qu'il serait mâle... Les accidents se renouvelaient avec les grossesses. Véronique devenait de plus en plus faible et triste. Je me résignai...

Agnès n'avait pas frémi à l'aveu brutal de son père. Jamais, petite, il ne l'avait prise dans ses bras. Il semblait ne pas la voir. Ce n'est qu'après la mort de sa mère, à son retour d'Italie, que, conscient de son existence, il lui avait donné sa place. Quand il se tut, elle serra un peu plus la main du malade.

— Vous m'avez dit, au cours de cette confession, que ma mère vous intimidait, que l'amour que vous aviez pour elle vous faisait fuir car vous n'étiez pas sûr du sien. Ne saviez-vous pas, vous qui savez tant de choses, qu'il peut prendre mille formes et brûler un cœur même quand le corps s'épuise ?

— Ce que je refusais, c'était cette union parfaite entre elle et toi. Le tableau que vous m'offriez, que j'eusse admiré chez un peintre, de vos embrassements, de vos jeux, de vos rires, dans la vie me pétrifiait. Ah, cet univers de femmes qui m'attirait et me révoltait...

— Ne croyez-vous pas que si ma mère s'y abandonnait avec tant d'allégresse c'est parce qu'elle retrouvait près de moi celui qu'elle avait connu, enfant, avec sa mère et ses tantes ?

— Sans doute. Je n'ai pas supporté d'être tenu hors de ce paradis.

— Ce n'est pas ma mère qui vous en chassait. Ni moi. C'est vous qui ne vouliez pas y entrer.

— Parce qu'il me châtrait ! Même eunuque, vous ne m'auriez pas introduit dans l'intimité de votre tendresse. Il me faut arriver aux portes de la mort pour que tu m'en découvres un peu.

— Voilà encore un exemple de la mauvaise foi avec laquelle vous raisonnez !

Elle avait prononcé ces mots avec tant de douce tristesse qu'il ne put que soupirer.

— Il est dit que nous ne saurons jamais nous réconcilier !

Elle l'embrassa, lui sourit.

— Comment le pourrions-nous ? Nous ne sommes pas fâchés. Certes, je me suis, jusqu'à sa mort, mirée dans ma mère qui se mirait en moi. Nous nous ressemblions tant... Mais si j'ai grandi, c'est à la fois pour vous vaincre et me faire aimer de vous. Si nous nous querellons, parfois, au bord de ce lit où je viens chaque soir un peu plus émue, c'est que j'ai réussi à gagner votre cœur, vous à conquérir le mien. Ce qui ne vous demandait nulle peine puisqu'il l'était déjà.

Il leva la main, lui tapota la joue.

— À t'entendre, ma fille, je me demande soudain si tu ne tiens pas un peu de moi — et pas du meilleur de moi. De celui qui entortillait les dames dans d'aimables propos pour mieux les perdre.

D'un geste vif Agnès appuya son visage contre la poitrine de son père et ils rirent ensemble, comme jamais. Elle l'entendit murmurer : « Me voilà enfin entré dans le paradis perdu. » Elle redressa la tête.

— Nous n'avons pas été sérieux, ce soir. Je n'ai rien écrit.

— Tu rédigeras, à ton gré, ce morceau... Prends le parti de ta mère contre moi. D'avance je l'accepte... Tu diras sa mort après cette maladie de poitrine qui l'a emportée. Je ne veux pas y revenir... Demain, amène-moi Luc et Henri. Va te reposer, ma fille. Appelle Louise et Eugénie. Elles s'occuperont de moi.

Elle lui baisa le visage, les mains.

— Nous avons été bien heureux, ce soir, dit-il.

En sortant, Agnès buta contre Luc.

— Mon père va mieux. Vous pouvez aller dormir sans crainte. Il vous attend, demain, avec Henri.

Il voulut la retenir.

— Laissez-moi ! lança-t-elle d'une voix que l'émotion rendait sèche, et s'enfuit.

C'est en vain que, plus tard, sa toilette faite, ses cheveux dénattés sur la longue chemise de laine blanche qu'elle mettait pour dormir, elle essaya de prier. Le visage dans les mains, agenouillée aux pieds du Christ, elle imaginait sa grand-mère Marion, ses tantes telles que son père les avait connues jeunes filles, sa mère enfant, ce mystérieux Dauvergne, son grand-père, dont elle connaissait certaines musiques. En elle, une béance se comblait de savoir d'où elle venait. Elle s'attardait au portrait que son père lui avait tracé de Marion. Était-elle encore de ce monde ?

Le désir lui vint, si violent qu'il la surprit, de partir pour Paris afin de la retrouver, de la faire parler de Denis, luthier chez Guersan, de savoir pourquoi elle et ses sœurs ne lui avaient jamais pardonné... Était-ce, comme Denis l'avait pressenti, de les avoir, par sa fuite, amenées à supprimer l'enfant de Marie-Augustine ? Sa grand-mère, une criminelle ? Son père n'avait-il pas, lui aussi, par deux fois du sang sur les mains ? Comment pourrait-elle purifier le sien de la faute primordiale ? L'angoisse lui serra le ventre. Elle supplia : « Mon Dieu ! Mon Dieu ! »

Alors il lui sembla qu'un bateau l'emportait loin dans son enfance. Elle retrouvait cette mère aimée, plus sœur que mère, que personne hormis elle sans doute n'avait connue... Elles jouent à cache-cache dans la grande maison, montent au grenier pour se déguiser avec de vieux vêtements d'hommes ou de femmes, tirés des coffres, dans la lumière blonde qui tombe des faîtières. Elles se battent en duel avec de vieilles cannes ou dansent en chantant, auréolées de poussière. Sous la table d'une chambre, leur « petite maison », elles fabriquent des colliers de perles qu'elles nomment « colliers des fées ». Aux rives du Madon, elles coupent des joncs qui deviennent couronnes, cueillent des fleurs, parlent aux oiseaux, se racontent des histoires : un jour, elles partiront. Comme père, elles iront à Paris, à Gand, à Vienne, à Saint-Pétersbourg. Et encore plus loin : en Chine peut-être vendre des violons. Pour toutes deux, il est « le père ». Quand, le soir, elles l'attendent, plus de folies ! Sous la lampe, elles regardent des dessins, un livre, une partition, elles brodent ou font des pages d'écriture. Dans le silence, troublé par les modulations d'un instrument qu'on essaie à l'atelier, le sifflement d'une bûche qu'on a jetée au feu, la voix d'une servante qui prépare le souper, Agnès sent sa mère se détacher d'elle, devenir une autre : la femme du père, cette inconnue qu'elle jalouse car il la préfère — ô combien — et qu'elle se prête, joyeuse, à cette préférence...

Une autre aussi — mais d'une autre façon — quand, une fois l'an, une mystérieuse maladie la jetait dans sa chambre, laissant derrière elle des caillots noirâtres, qu'elle y restait cloîtrée plusieurs jours, en ressortait triste et pâle appuyée au bras de Louise qui la défendait des baisers, des questions d'Agnès, des visites importunes, de Père lui-même quand il conseillait à sa femme de manger, de voir des gens, une promenade... Une autre encore plus étrange quand une petite toux ne lui laissa plus de repos, la dessécha peu à peu, lui mettant parfois aux lèvres une mousse rouge qu'elle cachait sous un mouchoir... Puis cette autre que seuls Père et Louise approchaient, ses râles couverts, un soir, par la cloche de l'église qui accompagnait le curé porteur des derniers sacrements. Sous sa bouche, Agnès sent encore le front glacé de la morte dans la pièce aux volets dos dont on a voilé les miroirs ! Retrouve sa peur, devant le cadavre de l'inconnue, sa révolte car on lui a volé sa mère. Il lui faudra longtemps pour admettre qu'elle l'a quittée, la laissant seule dans ce monde d'hommes... Il ne lui reste que Louise. Louise qui, le lendemain, lui dit les vêtements qu'elle doit mettre, ce qu'elle doit faire pendant la cérémonie, lui tient la main au cimetière. Père, visage pétrifié, regard dur, l'ignore. Elle et les autres. Il semble se confronter avec Dieu. Pendant des jours et des jours, Agnès s'étonnera que le soleil puisse se lever encore, les gens rire, les violons chanter.

Comme les nuits précédentes, où elle avait veillé son père, elle ne s'endormit qu'à l'aube.

DIX-HUITIÈME SOIR

Quand Agnès arriva à la chambre de son père, Luc en sortait.

— Il semble aller mieux, dit-il puis, comme elle tenait la tête inclinée, d'un doigt sous le menton de la jeune fille il dressa son visage vers lui, prit un ton taquin :

— Il m'a reparlé mariage...

Elle baissa sa lampe pour qu'il ne pût lire dans ses yeux, voir trembler sa bouche puis, vite, en souffla la flamme, mais il avait surpris son désarroi. Dans la nuit, elle sentit les doigts de Luc glisser vers son cou, sa gorge. Il chuchota.

— Dites-moi... Après, je ne vous tourmenterai plus. Le refusez-vous par respect pour mon engagement ou par indifférence ?

— Laissez-moi. Je ne suis pas de ce monde.

— Duquel êtes-vous ?

— Je suis à Dieu.

Des bras l'enserrèrent, une bouche prit ses lèvres, les téta avec douceur jusqu'à ce que, s'abandonnant, elle laissât une langue râpeuse et douce s'enrouler à la sienne... Enfin, elle buvait à cette coupe de chair leurs écumes mêlées qui faisaient durcir ses seins et son ventre, irriguaient son sexe... C'est lui, le premier, qui se détacha.

— Tu m'as donné ta réponse, dit-il.

Adossée au mur, elle entendit ses pas s'éloigner dans le noir : il ne cherchait que l'assurance de me savoir vaincue, pensa-t-elle avec amertume, et la déchirure de sa souffrance remplaça d'un coup celle de son plaisir.

— Tu me parais soucieuse, ma fille, dit Denis quand Agnès, après l'avoir embrassé, s'assit devant son écritoire. As-tu rencontré Luc ?

Elle hésita, dit oui, en trempant sa plume dans l'encre.

— Il t'a parlé ?

— Deux mots, en passant.

— Mais encore ?

— Rien...

— Que nous avions évoqué votre mariage ?

— Cela ne nous convient ni à lui ni à moi.

— Ta ta ta... Je veux vous voir tous les deux demain au pied de mon lit et que nous en causions.

Agnès laissa tomber sa plume, cacha son visage dans ses mains.

— Mon père, épargnez-moi...

Denis soupira.

— C'est bon... Sache qu'en refusant de me donner ce dernier bonheur, tu glaces ma tendresse.

Elle vint vers lui, s'agenouilla.

— Je vous prie de me comprendre. J'aime assez Luc pour le laisser libre de ses choix. Lui me désire sans doute. Sans doute est-il touché par votre affection. Quand il m'aura prise, comme vous l'avez fait avec tant de femmes, il regrettera sa promise, sa province, sa liberté, que sais-je ! Ne pesons pas sur lui, ni vous ni moi. Accordez-moi cette grâce de laisser faire la vie. Vous qui n'avez jamais résisté à l'amour, ne résistez pas au mien...

Il l'accueillit contre son cœur.

— Ma fille, murmura-t-il, ma dernière, ma plus redoutable séductrice...

Il la tint un moment enlacée. Quand elle fut revenue à son écritoire :

— Redoutable, car je comprends, enfin, que ta sagesse n'est pas le fait d'une nature passive mais le résultat d'un effort constant de ton esprit sur les emportements de ton cœur, peut-être de ta chair. Pareille au cierge, tu brûles ta propre substance.

Tu m'as reproché d'être parti après l'enterrement et de t'avoir abandonnée... Je ne pouvais plus vivre dans cette maison envahie par l'absence de ta mère. Les miroirs ne la reflétaient plus, le lit restait vide de son corps. Ses vêtements, ses chaussures, son linge, un mouchoir, un ruban, toi surtout, toi ma fille, me l'auraient rendue, à chaque instant, vivante et morte à la fois. J'ai demandé qu'on porte les meubles de notre chambre au grenier, qu'on distribue ses vêtements et ses bijoux. Je n'ai gardé que la chaîne aux chevalets pour toi. Je t'ai confiée aux sœurs de la congrégation Notre-Dame et à Louise. J'ai demandé, une fois encore, son assistance à Chappuy, et j'ai fui. J'ai pris prétexte de l'invite ancienne, et plusieurs fois répétée, que Deconet m'avait faite d'aller lui rendre visite à Venise ; de tenter d'y percer le secret de son vernis rouge profond. Avant, il me fallait voir Voltaire, la seule personne, me semblait-il, à laquelle je pouvais avouer sans contrainte l'étendue de mon malheur et de mes remords. Le père et le confesseur laïque dont j'avais besoin. Je pris une petite voiture, deux chevaux, et partis pour Ferney. Nous étions le 13 janvier 1778.

Depuis mon retour de Russie je n'avais pas revu mon philosophe. J'avais été marri qu'après Pierre Ier et Élisabeth, il idolâtrât Catherine II, et le lui avais écrit. Il me répondit dans cet esprit : « Je suis son chevalier envers et contre tous. Je sais bien qu'on lui reproche quelques bagatelles au sujet de son mari, mais ce sont des affaires de famille dont je ne mêle pas. » Rappelle-toi : lesdites bagatelles n'étaient rien moins qu'un assassinat ! Mais qu'il ait fait triompher la justice dans l'affaire Calas, obtenu la réhabilitation du chevalier de La Barre l'avait rendu à mon estime. Je relisais son *Candide* avec bonheur. Ce qu'il me disait de la gestion de son petit royaume où il avait installé une magnanerie pour avoir de la soie, une tannerie, une tuilerie, des ateliers d'horlogerie, y accueillant des ouvriers genevois en lutte contre des maîtres tortionnaires, me remplissait d'admiration. Oui, j'admirais que ce vieillard souffreteux pût à la fois écrire des pièces de théâtre, des pamphlets, correspondre avec cent personnes, lutter contre l'injustice, monter des « manufactures », vendre ses produits jusqu'en Chine, gérer au mieux ses affaires et celles de ses amis, tenir table ouverte à Ferney et labourer son champ...

De ce voyage je n'ai le souvenir que du froid qui me transperçait et de n'être plus qu'un corps vidé de ses viscères. Je ne peux même pas dire que j'étais malheureux. Je n'avais de voix que pour mes chevaux ou demander un gîte, d'yeux que pour les difficultés de la route.

Huit jours plus tard, vers midi, j'arrivai dans un village de quatre-vingts maisons bien bâties au pied de la chaîne du Jura, dans un vallon couvert de neige dont les haies semblaient, sous le soleil, prises dans des guipures de cristal. Je suivis une allée de tilleuls qui me mena au château dont la façade s'orne de colonnes doriques. Il comporte un seul étage sur perron couronné de mansardes. Un serviteur me fit entrer dans la salle à manger de belle taille chauffée par un énorme poêle en faïence. Une vieille servante, qui allait porter une chaufferette au maître du logis, me laissa entendre que, malade, il ne pourrait me recevoir. Connaissant la chanson, j'insistai. Elle revint peu de temps après : bien que mourant, Voltaire me faisait la faveur de m'admettre dans sa chambre. La pièce était sombre ; je ne vis d'abord dans l'alcôve qu'un lit gonflé d'édredons. Comme je m'en approchais, une voix en sortit : « Vous voilà, mon cher coquin, pour assister à mes heures dernières... »

Tandis qu'il me contait ses maux de ventre, les douleurs qui lui rongeaient les os, la faiblesse de ses jambes, mes yeux s'étant habitués à l'obscurité, j'observais, à demi dissimulé par un épais bonnet de laine, la maigreur de son visage qu'éclairaient des yeux encore vifs. Au-dessus du lit : une gravure représentait la famille Calas faisant ses adieux au père avant son supplice, et un portrait de Mme du Châtelet. À son invite, je m'étais assis près d'une table couverte de plumes et de papiers. Sur une autre, plus basse, un échiquier. Au mur, des rayonnages pliaient sous des dossiers. Près de la cheminée, une lampe à huile chauffait une tisane dont l'odeur fade m'incommodait d'autant plus que, n'ayant pris en chemin que peu de nourritures, je sentais les sueurs, prémices d'un malaise, mouiller mon visage et ma chemise.

Sans doute s'en aperçut-il, car il s'exclama d'une voix devenue forte : « Ah, je vois que vous prenez part à mes malheurs ! » Je m'entendis crier : « J'étais venu vers vous car ma femme est morte ! » Il sauta de son lit en chemise, tomba à genoux près de ma chaise, me prit dans ses bras : « Mon pauvre enfant, dit-il. Mon pauvre enfant ! » Il se mit à pleurer. Moi de même, enfin ! Car, enfin, je sentais la douleur poindre donc la vie me revenir... Le plus gros de l'émotion passé, je l'aidai à se relever, à enfiler sa robe de chambre, ses bas, sonnai la servante qui nous apporta un bouillon et du café pour lui, un poulet rôti et du vin pour moi : repas que nous prîmes tête à tête, lui assis dans son lit, moi le plateau sur mes genoux. Je parlais, je parlais... Il ne m'interrompait que par des « Pauvre coquin ! ». Nous restâmes ainsi tout l'après-midi.

Vers huit heures, il se leva pour sa toilette, changer de robe de chambre et de bonnet, souper au salon. Tout ragaillardi, il me présenta à sa nièce, Mme Denis, une grosse femme qui m'accueillit avec sécheresse. « Monsieur, dit-elle, vous nous arrivez dans un bien mauvais moment. Nous faisons nos malles. » Et c'était vrai : le « mourant » ne tenait plus en place à Ferney. Il lui fallait gagner Paris pour y faire jouer sa dernière pièce, *Irène*. Louis XV, malgré l'entremise de la Pompadour, n'avait pu souffrir la présence du poète en sa ville, mais celui-ci comptait sur la bonhomie de Louis XVI et l'amitié de Turgot pour rentrer en grâce. N'espérait-il pas aussi, vieux séducteur, charmer Marie-Antoinette en célébrant sa beauté d'églantine et la finesse de son esprit ?

L'entretien roula sur ces thèmes : le retour à Paris de l'exilé et l'audace de sa pièce. *Irène* traitait du remords d'une femme qui continue à aimer le meurtrier de son mari... Voltaire n'eut de cesse qu'il n'eût entrepris la lecture, qui tirait des exclamations admiratives et des larmes à Mme Denis. Malgré le bruit qu'elle faisait, j'avais peine à tenir les yeux ouverts. Voltaire s'en aperçut qui eut la bonté de mettre mon état de demi-somnolence sur les fatigues du voyage, l'émotion de nos retrouvailles et mon deuil. Il me conduisit dans une chambre tendue de brocart rose où, me dit-il, avaient dormi tour à tour ses trois pupilles : Mlle Corneille, Mlle Dupuits, Mlle de Varicourt. « J'ai été amoureux des trois, et elles me le rendaient bien. Comme je suis bon homme, je les ai mariées. La chaumière de Ferney n'est pas faite pour garder les filles ! » Sans me dévêtir, je tombai sur ma couche et dormis douze heures.

Je restai trois jours près de mon vieil ami ressuscité. Il me fit visiter son domaine : ses terres, ses « manufactures » et... son église, car il en avait fait construire une à l'entrée de son château. Comme je m'en étonnais, il m'expliqua qu'elle était unique car élevée à la gloire de Dieu et non à celle d'un saint. Il parlait avec ses paysans et ses ouvriers, babillait avec les enfants. N'était-il pas leur père à tous ? Aussi le mien car, le temps que je fus près de lui, je pus me laisser aller à ma douleur. Sans chercher à me consoler par des paroles vaines, il sut m'écouter et me montrer sa sympathie.

Avant mon départ, il m'avertit des placements qu'il avait faits en mon nom, me conseilla sur la façon de gérer mes biens quand il aurait quitté ce monde. Je me récriai, mais il soupira : « Je suis mort en détail, ayant vu mourir presque tous mes amis. Il est temps que se termine ce triste songe. » De son côté, durant les repas, Mme Denis s'impatientait : « Partons ! Partons ! Nous n'allons pas mourir ici ! » Elle se vantait d'avoir tout organisé pour que son oncle soit magnifiquement reçu à Paris dans l'hôtel du marquis de Villette à qui il avait fait épouser sa dernière pupille, Mlle de Varicourt dont il était tant amoureux... Quand je le quittai, Voltaire me serra sur son cœur me disant : « La vie est atroce. Soyez léger. » Ce fut son dernier conseil. Alors que je me trouvais à Venise chez Deconet, je reçus la lettre datée du 2 avril 1778 que tu vas, une fois encore, me relire.

Agnès la prit : c'était la dernière de Voltaire. « Mon cher coquin, depuis que je suis à Paris j'ai connu bien des honneurs : j'ai présidé l'Académie, j'ai été élu roi à la Comédie-Française et le peuple m'a fêté jusqu'à arracher les poils de la pelisse que m'avait offerte la tsarine ! Mais je connais aussi bien des souffrances : mes reins et ma vessie sont en feu et je ne peux absorber que du café. L'exaltation que procure une apparente gloire est brève. Bien trop longues les inquiétudes mortelles qui s'attachent à la fin de la vie. Vivez pleinement quand il en est encore temps. Je pense avec attendrissement à notre récente rencontre et à vos propos sur *Candide*. Vous y avez vu le triomphe du rire sur la misère de l'homme et l'avez trouvé courageux. Moi, je n'y vois que "coïonnerie[1]", mais je ne nie point que la philosophie que vous en avez tirée ne soit la mienne. Je vous l'avoue, en l'écrivant, j'ai pensé à vous. Non que je vous comparasse, dans mon esprit, à ce nigaud, mais parce que le souvenir du garçon à demi nu que je conduisis au bain, à Cirey, dans les temps heureux de ma chère Émilie, ne m'a jamais quitté... Et, comme Candide, vous voilà parti pour Venise... Vous ne pourrez, comme lui, y attendre votre Cunégonde mais "c'est toujours bien fait d'espérer[2]". Moi, hélas, je ne le peux qu'en la mort.

1. Mot qu'employait Voltaire pour qualifier *Candide*.
2. Phrase de Martin, ami de Candide.

Je vous embrasse, mon cher coquin, de toute la force de mon vieux cœur. »

J'appris, plus tard, que, délaissé par Mme Denis et ses amis qui paradaient à des spectacles, à des soupers, auréolés de la gloire du grand homme, il mourut le 30 mai à dix heures du soir, relégué dans une maisonnette au fond du jardin des Villette, épuisé par d'atroces souffrances... Mais il me faut revenir sur mes pas...

Denis se tut. Agnès le fit boire, essuya son visage.

— Vous aussi souffrez...

— Oui. Ma jambe, mes fesses, mon dos. Je n'ai que la tête qui aille à peu près.

— Voulez-vous vous reposer ?

— Je n'ai plus de temps.

J'arrivai à Venise le 10 février au matin sur un grand bateau, nommé *burchiello,* tiré par des chevaux le long de la Brenta. Sur les bords de ce canal, bien que pressé de tous côtés par une foule où se trouvaient beaucoup de gens de mauvaise mine, j'avais pu admirer, au milieu de grands parcs, de magnifiques palais. En entrant dans les lagunes, les commis de douanes vinrent nous visiter et je dus payer des droits sur les deux violons que j'avais pris avec moi. Puis nous voguâmes à travers des flottilles de vaisseaux marchands, frégates, barques et gondoles. Je voyais venir à moi, dans une lumière laiteuse, cette ville posée sur la mer sous un ciel immense. Comme par un trait de plume trempée dans une encre violette, vieil ivoire, corail et or, se dessinaient à l'horizon des dômes, des coupoles, des campaniles.

Je mis pied à terre sur la Piazetta, entre deux immenses colonnes soutenant les deux saints de la République : saint Marc et saint Théodore. À droite les arcades du palais des Doges. À gauche l'imposante bibliothèque... Je cherchai un porteur dans une foule bigarrée où se mêlaient bonnets rouges, perruques, tricornes, turbans, aigrettes. On y parlait des langues diverses dans une odeur de musc, de poivre, de menthe, de fiente. Une odeur qui me poursuivit toujours dans Venise, de choses venues de loin, de terres brûlées par le soleil, pour s'y fondre dans des eaux pourrissantes. Et on y chantait... Car tous les Vénitiens chantent, jour et nuit, du mendiant au plus puissant des dignitaires. On parle, prie, s'injurie, s'aime en chantant. Je dirais même qu'on dort en chantant. Un groupe de personnes passa, leurs vêtements couverts d'un léger manteau noir à capuchon, leur visage d'un masque blanc. Je m'assis sur ma malle, abattu par l'angoisse : la mort s'attachait à mes pas. Un gondolier en culotte rayée et veste rouge vint me frapper l'épaule et se mettre à mon service. Il parlait français et connaissait la boutique de Michel. Il chargea ma malle sur sa barque. Je restai debout près de lui, refusant d'entrer dans la petite cabine qui la surmonte, protège le voyageur du mauvais temps et, je l'appris plus tard, les amants des regards indiscrets.

Tel un cygne noir aux six becs d'argent, la barque filait le long de cette large voie d'eau qui partage la ville en deux. Ses ondes vertes lèchent sans fin les marches des palais qui la bordent, près desquels se balancent des gondoles attachées à des piquets peints de couleurs vives. Les façades, décorées de fresques où domine le rouge, semblent former un fastueux décor d'opéra qui se reflète, mêlant leurs arabesques, dans le miroitement des vagues. Le soleil, déjà haut, perçait la brume. J'admirais la silhouette de mon conducteur, légèrement déhanché sur sa longue rame qui s'enfonçait dans l'onde d'un coup sec. Nous croisions des bateaux chargés de fruits, de légumes, de barils ; des gondoles remplies de masques et de musiciens ; l'une, silencieuse, portant un cercueil recouvert de draperies noires... La mort, dans cette symphonie d'eau, de lumières, de couleurs, d'odeurs, de voix zézayantes, d'ailes de colombes...

Passé un coude du canal, nous tournâmes sur la gauche dans une voie d'eau plus étroite où nous ne tardâmes pas à débarquer au milieu d'échoppes de cordonniers. L'odeur des tanneries me rappela Mirecourt. Je dus m'asseoir à nouveau un instant sur ma malle et m'éponger le visage, un poignard dans les côtes à la pensée que Véronique n'y était plus à m'attendre.

Michel Deconet, que je n'avais pas revu depuis Paris, ne me reconnut pas. À mon nom et à l'énoncé de mon malheur, il s'écria : « Je t'accueillerais volontiers, Beloiseau, mais... » Il passa une main dans ses cheveux clairsemés et blanchis par les ans, fronça son nez de renard. « C'est que Venise n'est plus la cité prospère que je t'avais décrite. Les riches se défont de leurs meubles et leurs tableaux. Pas d'achat de violons. Je répare, je rafistole, je vends des cordes... Que puis-je t'offrir ? Pas une place dans mon atelier. » Je le rassurai : ma visite amicale serait de courte durée. « J'aurais voulu te loger, continua-t-il sur le même ton maussade, mais où ? Parfois je couche ici, parfois chez mon amie Zulietta qui est dentellière à Burano. » La maison n'était pas à lui. Il avait un bail pour le bas où se trouvaient son atelier et son magasin, le grenier pour sa réserve de bois. Un couple de vieilles gens occupait le premier étage. Je le rassurai : j'irais à l'auberge. Il s'entretint avec ses apprentis : l'un d'eux connaissait un appartement à louer dans une maison voisine. « J'aurais voulu mieux te traiter, dit Michel. Je vous dois beaucoup, à Guersan et à toi ; vous m'avez donné la passion du métier. Ici, j'ai travaillé avec Petrus Guarnerius, venu de Vérone, élève de Domenico Montagna, qui l'était de Stradivari. Auprès de ce maître, j'ai acquis une renommée qui dépasse Venise et l'Italie. Hélas, la concurrence est grande et Venise se meurt ! »

En méditant sur ces propos, je suivis l'apprenti qui se chargea de ma malle jusqu'à la rue di Cà Cent'anni. Il frappa à la porte d'une maison de trois étages, d'aspect modeste mais fraîchement repeinte. Une femme d'âge mûr, sa robe couleur ponceau couverte d'un grand tablier blanc, vint nous ouvrir. Petite, maigrelette, son visage aurait pu paraître ingrat si son sourire avenant ne l'eût embelli. Quand l'apprenti lui eut fait part de ma requête, elle me montra ses paumes couvertes d'une poudre bleue : « Pardonnez-moi. J'étais à mon ouvrage, mais entrez, je vous en prie. Nous allons passer chez moi. Après, je vous montrerai le logement. » Les murs de la pièce où elle travaillait étaient couverts de tableaux. Sur une grande table, près de la fenêtre, des craies de toutes teintes entouraient une feuille de papier au grain épais. Devant ma mine surprise, en frottant ses doigts contre le tablier, qu'elle enleva, puis en nous servant du vin, elle m'apprit que, fille d'Angela Pellegrini, elle était la nièce de Rosalba Carrera, peintre adulé de Venise, Paris et Vienne, dont Watteau aurait voulu « posséder un petit morceau de main ». Elle ajouta, modeste, que si elle n'avait pas le talent de son père ni celui de sa tante, elle avait hérité des techniques de celle-ci.

Comment te dire, ma fille, ce monde qu'à la suite de cette Carrera elle créait ? Vaporeux, lustré, poudré et si fragile... La chair des femmes y a le nacré d'un coquillage ; l'eau du ciel, le scintillement de leurs regards. Des hommes y promènent un air de filles ; des dames cavaliers portent fièrement leur petit tricorne penché sur le front. Ah, la séduction de ces voiles légers qui ne couvrent leur visage que pour le rendre plus troublant ! Les masques blancs sous lesquels se dissimulent grands seigneurs et faquins ne m'effrayaient plus. Dans l'ombre des cloîtres, des religieuses libertines vêtues de blanc, des coquettes en leur miroir piquant une rose entre leurs seins, des serviteurs noirs messagers de rendez-vous amoureux, des enfants espiègles volant un petit chien tombé d'un manchon, des arlequins, des pierrots... Ces personnages de pastel, croqués à vif, vibrent dans la lumière de Venise : moire vert et bleu, acier poli avec, toujours, des reflets d'ambre, des transparences de nacre et de perle, des éclats de rouge et d'or. Au plus sombre de mes jours, ou quand ses plaies, sa misère, ses vices me furent révélés, je ne pus voir cette ville amante que magnifiée par le talent de Rosalba Carrera et de sa nièce Eleonora. Je me repose cette question, cent fois évoquée devant toi : le talent de l'artiste qui transmute laideurs et souffrances en beauté n'est-il pas semblable à ce masque de Venise dont la perfection immaculée cache disgrâces, ravages du temps, perversité des âmes ?

L'après-midi même, je m'installai dans deux pièces bien meublées, propres et claires. Le bois pour la cheminée se trouvait dans un réduit au même étage, mais il fallait aller puiser l'eau dans les citernes en pierre de la place qui recevaient les pluies. Celle de la ville était polluée par les immondices, salée par la mer qui, à chaque forte marée, gonflait les canaux, envahissait les ruelles et les places. Le silence n'était troublé que par le roucoulement des pigeons.

Je revins chez Michel, lui prêtai la main pour l'encollage d'un violon puis l'emmenai dîner dans une auberge fréquentée elle aussi par des cordonniers : ils y avaient leur paroisse, celle de Saint-Thomas. Pour la première fois depuis mon départ de Mirecourt, je mangeai avec plaisir. On nous servit des morceaux de bœuf longuement mijotés dans des herbes et des épices, accompagnés de polenta, mets à base de farine de maïs qui sert de pain, et d'un vin capiteux. Je demandai à Michel pourquoi il s'était installé au sein de la corporation des cordonniers.

« À Venise, me dit-il, pour ne pas payer d'impôts, les luthiers ne se groupent pas en confréries. Alors là ou ailleurs... L'essentiel est d'être près du Grand Canal qui facilite le transport des gens et des marchandises — surtout du beau bois d'érable sycomore qui vient de Turquie. Je suis près des palais donc des puissants, bien que leur fortune, comme je te l'ai dit, ait été dilapidée au cours des ans par leur goût de luxe, leurs extravagances, l'annulation des mariages, la division des patrimoines. Disons-le tout net : leur débauche. Je te montrerai, à deux pas d'ici, la maison des Pisani. Pietro, un fils adultérin de Vettor Pisani et de Teresa Vedova, fille d'un miroitier célèbre, réclame sa part de l'héritage paternel. Le garçon est beau, cultivé, joue de la flûte en virtuose, qualités propres à le faire aimer de certains nobles et de tout le peuple. Cette histoire, depuis quatre ans, met la ville en émoi, alimente bavardages et chroniques... Chaque famille connaît ce genre d'affaire. On se ruine pour payer maîtresses, chanteuses, cavaliers servants, avocats, et régler des dettes de jeu... La musique, on en fait partout à Venise, dans les théâtres, les églises, les hôpitaux, les couvents, les jardins des villas que tu as vues le long de la Brenta et dans la rue. Je n'avais donc pas à me soucier d'ouvrir boutique près d'un lieu favori des musiciens. Tu le verras, notre quartier est calme, fréquenté par des artisans, des artistes et des savants, mais proche du Rialto, le centre du commerce de Venise. Quand je me suis installé, en 1746, mon choix était bon, mais aujourd'hui il n'y a plus rien à espérer de la Sérénissime qui n'est plus qu'une catin... »

Comme il avait déjà vidé de nombreux verres, je lui fis mille compliments sur son art que j'avais pu admirer à Saint-Pétersbourg, et le félicitai surtout pour la qualité de son vernis, espérant en tirer quelques secrets. Il éclata d'un rire méprisant : « Tu es venu pour ça ! Pour connaître la composition de mes rouges si bruns que, parfois, on les dirait noirs... Jamais, à Mirecourt, tu ne pourras les reproduire car, je vais te le dire, ils sont dus au climat et à la crasse ! » D'une voix de plus en plus pâteuse il m'expliqua que, dans l'air humide de la ville, les violons mettaient si longtemps à sécher que les musiciens les emportaient alors que le vernis était encore fragile. Dans les rues, les palais, les églises, les théâtres, la poussière venait s'y coller, leur donnant cette couleur de sang caillé. À la chaleur de l'été, il arrivait que le vernis se fendillât, prenant un aspect craquelé qui, peut-être, donnait au son plus d'éclat. Je dus le reconduire, titubant, jusqu'à sa couche, dans une pièce aveugle, derrière son atelier.

Chez moi, je tombai sur mon lit, ivre de vin et de souffrances. Qu'étais-je venu faire dans cette ville ? J'avais cru fuir mon chagrin mais il était en moi et me rongeait les tripes. Au matin, ayant peu dormi, je n'eus pas le courage de me lever. Il en fut ainsi pendant deux jours, les yeux aux poutres, me demandant si elles seraient assez solides pour me soutenir quand je m'y pendrais...

C'est au matin du troisième jour qu'Eleonora Carrera vint frapper à ma porte. Elle eut la bonté de fermer les yeux sur mon aspect négligé. « Ne vous voyant point, dit-elle, j'ai craint que vous ne fussiez malade. N'avez-vous besoin de rien ? Ce soir, si vous voulez, venez souper avec moi. Je vous attendrai vers les sept heures. » Je me dis qu'il serait discourtois de mourir dans le logement de cette aimable femme. Il me faudrait trouver un autre lieu.

En attendant, je fis toilette, mis un vêtement propre et partis par la ville. Dès que j'eus dépassé la place Saint-Thomas, je me perdis dans un lacis de ruelles bordées de petits canaux qu'on franchissait de loin en loin sur des planches. Toute la ville est ainsi, construite comme un labyrinthe d'eau et de pierre. Parfois, les maisons face à face sont si rapprochées que leurs auvents se touchent et qu'on n'aperçoit plus le ciel. Parfois un haut mur nappé de lierre vous bouche le passage ; vous revenez sur vos pas, rêvant du jardin qu'il enferme. Parfois de petites places s'ouvrent devant vous comme des puits de lumière où des enfants à demi nus jouent et se chamaillent tandis que, sur les marches d'une église, une vieille s'épouille. Car les églises sont partout présentes. Le chant de leurs cloches résonne à toute heure dans le ciel de Venise, attirant à leurs offices une foule fardée et pépiante qui va là comme elle irait au bal...

J'arrivai dans le quartier du Rialto après mille détours et des surprises charmantes qui me tiraient par instants de ma tristesse : filles à la mine éveillée ; dames en beaux atours passant un pont de bois soutenues par deux galants dont l'un porte son éventail ; gondolier torse nu, comme taillé dans le bronze, lavant sa barque une chanson aux lèvres ; belles demeures dont les têtes de lions, de centaures, d'odalisques, de sirènes, sculptées dans la pierre, mirent leur image brisée dans les vagues vertes d'un canal. Bientôt je fus pris dans un dédale d'éventaires, hélé de toute part. On voulait me vendre — en musique ! — des brocarts d'Orient, des cachemires, des rubans, des dentelles, des mantelets de soie, des parfums, des bijoux, des poissons, des bouquets de violettes... Que sais-je encore ! Je pris une gondole et demandai qu'on me conduisît place Saint-Marc. Avant de mourir je voulais voir la basilique dont on m'avait vanté les splendeurs. À mon arrivée, trois jours plus tôt, tout préoccupé que j'étais, je n'en avais aperçu que les coupoles. L'immense Piazza entourée d'arcades était couverte de tréteaux, de baraques garnies d'affiches et de bannières, autour desquels s'agitait une foule de travestis. Ahuri par le spectacle qui se déroulait devant mes yeux, les cris, les rires, les appels, les musiques, je faillis rebrousser chemin.

Mais, à Venise, le carnaval est une drogue qui, un temps du moins, endort le chagrin : combien de temps suis-je resté à contempler l'arracheur de dents, le vendeur d'un baume qui guérit toutes les maladies, le montreur de singes savants, le raconteur d'histoires et tous les acteurs de la commedia dell'arte, de Pantalon à Colombine, au milieu de femmes déguisées en médecins, en avocats, en cochons, en Égyptiennes, d'hommes en marquises, danseuses de cordes, en assassins, en rempailleurs de chaises ? Qui est qui ? Personne ne le peut savoir. Le riche simule le pauvre, le pauvre le riche ; la grande dame la catin, et la catin la grande dame. Je finis par échouer dans un café rempli de masques.

Un Pierrot me pria de bien vouloir l'accepter à ma table, ce que je lui accordai de bonne grâce. Je m'étais fait servir des beignets et du vin. Il fit de même puis me demanda quel était mon travesti. J'ignorai l'impertinence et lui répondis que, comme tout homme, il me faudrait en enlever plusieurs avant de dévoiler le squelette qui n'était, sans doute, qu'un dernier déguisement. « Philosophe ou curé ? » me demanda-t-il en riant. Je me présentai, lui dis que j'étais venu à Venise rendre visite à mon ami Michel Deconet et visiter la basilique Saint-Marc, où je comptais me rendre sur-le-champ. Comme je le saluais, il me retint. « Je suis, entre autres choses, violoniste et compositeur : Giacomo Casanova. » Après m'avoir interrogé sur la Lorraine, pays, me dit-il, qu'il n'avait fait que traverser au cours de ses nombreux voyages et dont il regrettait de n'avoir point humé l'odeur des femmes, il me proposa d'être mon guide dans Venise. La basilique, nous la verrions plus tard. Que je veuille bien l'accompagner d'abord dans le *casin* où il avait rendez-vous avec quelques amis : je ne le regretterais pas. Comme je lui demandai la signification de ce mot, il m'expliqua qu'il s'agissait de petits appartements, loués en général par de grandes dames qui, fuyant la solennité morose de leur palais, y tenaient salon comme, précisa-t-il, Mme du Deffand à Paris.

Je me félicitai d'être tombé sur un homme cultivé, musicien de surcroît. Je lui demandai de quel instrument, en quel lieu je pouvais entendre ses œuvres. « Je ne compose ni ne joue plus guère, me répondit-il, mais j'écris. J'ai entrepris, entre autres travaux, une traduction de *L'Iliade* en octaves italiennes et je me consacre à une étude sur Voltaire. — Monsieur, m'écriai-je, nous ne pouvons que nous entendre. Je suis un de ses amis ! » Interrompant notre course vers le *casin*, je tombai dans ses bras, lui racontant ma dernière visite au philosophe. « Voilà, me dit-il, un homme qui sait faire rire comme le tabac fait éternuer. Je ne suis point d'accord avec ses vues sur la religion car je suis bon catholique, mais puisqu'il prêche que le monde est pervers, il s'avoue donc tel. On ne peut se défier de lui qui, par cet aveu même, signifie qu'il ne se servira pas de sa perversité contre vous. »

J'allais l'entreprendre sur la religion mais déjà il frappait à une petite porte dissimulée par la nappe de lierre d'une belle maison au coin de deux ruelles pavées de marbre, derrière la place Saint-Marc. Une mignonne servante nous fit entrer dans une pièce sombre et enfumée garnie de meubles chinois. On y jouait aux cartes, récitait des poèmes, causait sur des canapés. Casanova, qui avait retiré son masque, me présenta à des comtesses, des professeurs, des docteurs, des académiciens... Ah, j'étais bien le Candide de Voltaire ! Il faut te dire, ma fille, qu'à cinquante-trois ans, l'homme était encore beau : des yeux noirs éclairaient un visage aux traits nobles et un air de grande franchise.

M'ayant confié à une des « marquises », il se mit à la table de jeu. La dame, après m'avoir posé quelques questions sur mon séjour à Venise, se dit incommodée par la chaleur et la fumée, m'attira dans une autre pièce encore plus sombre que la première, me pria de l'aider à se dévêtir : son corset la blessait. Comme je demeurai immobile et sans voix, elle se moqua gentiment : « Quoi ! Un Français ne saurait-il rendre ce genre de petits services ? » Je me serais bien sauvé, mais elle vint se pendre à mon cou. Moi qui me croyais mort à tout désir, la chaleur de sa bouche sur la mienne, ses doigts qui s'étaient glissés sous ma veste et ma chemise et, ayant défait ma ceinture, commençaient à fureter au long de mon ventre et de mes fesses, me firent roidir et je pus répondre à son caprice. Avant qu'elle le renouvelât, elle m'apprit qu'elle se nommait Bettina, qu'elle était divorcée d'un marquis et qu'elle avait des dettes. Ce qui la fit beaucoup pleurer... Une poignée de ducats ramena son sourire.

Avant de quitter le *casin*, j'allai saluer Casanova. Il décida de m'accompagner, comme il me l'avait promis, à Saint-Marc. Je tentai de l'en dissuader car, comme chaque fois que je m'étais laissé aller avec une prostituée, je me sentais avili. À ce sentiment s'ajoutait ce jour-là la souffrance intolérable d'avoir trahi Véronique… Eh oui, ma fille, le cœur des hommes est incompréhensible. Vivante, je l'ai parfois trompée sans déplaisir. Morte, son souvenir dissipé un instant contre la chair d'une autre, il me semblait avoir commis un sacrilège. Casanova s'aperçut-il de mon humeur ? Il s'inquiéta de savoir si j'avais été content de ma conversation avec la marquise qui, me dit-il, était une femme fort savante. « Savante, surtout, à vous attendrir sur ses malheurs et vider votre bourse », répliquai-je, non sans aigreur. « Je sais. Elle connaît quelque gêne. Croyez-moi, elle saura se montrer reconnaissante. Vous lui plaisez beaucoup. Elle me l'a confié. » Comme je ne me déridais pas, il me fit face, posa ses mains sur mes épaules : « Mon ami, dit-il (vous permettez que je vous appelle ainsi ?), je vous pensais philosophe. Croyez-en mon expérience : il faut avoir l'âme forte, ne jamais désespérer du plaisir. En ce monde, il est la seule vérité. » Je m'étonnai que, bon catholique, il me tînt ces propos. « Demain, si vous voulez, je vous conduirai dans un couvent. Vous verrez que nos religieuses connaissent cette loi. »

Nous nous trouvions au milieu de la grande place, face à la basilique. Il leva la main vers l'étage supérieur de la façade d'où quatre chevaux de bronze semblaient bondir, derrière lesquels se profilaient les dômes verdis sous un ciel qui se nuançait de mauve. Nous avançâmes vers les cinq portails arrondis, couverts de mosaïques somptueuses, encadrés de piliers dont le marbre veiné de bleu et de rose semble avoir été taillé dans une jeune chair. À l'intérieur, quand mes yeux furent habitués à l'obscurité, je découvris la splendeur des marbres et des mosaïques dignes de palais orientaux. J'avançais dans un immense coquillage d'or, d'ivoire, de jaspe, de porphyre, face à un christ aux yeux immenses sur un ciel doré... Je ressortis, presque titubant. Mon compagnon me prit le bras. « Voyez, dit-il, l'effet du plaisir... » Nous nous donnâmes rendez-vous pour le lendemain, même heure, même café, le *Florian*, pour aller entendre de la musique dans un couvent. Je n'avais que le temps de me rendre chez ma logeuse. Je me jurai de ne plus revenir au *casin*. J'y retournai pourtant. J'en fus puni. Je te dirai comment.

Eleonora Carrera avait dressé nos couverts dans une pièce contiguë à celle où elle travaillait, dont les murs disparaissaient sous les tableaux à touche-touche. Elle me servit du vin, un plat d'une saveur pour moi insolite qui mêlait celle des sardines, des amandes et des raisins secs, m'interrogea avec discrétion sur mon métier, l'impression que m'avait faite Venise, si je pensais m'y installer. En lui répondant, je la regardai, ému par le charme qui émanait de cette petite personne qui n'était ni jeune ni jolie. Alors que je ne pourrais te tracer un portrait de la prétendue marquise du *casin*, que je vis pourtant plusieurs fois (je peux juste dire qu'elle était blonde et avait les seins lourds), le visage, l'allure d'Eleonora, me sont inoubliables. De ce visage légèrement dissymétrique, couronné de nattes grises, on ne voyait d'abord quand elle riait que les yeux d'une couleur chaude de chocolat pailletée d'or.

Et elle riait beaucoup. D'elle-même d'abord, de ses étourderies, de ses maladresses dans les tâches quotidiennes, dans ses rapports avec les gens trop gourmés. Elle riait avec gentillesse des travers innocents de ses vieux amis peintres et poètes ; avec quelque cruauté pour certains « connaisseurs », plus sensibles à la mode qu'au talent d'un artiste — Venise comme Paris avait ses Précieuses et ses petits marquis ! — et, surtout, de ceux qu'elle nommait « les ânes savants ». Je me souviens de son pas rapide, de ses gestes lents et harmonieux, de ses mains longues et fines qui écrasaient amoureusement sur le papier la poudre de ses crayons pour la transformer en ciel, en mer, en étoffes et chairs palpitantes...

Mis en confiance, je finis par lui avouer, non mon désir d'en finir avec la vie, mais les circonstances de ma venue à Venise et le sentiment que j'avais de n'être qu'un fantôme, qui ne trouvait incarnation que dans la douleur. Elle abandonna l'orange qu'elle était en train de peler, me regarda avec la compassion de ceux qui connaissent les affres du cœur. « Cher monsieur, me dit-elle, on est toujours seul dans le deuil d'une personne aimée. Avec ce genre de maladie, on ne peut compter que sur le temps. Chaque jour qui passe est une petite victoire remportée. Ne restez pas dans votre chambre comme vous l'avez fait ces premiers jours : travaillez à l'atelier, marchez dans notre ville qui, partout, donne la comédie. Venez me voir. Nous causerons. Si, en vieillissant, les femmes perdent leur pouvoir de séduction, elles gagnent celui d'être la sœur de l'homme, ce qui n'est pas rien. » Ému, je lui baisai les mains en la remerciant pour ses bonnes paroles. Chez moi, je pus enfin dormir.

Le lendemain, dès les yeux ouverts, je pensai aux sages conseils d'Eleonora. Hélas, malgré le soleil qui jetait des corolles de lumière dans ma chambre, les roucoulements amoureux des pigeons sur le toit, je ne parvins que difficilement à me tirer du lit et à remettre en route mon corps et ma tête. À chacun des projets que j'élaborais, telle une boîte à musique, je répétais le même air : « À quoi bon ! » L'idée de mourir me revint. C'était la seule qui me faisait vivre !

J'allai porter mes violons chez Michel pour qu'il m'aidât à les vendre. Il les examina, les fit sonner. « Leur son est faible, dit-il, et trop criard. » Je lui suggérai de s'en défaire à moindre prix. Il s'enquit, soupçonneux, si je manquais d'argent. Je lui répondis que j'en étais bien pourvu puisque j'étais venu à Venise dans l'espoir de m'associer avec lui. Il se montra plus aimable, m'invita à l'accompagner, le lendemain, à Burano : il allait rendre visite à sa dentellière. Comme je lui demandais si je ne pouvais lui rendre quelque service, il m'envoya porter le violon qu'il venait de réparer à un orfèvre juif qui vivait dans le ghetto. « Prends une gondole, me dit-il, sinon tu n'y arriveras que lorsque les portes en seront fermées. »

En route, le gondolier m'expliqua qu'on avait rassemblé les Juifs dans un quartier dont grilles et portes étaient closes de l'aube à minuit. Ils devaient se distinguer des Vénitiens par un chapeau rouge. On leur reconnaissait d'être bons tailleurs et bons banquiers. Je fus surpris par la hauteur des maisons du ghetto, la sobriété des façades, le calme des rues et des places. Le temps semblait s'être arrêté et j'en éprouvais de l'angoisse. Je finis par trouver l'orfèvre qui travaillait au fond d'une cour plantée d'arbres que je reconnus à l'odeur délicatement poivrée de leurs feuilles : des eucalyptus. L'homme, vêtu d'un costume de velours noir aux culottes bouffant au-dessus du genou, la veste éclairée d'un rabat blanc et d'une longue barbe blanche, tête couverte d'un chapeau rond et rouge, me reçut fort courtoisement. Après lui avoir vanté le fini du travail de Michel sur son violon, en avoir touché le prix convenu, j'admirai la beauté d'un bracelet d'or d'inspiration orientale qu'il était en train de graver. Il me montra d'autres bijoux : colliers, pendentifs, broches finement ciselés, enchâssés de pierres précieuses. Je dus prendre congé de lui par un trop bref salut : l'espace d'un éclair, le désir m'était venu d'en acheter un pour Véronique !

Dehors, je me mis à marcher dans la direction de Saint-Marc. J'ai marché longtemps, suis revenu sur mes pas, me suis perdu, remâchant ma peine, attentif à rien d'autre qu'aux dizaines de chats qui me filaient dans les jambes et à cette eau qui, partout, me tendait un miroir où il eût été facile de me rejoindre. Je finis par me trouver entre canaux et lagune, en une sorte de petite île dans l'île, où s'élevait une église de marbre blanc et vert. J'y entrai, baigné par une lumière rose. J'allai m'asseoir contre un pilastre couvert de tritons et de sirènes pour tenter de réfléchir. Dans cette Santa Maria dei Miracoli, abandonnée entre ciel et eau, en partance vers un au-delà incertain, je pris ma décision. Je me donnai jusqu'à la fin du carnaval pour jouir, sous l'habit de Pierrot, de tous les plaisirs. Un matin de soleil, je me glisserais dans l'ombre de ses coupoles renversées sur les ondes pour en boire la paix laiteuse... Et adieu la vie ! Quand je me relevai, j'étais calme, presque heureux. À quelques pas de l'église, je hélai un gondolier qui me mena vers mon rendez-vous avec Casanova.

Après m'avoir emprunté une forte somme, qu'il avait perdue la veille au jeu, il me conduisit à l'église des Mendicanti, située dans un hôpital où l'on soignait les indigents. Le revenu des concerts qu'on y donnait, car ils étaient payants, permettait de les soigner, les vêtir, les nourrir. Les jeunes filles qui s'y faisaient connaître par la beauté de leur voix étaient élevées et instruites grâce aux subsides de la République. On parlait partout de la fameuse Corilla « dont le chant parlait à l'âme », que le théâtre avait enlevée à l'Ospedale. Tu te souviens sans doute que Vivaldi avait été maître de chapelle dans un autre, celui de la Pietà. Sur le chemin, je m'émerveillai de cette organisation qui mêlait si bien l'art à la charité. « Je vois, me dit Casanova, que vous allez, comme Rousseau, vous éprendre des voix de ces demoiselles puis vous désoler, quand après mille ruses vous parviendrez à les apercevoir, qu'elles soient si laides ! » Les moqueries de mon compagnon ne m'empêchèrent point de goûter un oratorio de Galuppi, maître de la Chapelle ducale, qu'on nomme Il Buranello, du nom de son île natale : Burano.

Sa gracieuse technique m'enchanta, me donna de la curiosité pour ce compositeur que j'eus la chance de rencontrer plus tard. Tu sais la place qu'il tient dans mon cœur après Vivaldi et Mozart. Rentré à Mirecourt, je n'ai pu, hélas, me procurer qu'à grand-peine ses manuscrits et les faire interpréter par de rares esthètes. Quant à la voix des jeunes filles, rien ne peut l'égaler. Les cordes sont infirmes comparées à cet instrument de chair.

Casanova me conduisit ensuite au couvent de Murano. Derrière les grilles se tenaient des religieuses assises ou debout, robes échancrées sur la poitrine et les épaules, maniant l'éventail, bouche et œil rieurs, surtout quand mon compagnon, fendant la foule des travestis, se mit à faire l'ivrogne, à danser le menuet avec la grâce d'un ours, feignant de tomber pour mieux s'accrocher aux jupes d'une Colombine... Il amusa la foule pendant plus d'une heure puis vint me retrouver pour me désigner parmi les religieuses deux de ses maîtresses. Je lui demandai par quel stratagème il parvenait à les rencontrer. « Les grilles, me dit-il, ne sont là que pour les rendre plus désirables. La nuit, elles peuvent emprunter des chemins secrets. Voulez-vous que je vous arrange un rendez-vous ? »

Croyant qu'il se vantait, je lui dis que j'attendrais chez moi une de ces belles personnes, le soir même après souper. Quelle ne fut pas ma surprise quand Eleonora, m'entendant rentrer vers les dix heures, ouvrit sa porte. « Cher monsieur, me dit-elle, un cavalier est chez vous. Il vient d'arriver. Il m'a dit être de vos amis, j'ai cru bien faire... » Je la remerciai et filai jusqu'à mon étage. Un cavalier masqué s'y trouvait bel et bien, assis près de la cheminée, un verre de vin aux doigts qu'il leva dans ma direction : « À nos amours ! » Sous le masque, non pas une des deux religieuses que Casanova m'avait désignées, mais une autre jolie femme qui feignit assez de passion pour que je pusse, après, écouter sans trop de déplaisir l'aveu de ses dettes... et la convoquer pour un autre soir.

Le lendemain, j'accompagnai Michel à Burano chez sa maîtresse, une jeune femme brune, fort plaisante. Je les laissai à leurs étreintes et fis le tour de l'île. Avec ses maisons sages, ses jardinets où séchaient lessives et filets de pêche, la danse des barques amarrées au bord des canaux, son odeur d'iode et de sel, elle me rappela Bruges et ma dentellière Clara dont le visage, dans mon souvenir, avait fini par se confondre avec celui de ta mère. J'allai m'asseoir près de l'église à l'abri du vent et me mis à compter les jours qui me restaient à vivre... Je revins à pas lents, m'attardant à regarder des femmes qui repeignaient les façades de leur maison de couleurs vives, traçant un bandeau blanc au-dessus des portes, et, derrière les vitres, aux rideaux de dentelle soigneusement relevés, d'autres penchées sur leur ouvrage. Je ne me risquai à entrer chez Zulietta qu'après m'être assuré, l'oreille à l'huis, qu'ils s'étaient tirés de leur couche et devisaient en faisant collation. La jeune femme m'offrit des gâteaux aux amandes et du vin. Michel remit sa veste, me disant que je devrais rentrer seul : il avait à faire à Torcello. Je lui proposai de l'accompagner mais il écarta mon offre : son client le retiendrait tard. Zulietta m'invita à demeurer près d'elle, le temps qu'elle terminât un ruban de dentelle, en prolongeant mon goûter avec des fruits secs et un autre verre de vin.

La dentelle de Burano n'est pas exécutée aux fuseaux mais à l'aiguille. Les femmes qui s'y adonnent ne cessent d'inventer de nouveaux points afin de mettre fin à la concurrence que leur font les Françaises qui leur ont honteusement volé leurs secrets. Secrets qui, dans la nuit des temps, leur avaient été révélés non pas par la Vierge, comme à Bruges, mais par une sirène. L'enchantement de ces îles tient en cet infime détail : sa population est pieuse mais imprégnée à jamais par le paganisme. Tout en parlant, Zulietta faisait voltiger ses mains au-dessus des fils blancs comme mes pensées autour du mot « secret ». Le rien d'embarras qui avait marqué l'attitude de Michel refusant ma compagnie me poussa à lui demander si elle connaissait le client que son amant devait rencontrer à Torcello. « Non, dit-elle. Je sais que c'est un moine fort savant. Même un peu sorcier. » Le soir tombait. Je pris congé d'elle.

Le bateau fendait une moire violette entre des rangées de mâts qui soutenaient des lanternes. Elles dessinaient des chemins de lumière sur la lagune qui, tous, convergeaient vers Venise éclairée par les feux que ses plaisirs allumaient dans la nuit. Le gondolier chantait une mélopée si douce que j'en fus ému aux larmes. En passant devant la porte de ma logeuse, j'eus l'idée d'en retrouver la mélodie sur sa guitare. Ses nattes retombées sur le col rond d'une robe rose largement juponnée, elle m'écoutait d'un air attentif : malgré ses rides, elle avait l'air d'une fillette. Quand j'eus fini de jouer, assez malhabile, cette mélopée : « C'est de Baldassare Galuppi, me dit-elle... N'avez-vous jamais songé à composer ? — J'en ai souvent éprouvé l'envie. J'y ai renoncé par manque de talent. »

Agnès, qui jusque-là n'avait osé interrompre son père — il s'épuisait ! —, ne put cacher sa surprise.

— Vous avez composé ! En avez-vous gardé trace ?

— J'ai tout brûlé.

— Pourquoi ?

— Je n'aurais été qu'un méchant imitateur de.. Vivaldi, bien sûr !

— J'aurais aimé...

— Jouer ma musique, plus tard, pour me retrouver... Je n'ai su transmettre celle, unique, qui j'en suis persuadé habite chacun de nous. C'est elle qui fait que nous nous accordons ou non aux autres, même si nous sommes impuissants à l'entendre avec nos oreilles de chair. Nous possédons une écoute plus secrète. Peut-être est-ce ce que l'on appelle l'âme... Ce soir-là, près d'Eleonora, j'en pris conscience. Ce n'était pas seulement la mélodie du gondolier que nous écoutions mais une autre, encore plus troublante, qui montait de nous. Il en fut toujours ainsi avec elle. Le sentiment qui nous a unis, que nous n'évoquions jamais, ne s'est jamais traduit par aucun geste d'intimité. Je ne puis le comparer qu'au chant d'une corde de cristal vibrant dans la brise.

— Avant cette rencontre, aviez-vous entendu ce chant ?

— Non. Celui de la chair l'étouffait... Si, pourtant... Les premières fois que je vis ta mère encore enfant. Faut-il croire qu'il ne peut être perçu que par deux êtres éloignés par l'âge ou tout autre obstacle quand leur accord repose sur une commune quintessence ?

— Avec Eleonora, quel était l'obstacle ?

— Je me le suis souvent demandé. La passion douloureuse que j'avais, que j'ai toujours, pour ta mère a joué son rôle. Je pourrais aussi te répliquer de façon triviale que mes soixante ans réclamaient des corps plus neufs. Pour une fois ma réponse est en mon honneur. C'est Eleonora, c'est moi, qui avons érigé l'obstacle pour l'amour de cette musique, peut-être pour l'amour de l'amour.

— Vous me surprenez ! Un tel aveu chez vous, dont le cœur, dans son commerce avec les femmes, a toujours éveillé les sens...

— Qui te dit qu'ils n'avaient pas leur part belle dans notre mutuelle tendresse, que je n'ai pas rêvé de la tenir dans mes bras ? L'interdiction que je m'en faisais était le prix à payer pour que se prolongeât l'enchantement dont nous étions prisonniers. Et elle, ma chère complice, mettait juste le soupçon de coquetterie nécessaire pour faire flamber un sentiment que nous avions la sagesse de nommer amitié... Amitié, mot tout simple et pourtant... Comme la lumière de Venise il pouvait, selon les heures, se nuancer à l'infini, passant des roses impalpables à des incandescences qui viraient à ce noir de jais que semble éclairer un invisible soleil.

— Vous rendait-il jaloux ?

— L'un et l'autre savions que personne ne pouvait le partager ni le troubler. Nous étions, l'un à l'autre, unique... À Venise, la mode voulait que chaque femme, même de petite-bourgeoisie, eût son ou ses galants qui, du matin au soir, s'empressaient autour d'elle, allant même, disait-on, jusqu'à lacer et délacer leur corset ! Caterina Dolfin-Tron, femme toute-puissante, femme d'esprit, dont je te parlerai, les appelait *cuccioli miei*, mes petits chiens[1] ! Un temps, j'en fis partie... Cet attachement mondain ne peut non plus être comparé à celui que j'éprouvai pour Eleonora. Malgré toutes les explications que je t'en donne, je ne saurais le définir.

1. Terme affectueux. Comme nous dirions : mes petits lapins.

— Peut-être faudrait-il parler de musique des anges... si les anges avaient un sexe. Ne vous étonnez pas d'aimer Mozart !

— Un beau diable, pourtant, si je crois ce qu'on m'en a raconté... Il est tard, Agnès. Es-tu encore assez vaillante ?

— Certes, mais vous ?

— Il faut bien en finir...

— Un mot encore. Est-ce la découverte de ce sentiment nouveau qui vous a empêché de mourir ?

— Sans doute mais, comme dans la vie d'un homme rien n'est pur, si je renonçai au suicide c'est que je fus pris aux sortilèges de cette ville, toute clarté et tout mystère, et aux pouvoirs, si forts pour moi, de mon métier. Mais il faut d'abord que je te parle de ce Casanova avec qui, ayant revêtu moi aussi l'habit de Pierrot, je me vautrai dans la débauche.

C'était, je te l'ai dit, un fort bel homme, un esprit fin et cultivé. Bon catholique, il ne cessait de rendre grâce aux créatures de Dieu quand elles étaient du sexe. Il était d'autant plus dangereux auprès des belles qu'il paraissait sincère dans ses élans amoureux et pleurait avec elles des tourments qu'il leur causait. Il avait tous les talents : musicien, poète, il se disait aussi devin et alchimiste. Sa vie aventureuse l'amena aux Plombs[1], dont il s'échappa par miracle. Après avoir couru l'Europe, il venait de rentrer en grâce auprès de la Sérénissime qu'il servait en tant qu'espion des

1. Prison de Venise, sous les toits du palais des Doges.

Inquisiteurs... J'avais admiré de loin le gouvernement de cet État par des conseils de Sages qui élisaient un doge, c'est-à-dire un roi. Y vivant, j'en ai découvert les vices dont le plus affreux était de faire de tout citoyen un dénonciateur. Chacun pouvait, en glissant un billet dans la gueule d'un lion de pierre prévu à cet effet, accuser son voisin, son ami, un étranger... De plus, des intrigants, tel Casanova, touchaient solde pour surveiller les nobles, les artistes, les étrangers de haut rang qui se pressaient nombreux à Venise... Pour que triomphât la vertu, on usait de leurs vices...

Séduit par Casanova, je voulus ignorer un temps le métier infâme qu'il pratiquait sans que, semble-t-il, son âme en fût froissée. Je l'accompagnais dans des tripots tenus par des femmes galantes, chez des « marquises » et des « comtesses » qui logeaient près du Rialto. Leurs appartements ne cédaient en rien aux petites maisons du Palais-Royal. Chez elles on trouvait des servantes fraîches venues de la campagne, hommes et femmes disposés à répondre à tous vos caprices, salles de torture et, toujours, salles de jeu. Et, bien sûr, on y croisait de grands personnages que, malgré leur masque, Casanova reconnaissait...

À ma surprise, j'y découvris Michel déguisé en fou, portant chapeau à clochettes... La forme de ses mains, ce pouce écrasé, marque des luthiers, l'avaient trahi. Quand, le lendemain de notre première rencontre en un mauvais lieu, je le taquinai, il se récria : j'avais rêvé. Je devins plus assidu à l'atelier, ce qui l'irritait car je découvrais chaque jour de nouveaux mystères dans la vie de mon ami. Il lui arrivait le plus souvent de travailler seul dans la pièce où il serrait son bois, au dernier étage de la maison, dont il tenait l'unique clef pendue à une chaîne sous sa chemise. Personne n'avait le droit d'y pénétrer. Non plus d'accéder à son vernis qu'il préparait je ne savais où. Il se rendait chez des clients dont on ignorait le nom et l'adresse sans que vente ou réparation s'ensuivissent. Ses apprentis, en son absence, en plaisantaient entre eux, disant qu'il allait voir des filles, ce qui me semblait peu probable. Surtout, à chaque occasion, il pleurait misère, or j'avais appris fortuitement par Casanova qu'il possédait plusieurs maisons richement meublées en ville qu'il louait sous de faux noms à des étrangers. Bien que prêt à mettre fin à mon existence, j'étais curieux du secret de celui que je considérais encore comme mon ami bien qu'il ne me montrât guère d'affection, sauf quand il m'empruntait de l'argent ou qu'il voulait se faire inviter à souper, ce qui lui arrivait assez souvent.

Le temps que je m'étais accordé s'écoulant, je découvris en faisant ma toilette une tache assez large, rouge-brun, sur mon sexe : la vérole ! Mal français pour les Italiens, mal italien pour les Français ! Une raison de plus pour m'exécuter. Je ne me voyais pas, pris par lui, pourrir vif. Et pourtant, ironie du sort, c'est ainsi, pour d'autres raisons, que dix ans plus tard j'en termine... La veille du jour où je devais aller me jeter à l'eau près de l'église Santa Maria dei Miracoli, j'écrivis une lettre à ma famille que je posai bien en évidence sur la table de ma chambre, rangeai mes affaires, invitai à souper ma charmante logeuse à laquelle j'avais l'intention de confier, avant de partir, les sentiments délicieux qu'elle m'inspirait. Enfin je pris une gondole pour Torcello : une faim m'avait pris de jardins et de silence. Je savais que cette île, peu à peu abandonnée par ses habitants, dont le baptistère, la cathédrale, l'église symbolisent les trois étapes de la vie, répondrait à cet ultime vœu.

Je me revois, sous un ciel gris balayé par le vent, suivre le canal au milieu de terres en friche, de buissons, de ronces, de roseaux en panaches où nichent des sarcelles, de vignes frissonnantes du vert neuf des premières feuilles, de bouquets d'arbres en fleurs. Sur la place déserte, les temples élevaient leurs flèches et leurs coupoles d'une pureté orientale. Je pénétrai dans Santa Maria, fus saisi par le froid et une insupportable odeur de moisissure. J'y demeurai pourtant un long moment, couché sur la pierre, yeux fermés, m'habituant à l'idée de ma mort prochaine. Moi, le mécréant, je me sentais lavé de toute souillure et la joie me vint à la pensée de rejoindre bientôt ma femme bien-aimée...

En sortant, encore tout engourdi de paix, j'aperçus Michel en conversation avec un moine près de l'église Santa Foca. J'attendis qu'ils se fussent séparés, suivis Michel sur le chemin, puis loin des maisons, je l'abordai. « Alors, compagnon, on revient de confesse ! » Il m'envoya à terre d'un coup de poing et voulut détaler, mais je le retins par une jambe, ce qui le fit trébucher. S'ensuivit une bagarre au cours de laquelle un sac tomba de sa poche et répandit une poudre brune sur le sol. « Je vais te tuer ! » hurla-t-il. Mais j'étais le plus fort. Ses trop fréquentes libations, les nuits qu'il passait en trafics ou au jeu, son avarice aussi l'avaient miné. M'étant glissé prestement derrière lui, je l'avais saisi au col et menaçai de l'étrangler.

Quand il commença à hoqueter, que ses jambes fléchirent, je le mis à genoux et, appuyant de tout mon poids sur ses épaules, lui demandai quel commerce il faisait avec les moines et avec ses mystérieux clients. Il me fit jurer de tenir secrètes ses révélations et de les lui payer au prix fort. Marché conclu, il m'apprit que la poudre qu'il venait d'acquérir entrait dans son vernis. Il n'en connaissait pas la composition. Le moine avec lequel je l'avais surpris la lui vendait fort cher. Peut-être provenait-elle de la décomposition de certaines algues... « Et le bois que tu enfermes si jalousement ? Ces clients qui ne te donnent aucun instrument à réparer, qui ne t'en achètent pas ? » Il commença par faire le niais : à quoi, à qui faisais-je allusion ? Je menaçai de le livrer aux Inquisiteurs pour jouer dans des tripots et louer sous de faux noms des appartements à des étrangers. Je t'assure, ma fille, que je n'en aurais rien fait, mais je savais que la peur l'amènerait à parler.

Il finit par m'avouer qu'avec le bois de vieux meubles, poutres et planchers venus des palais et villas de nobles ruinés, il fabriquait des instruments qu'il prétendait être de la main de Stradivarius. Il les vendait aux Grands d'Espagne, de Russie, de France. Stupéfait, je dis : « Tu oses ! » Puis j'éclatai de rire... Il se releva, épousseta son habit. « Oui, j'ose, dit-il. Et ils sont assez sots pour se régaler l'oreille du chant de la seule signature. » Il me demanda à nouveau de lui jurer le secret, ce que je fis. Je l'aidai à ramasser la poudre, mélangée au sable du chemin, qu'il enferma dans sa bourse. Nous rentrâmes de conserve en parlant comme de vieux amis qui se retrouvent. On était le 12 mars. Venise avait éteint ses lumières, rangé ses masques : on entrait en carême.

J'avais oublié l'invitation à dîner d'Eleonora. Quand j'arrivai chez moi, je l'y trouvai qui à ma vue s'écria : « Pardonnez-moi. J'ai frappé à votre porte. Comme vous n'étiez pas là, je vous ai attendu chez moi puis, beaucoup plus tard, je suis remontée avec le double de votre clef. J'ai craint, je ne sais, un malaise... Mais que vous est-il arrivé ? Votre veste déchirée, votre chemise... » Elle était prête à tomber en pâmoison, les yeux pleins de larmes. Je la priai de m'excuser, de s'asseoir, l'assurai que je n'avais rien de grave : je m'étais pris de querelle avec un mauvais plaisant. Je lui apportai un verre de vin, passai dans l'autre pièce pour me mettre de l'eau au visage et aux mains et me changer. Quand je revins vers elle, je savais que je ne me tuerais ni le lendemain ni un autre jour : il y avait des copies de Stradivarius à faire et cette femme adorable que je ne pouvais voir pleurer. Il me fallait, au plus tôt, avoir l'avis d'un médecin et en passer par le mercure...

Une nouvelle fois Agnès l'interrompit.

— Vous, mon père, vous avez fait des faux !

— Pourquoi pas, ma fille, puisqu'il y a de faux amateurs !

— À Mirecourt également ?

— Non. J'ai borné cette coquinerie à Venise... C'était, bien sûr, pour gagner de l'argent sur les riches qui se targuent d'être experts en tout, se gargarisent de leur bon goût, rivalisent entre eux pour l'achat de la pièce la plus rare. Aussi, je puis te l'assurer... Je dirai même : surtout, pour tenter en reproduisant ses instruments de connaître les secrets du maître.

— Mais vous n'y êtes pas parvenu !

— Tu es sévère, ma fille... Tu dis vrai. Il était valeureux, pourtant, de tenter l'aventure.

— Et la poudre ?

— Te voilà excitée tout autant que moi ce soir-là de printemps ! Je crois bien que Michel le faussaire se faisait gruger, à son tour, par les moines. Avec ou sans, je n'ai pas senti de différence dans son vernis. Nous en avons, pendant deux ans, débattu, car il croyait ferme aux vertus de sa poudre. Que veux-tu, dans ce métier, à chacun sa magie !

— Pourquoi êtes-vous resté si longtemps à Venise ?

— Ayant décidé d'y vivre et d'y vivre sagement, j'y connus le bonheur le plus délicat.

— Alors, pourquoi l'avoir quittée ?

— Demain, ma fille, demain.

Elle se pencha vers lui pour l'embrasser.

— Vous n'êtes pas seulement un coquin, comme Voltaire disait, chuchota-t-elle. Mais un bandit !

Dans ses yeux, une lueur de malice qu'il n'y avait jamais vue... Sa fille était un vrai luthier. Capable de tout, comme lui, pour améliorer son art. Une joie l'envahit, bouleversante : elle était de son sang.

Agnès regardait Luc endormi devant la porte. Quand elle se décida à regagner sa chambre, elle fit en sorte que le bas de sa jupe frôlât son visage.

DIX-NEUVIÈME SOIR

L'an 1789 avait trois jours quand Denis put reprendre sa confession. Le médecin avait dû retirer les attelles qui blessaient au sang les chairs gonflées et noires de sa jambe. Des escarres s'ouvraient sur toutes les parties de son corps qui touchaient la toile. Il avait fallu augmenter les doses de laudanum, ce qui le faisait sombrer dans les nappes d'un sommeil parfois profond, parfois léger, durant lequel il s'entretenait avec des fantômes. Revenu à lui, il demeurait abattu, refusait la nourriture, demandait qu'on lui mouillât la bouche qui se tapissait de peaux blanchâtres, acceptait les soins d'Agnès. En pleine nuit, il arrivait qu'il retrouvât sa lucidité. Il lui donnait des ordres : dès que possible, il la voulait avec Luc et Henri près de lui. Le cercueil-violoncelle était-il prêt ? Avait-on prévenu le curé pour les funérailles ? Et la chorale ? Qu'on n'oublie pas : Vivaldi et Mozart.

Cet après-midi-là, il refusa de boire la potion calmante, demanda d'être lavé, rasé, vêtu de sa chemise à jabot de dentelle, de son meilleur costume qui flottait autour du cep bourgeonnant de plaies qu'il était devenu, puis envoya sa fille chercher Luc et son arrière-petit-fils. Il s'adressa d'abord à l'enfant, examina ses mains, l'interrogea sur les tâches qu'on lui confiait, ses plaisirs et ses peines, la musique qu'il aimait. Il parut content des réponses de l'enfant, le renvoya après lui avoir dit l'espérance qu'il mettait en lui de lui succéder.

— Je crois, dit-il à Agnès et à Luc, que nous aurons là un bon luthier. Qu'il demeure sous votre garde. Quant à vous deux, je vais vous marier. Après moi, vous ferez comme bon vous semble. Vous irez ou non voir le notaire et le curé mais vous aurez ma bénédiction. Mon dernier acte de vivant sera pour votre bonheur et la durée de mon atelier.

Il sortit de la poche de sa veste un anneau qu'il tendit à Luc.

— Voici l'alliance de ma femme Véronique. Passe-la au doigt de ma fille en prononçant les mots d'engagement.

Agnès, dont on ne voyait plus, dans son visage amaigri et si pâle, que l'éclat bleu du regard, voulut dire non, mais déjà Luc avait saisi sa main et lui souriait.

— Dites oui, ma mie.

Des larmes vinrent aux yeux de la jeune fille. Sa bouche tremblait sur son refus. Il répéta :

— Dites oui. Vous savez bien que je vous aime.

Il prononça les paroles que Denis attendait : « Mon épouse, je vous donne cet anneau en guise de mariage. » Elle s'entendit répondre : « Mon époux, je le reçois de même. » Alors, il but ses larmes jusqu'au bord des lèvres.

— C'est bien, dit Denis. Je vous remets l'un à l'autre. Maintenant, mon fils, laisse-moi avec elle.

Agnès regarda l'alliance puis son père.

— Vous n'auriez pas dû... Sa promise...

— Elle se consolera, si ce n'est déjà fait.

— Vous m'avez pliée contre ma volonté.

— Pas contre ton cœur.

— Qu'en savez-vous ?

— Au point où nous en sommes, tu ne peux plus rien me cacher. Cet engagement, tu l'as pris devant moi, pas devant ce Dieu auquel tu crois. Tu restes libre.

— À cette liberté vous avez mis une chaîne.

— Il en est de moins aimables... Viens, ma fille, qu'à mon tour je t'embrasse.

— Vous aurez toujours le dernier mot, dit-elle quand elle se releva pour aller à son écritoire.

— Non. Pas moi, la mort... Il me faut achever cette confession avant qu'elle ne m'achève. Je ne crois pas avoir beaucoup de turpitudes à y ajouter, mais le récit de ma vie à Venise est un dernier bonheur... Et puis il me faut bien te parler de l'amour que j'ai eu pour toi dès mon retour, qui ne me quitta jamais, dont je n'ai jamais fait montre pour que tu n'aies pas prise sur moi. Soucieux d'ordre dans ma maison et mes sentiments, je t'ai donné une marâtre. T'es-tu jamais doutée de mon émotion quand je te voyais venir à l'atelier aider tes frères, quand je t'entendais, le soir, jouer du violon dans ta chambre... Certes, tu me rappelais ta mère, mais il y avait dans ta personne un côté farouche et fier qui te distinguait d'elle et m'aurait réduit à merci si je n'y avais pris garde. Il faut que tu le saches, Agnès, tu es un être rare. Je ne te connais qu'une seule faiblesse : t'être vouée à Dieu. J'en suis responsable : par peur, par souci pervers de te garder j'ai refusé de voir, de te dire combien tu étais faite pour l'amour et pour la vie. Va à Venise... Je ne puis te confier à Eleonora car, depuis six mois, je ne reçois plus de lettres d'elle. La connaissant comme je la connais, je crains qu'hélas... Mais tu te baigneras dans le ciel de cette ville enchanteresse, tu y goûteras l'exquise volupté d'un temps soudain immobile et, dans les églises même, Éros te tiendra sous ses flèches.

— Encore une fois, chuchota Agnès, si vous étiez si attaché à cette ville, pourquoi ne pas y être resté ?

— Oui, pourquoi ? .. Tu peux écrire.

Je travaillai la nuit avec Michel, sur nos violons signés Stradivarius. Le matin, je dormais. L'après-midi, si je n'avais pas quelques courses pour l'atelier, je descendais chez Eleonora et, selon le temps ou notre humeur, je restais près d'elle qui faisait ses pastels, à bavarder et à lire, ou nous partions en promenade. Casanova avait quitté Venise pour une mystérieuse ambassade. Je découvris avec mon amie une cité bien différente de celle que j'avais connue le premier mois de mon séjour.

C'était la Venise des ruelles ténébreuses : la lumière se joue, orange et bleue, entre les hauts murs des maisons couronnées de petits jardins suspendus qui laissent échapper des chevelures vertes et parfumées. Celle des plages, pavées de miroirs d'eau, le long de la lagune que sillonnent des barques aux ailes rouges, noires et jaunes, au-dessus desquelles planent de grands oiseaux. Celle qu'on voit du haut du campanile, mosaïque étincelante d'eau, de verdure, de toits sur l'or frémissant de la mer. Celle des Doges qui déploie ses fastes orientaux avec la sortie de son *Bucentaure*[1] et ses fêtes cruelles durant lesquelles le sang des taureaux pisse sur la Piazza. Celle des palais en ruine que l'eau ronge sournoisement à dents de souris qui, derrière leurs pierres tapissées de mousses et leurs fenêtres mauresques, gardent les secrets de familles anciennes, parfois défuntes. Celle du peuple, charpentiers, cordeurs et calfats de l'Arsenal, fabricants de gondoles et gondoliers, pêcheurs, saleurs, tisseurs et calendeurs de soie, verriers qui m'ont fait rêver d'un violon de cristal, dentellières, marchandes de fruits, de légumes, de fleurs, prostituées aux beaux seins, à leur fenêtre ; celle des enfants moqueurs singeant l'aveugle ou l'estropié pour quelques sous ; celle des chats qui rôdent autour des filets des pêcheurs, des étals des marchands, se glissent parmi les livres, les gazettes qu'on vend partout, afin d'y faire leurs griffes. La Venise des églises...

Comme toi, Eleonora était pieuse. Elle m'y fit découvrir la peinture : les vastes symphonies de Titien, du Tintoret et de Véronèse, les galops

1. Bateau du doge.

somptueux de Tiepolo, les sonates nostalgiques ou rieuses de Francesco Guardi. C'est dans celle de Sant'Orsola que je ressentis l'émotion la plus vive en contemplant le cycle que Carpaccio lui consacra. Souviens-toi, ma fille. Près de sa châsse, à Bruges, j'avais pleuré la mort inéluctable de mon ami Fabrice et le sort affreux de ma dentellière Clara dont j'étais responsable... L'harmonie des lignes de ces tableaux, la pureté des visages qui y sont représentés, la lumière froide, poudrée d'or — celle de l'hiver à Venise — qui transfigure l'œuvre, toute cette beauté faisait écho aux heures douloureuses de mon adolescence, et sans doute à mon deuil récent. Je fus bouleversé. Eleonora toucha mon bras : « Venez, Denis. Ici, il fait si froid. » Nous allâmes nous asseoir sur une pierre du cimetière des moines.

C'était un soir de juin tendu de pourpre. L'orage menaçait. Nous demeurâmes silencieux dans le silence des tombes. Elle me regardait avec une tendre compréhension qui toujours me poussa aux confidences. Je lui racontai, comme je le fis pour toi, cet épisode de ma vie. Quand j'en eus fini, la nuit était tombée, zébrée d'éclairs. Dans la petite cabine de la gondole où nous nous étions assis pour nous protéger de la pluie qui clapotait sur l'eau, elle dit simplement : « Notre orgueil nous pousse à nous croire responsables de notre vie et de celle des êtres que nous aimons. Il faut peut-être se montrer plus humbles, laisser sa part au destin et les morts enterrer les morts. » La qualité de sa voix plus encore que ce qu'elle me disait m'apaisa.

Ce fut ce soir-là que se scella pour toujours cette amitié fervente dont je t'ai parlé. Alors que nous quittions le bateau, j'entendis deux gondoliers qui bavardaient sous une lanterne prononcer le nom de Voltaire. Son *Candide*, interdit à Venise, l'y avait rendu célèbre. Je m'approchai d'eux : ils m'apprirent sa mort. Je revins vers Eleonora cassé en deux par la douleur. Elle ne dit mot, m'accompagna chez moi. À ma grande honte, je me mis à vomir de la bile. Le traitement au mercure, s'il semblait vaincre mon mal, me mettait les intérieurs en feu ; je ne mangeais plus guère et perdais mes forces. Tandis que j'allais au lit, elle descendit chez elle me faire une tisane, me rapporta du pain, du lait chaud, des figues confites dans du miel. M'ayant servi, elle resta assise près de la fenêtre toujours souriante et silencieuse. Dans la nuit où je sombrai avec le sommeil, elle diffusait une douce clarté. Celle dont s'auréolait ta mère quand, le soir, je venais la retrouver. Celle qui t'illumine quand tu te fais tendre. En certains êtres l'enfant persiste. Pour vous, c'est un fragment de ciel. Un ciel auquel je voudrais croire, sans victimes ni bourreaux, matrice d'une création inépuisable d'amour... Le lendemain était un dimanche. Au retour de la messe Eleonora vint prendre de mes nouvelles. Je lui parlai de Voltaire, de ce père spirituel que je m'étais donné. « J'ai prié pour lui et pour vous », dit-elle.

Elle me conviait parfois à des soupers. J'y rencontrais ses amis peintres et poètes. Parmi eux, celui avec qui je me liai d'amitié : le comte

Gasparo Gozzi. Il se décrivait comme un crapaud enfilé au soleil sur un bâton. Grand et sec, je le vis été comme hiver, enveloppé d'amples manteaux. Savait-il le temps qu'il faisait ? Il était si distrait, toujours quelque rimaillerie en tête, projets d'articles, de comédies ou de romans. Il appelait son palais de San Cassiano « l'hôpital des poètes » : murs s'effritant dans l'eau, portes pendant aux gonds, carreaux cassés, toiles d'araignée aux poutres, vide de meubles que la famille avait vendus au cours des ans car tous écrivaient, père, mère, lui, sa femme, ses enfants, son frère. « Écrire continuellement, disait-il, c'est le rôle que je devrai jouer jusqu'à la dernière scène. » Et de prétendre que la plume lui donnait du cal aux mains...

Son Dieu, c'est Dante qu'il pratique chaque jour et qu'il a traduit en italien, langue qu'il veut claire et naturelle, puisée aux sources vives de l'usage. Il déteste les philosophes et c'est en vain que j'ai pris le parti de Voltaire contre lui. Il rit de tout mais geint parfois : il est vieux, il souffre de l'estomac et « le mal pire de tous, s'exclame-t-il, c'est que l'âme et le cerveau se vendent à meilleur compte que la viande de bœuf et de cochon ». Quand son estomac le tenaille trop, il moralise, s'insurge contre les courtisans, les galants d'un jour, les oisifs, les bavards. Mais il lui suffit de rendre visite à Caterina Dolfin-Tron, femme du procurateur Tron que le peuple appelait « le Patron », pour que sa misère et sa hargne s'évanouissent. Elle le nomme « son père » et lui « créature délicate à blonds cheveux ».

Il lui écrit des vers, elle lui offre les fruits de ses vergers, des gibiers de ses chasses, sa loge au théâtre. Il lui fait ses courses, elle l'invite dans sa villa sur la rivière Liona où il arrive, son chat dans une cage à oiseaux. Ils s'aiment d'amour mais personne ne doit le savoir, même pas eux...

C'est cette Venise que me donna Eleonora, celle qui lui ressemblait : émouvante, tout sourire dans ses larmes, secrètement voluptueuse.

Je rencontrai également son frère, Carlo Gozzi. Aussi grand, aussi maigre que Gasparo. Hélas, un esprit plein de fiel, écrivant sans cesse, lui aussi, mais toujours occupé de procès et de querelles, négociant dentelle, peluche, cacao, vin de Chypre, gourmandant ses actrices quand il ne tombait pas, pour son malheur, amoureux d'elles. Caterina Dolfin-Tron l'appelait « l'ours ». À mes yeux, il était d'autant moins aimable qu'il détestait Goldoni, avec qui il avait eu maille à partir pendant des années. Or mon admiration pour Vivaldi m'avait amené à cet auteur dont, tu le sais, plusieurs pièces avaient été mises en musique par mon idole. Un aimable hasard faisait que sa maison natale élevât sa belle façade près de celle d'Eleonora. Non seulement mon amie prenait grand plaisir à son théâtre, mais elle me fit un portrait flatteur de cet écrivain habile à dépeindre les bourgeois et le petit peuple de Venise. « Il est, me disait-elle, parfaitement naturel. C'est un homme bon, étourdi, un peu naïf, ignorant avec délice : sa seule culture c'est la rue. » Elle ajoutait en riant : « Il adore votre Voltaire qui, paraît-il, le lui rend bien. Dommage que son théâtre ne plaise plus aux Vénitiens et que, pour fuir ses créanciers, il soit parti pour Paris. Vous auriez eu avec lui un bien plaisant commerce. »

Gasparo Gozzi — faveur suprême — m'amena dans le *casin* de sa chère Caterina Dolfin-Tron. Son mari avait un palais sur le Grand Canal, richement décoré par les artistes, mais il y faisait froid et elle préférait le décor intime de ses petits appartements non loin de la place Saint-Marc où se pressaient poètes, musiciens et peintres : tous ses *cuccioli*. À quarante-cinq ans, elle était encore belle ; grande, large d'épaules et de hanches, sans sa blondeur, son teint frais, son air avenant, sa gaieté, elle eût paru imposante. Quand je la rencontrai elle n'était plus aux heures de sa plus haute gloire. Son mari, le « Patron », conservateur éclairé, après la mort du doge Alvese IV Mocenigo s'était porté à sa succession. Il avait été battu par un homme fort habile, qu'on nommait le « Renard » : Paolo Renier. Sais-tu ce qu'on chantait dans Venise : « Que le procurateur Tron se console, si la patrie lui a nié la corne[1], sa femme s'occupera de la lui donner. »

Je suis trop las pour te rapporter la querelle fort compliquée qui défraya la chronique sous le nom d'une pièce de Carlo Gozzi, *Les Drogues d'amour*. Il s'y moquait de son rival dans le cœur d'une comédienne, un secrétaire d'État opposé à Tron.

1. Bonnet ducal à pointe, arrondi en tissu précieux, porté par le doge dans toutes les cérémonies.

Exilé, ce dernier fit publier un récit où Caterina était ravalée au rang de fille publique « se mêlant de tout, voulant tout arbitrer même les courtoisies galantes ». À Venise, à Paris, à Saint-Pétersbourg, et sans doute en Chine, à la politique d'État se mêlent toujours ambition, argent et bonnes fortunes. Les poètes brocardent, le peuple chante ces histoires et s'en amuse, mais en pâtit le premier. C'est à ce genre de réflexions que je me livrais quand, leur ayant donné l'adresse du *casin* de cette aimable femme, les gondoliers me lançaient quelques impertinences à son endroit auxquelles je répliquais en vain car ils ont la langue bien pendue et se flattent de tout savoir du secret des alcôves dont, disent-ils, ils détiennent les clefs.

J'étais un ami de son cher Gasparo, alors j'étais le sien : ainsi en décida Caterina et je ne lui résistai pas. Comme d'autres galants, je lui apportais des fleurs nouées d'un ruban, l'accompagnais au concert ou au théâtre, lui débitais des douceurs auxquelles je finissais par croire. Chez elle, je rencontrai la célèbre chanteuse Grassini, les compositeurs Gaetano Pugnani et Pietro Nardini, de passage à Venise, et pour ma plus grande joie le Buranello, de ses intimes. Claveciniste, il avait appris le violon grâce à son père. J'avais, comme tu le sais, découvert sa musique depuis peu, n'ai cessé de la chérir tant elle me rappelle cette Venise que je garde au cœur avec l'image de ma chère Eleonora. Il avait passé plusieurs années à la Cour de Catherine à Saint-Pétersbourg et nous rîmes de la controverse que j'avais eue avec Voltaire au sujet de la tsarine. « Un dragon femelle, me dit-il. S'il s'était rendu à ses invites, elle n'aurait fait qu'une bouchée de l'homme et de sa philosophie ! » Il me décrivit la ville telle qu'elle est aujourd'hui. Tania avait raison qui prédisait que ce chantier allait devenir « la plus belle ville du monde ». Pour moi, je n'en étais pas curieux. Venise était davantage à ma mesure et, dans son désordre, je trouvais plus d'harmonie que dans la construction idéale du tsar.

Un soir de printemps 1779, pour m'être agréable, il me joua un morceau de Vivaldi, s'excusant d'être un mauvais interprète bien que l'instrument fût fort bon. Quand il en eut terminé, je lui pris le violon des mains : c'était le Belle-Licorne II ! Je l'interrogeai sur sa provenance. Il me dit l'avoir acheté à la comtesse Nadia Menchikov alors que la Grande Catherine, jalouse d'elle, l'envoyait finir ses jours dans un couvent... Devant mon émoi, Baldassare me proposa d'aller marcher jusqu'à la Salute pour y voir se coucher le soleil sur les îles. Violon en main, il écout le récit de mon voyage sur la frégate dont j'avais découpé le bois pour mes violons et de mon idylle avec la comtesse. Il émit un petit rire : « Mon ami, dit-il, elle était toujours aussi séduisante quand je l'ai rencontrée et, moi aussi, j'en ai été amoureux. Sinon, pourquoi lui aurais-je acheté ce violon ? Je vous le rends pour que vous en fassiez d'aussi beaux ! »

Nous étions parvenus à une pointe de la ville, face à l'île des Cyprès. La grande coupole de San

Giorgio Maggiore semblait flotter sur un ciel immense pavé de rose. L'air était si doux, le silence si léger que je ne pus refuser l'offre de cet ami. Je l'embrassai et nous restâmes longtemps à regarder s'enflammer le couchant alors que, sur la lagune violette, on allumait les lanternes. Le soir, je fis chanter le Belle-Licorne pour Eleonora...

— Ne vous accompagnait-elle pas chez Mme Dolfin-Tron ? ne put s'empêcher de demander Agnès.

Denis parut embarrassé.

— Deux ou trois fois peut-être... Je n'aimais guère qu'elle me vît faire le galant auprès de cette dame.

— Ne m'avez-vous pas dit que cette amitié ne connaissait pas la jalousie ?

— Certes, mais j'aurais craint qu'elle ne me trouvât ridicule dans mon rôle de *cucciolo*.

— C'était donc amour-propre plus que délicatesse.

— Me gourmanderas-tu jusque dans mon cercueil !

— J'essaie seulement de comprendre la nature de votre attachement pour Eleonora que, dans sa singularité, je trouve touchant. Je vous aime encore plus, mon père, d'avoir aimé cette dame de façon si courtoise... Mais, si vous lisez en moi, comment pourrais-je ne pas lire en vous ? Me direz-vous enfin pourquoi vous l'avez quittée ?

— J'y viens.

Dès le lendemain je me rendis au chantier de construction navale du squero di San Trovaso. On appelle *squeri* des terrains en pente qui longent les canaux, sur lesquels s'élèvent des baraques en bois servant à abriter les matériaux et de logement pour les ouvriers. Celui-ci était connu pour la qualité de son maître d'œuvre et celle des bois qu'il employait. Je lui achetai fort cher et après bien des palabres une gondole du siècle passé, qu'il avait gardée pour la beauté de ses lignes et de ses ornements, que je fis transporter devant l'atelier de Michel. J'avais décidé de travailler pour moi et de retrouver ma signature. C'était compter sans le caractère acerbe de Michel, aggravé par de trop nombreuses libations. J'allai rendre visite à mes autres confrères : Giorgio Serafin, marié à une fille de Montagna, qui tenait boutique dans la calle degli Stagneri, et Cerin, élève de Bellosio, sotto l'orologio di San Marco. Je reçus bon accueil, admirai la beauté de leur vernis garance, la finesse de leurs cordes, certaines filées en argent, mais, comme Michel, ils se plaignirent de la mauvaise marche de leurs affaires et je compris qu'ils craignaient la concurrence que je pouvais leur faire. Louer un atelier me parut périlleux. Mis au courant de mon souhait et de mes difficultés à le réaliser, Gasparo Gozzi en parla à Caterina. Une semaine plus tard, j'étais installé dans le parc de sa villa Dolfin près de Campo longo. Elle se faisait fort de me trouver une clientèle; en premier le Buranello qui me commanda un double de mon Belle-Licorne. Il voulait l'offrir à l'un de ses élèves.

Le mois d'août brûlait. Venise dormait d'un mauvais sommeil dans des eaux croupissantes et fétides. Les palais, les *casins* étaient vides. Chacun cherchait à se faire inviter à la campagne. C'était le temps de la villégiature que Goldoni a si bien décrit... Chez Caterina, tous ses amis, relations, *cuccioli* défilaient dans les salons et les chambres en enfilade, le parc peuplé de statues autour des bassins et sous les bosquets. On monte à cheval, on fait de la musique, des poèmes. On joue la comédie. Les femmes portent des jupes à bouquets qu'elles relèvent prestement pour marcher dans l'herbe ou franchir un ruisseau. Elles ont oublié leur éventail qu'il faut aller chercher avec elles dans la nuit bleue de lune. Elles ont toujours trop chaud, elles ont toujours soif. La journée se passe à leur plaire et leur plaire est un contentement : elles savent si bien vous remercier d'un baiser, d'une caresse... Parfois plus...

Je parle en spectateur car je participai peu à ces jeux, tout occupé que j'étais à faire mon violon. Quand il fut fini, je l'essayai devant le Buranello. Il resta un instant silencieux : « Il ne sonne pas de même façon », dit-il. Il avait raison. Pourtant, mon modèle détablé, j'en avais reproduit chaque pièce à un cheveu près. Était-ce la sueur, le sang des marins, les voyages qui avaient imprégné le bois de la *Belle-Licorne* ? La composition du vernis ? D'avoir été joué par une femme exquise ? Il était unique. Comme chaque violon. Nous qui les faisons, n'en possédons pas le mystère. Le musicien, témoin de ma déception, m'assura qu'il valait ceux des Vénitiens et que, s'il n'avait pas entendu l'autre... Je refusai de le lui vendre et me remis à l'ouvrage. Au deuxième, il m'assura que le son était parfait mais je savais que c'était pure amitié. Mon dépit était d'autant plus grand qu'après avoir tâté des stradivarius, avoir fait, avec Michel, l'expérience de cent vernis, je croyais être passé maître en lutherie. Il me fallait constater que je n'étais même pas capable de m'imiter moi-même...

Pour la première fois, l'idée de quitter Venise me traversa. Je ne pus m'y résoudre sur-le-champ par amour-propre. Je voulais relever le défi. J'y étais aussi retenu par les tendres liens qui m'unissaient à Eleonora, à mes amis, à cette ville magique. Je me procurai de nouveaux bois de vaisseaux, j'essayai de nouveaux vernis. Et chacun de m'admirer... Caterina, ravie, me présentait à chacun de ses visiteurs comme un singe savant. Le procurateur mettait l'ardeur au travail parmi les vertus cardinales. Il maudissait le caractère nonchalant et léger du peuple de Venise qui, prédisait-il, mènerait la République à sa ruine. Il me félicitait donc pour mon zèle et me donnait en exemple. Les courtisans du couple renchérissaient, peu soucieux de déplaire.

Je revins à Venise fatigué, d'humeur sombre, repris sans plaisir ma place près d'un Michel rongé par l'alcool et la jalousie. Je n'avais de repos qu'auprès d'Eleonora bien qu'elle me parût changée : son sourire, son silence un peu contraints. Ses ciels de Venise d'ordinaire si doux prenaient des tons violents. Je lui en fis la remarque. « Peut-être est-ce cela qui manque aux violons que vous faites à Venise, dit-elle, un orage. » Je n'osais l'interroger sur celui qu'elle traversait. Nous passâmes un temps assez long durant lequel le silence fut notre seul lien puis, très naturellement, nous reprîmes nos soupers, nos promenades. Elle retrouva apparemment sa gaieté et ses ciels leurs tons de tourterelle. Une insatisfaction commença à me miner. Au fil des jours, je me préparais au départ. J'attendais je ne sais quoi qui m'y forçât. Ce fut, soudain, l'opprobre dans lequel je faillis sombrer.

Un soir de pluie où les eaux de la lagune avaient envahi Venise, j'étais resté chez moi à lire. Le Buranello vint me trouver. Il avait en main un violon : « Il est bien de vous ? » me demanda-t-il. Je le reconnus. Un des derniers fabriqués chez Eleonora, mis en vente par Michel qui avait prétendu avoir un acheteur. « Voyez la signature », me dit le musicien, l'air fâché. Je découvris celle de Stradivari, grossièrement imitée. Je lui demandai qui était l'amateur trompé et où il l'avait acquis. Il refusa de me répondre. « Croyez, dis-je, que je ne suis pas le faussaire. » Il m'assura que l'idée ne l'avait pas effleuré mais qu'il avait voulu m'avertir du risque que je courais en faisant affaire avec des gens peu honnêtes. Sa mine en disant long sur ses soupçons...

Dès qu'il fut parti, je courus à l'atelier, entraînai Michel jusqu'à la soupente à bois et l'injuriai. « Eh quoi, me dit-il, ce n'est pas toi qui as vendu ce violon comme étant une création du maître, mais tu as été mon complice pour d'autres trafics tout aussi hasardeux. » Comment pouvait-il comparer une copie faite de bois très anciens sur les mesures des violons de Stradivari avec un instrument en bois de gondole taillé sur le patron du Belle-Licorne[1] ! Il ricana : par amour pour sa putain de femme, dont j'étais un des galants, le procurateur ferait le nécessaire pour que je n'allasse pas pourrir sous les Plombs ! Je balançai un temps entre le dénoncer ou quitter la ville.

Si je me résolus, malgré mon orgueil, au deuxième parti, donnant ainsi à penser à mes amis que j'étais coupable, c'est que j'y fus poussé par deux autres faits. J'avais reçu une lettre de Chappuy me disant que mon fils Joseph était souffrant, que des disputes éclataient souvent à l'atelier, que mes affaires allaient mal malgré le soin qu'il en prenait. Et aussi — surtout — parce que je ne voyais pas d'autre issue à ma relation avec Eleonora que la séparation. Je t'ai dit combien elle m'était chère, mais c'était sans compter avec le temps, les événements qui insensiblement nous transforment dans les zones indécises de notre être. Mon absence de l'été semblait avoir ouvert en elle une attente que mon retour, la reprise de notre vie presque commune, ne pouvaient combler. Elle n'en dit jamais rien mais je pouvais le lire dans l'éclat de ses yeux, à nos bonjours, au nuage de

1. À l'époque, la propriété artistique n'était pas reconnue. Faire une copie n'était pas illicite si on respectait parfaitement le modèle. Mais il était interdit de vendre sous une signature un instrument qui aurait eu une facture différente de celle habituelle du maître.

tristesse qu'y faisaient monter nos bonsoirs et, plus l'idée de mon départ hantait mon esprit, plus le sien semblait l'être de cette attente.

Fuir, non. Je me préparai dignement à me séparer de Venise comme on le fait d'une femme aimée, comme je le fis avec Eleonora, sans promesses vaines, en goûtant chaque minute de bonheur qu'elle me donnait encore. Ayant fait le compte de ma finance, qui n'était pas florissante, je dédommageai, par l'entremise du Buranello, l'acheteur du faux stradivarius et donnai un souper d'adieu à mes amis à l'*Hôtel de l'Europe*, situé à l'entrée du Grand Canal, face à la Douane de mer, à la Giudecca et San Giorgio Maggiore, là où la ville semble un vaisseau fabuleux prêt à appareiller pour les terres lointaines. S'y trouvaient réunis le procurateur et sa femme, les deux frères Gozzi, le musicien et Eleonora. Au début du repas, leurs airs aimables sonnaient faux. Il me fallut bien admettre que tous étaient au courant de mes ennuis : le Buranello avait parlé... Ils eurent la bonté de feindre surprise et tristesse quand je leur annonçai l'obligation où j'étais de regagner Mirecourt pour y régler des affaires de famille et reprendre mon atelier en main. « Nous vous regretterons, dit le procurateur. Il y a du Vénitien en vous. » Je ne sus s'il fallait le prendre comme un compliment. Chacun y alla du sien et, le vin aidant, quand nous en fûmes au rôti, tous paraissaient sincères. Eleonora avait simplement dit : « Sans votre pas au-dessus de ma tête, la maison va me paraître bien vide. »

Nous rentrâmes, elle et moi, parlant de l'agrément de cette soirée. Au seuil de sa porte, lui souhaitant le bonsoir, je refusai de voir, dans la lumière de la lampe, les larmes de ses yeux. Les jours suivants nous fîmes pèlerinage aux îles, aux lieux que nous aimions. Dans l'air glacé, Venise n'était que givre et cristal, bel objet de Murano dans une brume opaline ou s'irradiant de tons d'arc-en-ciel sous les rayons d'un soleil tardif. Je réchauffais les mains de mon amie dans les miennes, multipliais mes prévenances. Nous ne parlions pas de mon départ que je retardais de jour en jour... Puis, un soir, je lui fis cadeau du Belle-Licorne II. Alors, elle sut que c'était pour le lendemain. Elle m'offrit le pastel que tu vois près de mon lit. Il représente la petite place où se tenait l'atelier de Michel avec ses deux puits et sa *scuola* des cordonniers, dans une lumière de blé mur. Comme je l'admirais elle dit : « Je sais que vous êtes innocent du faux dont on vous a accusé. Pourtant, si vous aviez commis cette indélicatesse, je pourrais vous comprendre. J'ai souvent eu la tentation de donner pour peints par ma tante mes propres pastels. Le talent que vous voulez bien me reconnaître profiterait ainsi de sa gloire. Ce serait tant mieux pour mes amis car ils possèderaient des tableaux de plus grande valeur marchande... Voulez-vous que je vous accompagne au port, demain ? — Non, je préfère vous quitter ici. J'y ai été très heureux. » Nous sommes restés, un instant, une éternité, face à face, regards noués. Je voulus lui dire... Quoi ? Je ne sais plus. Peut-être que je l'aimais. Elle posa sa main sur ma bouche.

Quand je m'éloignai de Venise, dans la lumière froide du petit matin, j'eus le sentiment, voyant disparaître ses dômes et ses clochers dessinés à l'encre de Chine sur un ciel transparent, que ces deux ans, veillé par une nourrice ardente, j'étais tombé dans un sommeil dont cette ville était le songe.

Rentré à Mirecourt, il y eut toi, Agnès, mon atelier, quelques voyages à Paris où je découvris Mozart, les lettres d'Eleonora que tu trouveras dans le fond du coffret. Lis-m'en la première. Dans sa pudique tendresse, elle contient toutes les autres.

« Cher Denis. J'espère que vous êtes heureux d'avoir retrouvé votre Mirecourt, votre atelier, vos enfants dont la petite Agnès, votre préférée. Veillez bien sur elle. Elle a besoin de votre amour. Comme vous du sien. Vous me manquez. Mes ciels sont gris. Je ne parviens pas à y mettre la moindre poudre rose. Pourtant vous m'êtes présent puisque je vous parle sans cesse. Jamais je n'ai été si bavarde. Je me rends compte que nos échanges, pourtant si confiants, sont restés à la surface des choses. Sans doute l'essentiel est-il dans l'indicible ou dans la musique. Je joue chaque soir de votre Belle-Licorne. J'écoute son âme qui contient la vôtre. J'aimerais avoir de vos nouvelles mais ne vous croyez pas obligé de répondre à ce vœu. Il n'y a d'obligations que du cœur. Le mien vous est acquis. »

Oui, ma fille, ces lettres furent, avec toi, les dernières beautés de ma vie. Le reste tu le connais. Je peux, enfin, faire place au silence... Oui, à la musique du silence de Dieu...

Agnès se pencha sur le visage de son père. Il avait fermé les yeux. « Seigneur, pensa-t-elle, Seigneur, emportez-le vite avant que la souffrance ne revienne. »

Agnès confia le moribond aux servantes. Descendant à l'atelier, elle croisa Luc qui montait aux nouvelles.

— J'ai cru bien faire de lui donner cette dernière joie, dit-il en saisissant la main de la jeune fille qui portait l'anneau ; mon cœur était sincère.

Elle s'échappa sans répondre. À l'atelier, elle prit le grand violoncelle entre ses cuisses pour frotter tout du long, avec une peau de chien, les éclisses et le fond. La table reposait à terre en attente de recouvrir le corps.

Vers minuit Louise vint la chercher : son père, repris par la fièvre, les avait chassées, elle et Eugénie. Dans son délire il criait son nom.

Elle ne le quitta plus.

DERNIERS JOURS

Denis n'était plus qu'un corps souffrant qui sans cesse réclamait Agnès. Il ne pouvait supporter, sur lui, d'autres mains que les siennes, entendre d'autres voix. Bien que réduit au squelette, qu'il était lourd ce corps qui se putréfiait ! Le laver de ses sanies, panser ses plaies, les oindre, le faire boire, huiler les lèvres, caresser la peau sèche là où les plaies ne le faisaient pas hurler, chanter des berceuses ; très bas, à l'oreille, dire des mots de consolation et d'amour. Dormir parfois, dormir à peine, collée à lui pour se charger de son angoisse et de sa peur, lui transmettre un peu de paix. L'alliance de Véronique, tombée de son doigt amaigri, elle l'avait passée à celui de son père... Elle ne savait plus le jour, la nuit. Elle n'avait plus faim, comme nourrie de sa détresse. Elle n'avait plus soif, comme abreuvée par les larmes qu'elle ne laissait pas couler. Son esprit, son cœur, envahis par le cadavre, ne connaissaient plus ni Luc ni Dieu. Elle se mourait de sa mort. Louise tentait de la seconder. Elle la prenait parfois dans ses bras, comme elle son père. « Ma petite, disait-elle, ma petite, va dormir, va manger. Il n'y a pas plus grand péché que pécher contre la vie. »

Quand tout fut fini, que le corps se raidit en un dernier sursaut, le cri d'Agnès se mêla à celui de Denis. Alors, Luc força la porte, l'arracha à la dépouille.

C'était l'aube du 8 janvier 1789, quelques jours avant que Denis eût soixante-treize ans. Chacun, las d'avoir trop tenté de ramener Agnès à la raison, était allé prendre du repos. Seul le jeune homme, comme chaque nuit, couché dans le couloir, avait veillé. Il la déposa sur le sol de sa chambre, la dévêtit, jeta ses habits et ses linges souillés au feu, fit couler l'eau de la bouilloire dans la cuve qu'il employait pour sa toilette, l'y porta, et lentement, avec la douceur qu'il aurait eue pour un enfant malade, lava ses longs cheveux blonds emmêlés par les veilles, le visage, les épaules, les seins, le ventre, les fesses, les jambes. Il la sécha puis l'emporta dans son lit où, à son tour dénudé, il vint la rejoindre.

Sous les mains de Luc qui, sans fin, parcouraient son corps, sous sa bouche qui l'abreuvait de l'eau d'une cruche, léchait ses pieds, son sexe, tétait ses seins, Agnès sentit, à petits frissons, la vie lui revenir. Une chaleur l'envahit qui lui fit battre le cœur et mollir les muscles. Ses seins s'éveillaient. Un picotement délicieux au ventre, elle se mit à respirer plus fort puis à geindre. Alors, la tenant tendrement enlacée, il bascula sur elle pour la prendre.

Plus tard, il se glissa jusqu'à la chambre de la jeune fille afin de lui chercher d'autres vêtements pour qu'elle puisse aller réveiller la maison et annoncer à tous la mort du père.

On enterra Denis le 10 janvier par un matin de soleil et de glace. Tout fut fait selon ses désirs. La nuit précédente, avec Luc, Agnès avait brûlé ses secrets. Elle avait raconté à son amant l'histoire des pompons de Mme du Châtelet, l'amour passionné de son père pour Véronique, celui, si tendre, pour Eleonora afin de le faire renaître en elle, et en lui. Ils avaient recueilli les cendres dans un petit sac de batiste qu'elle avait placé entre les mains du mort avant qu'on ne fermât le violoncelle. Mathilde avait demandé ce que signifiait ce maléfice. « Cela ne regarde que mon père et moi », avait répondu la jeune fille. Mathilde prit sa revanche en interrogeant Luc sur la date de son départ. « Vous ne voudriez pas que ce fût avant qu'on mît mon maître en terre ! » lui lança-t-il. Elle ravala sa hargne.

Pour tenir dignement son rôle de veuve, elle ne devait pas s'échauffer la bile mais s'efforcer plutôt de verser quelques larmes. Ce qu'elle fit fort bien à l'église et au cimetière. Pendant la messe, Agnès chanta avec le chœur le Kyrie de Mozart et le Miserere de Vivaldi, suivit l'office, absente d'elle-même, absente de Dieu. Elle demeura dans cet état quand on descendit le violoncelle dans la fosse, pendant le repas qui suivit, qui réunissait la famille et l'atelier. Après, elle demanda la permission de se retirer dans sa chambre. Elle n'en sortit que pour rejoindre Luc dans la sienne et, sur le drap taché de son sang de vierge, se donner à lui comme elle l'avait déjà fait la veille après qu'ils eurent parlé longuement devant le feu.

Cheveux dénoués, robe et jupons au sol, elle entrait dans le cérémonial amoureux, cherchant son plaisir et celui de son amant, avec une ferveur ardente qui rendait incompréhensible son silence quand il lui parlait de leur mariage, passé le temps du deuil, des enfants qu'ils auraient, de sa joie de s'installer luthier à Mirecourt.

— Tu ne m'aimes donc pas ! finit-il par s'écrier alors qu'elle se levait pour rentrer chez elle.

Elle n'eut pas le temps de répondre. Mathilde se dressait devant eux, furibonde.

— J'en étais sûre ! Vous n'êtes qu'une traînée ! Faire cette chose, votre père mort depuis si peu !

— Madame, dit Luc, en couvrant Agnès du drap, nous sommes mariés par le vœu de Denis Vintaume.

Rejetant la toile, la jeune fille marcha vers sa belle-mère.

— C'était, en effet, le souhait de mon père, mais il nous a laissés libres d'y souscrire. Demain, Luc nous quittera pour Paris. Moi, j'irai trouver mère Catherine de la Sainte-Croix. Je veux entrer au couvent.

Stupéfaite, Mathilde sortit en claquant la porte. Luc se jeta vers Agnès, la prit dans ses bras.

— Ma mie, es-tu folle !

Elle se dégagea doucement.

— Non, Luc. Je t'aime, mais j'ai un autre vœu à

respecter. Celui que je me suis fait à moi-même et que je ne peux trahir : racheter les péchés de mon père.

Il rit.

— Tu les rachèteras près de moi. Crois-tu que je veuille te faire la vie facile !

— Tu ne peux comprendre, dit-elle.

Les supplications du jeune homme n'y firent rien, ni ses tentatives pour regagner ses sens. Elle lui rendit la vielle qu'il avait offerte à Denis.

— Votre femme en jouera. Vos enfants...

L'après-midi même, il partait. Vielle à la main, le drap de leurs noces dans son sac. De la chambre de son père où elle s'était enfermée, Agnès le regarda s'éloigner, ses ongles contre les fleurs de givre de la vitre que son souffle peu à peu faisait fondre.

Ce qu'il ne pouvait comprendre, qu'elle venait de découvrir, c'est qu'elle tenait de son père un amour de l'amour, une sensualité qui ne la tiendrait jamais en repos. Ce n'était pas seulement les fautes de son père qu'elle devait expier mais sa propre chair qu'il lui fallait brider. Et il y avait cette absence de Dieu... Ce si grand vide que l'amour de Luc ne pouvait combler. Il ne lui restait que l'espérance, en son giron, de Le retrouver.

Après avoir remis au curé la confession de Denis Vintaume, lui avoir avoué ses fautes, elle demanda audience auprès de la supérieure du couvent de la congrégation Notre-Dame. Celle-ci la reçut, l'écouta avec bonté. Quand elle en eut fini, Agnès dit :

— Ma Mère, je crois que je n'aime plus Dieu. Comme si je l'avais enterré avec mon père.

La religieuse sourit.

— Ne vous alarmez pas, ma fille. Nous saurons vous faire retrouver le chemin de Son cœur.

La chaîne aux chevalets d'or fut vendue au profit des pauvres. Les biens de la jeune fille partagés entre ses demi-frères et la communauté. Louise rentra dans son village avec Eugénie. Elle ne pouvait rester dans cette maison où sa petite n'était plus. Mathilde prit une autre servante. Elle régna longtemps sur le magasin. Chaque jour, elle allait fleurir la tombe de Denis. En ville on la respectait. Devenu maître de l'atelier, Guillaume cessa de boire, sauf à la Sainte-Cécile. Il veilla sur Henri qui devint bon luthier. Dès son premier violon, il signa : Beloiseau fils.

Un marchand mercurtien de passage à Paris y rencontra Luc, au club des Cordeliers, qui jouait de la vielle à la fin d'un discours de Fabre d'Églantine. Il le reconnut et l'aborda. Le jeune homme affinait son art chez les Louvet. Il s'était pris d'amitié pour le poète de Toulouse dont il aimait la verve et pour lequel il avait composé un arrangement fort plaisant de sa chanson *Il pleut, il pleut bergère.* En sa compagnie, il vivait la Révolution comme une fête d'où naîtrait un siècle neuf, selon les vœux de son maître Denis Vintaume. « Que devient sa fille ? » avait-il demandé au marchand. L'homme n'en savait rien. « Quand vous rentrerez chez vous... », avait dit Luc. Il laissa sa phrase en suspens, toucha la main du voyageur, se perdit dans la foule.

En mémoire de son père qui, quoi qu'il en eût dit, avait connu le sacré par la musique et l'amour, Agnès était entrée au couvent avec pour seul bagage le violon de Yannick de Morelle, le jeune bossu mort sur la *Belle-Licorne*. Elle y prononça ses vœux sous le nom de sœur Lucie de la Croix. On n'entendit plus parler d'elle. Pourtant on chuchotait à Mirecourt que, certaines nuits d'été, un chant montait du cloître, si pur et si beau, qu'il semblait celui d'une corde de cristal vibrant dans la brise.

Remerciements

Beloiseau est un personnage imaginaire. En écrivant ce roman j'ai voulu restituer la passion que les luthiers et archetiers de Mirecourt ont toujours eue pour leur art, qui les anime encore aujourd'hui, les animera demain. Je les remercie tous pour l'accueil qu'ils m'ont réservé. En particulier Jean-Jacques Pagès qui m'a ouvert le chemin des cordes et l'a balisé de ses conseils.

Avec Alexandre Dumas je dirais volontiers : « Qu'importe l'Histoire ! L'essentiel est de lui faire un bel enfant. » J'espère que celui-ci est beau. Merci à Jean-Pierre Doyen, qui a néanmoins veillé sur la véracité du témoignage que j'ai tenté de donner de la vie de Mirecourt et autres lieux au XVIIIe siècle.

Ma reconnaissance va également à Sylvette Milliot, la très aimable spécialiste des luthiers parisiens[1] qui m'a fait pénétrer dans leur vie quotidienne, surtout dans celle de la famille de Louis Guersan. À Évelyne Bonétat, infatigable conteuse de la vie de Mirecourt, et

1. Violoncelliste, musicologue, directrice de recherches au C.N.R.S., spécialiste des instruments à cordes et à archets. Elle écrit une histoire de la lutherie parisienne du XVIIIe siècle à 1960. Deux volumes sont parus :

Tome I, *La Famille Chanot-Chardon.* Tome II, *Les Luthiers parisiens du XVIIIe siècle.* En préparation : tome III, *La Famille Villaume* ; tome IV, *Les Lupot-Gand et Bernadel.*

à Édith Orlando, directrice du musée de la Lutherie de cette ville. À mes amis Anne-Marie Vichard (dite Mme Licorne), Gérard Nicaisse et Guylain Fréville dont j'ai mis à mal les bibliothèques. À Bernadette Jacquemin qui a accompagné si gaiement Beloiseau — et son auteur — dans ses voyages. À Pascal Triboulot pour le don des chevalets. Enfin aux beaux yeux perspicaces d'Élisabeth.

DU MÊME AUTEUR

Romans

LA FEMME ET LE MANUSCRIT, Grasset, 1959

LE CŒUR EN TÊTE, Casterman, 1963 — Julliard, 1968

LA FEUILLE DE BÉTEL, Casterman, 1962

LA PART DU SOLEIL, Julliard, 1967

LA CHAMBRE INTERDITE, Julliard, 1969

MOURIR À DJERBA, Denoël, 1973

LA MARIÉE DE SAINT-MÉDARD, Flammarion, 1984

LES EAUX ROUGES, François Bourin, 1988

LES TROIS NAISSANCES DE VIRGINIE, Julliard, 1995

UN AMOUR DE 48 HEURES, Denoël, 1997

LE LUTHIER DE MIRECOURT, Denoël, 1999

Essais

LES CHAGRINS D'AMOUR, Grasset, 1976

LA VRAIE VIE DES FEMMES COMMENCE À QUARANTE ANS, Grasset, 1979

CE QUE LES FEMMES N'AVAIENT JAMAIS DIT, Grasset, 1982

PARLEZ-MOI D'AMOUR, Flammarion, 1986

SEULES, François Bourin, 1992

Récit

LA PETITE FILLE AUX DOIGTS TACHÉS D'ENCRE, Flammarion. 1985

COLLECTION FOLIO

Dernières parutions

3282.	Anonyme	*La Farce de Maître Pathelin.*
3283.	François-Marie Banier	*Sur un air de fête.*
3284.	Jemia et J.M.G. Le Clézio	*Gens des nuages.*
3285.	Julian Barnes	*Outre-Manche.*
3286.	Saul Bellow	*Une affinité véritable.*
3287.	Emmanuèle Bernheim	*Vendredi soir.*
3288.	Daniel Boulanger	*Le retable Wasserfall.*
3289.	Bernard Comment	*L'ombre de mémoire.*
3290.	Didier Daeninckx	*Cannibale.*
3291.	Orhan Pamuk	*Le château blanc.*
3292.	Pascal Quignard	*Vie secrète.*
3293.	Dominique Rolin	*La Rénovation.*
3294.	Nathalie Sarraute.	*Ouvrez.*
3295.	Daniel Zimmermann	*Le dixième cercle.*
3296.	Zola	*Rome.*
3297.	Maupassant	*Boule de suif.*
3298.	Balzac	*Le Colonel Chabert.*
3299.	José Maria Eça de Queiroz	*202, Champs-Élysées.*
3300.	Molière	*Le Malade Imaginaire.*
3301.	Sand	*La Mare au Diable.*
3302.	Zola	*La Curée.*
3303.	Zola	*L'Assommoir.*
3304.	Zola	*Germinal.*
3305.	Sempé	*Raoul Taburin.*
3306.	Sempé	*Les Musiciens.*
3307.	Maria Judite de Carvalho	*Tous ces gens, Mariana...*
3308.	Christian Bobin	*Autoportrait au radiateur.*
3309.	Philippe Delerm	*Il avait plu tout le dimanche.*
3312.	Pierre Pelot	*Ce soir, les souris sont bleues.*
3313.	Pierre Pelot	*Le nom perdu du soleil.*
3314.	Angelo Rinaldi	*Dernières nouvelles de la nuit.*
3315.	Arundhati Roy	*Le Dieu des Petits Riens.*
3316.	Shan Sa	*Porte de la paix céleste.*

3317. Jorge Semprun *Adieu, vive clarté...*
3318. Philippe Sollers *Casanova l'admirable.*
3319. Victor Segalen *René Leys.*
3320. Albert Camus *Le premier homme.*
3321. Bernard Comment *Florence, retours.*
3322. Michel Del Castillo *De père français.*
3323. Michel Déon *Madame Rose.*
3324. Philipe Djian *Sainte-Bob.*
3325. Witold Gombrowicz *Les envoûtés.*
3326. Serje Joncour *Vu.*
3327. Milan Kundera *L'identité.*
3328. Pierre Magnan *L'aube insolite.*
3329. Jean-Noël Pancrazi *Long séjour.*
3330. Jacques Prévert *La cinquième saison.*
3331. Jules Romains *Le vin blanc de la Villette.*
3332. Thucydide *La Guerre du Péloponnèse.*
3333. Pierre Charras *Juste avant la nuit.*
3334. François Debré *Trente ans avec sursis.*
3335. Jérôme Garcin *La chute de cheval.*
3336. Syvie Germain *Tobie des marais.*
3337. Angela Huth *L'invitation à la vie conjugale.*
3338. Angela Huth *Les filles de Hallows Farm.*
3339. Luc Lang *Mille six cents ventres.*
3340. J.M.G. Le Clezio *La fête chantée.*
3341. Daniel Rondeau *Alexandrie.*
3342. Daniel Rondeau *Tanger.*
3343. Mario Vargas Llosa *Les carnets de Don Rigoberto.*
3344. Philippe Labro *Rendez-vous au Colorado.*
3345. Christine Angot *Not to be.*
3346. Christine Angot *Vu du ciel.*
3347 Pierre Assouline *La cliente*
3348 Michel Braudeau *Naissance d'une passion*
3349 Paule Constant *Confidence pour confidence*
3350 Didier Daeninckx *Passages d'enfer*
3351 Jean Giono *Les Récits de la demi-brigade*
3352 Régis Debray *Par amour de l'art*
3353 Shûsaku *Endô*
3354 René Frégni *Où se perdent les hommes*
3355 Alix de Saint-André *Archives des anges*
3356 Lao She *Quatre générations sous un même toit II*

3357 Bernard Tirtiaux — *Le puisatier des abîmes*
3358 Anne Wiazemsky — *Une poignée de gens*
3359 Marguerite de Navarre — *L'Heptaméron*
3360 Annie Cohen — *Le marabout de Blida*
3361 Abdelkader Djemaï — *31, rue de l'Aigle*
3362 Abdelkader Djemaï — *Un été de cendres*
3363 J.P. Donleavy — *La dame qui aimait les toilettes propres*
3364 Lajos Zilahy — *Les Dukay*
3365 Claudio Magris — *Microcosmes*
3366 Andreï Makine — *Le crime d'Olga Arbélina*
3367 Antoine de Saint-Exupéry — *Citadelle (édition abrégée)*
3368 Boris Schreiber — *Hors-les-murs*
3369 Dominique Sigaud — *Blue Moon*
3370 Bernard Simonay — *La lumière d'Horus (La première pyramide III)*
3371 Romain Gary — *Ode à l'homme qui fut la France*
3372 Grimm — *Contes*
3373 Hugo — *Le Dernier Jour d'un condamné*
3374 Kafka — *La Métamorphose*
3375 Mérimée — *Carmen*
3376 Molière — *Le Misanthrope*
3377 Molière — *L'École des femmes*
3378 Racine — *Britannicus*
3379 Racine — *Phèdre*
3380 Stendhal — *Le Rouge et le Noir*
3381 Madame de Lafayette — *La Princesse de Clèves*
3382 Stevenson — *Le Maître de Ballantrae*
3383 Jacques Prévert — *Imaginaires*
3384 Pierre Péju — *Naissances*
3385 André Velter — *Zingaro suite équestre*
3386 Hector Bianciotti — *Ce que la nuit raconte au jour*
3387 Chrystine Brouillet — *Les neuf vies d'Edward*
3388 Louis Calaferte — *Requiem des innocents*
3389 Jonathan Coe — *La Maison du sommeil*
3390 Camille Laurens — *Les travaux d'Hercule*
3391 Naguib Mahfouz — *Akhénaton le renégat*
3392 Cees Nooteboom — *L'histoire suivante*
3393 Arto Paasilinna — *La cavale du géomètre*
3394 Jean-Christophe Rufin — *Sauver Ispahan*
3395 Marie de France — *Lais*

A

Composition CMB Graphic.
Impression Société Nouvelle Firmin-Didot
à Mesnil-sur-l'Estrée, le 11 août 2000.
Dépôt légal : août 2000.
Numéro d'imprimeur : 52343.

ISBN 2-07-041423-X/Imprimé en France.

95467